U0528820

潜

[法]克里斯托夫·奥诺-迪-比奥 著
余中先 译

人民文学出版社

著作权合同登记号　图字 01-2020-7141

CHRISTOPHE ONO-DIT-BIOT
PLONGER
copyright © Editions Gallimard, 2013
Simplified Chinese translation copyright
© People's Literature Publishing House 2022
All rights reserved

图书在版编目(CIP)数据

潜/(法)克里斯托夫·奥诺-迪-比奥著；余中先译.—北京：人民文学出版社，2022
ISBN 978-7-02-012900-3

Ⅰ.①潜… Ⅱ.①克…②余… Ⅲ.①长篇小说—法国—现代 Ⅳ.①I565.45

中国版本图书馆 CIP 数据核字(2021)第 255750 号

责任编辑　黄凌霞
装帧设计　黄云香
责任印制　苏文强

出版发行　人民文学出版社
社　　址　北京市朝内大街 166 号
邮政编码　100705

印　　刷　三河市中晟雅豪印务有限公司
经　　销　全国新华书店等

字　　数　277 千字
开　　本　880 毫米×1230 毫米　1/32
印　　张　12.25　插页 3
印　　数　1—4000
版　　次　2014 年 12 月北京第 1 版
印　　次　2022 年 1 月第 1 次印刷

书　　号　978-7-02-012900-3
定　　价　69.00 元

如有印装质量问题，请与本社图书销售中心调换。电话:010-65233595

目 录

致中国读者　　　　　　　　　　　　*1*

译者前言　　　　　　　　　　　　　*1*

第一部　一个爱情故事　　　　　　　*1*

第二部　海滩　　　　　　　　　　　*77*

第三部　孩子　　　　　　　　　　　*151*

第四部　阿拉丁之国　　　　　　　　*247*

致中国读者

我很喜爱写信,但它又不免让我有些羞涩。写信需要打开心扉,直接面对面,同时又得注重形式,因为书简的传统要求文雅。因此,这是一个危险的练习。尤其因为我们彼此还不熟悉,你和我,尽管如此,中国的读者,不久后,你就将读到我,潜入我的想象力,潜入让我幻想和思索的那一切,畏惧、愉悦、渴望,让我经历的那一切,很快地,你就将是我的一切……

首先解释一下,我在此为何与你们直接以"你"相称:我希望这不至于冒犯你。在汉语中,也有与"您"不同的直接的"以你相称"吧?对我来说,这样称呼是一种信任的体现。我与你坦诚相见。很显然,由此我想到了波德莱尔,想到了他杰出的《恶之花》:"读者,我的同类,我的兄弟!……"你能不能接受,我为纪念这位伟大的诗人,而把你称为我的中国兄弟,我的中国姐妹?

要知道——而我本该从这里开始行文的——这个汉语译本让我万分开心。一想到,我的词语,我的句子,还有我在小说中提到的种种形象和种种景色将变为令人赞叹的和强有力的表意文字,一想到,我的那两位主人公——在汉语中"Paz"和"César"会是如何书写的?——将跟这一古老、美丽和坚实的语言,这一我那么渴望能说的语言融为一体,我就感到一种荣幸,一种难以言表的愉悦。要知道,一想到,这两个穿越西班牙、法国和意大利的欧洲情人的故事,将在这里,在你的伟大国家被人读到,一想到,他们终于来到了与他们的爱情领地万里之遥的地方,来到了他们本来连想都不敢想来的地方,就会让我从心灵深处激动不已。尽管——我敢肯定——他们本来也会在中国深深地相爱,也会喜欢跨越云南的崇山峻岭,或者航行在波涛滚滚的黄河上,让他们纷扬的思绪随波漂荡……

我的中国兄弟,我的中国姐妹,这确确实实是一个爱情故事。它很罗曼蒂克,就是说,很绝对,也很悲剧,但它是不会吓坏你的:悲剧揭示出最令人难忘的美。它也是一个关于美,关于伟大的艺术品在人们心底激发起的强烈情感的故事。它是一个关于欧洲这一被大大削弱了的古老文明,关于情感深度的故事,也是一个充满了阳光和海水的故事,一个关于海洋的故事,这海洋,它将让我们这两个情人结合到一起,然后又分开。

这段爱在一个叫帕兹的女人和一个叫塞萨的男人之间展开。小说采用了塞萨向他与帕兹所生的年幼的儿子讲故事的形式,以后,等到孩子大了,他就将翻开这本书来读,就会知道他的母亲是谁。因为,当这本书开始时,帕兹已经死了。有人在一个遥远国家的海滩上发现了她的尸体,赤裸的皮肤上满是晶亮的盐花。她在那里究竟都做了什么呢?出了什么事?当初,事业达到顶峰时,她为什么要匆匆离开欧洲,前往一个陌生的地点,把她爱的这个男子,还有他们共同孕育的这个孩子丢弃在巴黎?她到底要去寻找什么?

帕兹是个摄影家。极有才华,极为漂亮,也极为固执。因为要探寻真相,要把真相告诉儿子,塞萨就独自展开了调查,去弄清到底发生了什么。他一边展开调查,一边为儿子追溯了他们爱情故事的线条,从他们俩的第一次邂逅,一直到帕兹的神秘离去,而这儿子恰恰正是他们爱情的结晶。他是想通过词语,让她栩栩如生地重新复活。

亲爱的中国读者兄弟,读者姐妹,这本书叫作《潜》,因为你也将通过帕兹和塞萨潜入到一对欧洲男女的内心中,潜入到他们所喜爱的地点、氛围和气味中,到他们的文学、艺术、遗产、神话、礼仪中,到被人们称作的一种"文化"中。跟他们一起,你将夜游卢浮宫的展厅,摸黑游荡在文艺复兴时期的雕像中间,你还将见识奥赛博物馆中《被蛇咬了的女人》的奥秘。跟他们一起,你将前往威尼斯,在那里的古老宫殿中,出席当代的艺术庆典。跟他们一起,你将在西班牙北方和意大利南方的一些秘密海滩上游泳,神圣地美餐,痛饮。然后,你还将追随他们去往东方,去往海洋的深处,在那里,人们会洗涤一切,在那里,人们将最终亲近本原。永恒?

中国的读者姐妹,中国的读者兄弟,最后,我希望你能知道,我开始写这部小说时,恰逢我儿子诞生,他的诞生改变了我看待生活的方式,因而也改变了我经历生活的方式。我是在这样一个想法的引导下写下它的:假如我出了什么事,假如一切不得不停止下来,我渴望为他留下些什么?我渴望传承给他什么?答案很快就来到:一个爱情故事。一个在今天发生的爱情故事,有两个沉湎在这一复杂世界中的情人。一个爱情故事,好对我儿子说——同时也对你说,但是,这个,你一定已经知道了,我的中国姐妹,我的中国兄弟——再也没有任何什么比爱更基本、更珍贵、更强有力、更不朽、更普遍的了。它为我们复仇,为我们荡涤一切,重新创造我们,同时还让我们变得更有人性,也更神圣。

克里斯托夫·奥诺-迪-比奥
二〇一四年七月,于马略卡,戴亚

译者前言

克里斯托夫·奥诺-迪-比奥（Christophe Ono-Dit-Biot）的小说《潜》（*Plonger*），二〇一三年出版时就获得了当年的法兰西学士院小说大奖，次年，又入选中国的"21世纪年度最佳外国小说"，是一本既好看，又内容深刻的书。人民文学出版社和中国外国文学学会选中它作为年度最佳外国小说，又委托我来翻译，确实是我的一个荣幸。而它的翻译过程，对于我也是一个十分宝贵的学习和实践机会。

一、小说情节

《潜》讲述了一个爱情故事。

《潜》探讨了潜入另一种文明的可能性。

初读之际，读者可能会觉得，这是一部历险小说，或者是一部侦探小说，一部游历小说，一部疑谜小说……

若是读得更细致一些，读者则会认为，这就是一部反映当代生活，尤其是艺术家生活的写实小说。

男主人公塞萨在巴黎的某家叫作"企业"的大型媒体工作，担任高管，是著名的记者。他对女摄影家帕兹一见钟情，并为她艺术上的成功摇旗呐喊。他想尽办法追踪帕兹，终于获得了她的爱，后来还小施阴谋诡计，偷走了帕兹的避孕药，让她避孕失败，从而有

1

了儿子赫克托耳。后来,当帕兹离家出走后,他一个人苦苦地坚守家中,等待帕兹的消息。当帕兹溺毙海滩的噩耗传来,他迫不得已动身前往阿拉伯海岸,经过深入细致的调查,逐渐地弄清楚了帕兹的死因,同时还弄明白了她离家出走的原因……

女主人公帕兹是个天才的艺术家,一开始时专门从事沙滩摄影,获得成功后,多次举办个人摄影展。在塞萨的帮助下,她渐渐出了名,在媒体上大获好评。而在个人生活方面,她与塞萨相爱并有了孩子赫克托耳。后来,她一度转而做博物馆内的"人与艺术作品"的摄影,并获得惊人的成功,甚至在卢浮宫举办了个人展。帕兹觉得欧洲文明已是坟墓,不愿意生活在对欧洲辉煌往昔的崇拜和留恋中。就在个人的艺术生涯到达顶峰之际,她毅然决然地离开了欧洲,离开了事业,放弃了摄影,也离开丈夫和孩子,一个人跑到阿拉伯的某海滩,住到一个小棚屋里,去下海潜水,去探索海底世界的奇妙,去关注鲨鱼的生存境地……最后,在一次潜水中不幸因缺氧而溺死。

二、小说人物

《潜》所写的,是塞萨和帕兹所熟悉、所经历的欧洲艺术家和记者的生活。由此,他们所经历的经济危机、恐怖袭击、天灾人祸,也就是一般欧洲人所遇到的社会现实和日常生活;他们在各自专业领域中的奋斗经历,也就是一般欧洲人为生存、为艺术、为人生价值的实现而做出的追求。

塞萨和帕兹这两口子对当代欧洲文明的认识上的分歧,大概是整部小说故事情节发展的动因。探究这个原因,恐怕也是我们探索小说《潜》主题意义的最好方法。当然,我们在此也并不想用三言两语来总结小说的现实意义,更不想学究气十足地归纳出作品的社会学意指。

塞萨代表了一种生活方式,他在巴黎的新闻界和艺术界闯荡多年,轻车熟路,游刃有余。对社会的种种弊病,他看得清清楚楚,但他同时更看到,欧洲尽管充满了危机、暮气沉沉,也还是尚可苟活着的唯一地方,世界的其他地方太乱,不是台风海啸等天灾,就是恐怖袭击类的人祸,那样的乱世景象,他见得多了。他曾经在泰国报道过2004年的海啸灾难,也曾在贝鲁特被伊斯兰抵抗组织逮捕和审问……在他看来,帕兹根本就不了解世界,而他是了解的,他比她要清醒。他知道,全世界都在恐怖袭击的威胁之下,因此,他干脆就不愿意离开欧洲一步,即便要陪帕兹去海滩,他也只想在欧洲的海滩转悠,尽管那里每年都会有一些"奇观"在不可挽回地永远消失。后来,当他不得不前往阿拉伯某地去辨认帕兹的尸体时,他简直就不想从机场的那道安检门越过一步去,仿佛那道门就是一个分隔开生与死、宁静与动乱、安全与危险的"鬼门关":

> 我闭上眼睛,我穿过门。短短的十分之一秒,就像人们一口喝干一杯那样短,我度量我所离开的那一切,这个欧洲的美,我孩子的脸,还有那么像你母亲的这个里皮笔下的圣母的脸[……]。

而帕兹,她显然不那么世俗,比塞萨要"野"得多。作者故意把她写成是一个西班牙女子,或者不如说是一个阿斯图里亚斯地方的西班牙女人,经历了当代西班牙社会曲折多变的动乱历史,无疑要比法国男人塞萨更多一些内在的"叛逆"气质。她的艺术创作在构思上就与众不同。海滩能给她一种启发,一种完全不同于普通人的观察视角,以至于当塞萨在报刊上撰文评论她的摄影作品时,会把她的艺术意图完全弄"相反"。夜游卢浮宫,能给她以一种与众不同的无与伦比的灵感,启迪她创作出"人与艺术作品"

的系列来。个人生活方面,她本来不想要孩子,避孕失败后,却坦然地迎接孩子的出生。当然,她最惊人的举动,乃是离家出走。而且,她很早就收养了一条鲨鱼,通过对小鲨鱼"努尔"的收养,她对欧洲当代文明逐渐形成了一种彻底否定的看法。在她看来,这一文明已经死亡:在她看来,"欧洲变成了一个大博物馆,一个旧时代的天文馆,一个持续很长时间的临时展览会"。她这样对丈夫塞萨说:

"欧洲在死去,塞萨。欧洲在死去,因为它死死地包裹在了往昔中,恰如一瓶莫斯卡。我不愿活在钟罩底下,我不愿活在对往昔的崇拜中。正因如此,我离开了西班牙,历史遗产,往昔的荣光,征服……"

可以猜想,塞萨和帕兹对欧洲文明的不同看法,体现出了作者克里斯托夫·奥诺-迪-比奥矛盾的心声,这恐怕也是大多数当代欧洲人的内心矛盾。小说并没有简单地否定欧洲文明,只是借人物的口,对这一文明提出了质疑,当然,小说也没有简单地否定非欧洲文明,更没有否定那里的美:

对那些地区堪与欧洲之美景媲美的美视若无睹,实在是太愚蠢了。

没错。我知道,很少有什么能比得上缅甸若开邦的偏僻小镇谬杭上空被太阳光穿透的精彩的薄雾,或者钦族姑娘脸上文刺上的精美的蜘蛛网般的图案。

我还可以对你倾诉,跃入到阿布-苏鲁夫温泉中实在是一种享福,是最有滋味的一种沐浴,它就在锡瓦绿洲的心脏,在利比亚的边境[……]。

小说用一些统计数字和小插曲故事,道出了这个地球各处皆不安宁,为塞萨的观点提供证据。而在小说第三部分的"论战者"

这一章节,不同身份的人物对当今世界种种敏感问题(经济危机、欧洲衰落、核电站泄漏、生态主义、恐怖袭击、海洋保护)亮出了不同观点,展开尖锐交锋,实际上很有代表性地反映出塞萨和帕兹不同观点的论据和论点。

三、小说主题

帕兹认为,只有在另一种文明中,即在海洋文明中,才能找到真正的宁静、和谐、生动。而鲨鱼(应该还有鲸鱼、海豚等其他深海动物)的生活价值更应该被看重,尤其因为鲨鱼正在遭到人类无节制的捕猎杀戮。

小说借帕兹、潜水教练马林等人物的言行,把人与鲨鱼的关系看得非常重要,甚至超过了人与人的关系。人与鲨鱼的关系,本来应该是和谐的,人不应该怕鲨鱼,因为鲨鱼并不咬人;人更不应该只为获得一点点有经济价值的鱼鳍而去猎杀鲨鱼。从马林的嘴里,我们甚至还得知:"在某些文明中,鲨鱼不被人看作一个敌人,必须消灭,而是被当作一个神。在汤加群岛,它甚至是一个女神。在斐济,你要想成为一个男子汉,就必须亲吻一条鲨鱼的嘴,如此,它将赋予你它强大的力量。"在他们看来,这样的关系才是和谐的,理想的。当然,也是野蛮的。但野蛮的,就不一定不好。

这种海洋文明,在小说中被写成为"蓝色",用西班牙语来说是"*azul*",用帕兹的法国式读法则为"assoul"。小说对海洋的描写体现在很多精彩的段落中,包括塞萨本人后来参加的两次潜水,那些细致描写的段落无疑是小说《潜》最好看的部分。但是,我们同样应该注意到,帕兹后来住在海边小屋中所从事的绘画,更具象征性地体现出一种对大海文明的追求和向往。在调查中,塞萨走进了帕兹生前住过的小房子,看到里面都是她创作的题为《蓝色》的

绘画,整整一个系列。而这画,塞萨不久前才刚刚看到过:

  白布上用蓝色颜料画了一幅很精彩的素描。线条粗犷,用力遒劲,是一个躺着的女人,仰卧,赤裸,头发披散着,两腿分开,两脚撑着地面,两手放在身体底下,像是试图要解开束缚住她的看不见的绳子——底下,则是大大的一团黑影。

我在翻译这一段时,十分强烈地感到,那是海洋的一个形象,或者说这蓝颜色的女人就是海洋的象征。帕兹爱上了大海,为了大海,她宁可抛弃了自己的丈夫和年幼的儿子,同时也抛弃她的摄影艺术。

读者一定会问(其实男主人公塞萨就已经替读者们问过了),帕兹这样背井离乡,抛弃家庭,抛弃丈夫儿子,抛弃艺术生涯,抛弃已有的功名,难道她就不爱他们了吗?小说始终就没有从帕兹的角度回答过这一疑问,但在小说的末尾,有这样一句用西班牙语写的话:"*No dije que no te quería. Dije que no podía querer*",小说还用法语重复写了一遍这句话的意思:"我没说过我不爱你。我说我无法爱"。这一反复的强调,应该就是帕兹何以要不惜代价地主动寻求历险和流亡生活的答案。

小说中,塞萨自始至终就一直无法理解帕兹对所谓"野蛮"(也可以读作"海洋"、"孤独")的需要,读者(在这方面,塞萨应该是读者的代言人)恐怕也无法理解,而直到读者读到这句话时,他们恐怕才真正找到了男女主人公之间内心的差距。无论如何,这一差距是可以看到的,可以找到的,也是可以消除的。只是,在小说中,一切都太晚了。

另外,《潜》中有专门的一章,写到贝尔尼尼创作的"雌雄同体人"赫尔玛佛洛狄忒的雕像。帕兹对这个融希腊男神赫尔墨斯和女神阿佛洛狄忒(维纳斯)的性别特征为一体的赫尔玛佛洛狄忒十分地欣赏。由此,我们或许可以认为,帕兹离开丈夫和儿子,独自一人跑到天涯海角去过苦行僧那样清心寡欲的生活,应该是看上了赫尔玛佛洛狄忒的"榜样"。

这个雌雄同体人无疑是一种自身完美的象征。就"性"本身来说,赫尔玛佛洛狄忒是完美的,自身和谐的,而抛夫弃子的帕兹也是完美的,大海更是完美的。在小说中,我们甚至还看到,一条叫西庇太的雌鲨鱼竟实现了孤雌生殖,由此联想到,帕兹已经收养了角鲨幼崽努尔,已经欣赏到了赫尔玛佛洛狄忒,从性爱和生殖的意义上,她可以完全不需要男人和儿子了,她已经完成了自我生成,或曰"复生"(reproduire)。而大海,以其包罗万象的繁复性,保障了她的生活的各个层面,当然,也体现了以帕兹为代表的人与自然的和谐。

四、小说题目

小说的题目是"*Plonger*"。"Plonger"这个词,在法语中作"浸入"(faire entrer quelque chose entièrement ou en partie dans une liquide)、"扎入"(enfoncer vivement)、"潜水"(s'enfoncer entièrement dans l'eau)、"跳水"(sauter dans l'eau)来讲,也可以引申为"远眺"(regarder du haut en bas ou de façon insistante)、"专心致志于……"(mettre brusquement ou complètement dans un certain état physique ou moral)等意思①。应该说,小说选取这个词作为题目,含义是十分丰富的。

Plonger 在小说《潜》中有时指"浸入"或"专心致志地沉浸于"。在常人看来,女主人公帕兹的艺术活动和平常生活就处于

---

① 见法语词典 *Le petit Larousse 2001* 中的解释。

一种"沉浸"状态:她总是特别地专注于摄影(后来则是绘画、刺绣),工作中总有一种居高临下的漠然傲视的态势。

后来,出现了"扎入":帕兹一个人赶去阿拉伯海滩,属于某种从高到下的"扎入",离开大都市的高楼那个"高"地方,迅速跃入到平展的海滩,以及海洋的水下那个"低"地方。

小说中还有很多的"扎入":读者读到,塞萨和帕兹夫妇俩的第一次性爱是在阿斯图里亚斯的煤矿博物馆的旧矿井中,是一次真正意思上对"大地深层"的"扎入"。后来在威尼斯,孕育了未来儿子赫克托耳的那一次做爱是在"鲸鱼"的"深腹"中完成的。

连后来那一次在卢浮宫的夜游参观,也可以被看作是女主人公于"黑暗中"对艺术珍品的一种心醉神迷的"沉湎"。因为,在她身上,明显的有"一股热流潜入到皮肤底下"。

Plonger 也指"远眺",帕兹离开了家庭和事业,同时也离开了过于喧嚣、过于危机重重、过于垂暮的欧洲文明,去远眺蓝色的海洋。甚至在离开之前,她就已经在更专注地关心海洋动物的保护事业,关心鲨鱼的收养,她已经从电脑中通过互联网来远眺大海;而来到海边后,她更是在远眺,远眺一种野蛮,一种非现代文明的"文明"。这一点,我们在对主题的分析已经说过了。

Plonger 当然还指"潜水",帕兹最终死于潜水,塞萨最后也在潜水实践中解谜。整篇小说以"潜水"来贯穿始终,而且小说本身也有整整五章("马林"、"海底"、"水人"、"最长的夜"、"强直静止")充满细节地讲述到主人公在海洋中的潜水。而且,潜水者的形象,甚至还被描写成了人类进化的最高象征。我们在小说最后一部分的"中心"那一章中看到潜水中心的一个教练,穿着这样一件黑色的 T 恤:

> 我的目光立即就停在了那 T 恤衫上:众所周知的人类进化的图标——用五幅图画来表示,一只猴子渐渐地站立起来,

最后成为一个人——只不过这里多出来一个阶段,多出来一幅图画,在这里,直立人,然后是智人,不是垂直方向,而是水平方向行进的,头戴着棕榈树的叶冠,嘴里吐着泡泡。他成了潜水者,按照T恤衫图案设计者的意思,这就是人类进化的最后阶段[……]。

这里的指涉影射不言而喻。

小说满篇都谈到了Plonger。在第一部分的"找到帕兹"这一章中,当了父亲的塞萨告诫年幼的儿子:"绝不要忽视你的肉体[……]加工它,让它变得漂亮、光明、矫健,让它到处潜入,抚摸一切可能的皮肤,浸泡在所有的水中。"

"在山上"这一章中,塞萨与帕兹做爱时,想到的是:"我知道我潜入,再潜入,进入到她无限源泉的肉体那最细微的空隙中"。

例子太多,不胜枚举。

我最初把题目译为"潜水",大致上不算有错,但是,在对"Plonger"的译法绞尽脑汁地费了一番考虑之后,我最终还是把它改译成了最简单、最广义的"潜"。但我还是觉得,有必要在此费一些笔墨,如上所述,把Plonger的种种含义说个大致清楚。

五、小说写作

《潜》的写作特色不少,但我认为值得在此特别一说的,却只有寥寥一二。

小说的语言十分生动,用词讲究。全书的叙述用第一人称进行,也即男主人公塞萨的视角和说话口气。

从结构来看,小说是塞萨对儿子赫克托耳的讲述:除了讲述塞萨和帕兹的相爱、同居、生育、分离、孤独、寻找的主线故事之外,还描绘了巴黎(乃至法国和欧洲)的摄影、绘画等时尚艺术的日常活动和未来倾向,同时也涉及当代的国际形势、环境保护、人与自然的关系等重大现象,内容可谓包罗万象。

帕兹和塞萨所熟识的艺术界和新闻界在《潜》中得到了很好的反映,这无疑得益于作者克里斯托夫·奥诺-迪-比奥的记者身份,以及他对艺术界的关注。

小说对艺术家众形象的描写采取了虚构和纪实相结合的手法,书中提到的不少艺术家都是史有其人,尤其是,通过帕兹在塞萨的陪同下参加威尼斯双年艺术展的详细描写,小说写出了一些世界顶级艺术名人的实践活动和作品面貌。例如洛里斯·格雷奥及其作品《盖佩托馆》(即搁浅的鲸鱼),查尔斯·雷及其作品《孩子与青蛙》等等,都有细节上的描写。而略略提及的艺术名人就更多了,如弗朗切斯科·韦佐里、托马斯·豪斯阿戈、胡安娜·瓦斯贡采罗等人。另外,小说中许多真人真事(如法国影后卡特琳娜·德纳芙在巴以前线的遭遇)都可以从奥诺-迪-比奥对黎巴嫩和缅甸的报道中得到佐证。而且在实际生活中,奥诺-迪-比奥的儿子就叫赫克托耳,而这部小说就是献给他的。这也就让人更容易猜测到小说中的自传因素。

这种把历史名人和当代名人写入虚构小说的做法,是当今小说家很时髦的手段之一,有人把这一类小说称作"vrai-faux roman"。记得米歇尔·维勒贝克的《地图与疆域》(2010)中就有类似的描写。这部龚古尔奖获奖作品,就把小说家弗雷德里克·贝格伯德和维勒贝克自己写入了小说,甚至还让作为小说人物的"自己"被人杀死。维勒贝克还让他的主人公杰德·马丁(也是一位画家和造型艺术家)为世界IT领袖比尔·盖茨和史蒂夫·乔布斯,为全球艺术大亨达米恩·赫斯特和杰夫·昆绘画。凡此种种,不一而足。

小说《潜》的叙述顺序大致按照历史性纪事方式进行。但也有一些小小的倒叙和插叙。例如,小说一开始,塞萨以一个年轻父亲的语气,回忆了儿子赫克托耳的出生。然后,时间一跳跃,塞萨就叙述起了自己如何接到法国使馆的报丧电话,坐飞机去阿拉伯某地辨认帕兹的尸体。

随后,故事的时间流逝和情节发展就很正常了,从塞萨第一次认识帕兹的物证"除尘喷雾器"谈起,讲到在小店铺中与帕兹的第一次见面,后来又如何买她的照片,为她的作品写评论,为追求她而特地跑去西班牙,在阿斯图里亚斯的旅行和求爱……然后就是在巴黎的艺术家生涯,他当他的记者,她拍她的照片。帕兹成名后,两口子不断出席各种展览会的开幕式,她也逐渐走向艺术生涯的顶峰……

但小说中的一些段落,作者特地用异体字体现,表示故事叙述状态的停顿,转入离题话,或是塞萨对在远方的儿子的谆谆教诲,或是他内心中的祈祷,或是对正在叙述的故事情节作事后的评论与回忆,总之,读起来一目了然,似乎也不必在此赘言评说。

还有一点,小说中,很多的句子不用主语,直接由动词开始,说明动作和行为与上一个句子是由同一人完成的,其间并没有主语的更换。因此,我的译文也保留同样的处理法,句子中不加主语。

其他方面,小说的写作就似乎没有太多的艺术特点了。

六、小说作者

小说作者克里斯托夫·奥诺-迪-比奥一九七五年生于海滨城市勒阿弗尔,现为法国《观点》周刊的副主编、记者,负责该刊的"文化"版面。已发表小说四部:《剥蚀》(2000)、《一切女人和雌性禁止入内》(2002)、《直接的一代》(2004)、《缅甸》(2007)。

其中《剥蚀》获得了拉罗什富科奖,《直接的一代》获得圣召奖和夜航奖,《缅甸》获得了联合文学奖。

二〇一三年的这一部《潜》不仅获得了法兰西学士院小说大奖,同时还获得了勒诺陀中学生奖。

有评论认为,《潜》是对生命和爱情的一种高调颂扬,同时也是对现实社会表象的一种深入,作品中透出了作者对古典文学的爱,对历史,对大海的爱。有评论还用两个词简述了这部阳光和黑暗的美丽作品:活生生地死去。而在写作风格上,《观点》杂志的评论家弗朗茨-奥利维埃·吉斯贝尔(本身也是小说家)认为,小说《潜》明显地受到菲茨杰拉德、端木松、萨冈、贝格伯德等前辈的影响[1]。

七、小说的翻译

关于《潜》这一小说的翻译,除了书名(上文已有论述),倒是还有几句话可说。

翻译的时间比较短,有些仓促,译文也不甚理想。从三月中旬到七月下旬,整整四个多月,包括了翻译和两遍校改。

初稿完成后,我就在博客上晒了一下翻译初稿的两个相对独立成章的段落:"第一次潜水"与"夜游卢浮宫"[2]。目的是听取网友的意见。

反馈的意见虽不多,还是很管用。例如,有人提出,小说人物之一潜水教练Marin的名字译成"马兰"不好,有些女人味。于是

---

[1] 见法国《观点》杂志的官方网站:
http://www.lepoint.fr/livres/christophe-ono-dit-biot-grand-prix-du-roman-de-l-academie-francaise-24-10-2013-1747525_37.php。这位弗朗茨-奥利维埃·吉斯贝尔(Franz-Olivier Giesbert)的小说《美国佬》,也曾获得过2004年的中国"21世纪年度最佳外国小说"法语篇。

[2] 参见http://blog.sina.com.cn/yuzhongxianblog。

我接受，就改为"马林"。

　　对小说原文的理解，我曾有三两处难点，始终查不到答案，需要直接问作者。于是，我电子邮件发去巴黎的伽利马出版社，结果被出版社的编辑挡驾，说是作者很忙，无空回答那么多译者的问题。好在，那位女编辑倒是耐心地解答了我的提问。我倒无所谓，只要疑问得到了解答，谁回答不是回答！

　　另外有一点要强调一下。小说的最后几章重点描写了在海中潜水的故事。我在翻译时感觉很亲切，其原因很简单，去年，我下海潜了一回水。那当然还是在翻译《潜》这部小说之前，当时，我在澳大利亚的大堡礁旅游，有自费的潜水项目，不知道我脑子里哪一根筋搭错了，全旅游团就我一个报名下了水。那一段潜水的经历，几乎与主人公塞萨的第一次下水一模一样，连细节都一模一样。于是在翻译时，我有一种似曾相识、如鱼得水的感觉。在此录一段译文：

　　　　当我重新睁开眼睛后，我发现了一个世界［……］短短几秒钟内，我就从大海的表面，从它单色画面的光亮，过渡到了一个充满了生命、运动和惊喜的世界，过渡到了一个如此纷繁复杂的地理环境［……］在我的脚下耸立起一座岩礁和珊瑚的真正城市，一座座高塔拔海而起，挑战万有引力定律，托举起镶嵌有蓝色、绿色和黄色花边的，仿佛悬在那里的宽阔平台。一把把巨型的扇子，鲜红鲜红的，恰如在放出火光，波动在看不见的潜流中。一个个强健的大烛台淡泊而显紫红，由其枝杈自由伸展出无穷的分叉，其尖端最终交织成千奇百怪的玫瑰花窗。［……］我迷醉。被征服。被战胜。

　　翻译这个段落的时候，我自己当真觉得仿佛又潜了一次水。至于潜水的装备，我则询问了比我资格老很多的爱潜水的出版人吴文娟女士,得到了她令人可信的解释。

《潜》写了一个最终死在阿拉伯的西班牙女人的故事,这使得小说作者有意地在法语原文中用了不少西班牙语和阿拉伯语的句子和单词。不懂西语和阿语的我,在翻译时就不得不求助于方家。好在朋友中有专家可请教,林丰民、杨玲、宗笑飞的解答给了我一个明白,也给了我翻译时的自信。

由此,回想起当年我翻译《复仇女神》的情景,作品中有大量的德语、俄语,我就请教了同一单位的杜新华、苏玲等专家。翻译外国文学,光懂一门外语,似乎是远远不够的,但若是有很多懂得其他外语的人可请教、可信赖,翻译也就可做了。

余 中 先
二〇一四年七月十九日初稿于蒲黄榆寓中
七月二十四日修改定

献给 A.,是你给了我 H.

我将不会死去:我有一个儿子。

阿拉伯谚语

他们找到她时就这个样。赤裸裸的,死了。在一个阿拉伯国家的海滩上。她的皮肤上满是晶莹的盐花。

一种挑衅。

一种劝诫。

写下这本书,为了你,我的儿子。

第 一 部

一个爱情故事

尽我所能

一切开始于你的出生。对于你。

一切结束于你的出生。对于我们。

我,你的父亲。她,你的母亲。你的生是我们的死。这一我们,这一主宰了你的诞生的实实在在的灵与肉的死:彼此相爱的一个男人和一个女人。

真相,它并不存在,恰如人们永远无法企及的一切绝对物。

我只能给你我的真相。不完美的,有偏有倚的,但不这样又如何?

属于她的真相将永远缺失,她关于事实的版本,她的感觉,她的音调,假如她还能对你讲,她的动作,她的风格,假如她选择给你写。但就我所知,关于她生命的最后阶段,她既没有留下任何磁带,任何录音,任何信件,也没有任何笔记。什么都没有,但这些用蓝线绣出来的画,它们兴许就已经够多了。将来有一天你得好好地读,进到它的深层之中。

老实跟你说,你的母亲,我爱过她,我也恨过她。就算这个跟你无关,当年我们这一对人儿。一对人儿,那就是战争。等你恋爱时你就会明白了。

我这么写真的很滑稽,因为当我把头从书桌上抬起,当我走进你的卧室,在你床上俯下身子,嗅闻你的气息,在你斑马纹的睡衣中那么温和的气息,要想象你将恋爱,这事相当有喜剧性。眼下,你真正喜爱的只有你那长了两个脑袋的豆豆,还有她在你出生前买的走马灯,它会在墙上投影出一些金色的鱼儿,在珊瑚丛中摇头摆尾。从你生命的最初日子起,直到今天为止,它们在你的脸上描画出一波波微笑,谁见了都会开心不已。

谁都会,除了她,你母亲。

我这样落井下石,把如此的街石扔进跟一次诞生紧密相连的幸福的水沼中,是不是很残酷?兴许吧。不要哭。尤其不要哭。不然,我就将永远都结束不了。我是欠你这个的,该结束。

但是让我们开始吧,我的乖乖小儿子。从历史的最重要事件开始讲起,从一切的起源讲起:你的出生。

胎 之 痛

"我们将失去他!"

是她们的这阵叫喊把我唤醒。在一种可怖的变形中显出她们真正的本质。直到那时为止,她们始终是善良的仙女,绕着床打转转,提供建议,道出安慰,而突然之间,她们摇身一变,变成了阴险毒辣的命运女神,断然决定,你的生命线很快就将被斩断,兴许就在三分钟后,甚至都不待它纺出。

"我们将失去他!"

穿白围裙的小姑娘们,一个小个子金发姑娘,两个小个子褐发姑娘,很乖巧的样子……直到那一刻,她们白皙的小手中配备了锋利的器具。是的,命运女神,冲着愿意听的人大喊大叫,兴许甚至还包括你,你,离她们的嘴只有一米距离,在你的胎膜中,在你母亲的肚腹深处,痛苦地受着折磨:

"我们将失去他!"

她们往她两腿之间插进一些透明的塑料管子。我看到黑色的血液流了出来,同时,另一个姑娘往她的脸上扣了一个氧气面罩。我看到她的眼睛迷迷瞪瞪的,她跟我一样,根本无法明白,为什么,现在,一切转向了悲剧。

就在这之前,她们曾信誓旦旦地说过:"一切都会很顺利,您别担心,脉动很正常。"撒谎:脉动,你小小心脏的脉动很不正常,你的小心脏,那时候,一个西红柿那么大小,在搏动。她们说到了你器官的衰竭,它们被母体子宫过于强力的压迫压缩了。

"脉动过于强烈了,"她们最终这样说,随即又补充道,"他受不了啦,我们将失去他。"

我一下子跳起来,走向你们俩,但迷雾止住了我。那迷雾落到我眼前,像是一个死气沉沉的剧场中的大幕。一种突如其来的炎热烧灼着我的太阳穴。

看到她们中的一人抓起一把剪子,我的身子就摇晃起来。

打了麻醉针后,人就昏昏沉沉了,硬膜外注射麻醉,这个词我很不喜欢,今天更不喜欢。打上一针,一切就很顺利了,它很正常地谋得一席地位①,在脊椎之间注入镇静剂。他们让我出去,就如要求其他急迫难忍的父亲那样。针的大小有好几十厘米,婴儿的一条胳膊,摧残着他们早已经受了严厉考验的神经。女人,她,则什么都没看见,因为女人们的背后没长眼睛,她们跟一种由不忠诚的丈夫所兜售的都市传说正好相反。于是,人们就照该做的那样来做。她在休息。美丽无比,头发扎了起来,躺在她绿色的罩衫

---

① 原文为法语"faire son trou",直译就是"扎下它的洞",现在一般延伸为"谋得它的位子"。

中，而我也一样，穿了一件绿色的罩衫，我的那本书捏在手中，《伊里亚特》，由于你的名字，或者不如说，你的名字是由于《伊里亚特》。赫克托耳，"凡人中最受神明珍爱者"，《伊里亚特》中最漂亮的英雄。完美至极。但愿人们别跟我说到阿喀琉斯，易怒的杀人犯，沉醉于他血统中百分之五十天神身份的荣耀。但愿人们也别跟我说到"万分狡猾的"尤利西斯，这个了不起的假屁股为他的阴谋诡计付出了二十年漂泊游荡的代价。此中自有正义在。而赫克托耳，"头盔闪闪发光"的赫克托耳，"骏马的驯服者"……英勇，坚强，他爱他年迈的父母，他爱他的娇妻，他的儿子，根本就不会做出任何的卑鄙行径。一种不会扼杀其敌人的尊严：阿喀琉斯在杀死他之后，刺穿了他的脚，还在脚上拴上一根绳，绳的一头拉在战车上，扬鞭策马，当着他年老父母还有他娇妻幼子的面，拖着他的尸体围绕他的城市奔驰，而他那年幼的儿子还不懂事呢。赫克托耳并没有因此而跌价：阿喀琉斯得到了神明的帮助，雅典娜甚至还悄悄地把那柄投枪还给了他，当初他用它投向赫克托耳却没有击中。荡妇雅典娜。赫克托耳是《伊里亚特》中最漂亮的英雄。你就叫赫克托耳啦，我手中握着《伊里亚特》，等着你的降生。

"您有六个小时要等呢，"一个仙女说过，"您好好休息一下吧。"

一丝微笑，脑门上一个亲吻，之后，我们就睡着了。她躺在大床上，挺着她大肚子。我则脑袋搭在桌子上，叠成四折的外套就垫在脸颊下。

"我们将失去他！"

鲜血飞溅，我的眼睛在乱转，我的腿上入侵了千百只红蚁，蚁酸就吐在我的肌肉纤维中。测量宫缩的仪器像地震仪那样乱抖。指针变得疯狂。"宫缩太强烈。她的心脏快受不了啦，我们将失去他!"

在罩住了你母亲半张脸的氧气罩上方,她的目光在寻找我。我的目光变得模糊。一个医学的坏精灵应邀进入了降世之诗,想从我们这里剥夺你的诞生。我起而造反。人们把她从轮床上带走,她,连同她那向我诉怨的目光。我想奔她而去,却轰然倒下。"爸爸晕了。"命运女神之一转身朝向我,说道。轮床咕噜噜地滑行在走廊的毡毯上。"您不能陪她进去。"另一个女神的嗓音响起,像是有人猛地敲下了棺材钉。

她不再在那里。她孤独一人,兴许带着腹中的死神。死去的你。我瘫坐在地,希腊英雄被一种看不见的强力打败。一个邪恶的女神,百战百胜的雅典娜,出卖了又一个赫克托耳。

你母亲需要我,精疲力竭的我被带到一个没人占用的分娩室。

降　世

分分秒秒,度日如年。

打扫卫生的女士建议我去喝一杯咖啡。喝一杯咖啡,在我儿子与死神搏斗的时刻?通向手术区的双重门一开,出来一个女护士,看都没看我一眼,就喊了这样一句:"我们没能把他带回来。"然后,就从另一个房间的门槛上消失了。

我们是来给予生命的,而我却将得到一个小盒子。我打开了我的书。

> 当年轻的黎明女神,垂着玫瑰红的手指,重现天际时,所有人复又聚集在焚烧勇士赫克托耳的柴火堆旁。当集合完毕,他们先用晶亮的醇酒,扑灭柴堆上的余火,仍在腾腾燃烧

的炽炭。然后,他的兄弟和同伴收捡起白骨,悲声哀悼;泪水涌注,沿着面颊流淌。他们把他热腾腾的白骨放入一只金瓮,用紫红的软袍层层包裹。

我们作了什么孽啊?我浑身虚脱,坐在毡毯上。你在手术室,跟她一起,在她肚子里。我始终不知道,你到底是不是还留在活人的王国。

"先生,您可以来了。"

她又找回了温柔的嗓音,手里也摆脱了那把剪刀。命运女神变回了仙女。在走廊的尽头,她请我跟着她走。她会微笑吧?我想。

某些走廊是隧道。我跑步飞越塑胶地板,绿色和蓝色相间的方块,耳中嗡嗡直响,如有黄蜂在纷飞乱舞,专注地盯着那个映出一道霓虹灯光的房间的门槛。

助产士依然戴着大口罩,俯身瞧着你。他在听你的呼吸,你这粉红色的小东西,黑黑的头发,面部轮廓十分清晰。我的儿子。

"一切都好吧?"我说,嗓音破碎。

"一切都好。"

"我是想说……他不痛苦吗?"

他把剪刀递给我。我后退了一步。

"您愿意剪断脐带吗?"

我先是说不,但随后我又拿起了剪子。我重又操控局面。我拦住了差点儿夺走你生命的命运女神。脐带已被一个黄颜色的小卡子夹住。我沿着那小卡子一刀剪下。一股黑色的液体流了出来。"它是黑色的,因为它含氧充沛。"医生对我说。你瞧着我,用你那新生儿独有的蓝色的眼睛。他把你拎起来,让你用腿站着。我急忙抗议说,还有的是时间,你一定累坏了,但你走了起来,一腿一迈地,像一个宇航员走在月球表面上。"他会忘记的,他会重新学走。"医生说。他给你测量,称重,让我用一支有酒精味的毡笔把你的数值写在一块白板上。

"一切都很好。"他又说道,而只是在这一时刻,我才对我自己说,我可以相信了。

"那他母亲呢?"

"手术已经结束。您过半个小时就能见她。"

我没有哭,因为生命获胜了。

"您叫他什么呢?"一个女护士问,手中挥舞着笔,准备把名字写在你那小小的出生手环上。

赫克托耳,一字一顿,这名字在我眼前闪闪放光,但它是那么的珍贵,确切,我觉得我自己没有权利独自念出它来,没有权利不等到跟她在一起,而是匆匆地,就在手术室后间,独自念出它来。"我要等一等妈妈。"我说,用了人们在这些降生之神庙中所使用的这一孩童之词。

女护士很惊讶。

"你们还没有起好名字吗?"

我瞧了瞧你。我对自己说等待是毫无用处的。必须把你拦腰抱住,从我这里带走,从生命这里,从我们将构成的家庭这里。我对自己说,我接受你如同人们接受一次加冕,我念出了典礼之词,你漂亮名字的响亮护身符。我对你说,对你,因为这跟她无关,跟她。

"你叫赫克托耳。"

她让我脱去我的衬衫。我很惊讶地瞧着她。她莞尔一笑,对我说:"将要来一个皮肤对皮肤的亲密接触。"

我的眉毛拧成了一个问号。

"为了暖和暖和他,让他学会认识您。"她继续道。

我脱掉了衬衫。就在那个手术室中,我光着上身,迎接了你赤裸的温热的小小肉体,我把你揽入怀中。你用你细小的嘴,寻找我的乳房,但是我没有它。其余的一切我都有。而我有了你,我的儿子。

乘飞机

接下来的这一段不是给赫克托耳的。还有其他好几段。有那么几段。我不能把一切都对他说。人们不能把关于母亲的一切都对儿子说。很多。几乎一切。但不是一切。我写下它来,因为必须尽情地倾吐这整整一段受挫的爱。但随后,我会剪掉的。真相,是我怨恨她,他母亲,给我来了这一手。大使馆给我来电话:"得确认身份。"如此说来他们并不确信。当然有一本护照,但他们并不确信。我崩溃了,我恨死她了。与此同时我发誓。不再走出我如今的、私密的地域。不再返回那里,那另一边,欧洲之外,不再去人们不知道为什么会死去的地方。

我真恨死她了。简直是胡来。

他们要我解下皮带。我肚子很难受。我带着一种受罚者的屈从,照吩咐做了。我这样做只是为了他,我儿子,我为他做出了这一很合乎我最近几年一切生活的、顺理成章的爆发。

我在机场,面对着安检门。像一个冷静的神被航空公司的两个职员夹在中间,他们脖子上挂着证件牌,制服很像警察。我看清了他们的名字。尼古拉和卡莉玛。卡莉玛很漂亮,目不转睛地瞧着我,当然不能把这一专注混同于一种色情趣味的表现,或者更简单地混同于对我个人尖刻的好奇。首先因为现在是早上七点钟,其次因为我被失眠挖得空空如也的头脑,神经疲竭,眼泪汪汪。卡莉玛注意到我有点儿问题。尼古拉却不,他太关注地瞧着卡莉玛。

"您不舒服吗,先生?"她说,带着一种塞纳-圣德尼省的生硬口音。她有一双浅栗色的美丽眼睛,但她的眼妆化得太浓了。她的嘴也同样,当她愿意时,那饱满的嘴唇应该能送出一丝美丽的微笑。不是那里。她不是在瞧着我,她是在查看我。我感觉到她的不安。我知道她在想什么,这一切就在于一个词。我咽下一口唾液,她的目光变得锐利。几乎就是狠狠的一爪子。

"您愿意脱下您的鞋子吧。"

这应该是一个问题,但句子本身没有疑问的调子。卡莉玛不提问,她肯定,这就是人们教她做的。卡莉玛肯定,我是愿意脱下鞋子的。怒火在我心中升腾。我感觉它冲上了我的喉咙。我可以说这是一阵波浪,但来到我头脑中的形象不是这个。更准确地说,那是一种愤怒的电休克。比例不当的反应,因为来到我脑子里的,并不是本来意义上的暴烈和侮辱,而是因为,这就是那一切的开端。

我恨死她了。

我得坐飞机去辨认她的尸体。他们发现了一本护照,但他们不敢肯定。在我左边五十厘米处,是我那环球漫游者的卡其布小旅行袋,被我从整整五年时间的沉睡中唤醒过来,眼下正像一只养在自动生产线上的鸡,滑行在橡胶的滚毯上。过一会儿,一场伽马射线之雨就将让它吐出它内囊中那凄惨的秘密:一张她的照片,我携带的仅有的两本书,《伊里亚特》和《奥德赛》,还有把我跟你,我唯一真正的生活理由,联系在一起的电话。

　　我弯下腰,解开鞋带,把我的鞋子放到油腻腻的传送带上,让它们跟在我的旅游包后面走。我穿上了两只塑料鞋套,蓝色的,由一根橡皮筋卡紧了,其形状大致上相当于人类的脚。我在两种幻象之间犹豫:一种是走了形的脚,似乎因一种可怖的疾病导致了畸形,内部充满了积液、血液,某种血脓,实在有碍观瞻,必须隐藏起来。或者是蓝精灵的脚,那些戴着弗里吉亚软帽的蓝色小家伙,可是当时最有名的动画人物。但他们的脚是白颜色的,不是吗?好一个成年的遗忘症。我发誓,赫克托耳,要做出努力。要始终尝试着去理解你的文化参照物。永远都不要向你的世界关上我的门,即便你会嘲笑我。

　　卡莉玛示意我走向安装了电子板的安检门。命定的时刻。她咬着她那漂亮的嘴唇。我感觉铃声就要响起,这将加强卡莉玛的怀疑。对于她,我所代表的威胁全在于一个词。汗水顺着我的肩胛淌下。她的手死死地抓紧了她的对讲机。

　　我闭上眼睛,我穿过门。短短的十分之一秒,就像人们一口喝干一杯那样短,我度量我所离开的那一切,这个欧洲的美,我孩子的脸,还有那么像你母亲的这个里皮笔下的圣母①的脸,而就在半个月前,我还在卢森堡公园附近的一个宫殿中见过你母亲。我最近的展览。我最近的那次属于我正在离开的这一文明的艺术领域的展览。我无法抑制一种颤抖。还有那样一种幻象,一杯咖啡变形成了在我胃壁上跳跃不已的液体球。

　　我睁开眼睛,我到了另一侧,铃没有响,但它给卡莉玛的美丽目光装点了一种更大的焦虑不安。

---

①　弗拉·菲利普·里皮(1406—1469),文艺复兴前期的意大利画家。

是什么激励起人的一种本能？人们通过什么信号出卖了自己？

"请等一下，先生。"卡莉玛伸出手掌拦在她和我之间，像是一面盾牌。她拿目光寻找着某人，但没有找到。于是她朝坐在监视屏后面的那个男人做了个手势，监视屏中，那些箱子、旅游包、盒子全都变得透明赤裸，如同进入了一个机械物品的脱衣舞场。"热罗姆，请你过来一下吧。"说着，她神经质地把她那染成赤褐色的一绺头发捋到耳朵后。那个叫热罗姆的摁了一个摁钮，传送带停了下来。他走向我们。她朝他耳语了几句。他转身朝我走来，目光直扫我，就像在扫描旅行箱，并示意他的一个同事朝我走来。

"请张开手臂，先生。"

在卡莉玛忧虑的目光下，他摸了摸我的肋部，大腿内侧，腿肚子。在我跳得越来越剧烈的心脏上停了一会儿，重又开始，然后挺直身子，朝他的女同事否定地摇了摇头。他返回自己的岗位。传送带重新转动。

卡莉玛犹豫了。她瞧着她的电话。她的神经这会儿应该像竖琴的琴弦那样颤抖，在这颤抖下，炎热在她的体内传播，她表皮上的一个个毛孔应该全都扩张开了，我第一次能够闻到她的香水味，很浓郁。她很熟悉可疑乘客的行为举止，但她无法断然做出决定，一举出手。我很想对她说："快去，快去，卡莉玛。你没有搞错。让我就这么溜走是很危险的。听从你的直觉吧。"

我希望她当即就抓住我，用铁铐铐住我的双手，或者紧紧抱住我，让我在她火烫的身体中动弹不得。我希望她把我扔给警犬，在鲁瓦西机场地下的秘密办公室里用高高的鞋跟抠出我的眼睛。一切都可以，就是别让我登上这架飞机。

那样,我就可以对我儿子说:我本来想去的,但我去不了。他们阻止了我。

我在那些金属靠椅中找了个位子坐下,就是机场中常见的覆盖有人造革面料的那种。在我对面,有一个家伙,一副永不过时的有效外表,戴一顶无边圆帽,留一把大胡子,上穿无袖的战袍,下穿一件夏瓦尔-卡梅兹①,奶油色的,收口在脚踝的上面,就像七世纪的先知穿的那样。必须像我们的先知那样什么都干。虽说他并不乘飞机,但我们就别纠缠不休了。

我想到了贝鲁特,而那段回忆,很快就沿着我的脊椎爬上来,让我很不舒服。

"请原谅我刚才的……"

原来是卡莉玛。她冲我微笑,这是我阴沉黯淡的心中一片光明的安慰。说它是微笑可能有些词不达意。还是说欢笑为好,因为它转达了心灵。

"原谅您什么呢?"

"您看起来神经那么紧张……我还以为……"

她的口音具有破碎物品的魅力。郊区口音中有着那种自巴黎不再大众化以来巴黎女人就不再有的浪荡语调,如今,巴黎的沥青马路上麇集的只是千篇一律的姑娘,穿轻便鞋,带丝丝穗穗的,满口既自烦而又烦人的腔调。

她迟疑着。"我们是有规定的,我给您找了一点麻烦。"

---

① 原文为法语"Shalwar kameez",中南亚地区流行的一种传统服装,尤其在阿富汗和巴基斯坦,男女通穿,但在印度和孟加拉国,多为女人穿。夏瓦尔裤腿上部宽大,裤脚收缩。

我接过话头说:"您没有找我的麻烦。您做的是您职责所在。"

她放松下来。当你的意识告诉你,你所做的并不太好时,职业论据还能宽慰人,那简直是太疯狂了。当它还不让你反抗时,那真的是太疯狂了……但是,这不是嘛,她就坐到了我身边,举止根本就不像一个安检人员。

这个也一样,我无法对你说的。她深吸一口气,缓缓地叹息一声。她的胸脯在白衬衣的纽扣底下鼓起。她戴了一个红白相间的提花格子布胸罩。一种六十年代的色彩让我一时间远离了鲁瓦西机场。一种温柔的精神淋浴以那些燧石般锐利的思想让我放松①。从大使馆的一次电话起,它们就剪断了我的脑子。我挪开目光,不再继续想象卡莉玛的肉体。太多的温柔恐怕会让我半途而返。幸亏你不会读到这个,赫克托耳。不然的话,你恐怕会起而反抗:"什么,你竟然拒绝前去辨认我母亲?"没错,不想去。正是为此,我掉转了目光。

她又叹了一口气。

"有什么不对劲吗?"

"我倒是真想抓住他一个。"她说。

"一个什么?"

"一个恐怖分子。我父亲就是被他们杀死的,在阿尔及利亚。"

~~~~~~~~~~~~

① 原文有文字游戏,"色彩"和"淋浴"在法语中分别为"touche"和"douche",发音相似。

她双手捂住了脸。

"我很遗憾。"我说。由于我寻求以某种更个人化的东西来延长话题,而且我们很显然将不会再见面了,我就补充了一句:"我儿子也差一点因为他们而失去了他的父亲。"

她松开了双手,死盯住我的脸。

"可是,您儿子的父亲,不就是……您吗?"

"是啊,是我呀。"

她朝我投来一道彻底不解的目光。为了不寻求破解,为了不更"找麻烦",兴许同样也是为了不再想到死亡,她站了起来,头也不回地走了,把我一人甩在了人造革皮面的靠椅上。卡莉玛改口了。大胡子男人很不对劲地瞧她。我恨他。

同样我也恨你母亲,是她迫使我做得与我承诺的正好相反。

除尘喷雾器

我在午夜时分遇见你母亲,那是六月里一个晴朗的夜晚。在十四区的一家杂货店。正好在我那街区的对角。那应该是一个充满神奇魔法的玩意,才会让杂货店老板同意把他的商店翻得个翻箱倒柜。而她本人就应该是那么一个魔法师,让他同意这样做。

她贴肉穿一件带风帽的绒布运动衫,写有赛尔特字体的英语**我爱阿斯图里亚斯**的字样。当时,我以为那是一个摇滚乐队的名字。据判断,她比我小十五岁。店员爬上了一个梯凳。她直接叫他的名字,我觉得这种默契很精彩。老板的眼睛表达出一种魅力,其中混杂了对奇特造物的好感,正是她迫使他在这把年纪上还弯腰俯身在货架上忙活,一个个货架上堆满了商品,一盒盒"意大利美味在我家"牌子的速冻比萨饼,一块块轧出金豹子图案的卡芒贝尔奶酪,一方方做成砖块状的太阳牌蔬菜浓汤,一包包蜷缩在沁出滴滴雾珠的塑料薄膜底下的生菜。

"我向你保证,马利克,你这里有的,我有一天看到过……"

她说"你"时,把"tu"说成"tou"。说"我"时把"je"说成"jé"。

"但他们不再制作了,我向你发誓,帕兹。"

帕兹。这让我想起了小佩兹糖,我童年时代的糖果。我立即就喜欢上了。

"不,不,瞧仔细了,阿里可是为我订了最后一批存货的。"

她说到"存货"时,同样把"stock"说成"estock"。很迷人。

圆乎乎的小个子男人发出一记满足的叫喊。他从梯凳上挥舞着一个金属圆柱体。她用她那黑亮黑亮的眼睛注视着那物件。

"有四个呢,你都要吗?"

"我都要了!"

他把四个圆柱体放在柜台上。她掏出钱包,一个有珠子点缀的花花绿绿的钱袋。杂货店老板摇了摇头。

"嘶嘶,我把这记在你的账上。"他说着,把手伸进一只玻璃瓶,掏出一只巧克力做的小熊递给她。

"本店的礼物。"

"你真是一个爱神。"她说着就嚼起了那块蛋白松糕。她亲吻了他的脸颊,消失在了夜色中,连瞧都没有瞧我一眼。

我只来得及读出套在圆柱体外面的红色标签:**除尘喷雾器**。

这让她狂喜……但是为什么这样兴奋?它们有些什么精华之处,这些喷雾器?找到其中的理由就已令我十分上心。一个小青年进得店来,剃得光光的脑袋上端端正正地戴了一顶鸭舌帽,身上穿一件过于肥大的T恤衫,上面印了这样的警句:"假如生活是个婊子,我就是给她拉皮条的。"

"这些玩意,它们要给什么东西除尘?"我问店老板,同时递给他一瓶波尔多酒。

"我不知道,先生。"这家伙回答我,低下眼睛瞧着他的钱柜。

"先生":我们还不到彼此直呼其名的情分,要做到那样,还有很漫长的道路……在我身后,皮条先生有一盒子小豌豆要付钱,他颇有点不耐烦。那些小豌豆,正在通过他那疤面煞星的奇装异服①咒骂。梯凳始终留在原位。一种本能驱使了我。

"皮条先生,您请先……"

他打量了我一眼。一条皱纹横在了他的嘴上:

"你在说什么,你?"

我发出一丝大大的欢笑。夜晚的女来访者的漂亮精力感染了我。

我指了指他的T恤衫。他耸了耸肩。我爬上梯凳,认真地观察起来。在一个纸盒子后面,还剩下一个"除尘喷雾器"。我赶紧拿下。

在钱柜后面,那家伙朝我射来一种杀手的目光。

"您要买它吗,先生?"

"是的。"

他迟疑了一下……我知道他要说什么,就鼓励他。

"您刚看到的那女郎……她需要它,那玩意……"

"她刚刚买下了四个,不是吗?"

"是的,但那个牌子的已经断货……而她要的恰恰是那种……"

~~~~~~~~~~~~~~~~

① 《疤面煞星》(*Scarface*)是一部美国犯罪电影(1983),布莱恩·德·帕尔玛导演,奥利佛·斯通编剧,阿尔·帕西诺主演。

"那么,您为什么没有把这个也卖给她呢?"

"我没看到。"

"真遗憾。"

他低下了眼睛。看来他有些为难。

"假如您告诉我她的姓名,我就把这个还给您。"我建议道。

"这太可笑了。"他说道,不无恼怒。

"那我该付您多少呢?"

他迟疑了一下。

"她叫帕兹。"

"她是做什么的,这个帕兹,生活中?"

"她是个摄影师。"

我明白了一点。那是为了擦她的镜头。

"她叫帕兹什么来的?"

他死死地盯住我。这已不是恼怒,而是一个挥舞着一块"禁止打猎"牌子的父亲的警告。这让我莞尔一笑。以仅仅一次的出现,这个姑娘就给了我我以为多年来早已消费殆尽的欢乐。

"那么,她叫帕兹什么来的? 我很想看一看她拍的照片……"

"十欧元五十分。"他突然说,瞧都没有瞧我。

"你,马利克,你是一个大嫉妒鬼。"我心里说。我付了账,走出店门。城市的灯光给我送来丝丝微笑。

我想起来我的女按摩师图扎尔对我说过的话。她不仅为我造就一种手感上的极大幸福,而且还从她自幼成长起来的掸邦①山区带来了我决意相信的相当数量的真相。"我们的肉体并不停止于我们的肉体中。"她说道,双手放在我那因当代生活的变量而变成了长有一个个结头的绳子的背脊上。对她以及她的祖先来说,在我们的肉体躯壳之

---

① 掸邦(Shan),缅甸一地,在该地区生活的多为掸族人。

外,延展有七层肉眼看不见的追加躯壳,它们像一个光环那样在放射光芒。它们把我们的肉体扩展到了空间,从而确定了我们被我们的同类生命体所感觉——远在它们看到我们之前——的方式。她一边用她那亚细亚商博良①的双手在我痛苦经脉的象形文字上漫游,一边滔滔不绝地向我发表着理论,她的理论解释了何为神赐的能力,何为一见钟情,何为你本人都经历过的那种现象,赫克托耳,当时,幼儿园小班开学的那一天,你对我说那个金发男孩很"可恶",而那时,你甚至都没有跟他说过哪怕一句话……

一种表达让这一磁场上不兼容的本质变得很本能:提到某些人,人们会说,对他们"没感觉"。是电波不对头吗?"当然了,"图扎尔说,"不然的话,为什么有些人从来都不受侵犯,而另一些人却时时刻刻都被侵犯呢?"我俯卧着,赤身裸体,只穿了一条由中缅边境的长脖子女人纺织的柞丝内裤,品味着炎热之舌在我菱形肌的纤维上穿越,我反驳她说,在铸铁上雕刻出的一个巨人,会比别人少惹来成为靶子的威胁。"没错。但你会有一些从来就没这问题的小个子男人。因为他们放射出光芒。而另一些人则招引来恶人,因为他们散发出畏惧的气息:让别人知道他们示弱。"

图扎尔"零散地"给人理疗,她说,他们不再散发任何光芒,熄灭如同死星。他们以他们的空无掏空她,让她在理疗之后就疲竭透顶。她的按摩试图恢复他们能量的秩序。她爱抚我的能量。我幸福地闭上眼睛。为什么,在这超链接的二十一世纪,被所有人描绘成一个文明尽头的新世纪,并不是每个人都有可能把自己的脊背定期地亮给一双如此善良的手?我梦想一篇新的普遍人权宣言:"人人在按摩方面生而自由和平等。"我沉沉地睡去,我做梦。

〰〰〰〰〰〰〰〰

① 商博良(Champollion,1790—1832),法国考古学家、历史学家、语言学家、埃及学家,是第一位识破古埃及象形文字结构并破译罗塞塔石碑的学者,从而成为埃及学的创始人。

"我们的肉体并不停止于我们的肉体中。"我愿意相信世界的这一诗意阅读。而且,若不然,又如何解释你母亲对我的戏剧性吸引?仅仅用了三秒钟?

我们的电波发生了碰撞。

她是摄影师,而在报刊上,这并不难找到。我着手开始追猎。追猎帕兹。

找到帕兹

你得知道,赫克托耳,我是你父亲,但我还有另一个职业:我是记者。

我还写小说。但当时,我停笔不写了,因为写小说是一场马拉松长跑,而我更愿意开始冲刺。

时代要求这种紧迫。什么都不再顺当。人们甚至说文化什么都不再带来,文化使我们博物馆化,跟我们脱钩。人们说时代死在了书中。为什么?我的同时代人工作很努力,但时间却从他们手边逃逸。他们只是在海滩上阅读,而由于经济危机来临他们不再有够多的钱去海滩,他们也就不再阅读了。

或者不再读很多。然而,听他们的说法,当他们欢快地打开一本书时,就没有任何什么能代替它的。他们这么说,就像那些老毒鬼说到他们当时的蒸蒸日上。而我就在那里,提醒他们,这一欢快,他们还应该为自己提供:人们有过的愉悦是一种正在完结的生命所剩余的一切。巨大的遗憾烟消云散。在一个节庆的高潮时刻,连你最好的朋友也不会开怀大笑,对你说他至死都爱你,或者,当你第一次看到一个大理石雕塑杰作,你明白你并不是它,你自己,不是大理石的,但面对这件出自凡人之手的物品,你的神经突触会闪耀光芒。就如同,当你决定在天气酷热难当之际去泡在水中,你对清爽凉水的记忆将永远不会死去,或者,当你疲竭时你允许自己喝上一杯,酒精的细流会点燃你的血管,让你重现变成一个征服者。

我趁机为你送上这一建议,我四岁的小小狐獴:绝不要忽视你的肉体。这是你的乐器。要让它振响,演奏,从中汲取最漂亮的感觉。加工它,让它变得漂亮、光明、矫健,让它到处潜入,抚摩一切可能的皮肤,浸泡在所有的水中。让它成为你最可靠的同盟军。让它闪耀光芒。向它苛求一切。

我感觉自己负有一项使命:成为为文化而效力的僧侣战士,成为我的世界的记忆,但是转向未来。

我的司令部是我的办公室。一个文化的至圣所,由几百本摞起来像迪拜高塔一样的书构成,不过由于经济衰退,人们现在已不再建造那样的塔楼了。它由一个很大的玻璃门来采光,这玻璃门朝向一长条住宅楼,而这条长楼以前曾被一个摄影师改变成了艺术品。当夜幕降临,我可以从一长溜的窗户中看到人们生活在那里。我同时还监视他们。在一页页报纸中,他们会找到最好的东西,种种幻象,重新迷惑他们那已被机器的袭击弄得疲惫不堪的脑袋,并重新给予他们作为人类的自豪。绘画、电影、图书、表演……我看到未来的创作生机勃勃,我知道美的形式将孵化出世,在世界的表面爆发,并重新描绘它。

我手边尽是宝贝。一本本书,我一打开它们,其光彩就扑面而来。仅仅读到它们的题目就足以令我欢欣鼓舞:《无用的美》《群魔》《妇女力学》《喧哗与骚动》《火的女儿》《竞技胜利者颂歌》《烈酒集》《当代英雄》《沙之书》《莫拉瓦金》《为明眼人而用的关于盲人的信》《黄颜色的爱》《三十岁的女人》《契合的爱》①……啊,题目的魔力啊!

　　我还喜爱意象。艺术家的专著,去世的或很当代的,都能温暖我的心灵。其中冒出来赤裸的戴头盔的神,裤裆鼓鼓囊囊的胡子拉碴的农人,长了牛头的魔怪,血腥的战役场景,漂亮得让我眼睛生疼的胯部勒得像沙漏的女人,蓝莹莹的仙女,插画有一些寓言故事的暴风雨的天空,精心雕镂的贝宁铜器。我有一些诗集,是这样说的:

　　　　我们朝拜垂着象鼻的偶像
　　　　镶钻的宝座何等珠光宝气;
　　　　辉煌的宫殿中仙女聚集
　　　　对你的银行家不啻为毁灭之梦;②

　　文学,死了吗?不,它睡了。我告诉你,我监视着它。它在"骷髅堆"里,这是一个随笔作家说的,他的青少年时代在潘帕高原上跟一个抽哈瓦那雪茄的人一起度过,我暗暗地欣赏他,因为他有一种特殊本领,能在时代之上发射一连串非常耀眼的照明弹。"怀旧,就是踢到屁股上的一脚。"我们最后一次见面时他这样说,

----

① 《无用的美》(L'Inutile Beauté):莫泊桑的小说集。《妇女力学》(La mécanique des femmes):法国情色电影。《莫拉瓦金》(Moravagine):法语作家桑德拉尔的小说。《黄颜色的爱》(Les amours jaunes):特里斯当·科尔皮埃尔(Tristan Corbiere)的作品。《三十岁的女人》(La Femme de trente ans):巴尔扎克的小说。《契合的爱》(Traité curieux des charmes de l'amour conjugal dans ce monde et dans l'autre):瑞典科学家斯威登堡的作品。其他的就更有名了:《群魔》是陀思妥耶夫斯基的作品;《喧哗与骚动》是福克纳的作品;《火的女儿》是奈瓦尔的作品;《竞技胜利者颂歌》是品达的作品;《烈酒集》是阿波利奈尔的作品;《当代英雄》是莱蒙托夫的作品;《沙之书》是博尔赫斯的作品;《为明眼人而用的关于盲人的信》是狄德罗的作品。

② 这是波德莱尔《恶之花》中"远行"一诗中的四句。

就在他的客厅中,那里垂直地支着几根金属柱子,据说能支撑住行将坍塌的天花板。

是的,怀旧就是踢到屁股上的一脚,因为它迫使我们动弹,以免面对着古人的时候倒下,而古人们应该在九霄云外,我希望能开心地看到我们依然相信,一切并非全部输掉。假如文学位于骷髅堆里,那么它很快就会从中走出来。就如最初的基督徒,被铐上手脚之后,用粉笔在罗马的墙上画一些小鱼来互相约见,到最后终于在全世界风起云涌,四海翻腾。

星星之火,死灰复燃。火山马上就将岩浆喷发。

我还喜爱现代性的眩晕。我开始冲刺,我对我说了。这一冲刺同样也是电视化的。我黎明即起,让人给我化妆。我奋力冲进一辆就像一条庞大的黑角鲨那样的出租车。我喜爱飞驰在柏油路上,有一种音乐在耳朵里。一种音乐,说着"如此年轻",或者"我想被崇拜"①,一种音乐,我二十岁时听的,人们找到当年的老录音,人们把它们商业化,因为这时代就是人们所谓的"重新灌录"。我喜欢让年轻的我的这一音乐,把我,年老的我,带往像一个玫瑰色的南瓜那样奇怪地闪耀着光芒的工作室。是的,我喜欢人们黎明时为我化妆,为我重新穿上我的衬衫,问我是不是需要一杯好咖啡,为我打开我的麦克风,我喜欢任人摆布,我喜欢过一会儿就出好状态,我喜欢冲刺,我喜欢当着千百万人的面迫不及待地想当一个苦行者,孤独背景中的跑步人,然而这是很早就出现的意愿。我已经不再写,但事出有因。在摄影台上,在阵阵电波中,我说到他人的书,他人的电影,他人的作品。

在我的至圣所里,有几百部电影,其中就有那个音乐家的故

---

① 引号中原文为英语"So young"和"I wanna be adored"。

事，你不认识他，他唱"强暴我"。他第一个宣布接下来的是什么，格式化一切，消遣为王，说任何争议都能被挽救并变化为一个待出售的物品，这一点并非不可能。我这里有盒带，我会让你熟悉的。假如你愿意。假如有人借给我生命。

我热情地监视着我那些神奇的盒子。心灵的食粮。我的巫术因子。

世界运转得不好，对报刊而言，时世很艰难。信息到处都在无偿喷涌，然而我们被说成要出售它。但我是僧侣战士，我对你说了。此外，还不努力。我每天爬过的螺旋阶梯是文本的巴别塔，我挖掘的这些意象的矿藏是一种永恒的激励，某种刺激我神经的东西，我的生命有它就足矣。

我已经变得乖巧，因此一动都不爱动。要进行的斗争就在这里。我监视着旧世界的进展，汲取古老的源泉，把它们跟现代性的吱吱冒泡的汽水混在一起，以酝酿出我自己的酒浆。在纸上或者在数码像素上细细品味。从我的玻璃塔楼，我努力重捡夏多布里昂的口号："报刊[……]是雷霆状态的话语；是社会的电力。"

我冲刺。但是，你母亲的七层能量外壳干扰了我的外壳。

第二天，我走出了我的玻璃房，我下楼来到了"意象的平台"：一个很大的大厅，地上铺有地毯，桌子上摆满了电脑，人们就藏在电脑屏幕后。雇员们应该没有彼此分开。在这二十一世纪的开端，其实自从上一世纪末以来就已经开始了，按照一些盎格鲁-撒克逊企业集团的榜样，各家企业认为应该欢迎拥抱一种空间共产主义的形式。企业的私密地理属于所有人，就是说，不属于任何人。人们把这个叫作 open space，即开放空间，它是私人范畴的相反物。被叫作企业的一个大蜂巢的不带隔板的单元。我们的企业同样也拥迎这一宗教。

有一天我在那里接待了一个六十年代的著名摄影师。在法国，此人曾是那个年代黄金传说的描绘者。响亮而又光明的形象，浑身震荡着生命的狂力，不带一丝云彩。一个时代的神话，那时在大众中显身的神明叫作强尼和西尔薇①：光荣的肉体，金毛狮，大号尺寸的雷朋眼镜，阳光下的游泳池，嘴唇上叼着雏菊，时髦而又惊世骇俗的拥抱，在一辆一路奔向天边的福特野马车的皮座椅上。

他衣冠楚楚，领带紧系，手里牵着狗，对我说："等一等，一家报刊，竟然已经变成这样了？"——"你想说什么呢？"我问道。——"它没有长沙发！"——"这又如何？"——"那么，您是怎么做到说话的？做到思索的？做到思维的，做到梦想的？做到创造！做到给您的读者以愉悦，必须有它的，不是吗？"

这没错，兴许还令人遗憾，但是这份由托克维尔式的造反者所创办的珍贵杂志（我在我的办公室中保留了报刊创办的那个时代的一件遗物，我不太熟悉，一把漂亮的 Knoll 扶手椅，白色的，带有红色的垫子），越来越像是一个 Λ 字形的企业。坐在我们闪闪发亮的屏幕前，发发电子邮件或者接接电话（有时候是给同一个人，他从此便按照惯例，通过互联网向您发来一条信息，另一个人，则是通过您办公室的电话录音，第三个，通过您的手机电话留言，最后是第四人，以短信的形式。怎么敢不提醒呢？），我们就能够最终卖出房贷按揭，卖出四奶酪比萨，或者旅游日程。我们毫无荣耀，纹丝不动，变成为一种增生信息的管理员，根本不可能超越，持续地突变。我们是新闻的传播者，恰如人们所说的，香味的传播者。

我希望这会改变，我们会重新掌握我们的命运，轮到我们感

---

① 应该是指西尔薇·瓦尔堂（Sylvie Vartan）和强尼·哈里戴（Johnny Hallyday）。这两人是当年法兰西香颂的一对标志性人物。

性化和电动化,如同世界的进程。惊跳会随着我那火山的觉醒而来。

我喜爱"企业"。那里的氛围很好,尽管有匕首,有毒舌。我在那里有朋友,而我又很喜爱我的职业。它要求人们多多干活,什么都懂一点儿,永远都不要闭眼,而要顶着永恒的压力给热情留一个位子。那是有意义的。

但我们还是回头说你母亲。我当时试图重新找到她的踪迹……

在闪闪发光的屏幕面前,图片师瞧着来自全世界的几十张图片一一掠过,那是由通讯社发来的,由那些视图专家按照"企业"的需要选出来并保留的。它想以此来展现世界,每时每刻。

我下楼看到了图片部主编。他叫安东,我很喜欢他。还不止,我很器重他。如果说他在语言方面并不那么来劲,那我会说,安东用鼻子就能闻出好照片来。因为眼睛只是基础,而假如安东只有一双好眼睛,他就不是总图片师了。安东还有一个好鼻子,一个如同能嗅寻块菰的猪鼻子那样灵敏的鼻子,能以某个灵巧的动作一下子捕住环球摄影生产中的一个视图。

他正俯身在看某个政治领导人的一系列肖像,辣酱肉①的爱好者。

"你好,安东,还好吧?"

他没有转身。被他的研究吞吃了。但他听到了我的话:

"我迷失在了政治生态学中……"

"我得找到一个摄影师。"

"姓名?"

---

① "辣酱肉"的原文为西班牙语"chili con carne"。

"只有名字,安东,是一个女性摄影师。帕兹。"

听到这里,他转过身来。安东是个十分理智的爱好姑娘的人。在屏幕上找到一个陌生的女同行,加倍激活了他大脑皮层的愉悦区域。

"叫什么名字来的?"

"帕兹。P-A-Z。"

"哪家新闻社的?"

"根本不知道……"

他的手指头在电脑上轻轻叩击。

"她具体做什么来的?"

"根本不知道,安东,我只知道她买过除尘喷雾器。"

"给我描绘一下她。"

"除尘器吗?"

"不,那位女摄影师。"

"很除尘的。"

他微笑起来。

"又看到你这么来劲,我真的很开心。简直可以说,你又出发去采访报道了……"

"当母鸡长出牙齿时……"

"塞萨,你就不要再去想了……那已经是老皇历了。"

"皮肤晒得黝黑,眼睛像是燃烧的煤球,一种黑色的火,头发也是黑色。"我说,回到了基本点。"穿一件绒布 T 恤衫,写有**我爱阿斯图里亚斯**的字样,领口总开着,显然没戴胸罩。"

"这就很能帮助我了,这……"他说道,带着一种显然是假装出来的优雅。

"帮我找到她。"

我又上楼来到我的玻璃房中。发送复印件,然后,埋头于被我搁在手边的一两份大摄影师的作品名录。他们很快就要举办作品展,我在问自己,这是不是会成为杂志的一个好话题。有一个叫作皮特·于果,几年前我曾在巴马科见过他,还在我遇上麻烦之前。我还会回头再来说他的,我的孩子。平静地,因为你得明白。我的理由。悲剧的原因。皮特报道诺莱坞,即尼日利亚的好莱坞。那些电影在拉各斯制作,极度充满暴力的都城,这个蕴藏有丰富石油、因腐败与谋杀而到处流血的国家的首都,为几把钞票而拍摄,反映的是这片大地的风情:黑色魔法,性,鲜血,石油美元①。我翻阅那几页材料,只见上面有一些杀手,身上覆盖了典仪般的油彩,又有一些姑娘,圆球般的胸脯,翻白的眼睛。帕兹到底是报道什么的?仁慈的上帝啊,千万别是关于死亡的。

有人敲门。我有一道门,但这特权不会持续太久的,我一会儿就出去,去开放空间捕食。

是安东。他走到我跟前站定,递给我一件包在纸板中的衬衫。

"已经到手了?"

我感觉到一种隐约的不安。

"我想是的。"

我一把夺过衬衫。

"我想你会喜欢的。"他补充道。

我拆开纸板,拿出衬衫。海滩的景色,沙滩,岩礁,折叠式躺椅,穿游泳衣的人,远远地抓拍的,如同从高空。一种蚂蚁群的模样。既易受伤,又很感人。

---

① 所谓"石油美元",指通过出口石油而获得的外汇。

我不知所措。这类粗俗的场景通常无法进入我的趣味体系。然而,那些照片,仿佛沐浴在一片白色的光芒中,拥有一种魅力。安东应该从我的脸上读出了表情。

"她是专门拍摄海滩的,这倒是很独特,不是吗?"

"是的……你为什么说我会喜欢的?"

"你难道更喜欢一个报道战争的女摄影师吗?"

他看到我的一脸倦容,便补充道:

"你看……"

"你怎么知道就是她呢?"

"写得很清楚,'帕兹',再简单不过了。"

"叫这名字的兴许有好几个……"

"反正有另一个。"

"另一个帕兹吗?那么,给我看看这另一个都做过什么……"

他摇了摇头。

"没有必要……就是她。"

他停住嘴。展露出一丝尴尬的微笑。我很怀疑他要说的话。

"瞧仔细了……我最终就把它留给你了……"

在纸口袋里,还有另一件,更细巧,天蓝色的。

我打开,屏住呼吸。还是禁不住跳将起来:在我眼前,威严无比地展现出……一个屁股。一个女人的屁股,她坐在床沿,上面是胯部的双耳尖底瓮般的线条,美妙无比,还有一个弯弓样的脊背,从中伸展出两条令人赞叹的胳膊,高高地托起脖子上一大团乌黑的头发,勾勒出一个菱形图案。

"你是从哪里淘来的这个?"

"学生作品。美术学校的展品名录,二〇一〇届的。"

"什么关系?"

"你的视力好吗?"

"一点六。我都可以当战斗机飞行员了。"

"那就好好瞧一下,左边的屁股,最下面……"

"一颗美人痣?"

"一个文身。"

"我讨厌文身的女孩。"

"那就算了:除非只是为写一篇关于她工作的文章。因为对此我很内行,它真的很有趣……"

"我看不出什么来……"

"我变焦放大了。下一张照片……"

"你变焦放大了?对她的屁股?"

"你可是对我说过:'帮我找到她'……"

"这又怎么啦?"

"这个文身证明,就是她。你不是对我说过阿斯图里亚斯吗?"

"可我甚至都不知道那是什么……"

"**我爱阿斯图里亚斯**。她穿的那件绒布衫……"

"没错……"

"阿斯图里亚斯,是西班牙的一个地区。"

"我不熟悉。"

"它是西班牙的一个地区,那里的人爱喝苹果酒……"

"我不熟悉它是很正常的:它应该并不存在。"

我检查了变焦的结果:几平方厘米的皮肤,微微起麻点,幽雅地膨胀起的体积。而在这皮肤上,用蓝黑色描绘出的,是一个十字架。四个叉叉,随着它们渐渐远离中心,它们就越来越粗,越来越宽,而这中心则变成了一个小小的圆圈。在每个水平的枝杈上,由一条精心文饰出的细细链条悬挂下两个字母:A 和 ω。

"这就是阿斯图里亚斯的徽章,"安东接着说,"天使十字架,或者胜利女神十字架。Cruz de la Victoria①……"

"你的口音真可怕。"

"这个十字架,西班牙-西哥特国王佩拉约②的,收复失地者的领袖,基督教西班牙对摩尔人的反征服的领导者。"

我点点头。

"你知道不少事情嘛……"

"我刚刚做了调查。我还可以对你说,佩拉约是西班牙的西哥特国王罗德里戈③的扛枪人,而罗德里戈是被塔里克·伊本·齐亚德④的军队杀死的,后者则是倭马亚人军队的战略家,在瓜达莱特战役中带领阿拉伯人征服了伊比利亚半岛……"

"好复杂的历史文化……"

"互联网上查的。此外,帕兹四天后会有个展览开幕。"

"在哪里?"

他给了我地址,然后就溜了。我叫住他,这风风火火的家伙:

"安东,请你把照片给我留下。"

就这样,我的孩子,你永远都不会知道,我在看到你母亲的眼睛之前,先看到了她的屁股。当时,我真应该对自己说,它开始于一种混乱中。

---

① 西班牙语,意思同前句,即"胜利女神十字架"。
② 佩拉约(Pélage,?—737),西班牙北部基督教阿斯图里亚斯王国的创建者和第一位国王(718—737)。
③ 罗德里戈(Rodéric,?—711),西班牙的最后一位西哥特国王。
④ 塔里克·伊本·齐亚德(Tariq ibn Ziyad,670—720),阿拉伯倭马亚人大军中的战略家,阿拉伯人对伊比利亚半岛征服战争中的主要将领。

帕兹的艺术

如何用短短几行字给你描绘二十一世纪的一个艺术画廊呢？一个很大的白色空间，"白立方[①]"，人们说。香槟酒的气味，一些本想显得潇洒却仅仅只是秃顶的人，一些哈哈大笑以遮盖谈话之空虚的姑娘，谈话中满是只有她们自己才知道的名字，想入非非地大谈特谈艺术家，可她们偏偏从来都不曾是，也永远都不会是那些艺术家的缪斯。

除非，根本就不是这样。

我推开十八区一个古老洗衣坊的门。瞧，一个洗衣坊。清水洗涤污浊，已然。

那里面，没有精心乔装打扮的秃顶，没有笑得跟小姑娘似的老女人，但是有青春的丰盛收获。活力，神经，热血。一些十分漂亮的姑娘，在她们母狮般发绺的底下微笑，头上戴皇冠，赤脚穿婚纱，或者穿了摩托靴；一些穿着松松垮垮的 T 恤衫的小伙子，或者穿着花衬衫，扣子一直扣到脖子，紧身裤，裤腿紧紧地收在脚踝上，而巨大的靴子则用来充当压载物。厚厚的头发，但侧面和后脖处全都剃光，戴着玳瑁架的眼镜。很有艺术范儿。你母亲位于他们的中央，这一充满能量的嗡嗡作响的蜂巢中的女王。色彩艳丽的长裙，头发向后梳去，扎出一个很显博学的发髻，一朵鲜花，一朵猩红的蝴蝶兰，插在头发中。

若是在十六区的任何一家画廊，在塞纳街或者马扎兰街的那

[①] 原文为英语"white cube"。

些当代珠宝匣中,人们会立即走向我。人们会前来问我"企业"情况如何。而则这里,什么都没有。我三十而立,一个记者而已,几乎可说是一个老家伙和一个撺入者。

这里没有香槟酒,却有各种很博学的鸡尾酒,且全都以照相机的牌名命名。这些人真能寻开心。这在当时十分罕见。这是不是意味着,新一代人把我们从比我们年长一代的人那里拯救了出来,留给了我们这样的一个法兰西,依据最近的一次社会调查,有一半居民担心会成为乞丐?

我瞧着在这些如此漂亮的人群中的如此漂亮的你母亲。这一青春活力温暖了我。我喝了一杯莱卡:酒里头有伏特加。

她展出她的海滩摄影,照片洗放成了相当大的尺寸,这样有助于人们的眼睛长久地漫游。一些地中海海滩,一些亚得里亚小海湾,一大堆细节显露无遗:一个老妇人在织毛袜,戴着五十年代电影明星的眼镜。一个孩子套着救生圈玩水,一旁有一位心宽体胖的黑人奶妈目不转睛地守着。一个爸爸假装在读报,目光却只盯着那个奶妈。一个救生员在他全景视野的高椅上睡觉。阳光映照在礁石上,在毛巾上印制的足球俱乐部徽章上。一些维纳斯俯卧在沙滩上,肚子紧贴一块柔软的躺垫,小心翼翼地解开了胸罩,好让阳光把由吊带描绘出的皮肤白痕稍稍晒黑一点。另一些女人,身子翻转过来,胖大的乳房露在阳光下,露在那些被欲望融化的小子火辣辣的目光下。他们小小短裤中的凸起是骗不了人的。这些照片是有生命的。那个阿斯图里亚斯女人,她真有眼力。我长长地吸了一口气。我感觉良好。当生命的美震撼了我的视网膜时,我感觉自己生机勃勃。

我把我的选择定在了一大片岩石上,它就像一块矿石的跳台,伸向大海。背景中有汹涌的海浪,冲天而喷,又摔得粉碎。一些平坦的礁石上,伸展开一些肉体。近景中,有一个背向观众的小男孩,细细的腿,穿一条苹果绿的游泳裤,皮肤很麻,覆盖一层细细的绒毛(因为人们能看到所有这些细节),手搭凉棚放在额头上,以免阳光刺激眼睛。我想起了我的童年。但现在,当我瞧着它时,我想到的是你。

我走向画廊主人夫妇。我说我要这幅照片。

他们就在画框上贴了一个红色的小圆片,就在标题底下,《生存于世的愉悦》。我微笑了:这就改变了所有那些《经验一》《经验二》之类的概念性标题。帕兹朝画廊主转过身来。我相信在她的脸上看到了骄傲和担忧。担忧让她的目光就这样离去,因为任何照片都是一道目光,而从此,一个局外人将拥有它。她似乎根本就没有联想到她曾跟我照有一面的那个杂货铺。我试图抓住她的注意力,但我没能做到,她扭转了脑袋。

我本该自我介绍来的,我们本该这样做的,互相介绍,也就是说,最终进入到现在①,在时间中,在现实中,在行为中扎下根。总之,准备好打开一条小径,在我们的"爱情国"地图中,在十七世纪由玛德莱娜·德·斯居代里②以及同时代的名人们所发明的这个爱的国度中,那个时代的沙龙中,爱的诱惑提升到了美术的高度。在这一地图中,人们沿着叫作"倾慕"的大河,经过一个个分别起名为"敏锐"、"殷勤"、"小关怀"、"情书"和"甜言蜜语"的村庄,同样也有叫"漠视"的湖。我们若是互相介绍了,我就能看得更加真切,看透她的面部表情,知道她是不是还记得

---

① 这里有文字游戏,法语中,"介绍"和"现在"分别为"présentés"和"présent",词形相似,词源同一。
② 玛德莱娜·德·斯居代里(Madeleine de Scudéry,1607—1701),法国女小说家。文学史上通称斯居代里小姐。

我们那次简短的夜间邂逅。知道她是不是还记得,由于她的电波,我的电波那天晚上在比萨盒和袋装生菜之间噼啪噼啪地响。我就能衡量一下,看我们是不是可以设想,在不久的将来,在"极北之地"伸展的惊人的"危险海"海岸来他一次漫步。"'危险海',因为对一个女人来说它确实相当危险,要稍稍突破一下友谊的最后界线,一旦穿越了这片海面,那就到了我们所说的'陌生之地'。"淘气鬼玛德莱娜·德·斯居代里写道,她知道名声有多么脆弱,而超越又是多么美好。

我问了价钱,掏出一沓钞票来,递给了画廊主。不用支票:支票会透露我的姓名。太容易了?"我明天派个人来拿。"我说。我在夜色中出了门,梦想着一个嗓音打破了寂静,对我说:"买主先生,您到底是谁?我的海滩让你喜欢吧?这么说,您无疑很喜欢我的西哥特文身了……"

很显然,什么都没发生。没有人出来。

整整一个星期,我的心中充满忧伤。

赫克托耳,我得对你说:将来有一天,你会恋爱。从你诞生的那一天,我就想到了,那一天,我看到两个年轻人上了那辆载我离开诊所的公共汽车,而你刚刚在那家诊所中第一次睁开了眼睛。公共汽车就在产科门前经过,铃铛为你而响,我并不急于回家。那是清晨五点钟,曙光显露在了城市的上空,我安坐在空荡荡的笨重汽车的尾部,让它就这样按着稳稳当当的节奏,穿过一条条街,一个个红绿灯,车门开了又关,关了又开,一直把我带回家。

在下一个车站,两个热恋中的青年上了车。一个小伙子和一个姑娘,那姑娘美得如同我刚来到巴黎时所喜欢的那些姑娘,短头发,点点滴滴的雀斑围绕住一道无畏的目光。小伙子则是一头长发,一种漂亮的懒散劲,穿一双已经磨损的麂皮皮鞋。他揽着姑娘的腰,她则把脑袋靠在他的胸前,他们望着同一个方向。变幻的光线,觉醒的城市。他们彼此取暖。我想象,当他们到达自家的港湾后,两个赤裸的肉体将会互相搂定,躺在一个有老虎窗的房间的床上,我想象这个从上向下看到的场景,从气窗。

我想到了你。我对自己说,此生的一大幸福,就是了解这一状态。生命会把它送给你。至少,我给了你这个。

我的头脑中有了她的目光,她的兰花,她那愚蠢的十字架。臀部上的那个十字架,那个胜利女神十字架,就是我的骷髅地。这个脏货安东。他为什么要给我看这个?西班牙的西哥特国王让我百爪挠心。我很想前往阿斯图里亚斯去生活,去西班牙的这个角落,那里的人喝我的诺曼底苹果酒。兴许,那里的人还玩斗鸡呢?

关于她的工作,我写了十五六行文字,准备发表在刊物的下一期上。我知道你心里会怎样想,我在利用自己的公共身份属性,为我的私人目的服务。我只想提醒你,在艺术领域,人们总是为私人目的去喜爱。因为,作品,无论是电影作品还是摄影作品,总要打动你们的心才好。我给我的文章起了这样一个标题《一个女人在海岸》。

> 一些男人,一些女人,一些孩子,全都停在了其愉悦的那一刻。在水里的愉悦,在这世上的愉悦。被风,被同类快乐的叫喊声抚摩的愉悦。在一起,在沙滩上的愉悦。帕兹·阿基莱拉·拉斯特雷射中了海滩,但这并不是一个海滩摄影师:这

是被搬到了全民娱乐时代的弗雷德里克·雷顿①的"海岸仙女",一个后现代的阿克特②,用一道全景的目光,审视那些在折叠式躺椅周围,在卖糖果糕点的流动商贩身上,在被阳光镀上了一层金色的毛巾的接待空间上酝酿并完善的仪式。这里,一个孩子被另一个孩子一挤,一根巧克力紫雪糕就从他手中落下。一个父亲的手高高地扬起来要惩罚,一个母亲的手就举起要来安慰。那里,好奇的少年之间交换一个亲吻,他们最终发现了对方的趣味。一个老头售卖鱼儿形状的气球。它们的鱼鳞在夏日的光芒中闪闪发光。在他褪色的短发底下,人们从他厌倦的微笑中看出,他在想别的事。帕兹·阿基莱拉·拉斯特雷是晒太阳的德帕东③,阳光下社会事件的维吉④。她的海滩是生命的海滩,也是时光的海滩。一段凝固在永恒中的时光,穿游泳裤的人类在这里贪婪地巴望一段原始地平线的可能性。

我本来还想就她构图中太白的光线,以及从中散发出来的聒声的不安再提上几句,但我解释不透。

安东选了她的一幅照片作为文章的配图,图中,人满为患的海滩紧挨着一家工厂。两支红白条纹相间的烟囱巍然耸立,像是直插云天的两架火箭。一个带薪休假的风景,但始终带有这灿烂光

---

① 弗雷德里克·雷顿(Frederic Leighton ,1830—1896),英国学院派画家、雕塑家,其作品题材包括了历史、圣经和古典时代的主题。雷顿在去世前一天获得男爵的封号,成为历史上最短命的贵族。

② 原文 Actée,应该是借用希腊和罗马神话中的阿克特翁(Actéon)之名,在神话中,猎人阿克特翁因偷看月亮女神阿耳忒弥斯沐浴而得罪女神,被变为一头鹿,被女神的狗咬死。

③ 德帕东(Raymond Depardon,1942—   ),法国摄影师、导演、记者、编剧,被看成是纪录片的大师。

④ 本名 Arthur Fellig,以笔名 Weegee 出名(1899—1968),美国摄影师,尤其以夜间生活的黑白照片而著名。

芒的光环。刊物出版了。

从开幕式那天起,我的脑袋就在嗡嗡地响个不停。我的胃不停地拒绝人们提供给的食物。我真想钻进那张照片中去,与她相会于这一风景中。让她为我解释她头脑中的想法,让她带着她已经在其照片中证明的同一种情绪归向,用目光把我也包裹起来。我怨恨自己在展览开幕式上没跟她搭腔,而只停留在我那滑稽的立场上。停留在我这年纪的理由中,而没有使用一下社会理由。自我介绍本来是很容易的。他妈的。生命太过短暂,不会有这类迟疑,而我很快就将四十岁了。

我被一种可怕的忧伤所压倒,感觉到我的生命在飞舞,破碎了,变成了越来越不那么光明的粒子,飞在我周围,而假如我没有再次见到她,那么情况还要更糟,我取消了我的所有约会。我把时间都用来上网浏览她的照片,试图找到谈论她的文章,挖掘她的过去,但我一无所获。她没有网站,没有脸谱页。只有画廊主的网页给出了一些信息。我已获悉的信息。西班牙人,二十三岁,家乡是阿斯图里亚斯,曾就读于巴黎美术学院,以海滩摄影为工作。我始终就没有再找到她的那张裸体照片。我本该问安东来的,但我害怕他会找到一些肮脏的玩意。她对于我就是一个戴兰花的姑娘,积攒除尘喷雾器的女人。我那无根无基的寻找所带来的好处,就是使我变成了一个问不倒的人,关于阿斯图里亚斯,谷仓①,风笛②。阿斯图里亚斯亲王奖,希洪王家竞技队。我迷失在她无疑早已观赏过的风景中。我迷失,我丢失了我的时光。

---

① 原文为西班牙语"*hórreos*"。
② 原文为西班牙语"*gaita*"。

我的文章发表三天后,我收到了一封信。

跟帕兹喝的第一杯

信封很小,什么都感觉不出来。时代丢失了它的浪漫传奇。字迹很匆忙,不那么女性化。文字只有几行:

> 您对我的工作一点都不懂,但您的文章很漂亮。假如您就是购买了我照片的风雅男子,那么我觉得我应责无旁贷地纠正您的判断,它带给我一种严重的艺术偏见。帕兹。

她的电话号码跟在后头。

何等的暴力,何等的经验教训!我约她在我偏爱的那家旅馆见面,吕泰西亚,对某些人来说,它是灾难性的记忆,因为战争期间它曾是纳粹情报部门的驻地,后来,又住过集中营的幸存者。但对我,这里尤其是人们炮制巴黎最佳莫吉托①的地方。在这里,人们还找到一些作家,这类人,我希望,当你,赫克托耳,读到这几行字的时候,他们还不会消失。不然,这世界就将更厌烦……

在吕泰西亚旅馆,我有我的朋友和熟人。比如,我叫他外号独狼的那家伙,法国最好的作家之一,一个俄耳甫斯式的作者,能让女人穿戴了一种由词语构成的磷光闪闪的肌肤的回忆,从死神那里返回。我真想拥有他的才华。

还有被我叫作狐狸的那位,酷爱游泳池和苏菲教派的文

---

① 莫吉托(Mojito),一种传统的古巴高球鸡尾酒,由五种材料配制成:淡朗姆酒、糖(传统上是用甘蔗汁)、柠檬汁、苏打水和薄荷。

本。他发表随笔、小说和诗歌，还常常请客吃饭。他们都是我朋友，他们具有死去的美丽事物的形象和气味。人们永生遗憾的那些事物。永远不复出现的那些事物。那些人，某种热带珊瑚的方式。文明用了许多个世纪把他们制造出来，他们就是它的概括，我更想说是照片概括，但他们太脆弱了。时代经济氛围中的一种改变，金融气候中多了的一点点酸，一点点粗野，而他们死去。他们通过他们的词汇的颜色和形状给出的幸福，是没有收益的。

眼下，吕泰西亚迎接了他们，而吕泰西亚很得体。作为文学旅馆它很漂亮。红色的帷幔，同一颜色的长沙发，一种胭脂红，很有妓院派头，让我喜欢得不得了。装饰艺术风格的吊灯，金属的雕刻，很人性的服务员。

我在征服了的地盘中。

为迎接一个如此的复仇女神，这一点不可或缺。

当然，她迟到了。你母亲总是迟到，这是一个原则。当时是七月份。她来到时——我本该说"她出场时"，因为这确实是一种出场——穿一条很有海洋味的裙子，很乖巧，带蓝色和白色的条纹。头发松散着，湿湿的，脖子上戴了一条金项链。很细腻，比以往每一次都更闲散，更无光。她把一个柳条篮子放在地上，里面露出一条毛巾。一种强烈的氯气味从中散发出来。

我站起身来。她示意我坐下，她也坐下。她一脸的疲倦。我预感不好。

"原来是你啊。"她开始说，用她西班牙人习惯的以你直称，就跟从牛栏中冲出来的缪拉公牛一样咄咄逼人（我知道，这样的比喻有些驴唇不对马嘴。但是，毕竟，这是我的第一个西班牙女人）。

"我……?"

"是你买下了我的照片……"

"是的,是我。"

"我不敢肯定。我看得不真切。当时很黑……"

她瞧了瞧周围。咬住了嘴唇。我感觉她想说点儿什么,让我死心。我又站了起来。我差点儿就掀开了我衬衫的下摆,好向她显示应该瞄准哪里。我的心跳得很猛。莫吉托让我的脸颊发红。天花板上的电扇给我带来一种适时的支持。

"好。我想来看看你,感谢一下你写那篇文章的好意。但你只是说了一些 tonterías。"

她继续说着"tou"而不是"tu"。带着那种技巧,让音节嘎嘣利落脆地落下来,让你想到马上就该轮到你了。这最后一个词,tonterías,她是用嘴巴夹紧了把它说出来的,就仿佛它遮盖了某种极端恶心的东西。一种"投枪"(banderilles)和"扭动"(tortilla)的混杂。

"它是什么意思?"我问道。

回答针锋相对:

"意思是:一派胡言。"

这给了我狠狠的一下。还从来没有人这样对待过我。一个新手,十五行文字的评价发在了法国三大报纸之一上,居然有这胆量。我倒是并不在乎她的感谢呢,但毕竟……我差点儿让她尴尬在了那里。我把她的以你直称反送了回去。

"你该好好平静一下了。"

"我平静不下来!"

她提高了嗓门,引得这安静地方的住宿者朝我们频频瞥来目光。我连忙赔上微笑,安慰所有人。帕兹接着说。

"并不因为你在一份报纸上写文章,你就有这权利,你就可以就别人的工作信口雌黄地随便写！"

"没有人对你说过，在法国，当人们对不认识的人说话时，应该以您相称吗？"

"请多多包涵①。"

她站了起来，伸手一个动作，捡起了她的包，一把挎在肩上。一副游泳镜掉在了石板地上，蓝玻璃的。我把它捡起来，递给她说：

"别走。是你要求见我的，那就别走。我的时间也很宝贵，你瞧。"

她坐了下来。包放在膝盖上，绷着脸，虎视眈眈，咄咄逼人。

"放下这个该死的包吧。"我说。

她照做了。我叫来了服务员。

"两杯莫吉托，朱利安。"我转身朝她："你的名字好怪啊，帕兹。"

"帕斯。"

我惊得一跳。她要向我告别吗②？

"对不起，你说什么？"

"您发音不对。应该念'帕斯'。"

她回归于以您相称，让我尴尬在了那里。她把舌头顶在牙齿之间，说了"帕斯"的"斯"。分明是一条小蛇竖起了它玫瑰色的脑袋，咧开大嘴露出了牙。

"请您同意我继续跟您以你相称。"我问好，想再度掌握主动。

她微微一笑，这让我满心喜悦。我继续，同时，莫吉托鸡尾酒也到了。我建议她碰个杯。她点了点头。

---

① 原文为西班牙语"*Vale*"。
② 她的名字帕兹"Paz"，她说应该念成"Passe"。他还以为她在说"算了"(Passe)呢。

"那么,请给我解释一下,我到底是怎么信口雌黄地乱写一气了?"

她叹了一口气:

"一切,或几乎一切,都是错的……我只感觉到悲伤的地方,你却感觉到了我的愉悦。只存在差别的地方,你却看到了相同。你说'生命的海滩',而我看到的却是'缺少生命的海滩'。"

我死死地盯着她。风暴在帕兹的目光中旋过。她继续说,谈到了一句话:

"在你的文章中,只有'shoote'一词还算说到了点子上。"她喝了一口莫吉托。

"它很不错。"她说,她的眼睛表露出一种贪食。

"我很遗憾。"我回答说,被一种突如其来的忧伤抓住。但实际上,忧伤是一种情感吗?人们能不能说:"我为你感到忧伤?"她很粗暴地继续说下去:

"你,你觉得他们幸福吗,你在那些照片中见到的人?"

"我觉得。他们看来很幸福,是的……"

"那么,我们就不必再说了。"

说到"不必再"时,她说的是"plou",而不是"plus"。寂静来临,很快又被打破,依然还是她。

"当你瞧着那些照片时,你难道不感觉憋屈得慌吗?这些群众在空间中殖民……"

"不……我提醒你注意,我买下了其中一幅照片……"

"你买下的,是唯一一幅人们不会觉得憋屈的。是唯一一幅大海是活生生的。它在那里动,它在那里表达。"

我不敢确定听明白了她所说的一切。今天,当然,它具有了完全另一种色彩。一个在岸边被蒙上了眼睛的姑娘,总有一日要被带走离开它。要偏航转向的。

"'存在于世的愉悦'……这么说很有讽刺意味吧?"

"你开始明白了。很遗憾,你已经写了那篇文章。"

"我很遗憾,我对你说了。"

"假如我很有名的话,你就将蒙上耻辱。"

"假如你很有名的话,我就不会搞错了。"

我笑了。在她乌黑的眼睛中,有着丝丝缕缕的光。

"这是第一篇谈论我作品的文章。你所写的,将被用作参照……"她一边说,一边用吸管玩弄着留在杯底的冰块。

"你让我不胜荣幸,"我说,"此外,热爱人类是不会有错的。或者,至少,也要为他们提供幻想。"

她叹了一口气。

"还有,这之后,他们卖出了所有的照片……"

我莞尔一笑。

"你应该很高兴吧?"

"他们全都在心里说,他们买了一小块人类的幸福。'一片生命的海滩',"她苦笑了一下,一边死盯着我,一边补充了一句,"你的文章很漂亮。"

我感到我的心在融化。她瞧了一眼她的手表。我有些害怕,我可不愿让她走。

"谢谢,但,是你的才华让我写下了它。你的照片中有很多的东西。它们在说话。它们对我说了……"

我所说的,充满了一种会把人压垮的平庸。我想到了安东,他是第一个感觉到这些海滩中有些什么东西的人。他说过"很有趣",而这对于他就是一个充满滑稽热情的标志了。

吸管的一端消失在她的嘴唇间。我看到液体在细细的塑料管中上升。一种朗姆酒和薄荷的汁液。

"我可以返回西班牙去了,"她说,"去看我的家人。"

"你什么时候走?"

"星期一。"

我冲了出去,实用主义的一搏:

"太有趣了,我也去呢。"

我很滑稽。两个人去同一个地方又有什么"有趣"的呢?至多不过是一种"巧合"。假如人们要说得戏剧化一些,这也只是一件"奇特"的事而已。但说到"有趣",太傻了……

"你去希洪吗?"

她放声大笑,这让我有点气恼。尽管场景很美。而且这一笑声的甜美出自于一个低沉的嗓音。

"是的,我去 Rhirhon①。"我重复道,试图模仿她的发音。

她摇了摇头。

"这是不可能的,那里不会让任何人感兴趣的。"

"我是去作报道的。"

"真的?作什么报道?"

迫不得已,我随口编了一个瞎话:

"关于苹果酒。"

"苹果酒吗?一派胡言!②"她又笑了起来。然后瞧了瞧她的手表,一个让我恼怒到极点的动作。

"你能告诉我你在那边的地址吗?要是我们能……"

"我们能怎样?"她说着,把一绺黑发捋到耳朵后面。一个大耳环在那里颤动。我脸红了。

就这样,我来到了阿斯图里亚斯,你母亲的家乡。因而,也算

---

① "希洪"在西班牙语中为"*Gijón*",发音应该是"*Rhirhon*"。
② 原文为西班牙语"¿ *La sidra*? ¡ *Tonterías*!"。

是你的半个家乡,赫克托耳。

阿斯图里亚斯女人帕兹

  你母亲全身心地在希洪。因此这是你的城市,我的赫克托耳,我得跟你说说。首先,一件事。在生命中,不要等着命运为你担负责任。命运瞧着你,假如它看到你行动,它就将被你所诱惑,将成为你的好旅伴,将会助你一臂之力,但要由你自己来走出第一步。即便那样很荒诞。

  请注意,从来就没有这样过。骑着大象跨越阿尔卑斯山是荒诞的,但汉尼拔做了。横穿大西洋去寻找印度是荒诞的,然而哥伦布做了。你会对我说,他又没有找到印度。没错,但他发现了印第安人,而这就已经不错了。

  我想对你说的是,我的孩子,永远都该由你自己来投入。通常,人们会有所感觉。希腊人对此有个词。Kairos:"机会",适当的时刻。窗户打开,通过它你应该冲进去。我等待着有人重新发明我。你母亲就是我的 kairos。

  我们的约会结束时,并没有彼此交换电话号码。问她要号码,这对我兴许太俗气了。

  因此,希洪成了阿斯图里亚斯的真正首府,这个夹在巴斯克地方和坎塔布连之间的地区。我说真正的,是因为那里已经有了一个正式的首府:奥维耶多,那是独裁者佛朗哥的妻子的故乡之城,一个中世纪城市,那里的大教堂收藏了基督教国王们的珍宝。奥维耶多,就像是一个富有的天主教徒女伯爵。这会刺激人的。会的。而希洪,它,本身就是刺激人的:人民的女儿,一个无政府主义者女子,她不在乎什么法令,她践踏它们,她过她自己的日子。希洪,对于我,就是你母亲,充满活力,生机勃勃,饱含水分,向着最为柔和的海洋开放,坎塔布连海,多风,有咸味,反叛着明信片。保护着古老的城市,其街道散发出一种苹果酒的稠厚气味,三公里的城市门面,很不协调的建筑,很脏的状态,绝大部分是六十和七十年代建造的,给了它一副大西洋边科帕卡巴纳①的样子。有一些冲浪者在海浪上腾跃,一些金发的和褐发的漂亮姑娘正瞧着他们征服滔滔的白浪,一些小男孩在海边奔跑。奥维耶多具有魅力。而希洪,它,给人做爱的欲望。

我把我的行李放在阿斯图里亚斯亲王旅馆。阿斯图里亚斯亲王是西班牙国王之子所拥有的称号。同时它也是这个国家最大的文学奖的名称。我选择了这家已经有些老派的四星酒店的最高一层。透过很大的玻璃窗,我看到了圣洛伦佐海湾,星星点点地分布着一顶顶五颜六色的小帐篷,那里头,老奶奶们一边做着针线活,一边说着 bable,当地的方言,还时不时地朝正在后来他妈的②冲下神奇波浪的小孙子身上投去一道保护性的目光。

不是那种文质彬彬的冲浪,头发在风中飘扬,文身暴露在空气中,希洪的冲浪人。而是粗野的冲浪人,身穿连体衣裤,因为海水冰冷。阿斯图里亚斯人是凯尔特人的后代。他们的祖先是阿斯图人,不太随和,是最初在八世纪时起来把摩尔人赶出西班牙的人,也是最初起来反对佛朗哥的人。著名的阿斯图里亚斯的炸药③,

---

① Copacabana,巴西里约热内卢的一个区,以漫长、曲折、壮观的海滩而闻名。
② 原文为西班牙语"*cojones adelante*"。
③ 原文为西班牙语"*dinamiteros*"。

那些由罗伯特·卡帕、希姆和格尔达·塔罗①在一九三七拍摄的抱着炸药的战士,就是这些冲浪人的祖先,你母亲的祖先。在海滩上,在一个教师的眼皮底下,十好几个孩子,不超过十岁,在铺在沙土上的冲浪板上卧倒而后又迅速站起。当我今天想起这些时,赫克托耳,我心里说,等你发现了你母亲的家乡后,你将会很高兴地学练冲浪的。从海滩上,我将不错眼珠地盯着你。你将有一件小小的连体衣裤,有一头像你母亲那样闪闪发亮的黑发。你将如鱼得水,在这地方,这地区,这城市,自从我知道她当年正是诞生在这里,它就让我着迷。

旅馆很优雅地为新来者提供一瓶葡萄酒。一瓶里奥哈酒,漂漂亮亮地包裹在一个金黄色的线网中,带有一张标签,上面有一个词:"Victoria",好兆头。

"终于,我到西班牙了。"我一边心里说,一边品尝着第一口美酒。一场历险开始了。我很幸福。我想再见到她。我将再见到她。

从什么开始呢?已经是黄昏时分了。太阳落到了海洋中,腥咸的空气刺激着我的鼻膜。天气很好。我漫步在海岸边铺了石板的散步道上。你也将有此体验,我的赫克托耳,当你在一个陌生的

---

① 罗伯特·卡帕(Robert Capa, 1913—1954),原名安德烈·弗里德曼(André Friedmann),匈牙利裔美国籍摄影记者,20世纪最著名的战地摄影记者。参与报道过20世纪的五场主要战争:包括西班牙内战、中国抗日战争、第二次世界大战欧洲战场、第一次中东战争以及第一次印度支那战争。希姆(Chim)即大卫·西蒙(David Seymour, 1911—1956),美国摄影记者,在华沙出生的犹太人。英文中惯称他的小名 Chim。西蒙最感动人的是他以孩子为主题的战地摄影作品。格尔达·塔罗(Gerda Taro, 1910—1937),德国战地摄影师,罗伯特·卡帕的伴侣。格尔达·塔罗被人视为第一位女性战地摄影记者。

城市中寻找一个姑娘时,你在那里没有任何标记,但你感觉她就在那里,因为她跟这个城市完全合拍。你感觉到她,但你同样也感觉到,你只能跟她擦肩而过。你将跟我一样变成一条狗,舔着自己的伤口,让它们痊愈,你将跟我一样,暗暗地祈求神明,好让他们为你显灵。Kairos。Kairos,这就是我不断重复的。

妈妈们推着童车,车里是那些小阿斯图里亚斯人,老爷爷们握着钓鱼竿,钓钩坠入水中,钓饵就是不断动弹的沙虫,孩子们奔跑着,手里举着开始流汤的冰淇淋,青春期的少男少女用他们的自定义智能手机发送短信。发短信:这成了人们最普遍的动作。人类的认可信号。让我们背了欠债的六八学运分子赢了:人们彼此再也没什么话可说,但他们在交流。在脸谱页上,人们找到讨论群,诸如"我喜欢薯条"和"我不喜欢犹太人",这几乎是同等的。

我叹息。我想要空气。我祈求着看到她远远地出现在从我眼前升腾起来的夏雾中。但她没有来。我一直走到海岸上最著名的冲浪点,它叫"Mongol",因为滚滚而来的可怕海浪会在一个心理庇护所的围墙上砸破。我在问自己,波涛每隔三十秒就拍打一次围墙的爆炸声,对一个有病的脑袋是不是真的具有镇静作用……

我停下脚步眺望大海。散步道边围有一道洁白无瑕的漂亮栏杆,每隔一米,便有一根支柱撑住它,支柱上轧制了希洪城的徽记,那上面有国王佩拉约的形象。

在它的盾牌上,是这个挂了一个 A 和一个 ω 的十字架。著名的天使十字架,安东曾在那张表现帕兹背影的照片中为我显示过。要证实一下,真的是它吗?为什么这个十字架确实跟往昔的宗教斗争联系在一起?我读到,国王佩拉约在阿斯图里亚斯的一个山洞中见到了圣母后,便驱赶了那些不虔诚者。难道她是一个怕生的地方主义者，只愿意被一个阿斯图里亚斯人碰触？含碘的空气——或者里奥哈酒——涌上了我的脑袋。

我饿，我渴，不那么具有阿斯图里亚斯风味的里奥哈酒之后，我得转向苹果酒，离开大海走向市中心时，我闻到了它那强烈的气味，彻底盖过了碘盐的气味。

跟帕兹做爱

我饿，我渴，我相信我的星座。我坐在一家石头和木头的餐馆里，加拉纳。一个鼻孔上穿了一粒钻石的姑娘不断地给我的桌子端来一种海鲜的大聚会，一道菜更比一道菜新鲜美味。坎塔布连凤尾鱼，苹果酒鲷鱼配蛤蜊，阿斯图里亚斯鱼配米饭，炸鱿鱼①。不仅是海鲜。还有切火腿②以及莱昂腌肉③。人们蔑视"特色菜"一词。但只要这个词还存在，那就足以让我们明白，世界依然是丰富多彩的。

我打量着那姑娘，却并没有因此背叛对帕兹的回忆，我打量着姑娘，心里没有一丝的贪婪，眼睛睁大了，让美直接走向心灵，我开始发现，当地人真的很美。我把大海抛在右边，我爬上了 Cimadevilla：就是城市的顶梢。我喜欢这个说法，它提醒我，一个城市从来都不是一座丛林，而只是一棵树，有它的树干，有它双重的枝杈网

---

① 原文为西班牙语"*Anchoas del Cantábrico, chopa a la sidra con almejas, arroz con pixin, calamares fritos*"。
② 原文为西班牙语"*jamón ibérico cortado a cuchillo*"。
③ 原文为西班牙语"*cecina de León*"。

和根系网。在这种情况下,对希洪而言,到底是什么树断然不会有什么异议:它就是一棵苹果树。它那果实的香味一阵阵扑鼻而来,让人禁不住连连回头张望。

我不是在西班牙,我是在阿斯图里亚斯。或者不如说是在复数的阿斯图里亚斯,尽管我从来就弄不明白何为其复数意义。我推开一家苹果酒酒馆的门。里面,一大群人高声谈论,脚踩着锯末。因为整个的地面撒满了锯末,为的是吸收这苹果酒的波浪。侍应生手拿酒瓶,高举过头顶,脖子低垂:酒浆飞流而下,呈一条直线,高约一米五十,流进一个倾斜着的大酒杯。几乎一半的苹果酒就洒在了锯末上,另一半,在酒杯中吱吱起泡,马上就送到了饮酒人的嘴边。随后,这一表演又为另一位顾客重新开始。人们用的是同一个杯子。我问过一个表演此技的侍应生。他对我说,在这里苹果酒是没有气泡的,这是让它充氧的唯一方法。这一苹果酒斗牛表演并不缺少优雅,看到所有这些酒瓶从天上倾斜下来,落下一阵金黄的琼浆,实在令人印象深刻。我了解到,这种大酒杯叫作 culin,意为"小屁股"。

我走出餐馆,微醺。我重又置身于一个很热闹的小广场,它经过一系列露天看台,一直深入进了地面,构成为某种形状的竞技场,挤满了青春少年。盛酒的小屁股杯从一张嘴传向另一张嘴。姑娘们,小伙子们,欢笑着,吸着烟,互相拥抱。我背靠在一堵旧石头的墙上。我很幸福。我想到了"企业",这个传媒基地,想到了信息浪潮,想到了来自布鲁塞尔的始终很有警告性的消息,向我们宣告世界末日即将来临。我心想欧洲兴许已经奄奄一息,但它依然脚踏实地地踩着生命和富饶呢。好一种文明。

我很幸福。我去寻找一瓶苹果酒和一个小屁股杯。我从幸福的人群中挤过去,这些眼睛发黑,或者发蓝,或者发绿的姑娘,这些大声喧哗、耳朵上戴了耳环的汉子,我抓住我的战利品,返回到竞技场。我尝试了为我自己倒酒,而我所会的一切,就是把一多半酒洒出去。这又怎么呢?我很好。我向扎破了阿斯图里亚斯夜空黑布的星星微笑。我听到有人叫我的名字,我扭头转向右边,我看到了她。

她向我递来一个小屁股杯。

她。

帕兹。

我看到你来了,赫克托耳。应该说这也太容易了,偶然性也太大了。但谁对你说偶然性了?我来了这里。在一个我知道她就在其中的城市。我发现了她,这还会是不寻常的吗?

"我还以为那一天你是在跟我开玩笑呢。"她说着,将她的目光射向了我的眼睛。

我吞下了她的那个小屁股杯里的酒。她跟朋友们在一起。跟她一样的漂亮姑娘,但都不如她漂亮。还有一些死死地盯着我瞧的小伙子,有一些带着好奇,另一些怀着敌意。

"你的报道进展还顺利吧?"

我当真还没有谈到过她那坚毅的目光,在我们第一次见面时,它就紧紧地抓住了我的心。这目光中似乎有一把雪亮的匕首在闪光,它就隐藏在那柔滑的长睫毛背后。

你也有同样的睫毛,我的赫克托耳,我无法瞧着它们而不浑身颤抖。

我没有谈到过她那宽阔的、多肉的嘴,还有她那满是雀斑的脸颊,一个个雀斑凸显在她无光的脸上,还有她小小的圆鼻子,跟她尖尖的下巴恰好相映成趣。相反,我已经谈到过她那乌黑的头发,丝绸一般反映出光亮。乌黑吸收了光线,科学这样说。我才不在乎科学呢,女人说。眼下,浓密的长发并非一个整体。大团的黑色火焰乖乖地隐藏在舞女那样的一个发髻中。只有一小绺,从发髻中脱出,抚摩着她的后脖颈,那里应该浸透了盐分,如同她的头发。她刚刚从水中出来。我每一次见到她,她都是刚刚从水中出来。这是一个信号。

在她蓝色睡袍的缝隙中,可以隐约瞥见她游泳衣的带子。

我用手背擦了擦我那满是苹果酒汁的嘴。
"是的,我相信我的报道进展得很顺利。"

她笑了,没有受骗,把我作为一个"法国朋友"来介绍。我很喜欢:在这里,这一身份就变成了唯一者。她对我说她很高兴见到我;五年来,没有什么比这更让我开心了。他们要去一个音乐会。她问我是不是愿意陪她去。我说"非常愿意①",而这让她哈哈大笑。

我拿起它的海滩包。在吕泰西亚旅馆,它有一股氯气。在这里,它有一种碘盐味。

她的一个朋友开的车,开得太快,我隔着我的紧紧的牛仔裤感到了她大腿的热量。

我不想对你谈论她的朋友,因为我几乎就没怎么跟他们说话。我同样也不想对你谈论那次音乐会。这是我很欣赏的一个组合,我以后兴许会提到,在我这部并不为发表而写的小说的结尾。确实,我不认为我们的时代能以一部小说的形式来讲述。至少得有一点点的叙述,而这个世界,总是被一条短信、一封电子邮件的接收所切断,在这样的长度中不再能讲述什么东西。在其中继续的

---

① 原文为西班牙语"*Con mucho gusto*"。

唯一东西,是中断。

我只想对你说,赫克托耳,你母亲喜欢跳舞,而且跳得很好。舞姿流畅,动作有力。

我拿着她的海滩包。我瞧着她。我依然为她而疯狂。

当我们来到音乐厅的外面时,她浑身是汗,她这样问我:"把你捎到哪里?"

可怕。通常,人们是要把对方送回去的。有时候,人们还会做爱。"把你捎到哪里?"我给了她旅馆的地址。一阵凉意浸透了我的心。

在一个你找到了你想找的人的城市中,还能再做什么呢?在清晨两点钟?

我喝空了我旅馆房间中的迷你吧的储品。试图阅读七星丛书版的乔朗作品①,搜索电视频道,从一个动物节目到一个色情电影,然后,因疲惫与酒精而倒下。

当电话铃在我房间中响起时,我还在稀里糊涂之中。已经是上午九点钟。有人在等我。

她在大厅里等,穿了一条黄色的裙子,一双便凉鞋。假如我同意的话,假如我没有其他约会的话,我们出去转悠一天。我写的关于她的文章给她接种了疫苗:她更喜欢我别对她的家乡讲一些蠢话。在她小小的车载音响中,飘扬出莫扎特《安魂曲》的旋律。对在夏季海边的一段驾驶来说,这不免有些奇怪。

她把住方向盘。这边的风景精彩无比,宽阔的绿色山岭在一片蓝色的海水面前波动。

---

① 乔朗(E. M. Cioran,1911—1995),罗马尼亚裔法语作家。

她开得很快,很体育,把那些拒绝让道的载重卡车当作混账①。当我们驶上一段路边种有松树的公路时,她就逆向行驶,并转向右边穿越森林。开到路尽头,有一个工厂把两根高高勃起的烟囱矗立在我们眼前。它已经被遗弃。一幢玻璃窗全都破碎的房屋的三角楣上挂着一块牌子,上面用油漆写道:卢阿尔卡冶金厂②。一条红白相间的活动栏杆停留在高位上,不再挡住入口。汽车开进了破烂不堪的厂房之间,我们穿越了工厂。在另一端,在两行小木板条之间,松树林又延伸开来,被一条土道锯成两半,她接着把车开上这土道。微小的汽车勇敢地颠簸向前。道路变成了沙土。帕兹又继续行驶了几米,然后停车熄火。她拿上她的海滩包,跳下汽车,关上车门。我紧跟着她爬上沙丘,终于在沙丘上面追上了她。

场景不禁让人屏住了呼吸。

一片荒凉而又宽阔的海滩,被长长的卷动的浪花贪婪地舔舐。

"我们来③。"她说。我跟上她。晶莹的云母在我们脚下闪闪发亮。她停下步子,从她的包里掏出两条浴巾。她脱去了裙子。我终于将看见文身了。错了,她还穿着游泳衣呢。"你来吗?"她转过身来问我。大海向她伸开臂膀。也向我,但我没穿游泳裤。海滩空荡无人,但我不想一下子像个传说中的林神那样显露原形。

活该,我放弃了下水。她消失在了海里,越过了第一道浪花。游得棒极了。我脱掉了我的T恤衫和布面篮球鞋。炎热拍

---

① 原文为西班牙语"*cabrón*"。
② 原文为西班牙语"*Fábrica metalúrgica de Luarca*"。
③ 原文为西班牙语"*Vamos*"。

打着我的肌肤,空气中充满了森林的清香。树脂和蕨类,腐殖质和花粉。真激励人。精彩。你母亲游在海里。我们并不熟悉。我有她的一张照片,仅此而已。卓越的阿斯图里亚斯女人。精力充沛得过剩。我瞧着她自由游进,自己却一动也不动,像个大傻瓜。真他妈的。我想起了奥斯卡·王尔德的话:"要想真正成为中世纪人,就不该有肉体。要想真正成为现代人,就不该有灵魂。要想真正成为希腊人,就该赤身裸体。"我脱掉身上仅剩的裤头,露着性器,径直走向浪花。我一头跃入令人振奋的波浪中。几下划臂后,我就游到了深水中。海水像水银一样从我的身体上滑过。我洗去了疲劳和酒精。这个姑娘让我着魔,而这一想法改变了我身体的形式。我努力去想别的东西,想某种很丑陋的、很反色情的东西,以便恢复我的正常面貌。我第一个出水,擦干身体,穿上衣服。

她也出了水,就像你现在能想象的那样:头发滴答着水,浑身水淋淋的曲线毕露。她坐到毛巾上,俯下身子,捧上一小把几乎白色的沙子,又张开手掌,让它们从指头之间漏下。

"你喜欢这里吗?"

"太棒了。"

"我就是在这里开始我的海滩系列作品的。人们把这片海滩叫作'Xana',在方言中就是'女巫'的意思。"

"为什么是女巫呢?"

"据说,以前有一个女巫生活在这里。海滩边上就是一个森林。她就住在森林里。一个女巫,要不就是一个仙女,还得弄清楚……总之,她让男人们逃走。瞧瞧,这里就没有人了,这是我所喜欢的。正是在这一点上你弄错了,因为你在你的文章中谈到了什么'生命海滩'。生命,对我来说,是没有男人,没有冰淇淋、遮阳伞、啤酒、三明治。摆脱了人类的大自然。"

"但是，这自然，总得有人来看到它吧。"

她没有争辩。又是一个荒诞的标志。

"对不起，为那篇文章。这是一种阐释。我的职业，就是阐释。只是这个。用一点点的文体，好稍稍掩饰一下我们的缺乏本能……"

她把她的膝盖拉回到下巴底下。我瞧着她水的女儿那结实的大腿。

"由于你，我的生活将改变。"她脱口而出。

我更希望她说的是"全靠你"……

"你为什么这样说？"

"有了一些别的文章。我甚至会说很成功……"

我早就知道这个了。我的智能手机已经告诉我了。当我遇到一个姑娘时，我最喜欢挑战人们在大型数码画上关于她的说法。了解人们对她的感觉，把它跟我自己的感觉作比较。自从我的文章发表以来，机器已开始运转。海滩上晒太阳的德帕东，阳光下社会新闻的维吉已经安顿。

她叹息一声躺了下来。放松，为难，享受了自身内啡肽的肉体的简单表达？

"而这没有让你幸福吗？"

"成功地来了一个张冠李戴？被一个劲地吹捧，却没有被理解？我不喜欢关于艺术的讨论。弄清楚一个洗脸池到底是一个洗脸池还是一件作品。在美术学院时，我就已再也受不了了。我要去拍我的照片。我要截取我的目光告诉我该截取的。其余的，我的照片最后将落脚在哪里，是在真正喜欢它的人手中，还是在只因有人建议他买下他才买下的人手中，这就跟我没什么关系了。至于报刊，批评界，请你原谅我，这只是一个感觉的问题，而人们是控制不了别人的感觉的，"她留着话尾巴没讲完，

"你知道,别人说什么,我都无所谓。就让人说点什么吧,或者什么都不说。我的照片是一些肥皂泡。一些瞬间。而瞬间往往是不会持续的……"

我相信看到了一滴眼泪从她脸上流下,但那兴许仅仅只是一滴海水。我又想到了我的职业。还想到了它的虚空。写下对一部作品的想法,它在你脑子里的波动,这没有任何普遍意义。只是泡泡。肥皂泡。

她躺下了。我瞧着她,在胸腔中反复增减的气体的推动下,她的胸脯鼓起又平复。她睡着了。什么都不作数,只有眼下这一刻。我真想跟我自己展开内心对话。此外,为了耐心等待,我这样做了。

"你还好吧,塞萨?"

"我很好,塞萨。"

"你知道你为什么很好吗?"

"因为我在一个很棒的海滩,在一个很棒的女人身边。我还可以补充说,我不敢肯定我很好,因为她让我有点害怕。你难道不也觉得她既美丽又吓人吗?"

"因为她目光锐利吗?"

"是的,还有别的。因为我同样也不知道,对她来说到底什么才作数。"

"那么对你呢,你知道什么作数吗?"

"我相信我知道。"

"那么,是什么呢?"

"体验尽可能多的美。"

"你会说你是一个唯美主义者吗?"

"我讨厌这个词,它太假了,矫揉造作,不怎么阳刚,而体验美很是一个体力活。这是一种行动方式。"

"那么,你是一个行动的人吗?"

"不要再讥讽了。你知道我的过去。你知道我在那里留下了什么。你知道我再也不愿离开欧洲。"

"你是懦夫?"

"我是它的相反。有些东西不再让我感兴趣了。我欣赏司汤达,你瞧,但是当他说:'文明的艺术全在于把最微妙的愉悦跟危险的永恒在场结合在一起。'我就觉得他年幼无知,太蠢了。为什么危险会是不可或缺的呢?"

"因为如果你真正看重一个东西,你就会感到失去它的危险……"

"停止这种推理,停止这些辞藻华丽的……句子!"

"但是你知道,塞萨,我有时候缺少行动。人们以往过的日子。在亚洲……红宝石,染毒的姑娘,苦役犯,你的向导拍下照片的那些人。东方……"

"我们以后再说这些。那里,我就在这一海滩上,像一个千岁的鳏夫,感觉自己将重新活过。"

"你感觉自己没有活着吗?"

"我感觉时光流逝。把日志本写满,恰如把煤炭铲进一列不知开往何方的火车的疯狂炉膛。"

"你说的是'企业'吗?"

"是的,还有我们过的日子,男人和女人,在这二十一世纪初。你看,我所喜爱的是,自从我来到阿斯图里亚斯,就没有看过一次我的手机。除了 googliser[①] 帕兹。"

"Googliser。我讨厌这个词……你不喜爱'唯美主义者',但这

[①] Googliser 是网络新词,意思是"通过 google 在网上查询"。

个词更糟……"

"没错,但 Google 赢了。一个个帝国在死去,Google 也将死去,但现在为时还早。"

"你找到了什么?"

"她情况很好。她已经出名了。她的照片以一种难以想象的力量腾空飞跃。她不得不改换了画廊主。金钱将回报,她将摆脱商务,我多少起了一点作用,这让我感觉幸福。"

"有点自恋……"

"自恋应该是必需的:它阻碍了你自由驰骋并成为他人的负担。"

"话都是你说的……更何况,这句话也不是你的。"

"是谁的?"

"是谁的都无关紧要。你让我累了。你很愚蠢,有时候……"

"是的,我愚蠢,而这让我歇息。这让我轻松。但是让我来问你吧。在生活中,你更喜欢什么?"

"爱。"

"那么她,你将爱上她。"

"我已经爱上她了。"

"那么,现在就只剩你们俩……"

她睁开了眼睛。瞧了我好几秒钟,一言不发。她没有微笑。伸了伸她那褐色的肌肉发达的小腿。对我说:"你饿了吧?"我点了点头。"我换一下衣服,这就去。"海滩上就我们俩,真的只剩下我们俩。我期待她胡乱地脱下游泳衣。但是不。你母亲很害羞。她先穿上了裙子。她把比基尼在包里放好。

"来吧。"我们穿越森林。

树林底下，我们面对面。我们之间是一张长长的木头桌子。在这张木头桌子上，摆着一张玉米饼，如同一个太阳，一份橄榄油浇腌彩椒，肉质理想的毛猪火腿①，很好的面包，当然，还有苹果酒，她为我一大杯一大杯②地倒上。酒瓶是绿色的，如同围绕在我们四周的被海浪的涛声所穿越的松针。

"在这里看见你真是滑稽。"她说。

"为什么？"

"我感觉我让你经历了一番我的童年……入门了解我……"

"而你觉得这入门入得很好吗？"

她微微一笑。帕兹的牙齿很白。她可以成为一个苹果品牌的爱捷丽③。在她满是小小美人痣的脸颊上，海洋的盐留下了白色的痕迹。

"这只是开始。我现在带你前往大地深处。"

帕兹在大地深处

"我带你前往大地深处。"今天，显然，这个句子披上了令人不安的意义外衣，它烧灼我。但是在那个时代，我把它当作它原本的样子。在话题中心的一种入侵。入门的关键阶段。

她一言不发地行驶着。车载音响中始终播放着莫扎特的《安魂曲》。安魂，"鲨鱼"一词就是从它那里派生出来的④。福勒梯

---

① 原文为西班牙语"*jamón bellota*"。
② 原文为西班牙语"*culin*"。
③ 原文为法语"*égérie*"，是罗马神话中曾经给罗马王启示了灵感的仙女。
④ 原文中，《安魂曲》为"Requiem"，鲨鱼为"requin"。

艾尔①这样写道："还魂的鲨鱼是海洋中的一种大鱼，会吞噬人，它之所以这样称呼，是因为当人们被它咬了后，就彻底无救，只有等着歌唱《安魂曲》了……"

我们进入的城市叫米耶雷斯。它是黑色的和荒凉的。在四面环绕的群山脚下，铺着、覆盖着煤灰。"*Los Picos de Europa*。"帕兹对我说。欧洲的峰巅。一座巴洛克风格的教堂，一些墙壁宽阔的房屋，外挂木制的阳台。我们把古镇抛在身后。还有一些不再冒烟的工厂。帕兹神情严肃，目光专注。我们停在了一栋巨大的屋子前面，它的周围是黑色的山岭，渐渐地开始有植物覆盖。煤炭的气味很含蓄。一座黑黢黢的金属高塔俯瞰着红砖的房屋，呈圆堡状，边上是两个工业建筑。这是一个旧煤矿，现在改建成了博物馆。在里面，矿工的服装挂在天花板上，底下是一个带凹槽的铁轮系统，轮子之间张开了旧碳化炉那黑乎乎的口子。一个陈列在墙上的女人吸引了我的目光，让我的脚步止住。从此，对于我，这就是你母亲的形象。眼睛，就是她的眼睛。嘴巴和鼻子很不同，但这双眼睛，这双充满了挑战的眼睛，这双简直要爆炸的眼睛……原来，这是西班牙炸药联合会一九二四年时的一张旧海报，上面是一个穿绿色衣裙的姑娘，微笑着，正在用她那支小雪茄的头点燃一个炸药棒的导火索，而在远景中，则有隧道深处一次爆炸的火光。

对我来说，帕兹始终是个拔掉了保险销的女人，活的手榴弹。

---

① 福勒梯艾尔（Antoine Furetière，1619—1688），法国天主教教士、诗人、小说家。

我从此心里就有了数。画家是科尔多瓦人,名叫胡里奥·罗梅罗·德·托雷斯①,模特儿是一个舞女,叫艾丽莎·穆尼斯,人称阿玛琳塔。

她买了两张票。我满足于跟着她。一队人出发前去参观。她在一个金属柜子里取了两顶头盔,递给我一顶。我们钻进了隧道中。气温至少下降了十度。每个人都点亮了头盔上的矿灯。帕兹在我的要求下做着翻译。导游讲到了阿斯图里亚斯矿工们一九三四年十月的英勇起义,但被佛朗哥艰难地镇压。为了彻底制服造反者,他派来了外籍军团和摩洛哥的阿拉伯军队。阿斯图里亚斯人以为看到了摩尔人的复归。这可真的是一种野蛮的恐怖。"由于他们是矿工,他们能把炸药玩得出神入化。炸药②是很难抑制的。造成了几千人死亡。几千人受折磨。"他向前走着,身后跟随着小队。我们落在最后。我们走在旧轨道上,我感受到步子底下那平滑的坚硬。我带着尊敬和忧虑,瞧着我们头顶上方支撑着泥土的厚木板。

"阿斯图里亚斯重新站立起来,两年后重又来了一次起义。被招来实施镇压的是德国人,德国空军用在格尔尼卡做过试验的燃烧弹轰炸了希洪。"

为什么成人们无法克制自己,非得把不该传的传给孩子们,就仿佛非得保留住复仇之火不可?帕兹后来告诉我说,她小的时候,人们讲给她听白雪公主和灰姑娘的故事,然后是另一个故事。在内战期间,他祖父的哥哥,一个矿工,马克思主义统一工人党的战

---

① 胡里奥·罗梅罗·德·托雷斯(Julio Romero de Torres,1874—1930),西班牙画家。
② 原文为西班牙语"dinamiteros"。

士,就躲藏在山上的一个小屋里。每隔一天,他的两个小妹妹,也即帕兹的姑婆,就带上食物,深夜出发,送给他和他的同伴。吓唬她们的并不只有树枝的咔嚓声,还有狼,她们相信她们在黑暗中看到了狼们闪闪发亮的眼睛,在河水的流淌声之上听到了狼们焦虑的嚎叫。她们只有十来岁,食物很重。一天晚上,佛朗哥分子发现了对方的隐蔽所。但他们知道,假如他们要活捉起义者,将会付出巨大的代价。他们就点燃了小屋。叔公和他的战友就这样被活活烧死。当着小姑娘们的面,因为她们就藏在树林中,见证了这一切。在一片火光中,恐惧应该在她们小小的脸上用黄颜色描画了出来。

我们深入在坑道中。前方二十米处,头盔矿灯的光亮依然以一种光晕标志着有一队人在那里。现在坑道里不那么冷了。从大地的深处升起来一股热气,似乎稀释了氧气。那队人又走远了,尽管我还能看到光亮。一条坑道拐向了右边。"来吧。"她说着拉住了我的手,走向黑暗。我们又走了几分钟,我不知道她是如何定向的。空气越来越稀薄。很热。她打开了她的包,空气中散发出一种咸水的味道,令人难以呼吸。我有些害怕。我透不过气来。她把手放在头盔上,关上了矿灯。然后,用同样的动作关上了我头盔上的灯。"你在干什么?"我问。"闭嘴。"她温和地说。空气越来越热,越来越潮湿,把人紧紧裹住。煤炭的粉尘似乎占据了我的肺。她拉住我的手,让我坐下,然后她跪在我身上。我的嘴感觉到了她那温热的嘴唇,然后就是她的舌尖。

她那滚圆的乳房从她的泳衣中跳出,落在我的手心中。在我的大腿上,则是她滚圆的屁股。我跟帕兹的第一次。兴许我从来就没有如此明显地感觉自己身处平安的港湾。

我们睡着了吗?

光线刺痛了我们。两只蝴蝶被探灯照住。她在我的怀中,我在她的怀中。她转过身去。在她乱蓬蓬的头发之间,我看到了一大团光,却什么都无法辨别。她站了起来,面对那家伙,看到有人突然出现,他调转了灯光。

"你在这里做什么?"那个男人的嗓音说,有些恼怒。

"我们在做爱。①"她严肃地回答道。

我满脸通红地走出地下深处。

"你有什么预定的计划?"这时她问我,"有约会吗?"

我摇了摇头。

"你愿留下来跟我在一起吗?"

我一把把她拉入怀中。

她对我说,这需要一点点时间。

在 山 上

坎加斯德奥尼斯。这地名读起来很响亮。她有东西要买。她让我等她一下。一条波涛汹涌的大河流经城镇,河上横跨了一座暗色的大石桥,十分气派。同样有气派的,是巨大的阿斯图里亚斯十字架,三米宽的跨度,高高地悬在那里,几乎碰到了水面。我被这象征催得昏昏欲睡,被维系着这 A 和 ω,这开始与终结的链条。

---

① 这段对话的原文为西班牙语"¿Que hacéis aquí?""Hacemos el amor"。

我想到了我们在煤矿中的拥抱,想到了她那看不见的但可触摸、可感受、可探测的肉体。一声喇叭把我从沉思中拉了出来。已经又该走了。

迷雾在汽车周围升起。我们身处深山中,稠厚的雾岚似乎急欲充满在我右边展开的悬崖峭壁。白日不久就将结束。在车载音响中,我再也分辨不出什么,只有帕兹那坚毅的下巴的侧影,像中国的皮影戏。她已经关掉了收音机的音响。

"令人称奇,这片云雾……"现在毕竟还是夏天嘛。

"我小时候有一本书,一本讲当地神话的书。里面谈到云神努贝鲁。云彩的主人。他也司命暴风雨。"

"这里头没有女巫吗?"

她笑了。"课上讲的你倒是记得很清嘛……"

"是你说到要入门的……"

"女巫,到处都有,不仅仅在岸边。但这里,在山上,你另外还有库列布,一种长有翅膀的蛇,看管着谁都从来没有见过的珍宝。有人说,它跟被它施了巫术的那些女人生活在一起。"

"女人总是听蛇的话。"我说……

"这纯粹是指性欲方面。"她回答道。然后又继续说,"同样很重要的,还有特拉斯古①,阿斯图里亚斯的魔怪。它相当丑陋,但无所不能。它最喜欢藏在房屋中。当我弄丢了一件玩具,找得都有些烦了,跑去向我母亲诉怨时,她就会这样数落我说:'你再也找不到了,应该是被特拉斯古拿走了。'这时候,怒不可遏的我就会想尽一切办法把它找到。"

我问她父母的情况。她有些心不在焉。她只是含糊其词说:

---

① 原文为西班牙语"*trasgu*"。

"很复杂。"

夜幕已然降临。我们的车还没完没了地在崎岖小道上爬行。发动机费劲地转动。看到我有些担心,她就劝慰我说:"我对它有信心。"一道栅栏出现在了车灯的光束中。栅栏后面,是一座房屋。"等我一下。"她跳下车子,越过栅栏。她从光束中消失了。然后,当一道光线在房屋的墙上亮起来时,她又出现了。一只狗在吠叫。帕兹站在门前。门开了,门内闪现出一个老妇人的身影。帕兹进了门。周围是一片黑夜,我不知道我到底在什么地方,也不真正知道是跟谁在一起,只知道她是摄影师,她的专长是海滩摄影。她又从屋子里出来了。拿着一个包,并把它放到汽车的后排座上。"一切都还好吧?"她问我。"马上就到了。"她重新启动车子,继续爬坡,随后,当我们来到高处时,她拐上了一条土路,开到头,停下。车灯照亮了一座房屋的门。那是一道奇特的门,两片门扇,如同一个牲口厩栏的门。

我跟在她后面进了屋。她摸到一个开关,一拨,灯就亮了。一张长长的木头桌子几乎就构成了房间中的唯一一件家具。她把她珍贵的负担放到桌上。房间尽头,一个角落用作了厨房。另一头,有一个木头梯子,通向一个阁楼模样的地方,她的床就应该在那里。

"你现在到了我家。真正在我家中。"

有一个烟囱,一片黑土的地面。

"你不冷吧?"她问我。这句话,怎么对你说呢,让我感动无比,很久以来就没有什么让我这样感动过了。我抓住她的手,放在我的嘴唇上。她颤抖起来。

我点燃了一把火。尽管是夏天,欧洲峰巅的夜还是很冷的。我瞧着火苗一口口地吞噬着木柴,温柔地扭动着,恰如一位莎乐美舞动着她的七层面纱。几十个高贵的莎乐美噼里啪啦地响着,满屋子充满了摇曳不已的光亮,让我十分开心。我怀着敬意和担心打量着木头梯子,今天晚上它将带我去人间的天堂。边上,帕兹在烹调。爱的电波从厨房传到我这里。因为一个为你做饭的人肯定是对你好的人。一个二十一世纪的姑娘,在经过几十年女权主义的风行之后,并不满足于把现成的盒菜放进微波炉,而是勤俭持家,给漂亮的蔬菜削皮,让它们露出自身橙红的、鲜红的或金黄的肌肤,然后用一把快刀把它们切碎,用热锅中的橄榄油把它们煎黄,一个如此的姑娘,在临死还要挣扎一番的洋葱的刺激作用下随时准备流泪;一个姑娘,像她现在做的那样,把一个圆面包,一盘红得就像她做爱之后的脸颊的西红柿沙拉,还有几片核桃味的黑火腿①放到桌子上,这样的姑娘,是一个懂得爱的女人。

恰如一个男人,当他递给她一杯酒,冲她平静地微笑,而在这一丝微笑中他不放入丝毫的算计,而只放入他的整个心灵,这样的男人才是一个恋爱中的男人。

我爱过帕兹。我依然爱她。关于在高山上的这个旧厩栏中发生的事,你愿意我对你说点什么呢?我们说过的话?可我们没怎么说呀。在寂静中,我们彼此对看。既然她让我经历了她的童年,我也就对她讲了我的童年。讲到了艾特勒塔,我跟我父亲一起在那里寻找菊石的化石,讲到了我的珍宝盒,里面躺着一面圣克里斯多夫像章,一块海马干,在布吕纳瓦尔悬崖的白垩土中得到的一颗鲨鱼牙。还讲到了我那受人尊敬爱戴的祖父,就是他给我讲了十

---

① 原文为西班牙语"*pata negra*"。

字军东征的故事,并教我"舣楼水手"(gabier)和"捕野牛者"(boucanier)这样的词。在他的遗体火化之前,我去吻了他冷冰冰的额头。他的灵魂是不朽的,它跟我在一起。

她问我是不是常常旅行。我对她说是的。我讲到了缅甸鸦片和虎女郎,那位躺在卧榻上的老人,他那长长的黑烟杆,他那为他准备器皿的孙女,金三角地区天空中的星星对于我有一张承诺的脸,我讲到了希腊阿索斯山上的禁欲毒品,在一个个石头偶像当中度过的夜晚,在万能者基督的眼皮底下拼命吞下熏香之魂灵,而就在我脚下一百多米深的地方,一阵阵地传来爱琴海的惊涛骇浪声。我讲到了阿富汗潘杰希尔省的村庄,还有世界上最高的乌拉圭圣安赫尔大瀑布,还有开罗城的屋顶,我在那里汗流浃背地睡去,还有在印度喀拉拉邦特里凡得琅附近的那个印度帮会,那是我朋友儒勒误带我进去的,后来我是跟一个十七岁的女孩一起逃脱出来的——而我那时才十八岁。

她对我说她也喜爱旅行。我生平第一次对她说,对我而言,旅行已经结束。我决定,欧洲将成为我的樊笼和我的坟墓。在这里,我们有梦想有的一切。她笑了。一种蒙娜丽莎般的微笑,人们永远永远都不会知道它到底想要说什么。

在这个阁楼中,我经历了我作为男人的生命中最美好的享受。帕兹的皮肤似乎能捕获一切,能感受一切。从脚指头到头发梢,她的肉体全都献给了我,我几乎都不知道该拿它怎么办了。于是,我变成了乐器。女巫,就是她,她的脸被炉火的微光改变了模样。正面,背面,侧面,背面,侧面,我再也不知道,也不想再知道。我知道我潜入,再潜入,进入到她无限源泉的肉体那最细微的空隙中。我尝尽她的百味,嘴唇对着嘴唇,滚热滚烫,我钻进了她的黑暗中,在她的一张张嘴中,我滞留其中,我吞噬她,我咬她,她也一样,她下手上嘴,抢劫我每一平方毫米的表皮。我像玫瑰一样,受着折磨。抓挠、蹂躏、折腾、拉扯,直到破裂,然后像一个木偶那样战栗,被一种飞旋的快感所穿越。生理学上的酒神狂欢节,辛辣的滋味,麝香的气味,连射般的痉挛,马蹄纷乱般的心跳,极端的膨胀,电流的波涛,一开始细腻然后变得粗暴的长久吮吸,叫喊。在做爱中,我尽心伺候她,任她百般奴役,在我的心灵之后,是我的肉体在说:我爱她。

  我睁开了眼睛。假如床上不是只剩我一个人的话,我的第一个动作本应是掀开盖在她身上的被单,好好看一看文在她肌肤上的十字架。我赶紧穿上牛仔裤,爬下梯子。她也不在底下。我打开门。阳光刺眼。当我的眼睛慢慢习惯了太阳的光亮时,我差点儿膝盖一软跪倒在地,眼前的景色竟是那么美。"突然,我觉得,日光之上又增添了另一个日光。就仿佛万能者让第二个太阳美化了天空。"但丁在《神曲》的天堂篇中这样说。难道昨天夜里我已经快乐地死去,眼下正在至福的境地中醒来?

  一个石头堡垒冲天而起。如同一块颌骨把我们与世界分离。门牙和白齿般的岩石咬住了蓝天,让一个金色的太阳飘荡在上面。我面前,一大片绿草和苔藓一直徐徐下降,延伸到一个巨袤的自然之镜。一片湖,倒映出群山,湖中,是一个只穿了比基尼的帕兹,正准备潜入水中。"等一等!"我大吼一声,向她跑去,赤脚被露水打湿。她转过身来。"怎么了?"——"请原谅。"我说。悬疑不能再持续下去了,我拉开她的泳衣,屁股露了出来,而——哦,总算! ——文身。"你疯了!"她笑起来。天使十字架,A 和 ω。就是它!我亲吻这文身,把她的胯搂在我怀中。

"是的,我疯了。"

她到我身边躺下。我亲吻她的眼皮和手腕。这部爱情片最终可以重新刻录在安东的电脑中。谢谢,安东!你说过,我得重新体验种种事情!

"人们将看到我们……"

"他们将感谢我们。"

我兴致勃勃地看到血液在纤细的蓝色血管中搏动,流经她那小小的赤脚。"我爱你,帕兹。"我说。她回答说:"你刚才说的话很严重。"她站起身来,挺身一跃,消失在了湖水中。

蓝色的镜子中,石头针编织着云彩衣。我也跃入水中,与这个水的女儿会合。

我用大拇指和食指捏住鼻子,把肺里的气全都呼出,睁大眼睛,随水漂流。太阳光穿透了水面,抚摩着这个高山湖的水下植被,它叫作艾诺尔湖。艾诺尔,这是你的第二个名字。

我们留在那里过了一天又一天。遍游当地,它的海岸,它的山岭,从布尔内斯到托林比亚,从古尔比尤里到坎加斯德尔纳尔塞亚。在谷仓中,在刚刚收割后的小麦田里尽情吃喝,在河流的绿水中沐浴,在小吃店①里倾倒苹果酒,这些露天的盛宴,全家人在长长的木头桌子周围一起庆贺星期日。

我们品尝一切。我们做一切。包括安静地呆在前罗马风格的教堂内,这些荒凉的建筑瑰宝,纳兰科的圣马利亚教堂或瓦尔德迪奥斯的圣萨尔瓦多教堂,曾经,一个阿斯图里亚斯国王被儿子送来,在此结束了他的生命。

---

① 原文为西班牙语"*merenderos*"。

我们出发去寻找荒芜的海滩,那里的地形是如此复杂,几乎就像是由巨人在礁石上挖出来似的。其中有一些,我们在低潮时赤脚踏过,有着花岗岩的尖峰,像是龙的牙齿。晚上,当浪沫和雾气混淆在一起时,场景变得如在宇宙空间。我们感到有鱼儿蹭过我们赤裸的腹部。而到了晚上,在位于小溪尽头的一些小饭铺里,鱼儿就成了她的盘中美餐。

她有一些很迷人的动作:一种把头发捋到耳朵后去的习惯手势,早上起来伸懒腰时狂热地把身子抻长到极端,习惯以一个很迅速的运动点燃香烟——我又想到了煤矿中的那张海报——仿佛迫切需要炸死所有威胁她自由的人。

不可避免地,我问了她关于文身的问题。她躺在有一块岩石遮阴的沙土上,脑袋枕着我的大腿。我们周围,大海在涨潮,海水开始舔舐她赤裸的身体。我用食指描画着文身的线条。

"告诉我,帕兹,这个文身……它是什么意思?"

"你是傻了还是怎么了?一个星期以来你不是天天都看到它吗?"

"是的,我知道……重新征服的十字架。"

她扭过她漂亮的脑袋来,从下向上地瞧着我。"那又怎么了?"

"你为什么要文这个?"

"你难道更希望我文一个特拉斯古,不光驼着背,还长了一个大鼻子吗?或者一条海豚,像所有的少女那样?或是文上哥特字体的'愤怒吧'?这个十字架,它很好看,不是吗?"

"是的,但你只有一处文身。这个十字架,为什么?它对你有什么价值?"

"我喜欢它,白痴①……你到底怎么了,这么严肃?"

"不是什么政治符号吧?"我问道。

"政治?"

"是啊,这也许会是独立派的符号,此类的玩意……或者,是原教旨主义的符号?"

她哈哈大笑起来,笑得那么厉害,不禁让我难为情了整整三天。

"难道因为你看到我在教堂中很激动,因为我的屁股上有一个十字架,我就是原教旨主义者了吗? 你也太敏感了……我兴许是个马拉诺,我戴一个十字架是为了欺骗一下别人。你知道什么是马拉诺吗?"

我低下了脑袋,茫然。她有怜悯心吗?

"那是少女们的一种玩意,假如你真想知道的话。你想让我把它擦掉吗?"

"尤其不要。"

"还有,你瞧,我喜欢十字架,基督被钉上十字架,圣女们被人打发上街,因为这种痛苦本来很淫亵,而一下子它又变得很美。一种折磨人的工具变成了一种宗教的标识,你不觉得这相当刺激人吗?"

"你说得无疑很有理。"

"这下你放心了吧,我愚蠢的小法国佬②? 快用你的嘴来跟我做爱,我想享受享受。"

晚上,她喜欢把自己关在她的谷仓中。一个存放粮食的老阁

---

① 原文为西班牙语"*idiota*"。
② 原文为西班牙语"*gabacho*"。

楼,一千年以来就架在四根石柱子上,以防止老鼠钻进去。它就搭建在房屋旁。她把它改成了自己的实验室。因为天花板不超出一点五米,她不得不像菩萨那样盘腿坐在她的容器之间工作,周围是一片红光,还有一瓶瓶化学药品——银盐、硒、黄金、氰化物——它们用酸涩的气味显现出已被她的眼睛通过相机抓获的种种形象。一张张照片中,有我们,有风景的片断。我肩膀上的一道伤疤,一道紧皱的眉毛,一块有异教偶像形状的石头,一个在退潮的沙滩上跑过的孩子,一道腹股沟的皱褶,一片拍碎的海浪。

我溜到她背后,把脑袋耷拉在她的肩膀上。"我在一个谷仓中活得很好……"

"得躺下来活着……实在是不太方便。"

"这几乎不会让我们有什么改变。"我回答道。

"你知道吗?它的建造根本就不用一根钉子,完全靠榫头衔接,随时可以拆,随时可以建,当一个姑娘要嫁到外村去时,它就能当作嫁妆带走,到新郎的村子里再搭建起来。"

无疑,我太喜欢这个地方了。我突然生出一个愿望:

"你认为,它会融合在蒙马特高地的风景中吗?"

第 二 部

海 滩

方　舟

　　我住在一个舒适却又乱哄哄的公寓中。从两层楼上进去,来到一个内院的尽头,等爬上五层楼后,就能俯瞰一片绿色的海洋。巴黎城中心的一个树林,人们叫它灌木丛。这树林,十九世纪末曾庇护过居住了不少艺术家的棚屋,今天却只剩下几个无法进入的小岛,其中包括在我窗口底下的那一个。我很喜欢这样的想法,在巴黎城里当一个游击战士,并在那里接待一个女游击战士。带着她的七十三双鞋子、靴子、便鞋、舞鞋、半筒靴和高跟鞋。

　　两年时间就这样过去了。整整两年一尘不染的幸福。我们周游欧洲,我继续把握它的文化脉搏。我聆听到的大动脉分别叫作伦敦、佛罗伦萨、马德里、柏林、雅典。鲜血还在流动,暗黑而又浓稠,我心里说:"直到现在,一切都好。"在跃入深渊之前,我们还剩下这个:某种照耀。

　　经济上,我们倒下了。政治上,我们在最底层,被死死地夹在一个无比强大的美国和一个有专制梦想的俄罗斯之间,美国通过选举一个务实的非洲后裔花花公子,给我们来了狠狠的过时一击,而俄罗斯的新沙皇则通过发射导弹来猎熊,骑上马,声称他将"一直要到茅坑尽头"去寻找他的敌人。

　　至于那些被人谦虚地形容为"新兴"的国家,它们不仅很久以来就已经兴起,而且早已经把我们打发回了老家。它们才是老板。当我这么说时,牙齿已经咬得咯咯响了,但我毕竟还是说了:"我清楚地看到我儿子的未来,假如有一天我会有儿子的话,他会成为一个富裕的中国家庭或印度家庭的管家,但依然品味法国式的生活艺术。"在这个未来的、兴许还是不久降临的世界中,或许将有一个令人羡慕的命运,恰好跟那些大批逃离欧洲海岸而撞大运地登船航行的不幸者的命运形成对照。这些反尤利西斯烧了他们褐色、红色或酒红色的护照,将顶着地中海的风浪,试图抵达北非海岸,然后再冲在沙漠火炉中,奔向黄金国卡塔尔……是的,很令人羡慕……而谁知道,赫克托耳,生活中充满了男主人与女奴之间的爱情故事,兴许,你将在一个上海贵妇人的怀中找到幸福,对她来说,你不仅仅是一个漂亮的异国水果,而且还是一种浪漫主义的承诺?或者,是在孟买的一个很有家教的遗产女继承人的怀中,她还想东山再起,在季风的夜晚,当雨滴最终落下,人们终于敢大口呼吸时,她恳求你为她阅读《悲惨世界》……

因为在文化层面上,我们还没有完全死去。我们总是有时代相伴,至少我们曾有过,已经流逝的一个个世纪生产出了众多的杰作,世界似乎还在继续让我们羡慕它们,从莫奈的《睡莲》一直到我们那著名的月牙面包。世界的新主人们,巴西人、中国人或哈萨克人,挤在我们的咖啡馆里,一边品尝它们,一边瞧着巴黎女人从露天桌台前走过,一段时间里还依然坚信——要说嘛,传说的力量是很顽强的——她们是最妖魅迷人,最性感动人,最细腻可人的造物……

当然,这将不会持续太久,即便大多数欧洲人都跟十五世纪时的拜占庭人那样推理,要知道,当年,甚至当穆罕默德二世的军队已经攻破了君士坦丁堡的城墙时,他们还在喋喋不休地争论着天使的性别。什么都不会发生在他们头上的,因为他们是高等人。

他们心里这样想……

欧洲变成了一个大博物馆,一个旧时代的天文馆,一个持续很长时间的临时展览会。巴黎就是它的肚脐,这个没有塔楼的城市。但我们知道,时间已经屈指可数。在我"企业"的岗位上,在我办公室的玻璃板壁后,我像指挥官一样,十分冷静地观察着灾难的临近。

我所喜爱的世界经历着它最后的时刻。

当时,一件艺术品给我留下了深刻印象。它是那么的雄辩,搞得我浑身起鸡皮疙瘩。想象一下,你甚至还见到过它,我带你去看了它。你当时才一个月大,兴许两个月。它在美术学院的小教堂中展出,就是你母亲上学的地方。那是一位叫黄永砅的中国艺术家的作品①。你当时还那么小,根本回想不起来:稍稍再长大些,你就会欣赏了,你会看到一些实物大小的绒毛玩具动物。而我,它把我吓坏了。它巨大无比。这是一个大方舟。一个挪亚方舟。十五多米长,船上有几十个动物标本:一条盘绕在桅杆上的蛇;一些一动不动的猴子戏弄着瞭望台上成双成对地飞翔的鹦鹉、斑鸠、红喉雀。甲板上则是一对对其他动物,老虎、大象、羚羊,等待着出发。但方舟注定要灭亡。它散发出死亡的臭气。雷电劈倒了主桅杆,走近去看,人们能看到,在此寻求庇护的大多数动物已经被这天降之火烧坏了。羽毛成了棕红色,皮毛也损坏了,露出了金属的骨架,勉强支撑着造物们的站立。炎热让它们的身影凝固为可怖的姿势。碳化的北极熊盲目地伸出残肢。用来做它们眼睛的玻璃球在火的打击下爆炸了。在美术学院小教堂的夜晚中,它们张开了颌骨破碎的狰狞嘴脸,亮出了焦头烂额的表皮,仿佛是从一个由

---

① 黄永砅(1954—),当代著名华人艺术家,长期生活在巴黎。

精神变态的神所创建的动物世界中出来的。为完成他噩梦般的巨幅作品,这位中国艺术家买下了著名的动物标本制作者戴罗勒的商行中的库存品,那些曾让超现实主义者们以及巴黎的一代代孩子叹为观止的动物标本,被一场火灾洗劫得面目全非。那些还没被完全烧毁的野兽就这样上了船。

一个中国人,一个新世界的艺术家,选择了欧洲,选择了这一欧洲的心脏——巴黎,来发出这样一个信息:灾难临近了,无路可退。女士们,先生们,好好地选择你们经历最后时刻的方式吧。

我选择好了。我要留在那里,不再动身。好好地躲在这一由欧洲生活所构成的大博物馆藏品丰富的大厅中。在这往昔时代的珠宝匣中,这里,到处,在这些官方机构、部委、大学的墙上,还有天花板上,在这些公共花园中,人们看到一座座塑像,一个个赤裸的、神话的、永恒的躯体,它们似乎还能保护我们。一些塑像,在世界各地到处都有的,本应该被禁被弃,因为永远地伤害了人类的羞耻心。这一塑像群体,在我曾漫步的所有城市中,让我心中充满了快乐、自豪,照亮了我的心灵,平息了我的惧怕。我觉得,凝固于完美的纹丝不动中,链接了我们的过去的这些脸,比活人的脸还更懂得我生存于世的幸福和愉悦,也更懂得我心中的慌乱,因为我意识到,我醉心于其中的这一世界正在走向终结。

这最后的时刻,我想跟帕兹一起来经历。当我跟她在一起时,这世界似乎就不再会终结。她是活的,快乐的,充满能量的,拥有千千万万的计划。

当时,她处于彻底的能量爆发中。她更换了画廊主,还有相机。从此在家里工作。一个偌大的手风琴样的东西,支在一条腿上,顶头上有一只眼睛。确实,如同人们想象的,一个摄影师。那是什么？我对技术一窍不通。我似乎觉得,这是一个8×10英寸的Deardorff相机。镜头呢？360毫米的Apo Symmar,我想。但她也不是固定不变。直率地说,我并不在乎。不属于我的范畴。相反,我所记住的,是它很重,她需要一个人帮她运输并安置器材。一个助手,甚至两个。她的新画廊主策展人塔里克,曾策划展览过超级大腕摄影师的作品,如扬·索戴克、彼得·比尔德、马丁·帕尔,以及日本捆绑摄影师荒木经惟①。帕兹的入轨迫在眉睫。她的夏季微型悲剧赢得了一种越来越巨大的成功。甚至在我们报纸的范围内都能衡量得到。有多少次,在被人称作都市晚宴的那些职业健康评估场合中,我都在场扮演了这一成功的见证者角色？在邀请我们的主人家中,在接待我们的那些沙龙中,人们越来越经常地会看到一部帕兹的作品。而在他们的藏书中,人们也同样能看到我的一部小说,但这是不一样的。我想说的是,这不是同样明显的。同样不可逃避的。她目光的印象。在帕兹身边,我变成了一个侏儒。

我喜爱这一角色:她行动,我旁观,我使她不朽,我见证她的升腾。我悄悄地融入她的节奏。一种感觉,一种取景,一记咔嚓响。

为什么她非得昏了头？她非得把这个小家伙留在我的怀中,我那么喜爱的小家伙,让我一听到他的要求就用我的心血来喂他,但他同样也需要他的母亲呢,我担心。我将结束这个故事吗？

---

① 扬·索戴克(Jan Saudek,1935—),捷克摄影师和画家;彼得·比尔德(Peter Beard,1938—2020),美国摄影家、作家;马丁·帕尔(Martin Parr,1952—),英国摄影师、记者;荒木经惟(1940—),日本摄影师。

她陪同我的每一次远行。奥斯陆有一场朗诵会，里斯本有一个展览，米兰有一场走台秀，在阿姆斯特丹有国家博物馆的重新开放。她跟随我。但到后来反倒是我在跟随她，因为对于我，一切均诞生于海滩，诞生于她对海滩的渴望。

　　在索伦托，美人鱼们总是有一个崇拜的地点，她在俯瞰祖母绿大海边一排排柠檬色折叠式躺椅时，发现了她所喜欢的色彩游戏。在普利亚，通过获取尖利的白色岩石与千百个孩子——他们像是一颗颗肌肤的榴弹，在大海中嬉闹跳跃——那褐色腿脚的鲜明对照，她为她的相机激活了帕索里尼的意大利，贫穷的，无耻的，有毒的和慷慨的。用波西塔诺海滩，这个被放置到圣母升天教堂底下的沙土坑，还有位于无法攀登的阿玛菲悬崖脚下的珐琅质的教堂圆顶，她做成了一个很时尚的集中营，由一连串遮阳伞所守卫，那里面，一个个肉体在火炉中互相蹭来蹭去，寻找着一丝无价的阴影。

　　她快到中午时分才出门，或者步行，或者开一辆租来的小汽车。她在沙土上放下她的设备，她那超轻的矮凳，在那上面安设好平台，摆上她的机器。一个当地的小男孩充当她的助手，到晚上，他就离开，带着一张钞票，带着帕兹的微笑，还有整天都能瞧着一个漂亮女人的那份快乐。

　　我们一起吃午饭。是我前去找她的。我在城里安排一个个约会，在我的旅馆房间里工作，我需要洗一个提神的澡。我从大海中观察着她，只见她待在两米高的地方，为遮阳光，头上戴了一顶宽边大草帽。有时候，她离开她的高塔，摆脱她的衣料甲壳，走向海浪。只有几平方厘米的微量布头把她跟不雅行动截然分开。她付钱让小男孩照看一下她的器材，但他窥伺的却是她这个人。浑身水淋淋的她回来后冲他微微一笑，就在她的浴巾上躺下，丝毫看不起那些带有可拆卸遮阳伞的折叠躺椅,而若是没有这些个玩意,意大利也就不是意大利了。

夜里,她的肉体依然因存储的热量而滚烫。

那一家悬挂在悬崖峭壁上的旅馆,刷了石灰的墙壁冰凉冰凉的,有一个带了蓝色金属围栏的阳台。一个修道院般的单人间,在那里我供拜的是帕兹。她在她的睡梦中乱动,我把她紧紧抱在怀中,告诉她那是噩梦。她在梦中讲她的语言。她的两鬓全是汗水,连头发梢也是咸的,尽管泡海水之后已经淋了淡水浴。我用一块湿毛巾为她拭擦滚烫的额头,我守候她。酷热难当的那些夜晚,我们赤裸裸地躺在石板地上,好让我们光荣的皮肤凉快凉快。为了寻找睡意,我们眼望星空,尝试着用目光把一颗颗星星连接起来,让一些动物的形状出现在黑黝黝的天空中,就像你做的那样,你,用铅笔,在你的游戏本上。

吃早餐时,她讨厌说话。匆匆吞下她的面包干,却不露一下眼睛,就让它们藏在曼哈顿牌眼镜的玻璃片后面。

到九点五十五分她才说她的第一句话,当第勒尼安海也就是"伊特鲁里亚海"的海水抓住了她那卡普奇诺色的表皮时。两百九十级台阶通向那些岩石,她就是从那些岩石上飞跃出去,在一个美国名作家的幽灵的注视下,而他的鹰巢就在我们的头顶上。她只吃剑旗鱼。万不得已时也吃意大利蛤蜊面①。她说,她,蛤蜊②。

当我从这趟旅行中返回后,赫克托耳,我将来到你的房间。晚上,当你睡不着觉时,我将弯腰向你俯下身子,单调地哼唱出:"蝴

---

① 原文为意大利语"*spaghetti alle vongole*"。
② 原文为西班牙语"*almejas*"。

蝶面、小肉龙、馄饨、贝壳面片、双条面、长通心粉、中通心粉、小通心粉①……"这会让你昏昏入睡,就像当我对你喃喃地说,你就在穿越西伯利亚的特快列车上,你暖暖和和地待在你的卧铺车厢中,列车穿越冻土带。冻土带,这个词让你觉得好玩。那些词也将让你觉得好玩,然后以它们悦耳的音质为你催眠。

再也不需要别的什么了。一切都很美,一切都很好。葡萄酒和她的抚摩,她的沉默,还有她的会话。我们从一个很老的古董商那里为她特地买了一面可爱的手镜,圆圆的,镀金的,手柄上点缀有一个穿戴古代服饰的女子。

鸡尾酒的时刻是神圣的时刻。我们选择一个地方,一个景观,来品尝一个不再仅仅是酒杯的酒杯中那五颜六色的内容。假如咖啡的名称中大都以字母"o"结尾(爱斯派缩、卡布奇诺、拿铁玛奇朵②),那么,鸡尾酒就往往以"i"结尾:"贝里尼、罗西尼、尼格罗尼③"。只是一些艺术家的名字,你将注意到。是的,就连尼格罗尼也是一个艺术家。十六世纪时的人;他画了很多圣母像。我们认真地注意烈酒的上涨,在苏打水泡泡和一点点柑橘之间滑动,我们热衷于苦涩与甜美之间不稳定的平衡,还有在我们手指底下转动的酒杯那精美的形状,杯垫上的纹章,桌面的大理石,扶手椅的呢绒,帷幔的皱褶。

我为什么没看到过风暴?

我不喜欢莫拉维亚的那句话:"人越是幸福,就越少关注自己

---

① 原文为意大利语"*Pappardelle, rigatoni, tortellini, conchiglie, casarecce, penne, mezze penne, pennette*"。

② 原文为意大利语"*espresso, cappuccino, latte macchiato*"。

③ 原文为意大利语"*bellini, rossini, negroni*"。

的幸福。"我不喜欢这话,因为那是错的。反正对我来说它是错的。我每天都在关注它,感谢着神明创造出了这一生命体。假如不是被欧洲的法律所压制,我会很乐意每天都为这一幸福作燔祭。

这情景诱惑我,无疑。

我们手拉手地遍游欧洲的海岸。我们在保护性的座舱中穿越大陆,着陆在那些熟悉的、但还需继续勘探的区域,走向更多的生命和美。她是我的固定点,我知道,要是没有她,从此后,我就将走火入魔。

我们有一个秘密计划,它诞生于翠柏环绕中的一座十五世纪城堡的高塔,在意大利的托斯卡纳。那是由一位银行家在洛伦佐·德·美第奇当政期间建造的,后来成了一家旅馆。那里有鲜花,有大烛台,有皮制扶手椅,椅子上还保留着一些已经消逝的躯体的形状。我们喝着葡萄酒,我们变得很严肃。我们互相提着一个唯一的问题:我们真正爱的到底是什么?

你母亲立即回答:"在点燃了石榴花香味蜡烛的一个意大利古老房子里,跟我所爱的男人一起洗个泡泡澡。"书房中一条秘密通道通向一系列被人称为壁画的东西。人们一边在那里一个古老的大理石浴缸中洗澡,一边欣赏天花板上画着的互相争抢一条红绸的小天使,还有等待着情郎晚上来幽会的几乎赤身裸体的仙女。

在蜡烛的微光下,我们继续思索着。轮流说出一些地点、味道、事物的名称,我们曾那么喜爱去做,然而我们兴许永远都不会再去做的那些事物。

这些回忆,我们将把它们归档。这成了我们的一个出书计划。她来拍照片,我来写文字。以一份清单的形式,清单变成了一个迷信实用主义的时代的高级文学形式,人们再也没有时间阅读,作者则再也没有时间写作。

一份清单,尤其是因为,对你母亲和对我,如今已经是列举我们将失去之物的时间了。

《即将消失之物的书》,这就是我们秘密计划的名称,构想得如同一次环欧洲旅行。

在"**液体**"方面,有如下:

——从盖勒特温泉浴场野兽雕像的嘴里流出来的有疗效的滚水(布达佩斯)。

——在加玛尔格的夏萨奈特餐馆供应的奇怪地命名为碳十四的红葡萄酒。人们在那里露天就餐,头顶上只挂一顶大蚊帐。感觉是一只大蝴蝶。餐后活动的想法:夹自己的女伴(阿尔勒)。

——蒂约尔海滩清澈透明的水,让人看到水下的白色鹅卵石。青草小径的绿色地毯一直通向它,多汁的黑莓近在嘴边,开口就能吃到,大海的蓝色眼皮睁开复又闭上,它的眼睫毛就是波浪(艾特勒塔)。

——冬季的变化:人们在蝶螈的庄园提供热巧克力,在被巨大壁炉的烟熏得黑黝黝的横梁底下,人们可以烤一头整牛——一个给 Würgeengel①,即灭绝天使的晚祷(柏林)。

——蒙马特广场公共水池中的一股水柱,在那里,圣徒德尼把自己的脑袋捧在手中(巴黎)。

——夕阳西下时分坐在多尔索杜罗区,与运河水面上的杰苏阿蒂教堂齐平,喝上一瓶汽酒(威尼斯)。

---

① 德语,意思就是下文中说的"灭绝天使"。

我就此打住。预定关于威尼斯就得写上一大章,但我们一个字都没写,既然我们这一对是在威尼斯开始下水的。我们就不再涂脂抹粉了。

恐怖世界的小小环游

既然我都想到了,实际上,终结稍稍提前开始了。

当她想象人们可以为这本书再增添几页的时候。比如说,为"**液体**",她就看到:

——在丹吉尔的哈发咖啡馆要一份薄荷茶,同时瞧着塔里法的伊奥利亚女人。

——在巴马科的一家"丛林"中要一瓶库图库酒,同时听一个患有白化病的乐手先表演一段巴拉风,然后再跳从科特迪瓦进口的切岔舞①。

——一杯袋泡木槿茶,在哈恩哈利利,开罗的大集市。

她很好玩。但又很执着。

"跟你在一起,我是那么喜爱这些大旅行。"

我却回答她说,我再也没有兴趣了。

"但是,你依然还是做了。"

"没错,但那是以前。"

"快打住吧,你说话就跟一个老头子似的。"

---

① 巴拉风,原文为"balafon",是西非和中非地区一种类似木琴的打击乐器。切岔舞,原文为"coupé-décalé",是源自科特迪瓦的一种舞蹈。

"我是老了,你知道,而过去的每一天都令情况更加恶化。"

我只要说到我们之间的年龄差距,就足以让她渴望我。因为这让她想到死亡,并迫使她成为我的同谋吗?

正是在这之后,当我们的肉体歇息下来,舒适地碎裂开来,在温和的阿玛菲之夜,微风前来增加它的一丝按摩,进一步提高由体内激素解放带来的舒坦:"我重申一下我的建议,宝贝①。你想象一下,这个,一个面朝泰姬陵的莫卧儿王朝宫殿的房间中,或者在一座古老的阿拉伯房屋中,在亚历山大城,或者假如你愿意,在阿勒颇,带着直扑我们鼻孔的香皂气味……"

"在阿勒颇,我可提醒你,那里还在打仗呢。在阿勒颇,恋人们在流泪。"我回答道。

"同意,我们就先不提叙利亚吧,但约旦总可以了吧?"

当她一再坚持时,如同我们刚刚回到蒙马特一起去吃坎塔布连海沙丁鱼的那天晚上,我就给她拿出了数字,那是从兰德公司副总裁布鲁斯·霍夫曼的研究中得出的数字,或是罗伯特·A.帕普发表在《美国政治科学杂志》上的一篇文章中的数字,文章的题目是"渴望胜利。自杀式恐怖袭击的战略逻辑"②。

在八十年代,曾有过三十一次自杀式谋杀。在九十年代,有一百零四次,而仅仅在二〇〇三年,这个数字就上升到了一百八十八次。从二〇〇〇年到二〇〇四年,总共有四百七十二次自杀式袭击,在二十二个国家中杀死了七千人。最有意思的数据是这最后一个:从一九六八年起,百分之八十的自杀式谋杀发生在最近的十年里,是在二〇〇一年九月十一日之后。很显然,西方人是它们的

---

① 原文为西班牙语"*tesoro*"。
② 原文为英语"Dying to win. The strategic logic of suicide terrorism"。

瞄准对象。而且,当然,交通工具和旅游景点是最为常见的目标。对环球旅行者来说,世界变得更加危险,对此,我又能如何?

她还接着来。我展开灾难性的数字,爆炸与尸体的地理学长篇连祷文,另一份清单。一份黑色的清单,充满了死人、枪击、劫持人质、汽车炸弹袭击、行李炸弹……

"印度,它不是丝绸与《欲经》的天堂吗?那就请听:二〇〇八年五月十三日,斋浦尔的印度教神庙,八十人死亡,二百人受伤。二〇〇八年七月二十六日,二十五次恐怖袭击打击了班加罗尔和艾哈迈达巴德,五十一人死亡,一百七十一人受伤。二〇〇八年九月二十七日,新德里的鲜花集市,二人死亡,二十二人受伤。二〇〇八年十一月二十六日到二十九日,孟买的恐怖袭击,一百七十三人死亡,三百一十二人受伤。二〇一〇年二月十三日,一颗安放在背包中的炸弹爆炸,在浦那县德南面包房的露台上,造成九人死亡和五十七人受伤。二〇一〇年五月二十八日,纳萨尔派武装叛乱分子在西孟加拉造成一列火车出轨:一百四十八人死亡。你不是跟我说起过埃及吗?一九九七年十一月十七日,在代尔艾尔巴哈里的哈特谢普苏特神庙,三十六个旅游者死于一个六人小分队的枪弹下。他们额头的布条上,是一条阿拉伯语的标语:'直至战死'。二〇〇五年七月二十三日,沙姆沙伊赫的袭击,八十八人死亡。"

"据说是政府军干的。"

"这又能改变什么?瞧,即便是土耳其也可能很危险。二〇〇八年七月九日,美国领事馆附近的机枪扫射,六人死亡。二〇〇八年七月二十七日,伊斯坦布尔有十七人死亡,一百五十四人受伤。二〇一〇年十月三十一日,三十二人伤于自杀式袭击。而你的约旦:二〇〇五年十一月九日,三次袭击,五十七人死,三百人伤。"

"我们不是还剩下拉丁美洲吗?"

"那里谋杀的死亡率超过了战争地区的死亡率,据联合国统计:在危地马拉,每千人中死亡数达到了四十五点二。在洪都拉斯,达到了六十点九……"

"是的,但,这都是因为强盗。你稍稍有些夸张……"

"哦,是吗?"

我提醒她最近两个法国人的死,胡里亚和卡桑德拉,死在阿根廷的一个旅游区。而墨西哥则保持着针对外国人的暴力行为记录。

她不说话了。但我想整整兜上那么一圈。希望她不要拿这个来恶心我。希望她信任我。

"亚洲吗?我暂且不跟你说二〇一二年四月在泰国的袭击,因为他们触动的是该国最南端,旅游者不怎么去的一个地区,但我至少得提醒你注意印度尼西亚。帕迪的酒吧和巴厘岛萨利俱乐部的袭击,二百零二人死,二百零九人伤,毕竟……"

她打断了我:

"塞萨,那已经是十年前……"

她站起来,搂住了我。于是,我不想继续说下去。我只是让她打消去以色列的念头,除非有一顶好保护伞,那里才是好玩的地方。从二〇一二年的一月到十一月,两千两百五十六枚火箭弹从加沙发射。平均每天六点八三枚。以色列的报复行动升级了,而我不是关于拉马拉夜总会的主题旅游客户。

我想对她说的是,生命太过短暂,无法让人再去缩短它本来就十分稀罕的温柔时刻。

我想对她说的是,我对此事已经有了一种足够的体验,她完全可以信任我:对我们,别处没有任何的温柔可言。

我想对她说,却又没有时间对她说的是,跟她一起进行的海滩的这种勘探,在欧洲的这一沙滩远足旅行,从苏格兰的穆尔岛,或者从德国的圣彼得-奥尔丁,一直到法国的罗克布伦,或者希腊的拿瓦焦,就足以给我幸福了,我真诚地认为,对她也够了。

一大早,或者晚上,当光线不太适合她的工作,当人物从取景框中走空,当她收拾起摄影器材,这时,海滩就是属于我们的。水的运动,它的海藻味,它的透明,沙子的细腻,地平线的轮廓,这一切构成了一种生命。我想,这构成了一种生命……

你想要的所有海滩,我曾对她说。

她对我说起了马尔代夫。

蜜　月

我们洗了个澡。我们穿着浴衣。窗户向丛林的树木敞开,阳光缓缓地倾斜。我们很好。我们准备去塔里克家吃晚餐。

"我想过了。没有任何危险。只有大自然,你和我,几个无所事事的、几乎赤身裸体的度蜜月者①……"

她想把色调的对话固定在沙子那几近白色的黄与大海及天空那不同的蓝之间;还有,不同色调的白,"椰奶与龙虾肉之间……"

"没有任何危险？那些岛屿即将被淹没。"

"展望二〇二五年……我们还有时间。"

"最近的那次海啸呢？造成了三千人死亡。"

---

① 原文为英语"honeymooners"。

"正是,它已经发生过了……从统计学上说,这很好……"

"从统计学上说,你有道理……但你忘记了飞机航班从此后臭名昭著的疲软……还有,瞧瞧这个。塞西尔给我发来了连线报道。"

我把我手机屏幕拿到她眼前。那上面正播放着由一个女合作者传送来的一段绝对扑朔迷离的视频。

一段摄像机拍摄的蜜月旅行。在潟湖与棕榈树的背景中,一对穿白色衣服、露玫瑰色皮肤的新人,边上点缀有酒店方面赠送的花篮……普通欧洲人的绝对梦幻,他们总认为,欧洲还不够,却会后悔不已。还有,发生在那里的事只是一个警告。

一个穿黑色裙裤的马尔代夫男子用英语向两只爱情鸟解释说,当地的习惯,是要让亲朋好友为新婚夫妇唱一首祝福的歌。新郎新娘因感激而眼睛发亮。

一段美妙的歌声飞扬在热带的天空中。那男人把英语交换成了当地语言,迪维希语,它很像是一种鸟鸣,宾馆工作人员齐声伴唱。真的非常精彩。问题是,出现在屏幕下方的字幕生生地驳斥了这一甜美,译文令人心惊胆战:"你们是猪猡。你们因这婚姻而生的孩子将是猪猡和野种。你妈的婚姻屁都不值,因为你们是不虔诚的异教徒。"整首歌的内容……旅行者夫妇一点儿都不懂,因激动而微笑。宾馆人员重复地唱着叠句:"禽屁股。"

帕兹扑哧一笑。

"我求求你了,帕兹,他们的所作所为也太残暴了。"

"闭嘴,我听着呢……"

她被抓获了。监礼人走向新婚夫妇,把他们的手放到一起,并把他们的手握在他的手中,把它们关住,像是合上了贝壳的蛤蜊。然后他以一种祈求的口吻宣告:"在插入一只母鸡的直肠之前,请证实,母鸡的直肠上没有长痘痘。"

穿婚纱的女人热泪盈眶,这一次,帕兹哈哈大笑起来。

朗诵者还在继续:"怀着敬意对待你的经理。"

"这到底是什么?"她问我。

"他正在宣读一份旅馆雇员的劳动合同,并让旅游者相信这是婚礼上的神圣祝福……"

"真是太有才了,你的这玩意……"

典礼还在继续。新郎新娘被邀请前去海滩上栽种一棵小棕榈树。"从你的阴茎中将诞生出一片混乱。"主持人说。

"我太喜欢了。"帕兹说。

"怎么,你喜欢?"

"'从你的阴茎中将诞生出一片混乱,'这是彻底的朋克。"

"是吗?那么,请听他接着说的:'从你的阴茎中将钻出来蛆虫……'"

"这个,变得有点太朋克了……"帕兹评价说。

视频结束了。

"实在太逗了。别对我说它给你留下了深刻印象?"

"'让我们咒骂不虔诚者吧'这一块,我不太喜欢……"

"他们很有趣。他们的样子太傻了,你的那些旅游者……"

"我们说不定也会是这个样子……"

"不会的。首先,我不会求你娶我的,其次,等一下,他们也没有割他们的脖子……"

"那是第二阶段……"

她的目光蒙上了一片云雾。我开始发现了她的一大性格特点:情绪反复无常。一眨眼间,她会从一种激动状态过渡到另一种。这在她的艺术生涯中应该能助她一臂之力,但在夫妻生活中,这会给配偶一种感觉,还以为是在学牛仔竞技呢。她猛地站起来,

走向厨房。我听到水在流,柜橱打开了,她绿茶盒的盖子掀开了。而她的嗓音则变得金属一般铿锵:

"说真的,你害怕了。你真的害怕了……"

从厨房那边,"害怕"这个词像是一口飞痰,啪的一下就吐到了我这里。她以她的轻蔑喷了我一身。我毫不推脱地回答。

"这不是害怕。"

"但以前你是到处走的……甚至还去了阿富汗……"

"正是……"

她端着盘子来到客厅,把它放到玻璃桌上,又回来坐下。她把赤脚收起来压在身子底下,依偎在我身边。

"真遗憾,你知道,我真的希望我们能来一次大旅行……"

"我们没有停过……"

"我们像跳蚤那样蹦跶。真遗憾。你什么都见过,而我却什么都没见过。"

"可你看得比我强多了。你的照片证明了这一点。"

我抚摸着她的头发。树脂的气味冲上我的脑袋,让我只想把我的根系扎入我女人的土壤中……但她干净利落地切断了我的愿望之线。她又勃然大怒。

"你知道什么?我觉得你太不真诚了……你的推理根本站不住脚。你不停地谈到我们的安全。但瞧瞧二〇一一年七月在挪威发生的事,由那个金发的原教旨主义分子犯下的屠杀案……在挪威,近在眼前。就在欧洲经济体内,挪威……"

"不错。"

"还有发生在列日的枪杀事件,就在圣诞节大集市……"

"同意,帕兹,但是,如果说这里就有够多的疯子,那为什么还要去外面寻找另一些疯子呢?"

一阵长久的沉默。她倾身向前,准备倒茶。然后朝我转过身来。

"从什么时候起你开始害怕来的?"

我什么都不想说。这将占用太多的时间。同样,这也太有老战士意味了。对你,我倒是会说的,但是……走着瞧吧。我瞧着缅甸小雕像,它在马利克·西迪贝①的一张照片底下跳着舞。我挪动了争论的边境。

"你知道维里利奥②说了什么吗,这位思考速度的哲学家?"

"不知道。"

"'人类每一次发明某种新东西,同时也就发明了随之一起带来的灾难。'假如你造了一架有三百个座位的飞机,你就有了三百个潜在的死人。假如你建造了一座塔楼,你也就建立了它倒塌的可能性……"

"你头脑中的黑暗东西太多……"

"不,帕兹。恰恰是由于这世界在我看来变得越来越混乱、不稳、裂变。人类变得疯狂,大自然得意忘形……"

她的眼神变得凝滞。她心不在焉。已经消退到了心中,像一片落潮。

那不是害怕。我知道我不想要的是什么,仅此而已。而在此,我真的抱怨她让我不得已登上这架飞机。目的地显示在柜台的上方。卡莉玛拿过麦克风宣布说,我们可以开始登机了。我害怕,因为我想到了你,赫克托耳。往后,你将做什么?这个世纪将如何进展?你将武装得足够好吗?我试图给你的培养将有何价值?美有

---

① 马利克·西迪贝(Malick Sidibé, 1936—2016),马里摄影师,人称"巴马科之眼"。

② 维里利奥(Paul Virilio, 1932—2018),法国哲学家、文化理论家。

何价值？人类呢？已经完结了吗？

我们吃晚餐时迟到了,是的,她竟然敢说这都是因为我需要做爱。她只是往自己赤裸裸的胸脯上扔了一件裹身裙,其色彩让人想到孔雀石绿。塔里克在艺术世界的威尼斯大迁徙之前请我们吃了这顿晚餐。双年展将于一个星期之后开幕。帕兹的两幅照片被选中在点燃①国际展中展出。

威尼斯:旧世界之美的内存盒。在我们的那本《即将消失之物的书》中,关于威尼斯什么都没有。其理由:我们这一对消失在了那里。

敞开大门的威尼斯

我们每年去两次。秋天和春天,为了能在两种光线下,两种温度下,欣赏水与石头的婚礼。我们很喜爱这个自己卷在自己身上的城市,就像一种阿月浑子味的意大利冰淇淋,那里的潟湖就有阿月浑子的颜色。在这一点上我们有我们的固定点:天空中太阳爆炸并化为灰尘落下在一座座宫殿的三角楣上,而瓦拉莱索大街上的米索尼精品店,我在那里为她买了这条带有细巧安排的虚线、海蓝色与祖母绿相间的精美裙子。

每两年一次,整个地球上所有作数的艺术家、批评家、收藏家、艺术爱好者,都要聚集在这座城市的花园中,在这个叫作军火库的

---

① 原文为意大利语"*Illuminazioni*"。

要塞的中心,在玫瑰红砖头的巨大仓库中,当年,威尼斯共和国就是在这里建造了它的战船,如今,艺术家们来到这里欣赏时尚的产品,或者对它喝倒彩。一个国际展览由双年展委员会在此组织,每一届都换一个主题,今年,你母亲有两幅放大的照片在此展出。

但是,就这样,帕兹不愿意再来了。即便她久负盛名,即便她面对杰夫·昆斯的作品,面对村上隆①的另一些作品也根本用不着脸红。她照片的价格,虽还远远达不到那两位艺术大亨的等级,却也达到了艺术市场的平流层的一个相当高度,几个月时间里,数字后面连连加了几个零,像是众多的氢气球。我甚至还看到过她的海滩照片布置在地铁中,就在一幅恩基·比拉尔画的陷阱女人和一张朴载相的肖像之间②,而那位姓朴的鸟叔就是唱《江南Style》的,YouTube上链接记录的保持者。

"这提前让我疲劳,"她对我说过,"所有人都受审议的这一残酷游戏,鸡尾酒会中的永恒竞争,两杯贝里尼落肚后跳出来的邪恶。你是感受不到的,你,因为你没有被展。请注意这个词的所有意义。"

"洛里斯和阿戴尔将在那里,"我说道,为了说服她而提到了她的两个艺术家朋友,"你在抱怨你从来就没能见到他们……"

"我更愿意在别的地方见到他们。在威尼斯,所有人都变成了傻瓜。他们跟我都一样。这见鬼的游戏。"

这是法国最有才华的艺术家之一洛里斯·格雷奥③的一个表达法。她最好的朋友之一。他说到艺术界,恰如说唱歌手说到说

---

① 杰夫·昆斯(Jeff Koons,1955—),美国艺术家。村上隆(Takashi Murakami,1962—),日本艺术家。
② 恩基·比拉尔(Enki Bilal,1951—),出生于南斯拉夫的法国当代漫画家。朴载相(1977—),韩国著名的 Hip Hop 歌手,人称"鸟叔"。
③ 洛里斯·格雷奥(Loris Gréaud,1979—),法国造型艺术家。

唱行业:"游戏"。人们玩这游戏,为的是成为第一圈层的一部分。营销策略,合同,转让,以及大型表演。

"这只不过是几天时间。你就得待在那里,好谈你的工作。好见见人。你的两幅海滩摄影已经入选了,毕竟。"

"我实在受够了,海滩照片。我要走出被你放进的误解。"

她又回头说到我的文章。误解,这是当然的了,但她的照片靠了我的文章而大大获益。毕竟已有两年了。她还真能记恨。

她再也不愿来了。事件发生后的一星期,塔里克还在为说服她而战斗,他在巴黎,在自己家里组织了晚宴,就在他位于艺术画廊楼上的精美公寓中,这可是他的最后机会。塔里克长得很讨人喜欢,高高的个头,长长的脸上架了一副圆圆的眼镜,这天晚上戴了一条白领带,上面用画笔画满了五颜六色的斑点和线条,是他五岁的儿子画上去的。我们已经吃到了甜品。葡萄酒和香槟酒激发了谈兴。一个出版商问道:"您难道会说,您儿子所做的这一切是艺术吗?"塔里克把一勺柚子冰淇淋送到嘴边。"您知道毕加索说过的话吗?'我花费了毕生的精力,以求能画得如同一个孩子。'"我很喜爱塔里克,他可没有他那个种姓的怪癖。一开始的时候,他挨家挨户地上门推销石版画,那段清贫的日子,他很愿意回顾,因为他知道,是它促成了他的传奇。

一个银行家的妻子发起了挑战:"您能不能理解,当有人谈到某人的作品,例如布伦或托姆布雷[①]的作品时这样说:'这我四岁的儿子就会'?说到底,布伦,兴许不,因为毕竟还得把线条画直了。"

[①] 布伦(Daniel Buren,1938—),法国艺术家。托姆布雷(Cy Twombly,1928—2011),美国著名画家。

所有人都笑了。或者假装一笑。除了帕兹,她什么都没说,只满足于喝酒。一杯接一杯。我观察着她,我胡乱猜想。"假如您是想说,在当代艺术中有很大一部分童年,那么您就说对了,"塔里克回答说,"杰夫·昆斯,比如,在这方面就总是提供参照。他说他在追寻我们生命中的这一阶段,那时候人们没有怀疑,人们不作评判,人们只是准备好要接受世界,要简单地经历事物的原本样子。他对艺术甚至有一种定义,我觉得很精彩:'艺术就是消除焦虑的那种永恒追求。'"

人们听到了一阵鼓掌声。一种很缓慢的掌声。是帕兹。

"太棒了,塔里克。"她一边说,一边逐渐放慢了她拍手的节奏,直到最终彻底停止,恰如我童年时代一个广告中的兔子,它停止敲鼓,是因为电池耗尽了。寂静在饭桌周围弥散。简直可以把它当成桌布来铺。

"太棒了,塔里克,"帕兹接着说,"你刚才说的,真是太美了。但稍稍有些让人厌烦,这些艺术家的漂亮词语,这些关于艺术的话语。所有人都会说,所有人都弄错了。还是让艺术家清静清静吧。那些话语,让人难受。"

应邀来吃饭的客人中的一位,外国水果批发商,抗议道:"但是为什么呢?这说清了艺术家的意图,这有助于更好地理解……艺术本来是如此复杂,既然艺术家们都不再给他们的作品起名了。你们注意到了吧,诗歌作品就叫《无题》……而至少,《向日葵》或《入葬》,这样的题目就清楚得多了……"

塔里克嗅闻到风暴即将来临,恰如他在九十年代就预见到了照片的惊人热潮,重又整了整领带,拉了拉衣服,说道:

"艺术家们并不一味寻求明白无疑。你们知道……总之,帕兹说得兴许有道理。一个艺术家不需要说话。作品自己就在说话。有人要咖啡吗?一份药茶?一杯伏特加?一份雅文邑?"

我还以为人们就要转危为安了。却不料出版商继续说道："我不同意。人们可以在纯粹的即时性中预感到一部艺术作品，一杯喝下去，就知道是一种好酒，随后，就跃入了酒的历史，深入了解跟它的关系，更好地品尝它……您的工作，夫人，比如说……"

帕兹打断了他。

"我们又不是酒，他妈的①！我们又不能品尝！我们不是葡萄！"

我扑哧一声笑了出来。但帕兹一点儿都不想笑。"关于艺术家的话语，对于他兴许十分危险；这会让他以自己的感受来置他于尴尬境地，这会让他成为一个骗子……"

塔里克跳将起来。"这是什么意思，帕兹？"而在桌子那一头，我却再也不想说什么了。她不会泄露我们的秘密吧？

出版商没接她的茬。而是从她打断他的地方继续下去。

"但您的工作，亲爱的夫人，我觉得很有意思，让人知道那不仅仅是海滩，而且它还寄托了您对自己的某种怀恋，对'愉悦就在于一起生存于世'那样一种黄金时代的怀恋；我觉得它很来劲，当我读到，这一穿游泳衣的人类是带薪休假制神话的一种参照，是一个平等之梦，是对一种共同未来之可能性的一个挑战时，它帮助我更好地理解了您的照片……"

帕兹凝滞在那里，一杯汽酒搁到了嘴边。然后她说：

"兴许正好相反。"

"正好相反？"

"是的，正好相反。我憎恨这一海滩，皮肉横陈，肌肤流淌，在沙土上，礁石上，海洋中，在大自然中。它让我恶心，这展露无遗的

---

① 原文为西班牙语"joder"。

脂肪,抹到身上的防晒霜的肮脏声音,叫卖油炸甜品让你们快快填满肚子的商贩的叫喊,真是令人恶心,一个海滩……"

食客们全都凝滞在了那里。好一条被妖怪施了魔法的木筏。

已经拥有了帕兹好几幅照片的银行家的妻子,低下了脑袋,咽下一口唾沫。

"帕兹,我们是不是就到此为止……"塔里克微笑地提议道。

"但假如这位先生,"帕兹继续道,根本就不听他的,并抓住她的餐刀,用刀尖指着我,"没有在报纸上写到我是在赞美生命,人们兴许就会明白,这一人类,我以照片的形式把它固定住,因为我的确是想把它永远凝固住,甚至不怕会把它只是凝固成一个糟糕的回忆,可以放进一个鞋盒子里,藏在阁楼上……"

我被诋毁,我愤怒。她朝出版商发射出最后一句话:"而这,这将帮助您深化您与作品的关系吗?"

"也许。"他很平静地回答道,品味着这一刻的戏剧性,还有他那关于身价猛涨,让人们买不起的艺术家的小小胜利。他一边转向我,一边扩大着这一胜利:"没错,您写的恰恰正好相反……"

我带着完全隐蔽的同一种超脱回答道:"我被《生存于世的愉悦》这个题目带错道了,我没有抓住其中的嘲讽意味。"

"我,还有我那见鬼的领带。"塔里克这样总结。于是晚餐转到其他话题上去了。

回家的一路上都那么生硬。我怒不可遏。忧伤得发狂。

"你为什么把我这样当草来喂羊?"我刚刚坐上出租车就说,"你就那么希望把我当作一个傻瓜,一个什么都不懂的家伙吗?"

"行啦,你这批评家的小小自豪……"

口气中透出一种令人不快的漫不经心。她甚至都不屑于瞧我一眼。

"我不是批评家,婊子!我有一次为你写了一页。那是我感觉你工作的方式……"

"你感觉错了……"

始终没瞧我。我感到血脉在太阳穴上痛苦地冲动。我热血沸腾,但我没有回旋的余地。下车吗?太滑稽了,闭嘴吗?这倒是最好的办法。可我做不到。

"但是你把我当什么人了,帕兹?你把我当什么人了?"

她靠着右侧的车窗玻璃,瞧着巴黎的街景。对面驶来的汽车的车灯光束像一支画笔从她坚毅的脸上滑过。

"瞧这,这就是伟大的女艺术家和狗屎批评家……你没有好好利用我的误读吗?"

说得很低声。但太晚了。她转过身来。一丝嘲讽在她的嘴唇上露出。

"你要谈金钱吗?多么优雅啊……"

反正我已经介入了。于是我继续。

"为什么,现在金钱是脏的?被你叫作你独立的条件?还有你新'工作室'的租金,如同你所说的,你是如何支付的?"

我下降得越来越低,如坐针毡,而车子则勇敢地一路爬上了蒙马特高地,*Mons martyrum*①,殉道者山。我很恼火,因为这新的工作坊,她还没有邀请我前去过呢。她先下的车。命运的嘲讽,或境遇的喜剧,我没有零钱,而出租车没有刷卡机。我得去找一家银行。

我走进家门后,看到客厅的窗向着树林敞开。她放了一张达丽妲的唱片,她在抽烟。我看到她的背影。她听到我的声音就转过身来。一滴眼泪从她脸颊上流下。

---

① 拉丁语:殉道者山。

她是那么漂亮,小鼻子圆圆的,肉嘟嘟的嘴在颤抖,我根本就没打算跟她谈。我是前去跟恐怖分子打交道的警察。

"对不起。"我说。

*

塔里克有道理开战。一个星期后,我们降落在了威尼斯的马可-波罗机场。我以为,她是想向塔里克道歉,他曾向她承诺永远都不再谈什么"骗局"了。在艺术中,这个词就是硝酸甘油。

我等着你长到六岁或者兴许五岁,才让你了解这个:下飞机,搭乘一条强有力的木头舷梯船,它会像一条飞毯那样把你带走。让船的后顶板滑动,还在潟湖的劲风中抬起头来。发现远处的那一条由教堂钟楼和宫殿构成的线,它们像睡莲那样漂浮在水面上,并进入到另一个维度中。一个漂在水上的城市,它本不应该存在的。或者只存在于我为哄你睡觉而讲给你听的故事中,我的穆福隆小绵羊。因为在这种情况下,为什么不是一个飘在云彩中的城市呢,恰如在《杰克和神奇的豌豆》①那样?

我们就这样来到了威尼斯,双年展开幕,小小的艺术世界的激励水平上了一个档次。一个当代艺术基金会在海关滩头创立。

威尼斯最漂亮的地方之一。就在那里,威尼斯城像一个船首劈开了大运河的波涛。比滩头更厉害的,是这个最尊贵的共和国的控制塔。五千平方米的三角形地带,战略性地耸立在多尔索杜罗区顶端的滩头。

好几百年期间,来自东方和欧洲各地的航船就是在这里卸下

---

① *Jack et le haricot magique*,法国的一个经典童话。

它们珍贵的商品，叙利亚的丝绸和兔毛，亚历山大城的珊瑚、胡椒、咖喱，伊朗的藏红花，红得那么艳丽，简直就像血的粉末，专为出发去远行的吸血鬼而备。这些神奇的产品就是在这里，在"海关"上的税，然后再从海关楼的另一侧，走水路运向大运河和城市的心脏，让威尼斯人大饱眼福，大饱鼻福，大饱口福，满足他们越来越辛辣的梦想和愉悦。

海关滩头尤其为人们提供了眺望威尼斯美景的最佳地点之一，这城市如同一个宠姬，似乎撩开了外套的衣摆，以三百度以上的角度赤裸裸地自我暴露。左边，圣马可广场和总督宫。右边，朱代卡岛和圣乔治岛。

我们只来得及换一下衣服。我们就睡在对面，在那个似乎懒洋洋地躺在其他岛屿底下的朱代卡岛上。我们的房间位于一个古老的修道院内部，朝向一个种满了玫瑰花的花园。朝向在黄昏的金色霞光中闪闪发亮的威尼斯的球状天际。我身穿黑色正装，想着卡萨诺瓦当年对蓬巴杜尔夫人的回答，问："威尼斯？您真的来自那下边？"答："夫人，威尼斯不在那下边，而是在那上边。"一个在水上的城市，但最终，同样也在云彩之中……

来宾们乘坐桃花心木的木船来到，它们减慢速度准备靠岸时似乎想下令保持寂静：

嘘……嘘……

人山人海。衣冠楚楚的商人，心存戒意的前部长，全都拥挤在古老的石板地上，而肯尼亚和俄罗斯的美人儿则用皮鞋的高跟使劲地抓牢那石板。帕兹倒也并不逊色，身穿她的米索尼裙袍，容光焕发，这更强调了她金黄肩膀的赤裸。在室内，粉红砖头的长长中殿中,挂上了波尔克的油画,还有阿德尔·阿贝德赛梅①的狍子或狐狸标本的梦幻般的立方体,按字面理解的生命与死亡自然物的浓缩。这位艺术家说,"一个形象应该发出打击,但不带仇恨,就像屠夫",引用的是波德莱尔的话,对挪威王后索尼娅说的。我们穿过一个昏暗的房间,那里,在几口大钟底下,在微弱的磷光中,沉睡着一些未来城市的微缩模型。我就像一个孩子,面对着全世界的经济衰退,被卷入到这傲慢、梦想、创造力、得到肯定的自由的旋风中。

上了楼,卡特兰②的九个大理石卧体向你们袭来,像是一颗子弹打中脑袋。真是精彩,吓人:我的手在你母亲的手中颤抖……而她则连眼睛都不眨一下。一种创造性的缺乏,再加上一种不理解,更是让我担忧不已。当我们在二楼上确确实实地跌倒在查普曼兄弟令人无法忍受的作品《肏蛋地狱》③面前时,我们同样没有反应。

它的安置表现为九个橱窗的形式,假如能从其上方俯瞰下来,这九个橱窗勾勒出一个卐字形的十字架,九个橱窗,或不如说,九个玻璃盆景,展现出一片微缩风景,令人联想起人们在电动火车商店里出售的布景:山岭、丛林、房屋、城墙、河流、湖泊。其不同在于,一切全都是废墟,或者覆盖了灰烬,如同一片原子蘑菇云扫荡过后。而在这荒凉的布景中,死神在行动:成百上千的小小人物,都只有三厘米高,一些骷髅和一些僵尸,戴一顶党卫军的头盔,穿一身破破烂烂的军装,正向他们的牺牲品发起可恶的折磨。钉上十字架,摘除器官,砍断手脚,割下脑袋,抛出窗外……到处都是暴

---

① 波尔克(Sigmar Polke, 1941—2010),德国艺术家。阿德尔·阿贝德赛梅(Adel Abdessemed, 1971—),法国概念艺术家,生于阿尔及利亚。
② 卡特兰(Maurizio Cattelan, 1960—),意大利艺术家。
③ 查普曼(Chapman)兄弟,Jake(1966—),Dinos(1962—),英国艺术家。《肏蛋地狱》(*Fucking Hell*)是他们的作品。

行,满河流淌着血水,房屋的地砖被炮弹捣得稀烂。一些猪正用它们粉红色的长鼻拱挖没有了脑袋的尸体那洞开的胸腔。一些秃鹫叼啄着绑在转轮上的人的内脏。耶罗尼米斯·博斯①的、第三帝国的、噩梦般玩具箱的婚庆图……而人们越是向前走,那些士兵就越不是人,他们的脑袋被替换成了一只猪头,一个眼眶空空的骷髅头,或者好几个脑袋,像神话中的七头蛇,互相屠杀,在一个凶残的芭蕾舞剧中,将它们的暴力反过来针对它们自己。在最后的那个橱窗中,面对着一个尸横遍野的森林,一个小人国的画家支起了他的画架。他长了一张希特勒的脸。

查普曼兄弟俩一脸微笑地瞧着来宾们在一种刺激性的恐怖气氛中游进。圆脸,秃脑袋,目光锐利,他们像是两个足球流氓,随时准备要捣毁这个奇妙的水中之城。他们通过以十来万欧元的代价买下希特勒的素描,把它们涂上彩虹一样的色彩,从而让自己变得赫赫有名,由此展开了在历史神圣性和艺术自由之间一场没有结论的争论。希特勒曾是一个恶魔。那么,是不是还应该尊重他的"作品"呢?一个著名的女收藏家问他们,仿佛涉及的是一种苹果馅饼的制作法,问他们花费了多少时间才完成的这一作品,他们回答说:"三年。但是,德国兵在东部前线却只需要三个小时就能屠杀一万五千名俄罗斯战俘。"

一位前文化部长解释说,这组作品跟卡尔帕乔②的《亚拉腊山上的一万基督受难图》构成了充满讽喻的对话,那件作品就挂在离这里几座桥远的艺术学院墙檐的图轨上。没错,赫克托耳,说的

---

① 耶罗尼米斯·博斯(Jérôme Bosch,1450—1516),荷兰画家。他的多数画作描绘罪恶与人类道德的沉沦:以恶魔、半人半兽甚至是机械的形象来表现人的邪恶。

② 卡尔帕乔(Vittore Carpaccio,1465—1525/26),意大利威尼斯画派画家。在意大利语中,Carpaccio是"生牛肉片"的意思,为意大利的一道名菜,故而有下文中的说法。

就是卡尔帕乔:恰如你那么喜爱的用橄榄油和香醋浸渍的薄薄的生牛肉片,人们就这么称呼它们,因为它们的颜色,让人联想到那位绘画大师喜爱使用的血淋淋的红色。我跟你母亲讲到了这一"对话"。她叹息一声。

"感觉不行吗?"

"我受够了。"她说。

"我明白……太紧张了……"

她哈哈大笑。笑得声若洪钟,惊得那两兄弟不由得转过身来,被面对他们作品时的这一不寻常的反应所困惑。她劈开了来宾的人流。我赶紧冲上前想拉住她,但已经太晚了。我被几个熟人拦住,对他们,我只能送上一丝匆匆的笑容,或者一声"等会儿见",但可惜的是,我无法把他们当作鬼魂一样来穿越。

我又来到了室外。著名的滩头就在我面前,顶风破浪地劈开了与蓝天连成一体的潟湖。在它的顶端矗立着一个巨大的小男孩雕塑。裸体。背影。一个大约两米五十高的小男孩。又白又光滑,带着小孩子们腰身上特有的那种拱形曲线。我被这一无基座雕塑——他的两脚就直接踩在石板地上——的材料以及它那在阳光下闪闪发亮的不带丝毫粗糙性的质地所深深吸引,就朝他走近过去。这孩子挥舞着一只青蛙,仿佛他刚刚从潟湖的水里把它抓获的。一只巨大的青蛙,皮肤万分粗粝,疙疙瘩瘩的,跟那孩子的白净光溜恰成鲜明对照。这只青蛙,或者不如说癞蛤蟆,他似乎要把它扔向城市,他半闭的眼睛中带着意识到自身强大能力的孩子所具有的残酷的自豪感。他有一个小小的肚子。他漂亮,而且不设防。我很难把目光从他脸容那坚毅的线条上挪开,它闪耀着一个生命体的全部征服愿望,这个愿望已开始向着全世界展开,并开始权衡它的一切可能性。

来宾们挤在它的周围。它叫 *Boy With Frog*①,《孩子与青蛙》,作者署名为查尔斯·雷②。男人们都穿着黑色的正装,而女人们则穿着绚丽多彩的裙袍,这一切使得女人们很像漂亮的异国鸟类,伴随在她们的企鹅丈夫身边(我根本无法摆脱这一景象),就在这道服装的屏幕后面,我认出了我的妻子。她坐在滩头的最尖头上,她那双便凉鞋就搁在身边,赤脚浸在运河的拍浪中。我悄悄地靠近她,蹲下来,把一只手搭在了她的肩上。

"出了什么事?"

她甚至没有瞧我一眼就回答说:

"咱们走吧!"

"我们这才刚刚到呢……"

"假如你愿意,你就留下来吧。"

她眺望着地平线,地平线远在停泊于岸边的一连串游艇后面。政治寡头阿布拉莫维奇从一艘奶油巧克力色的里瓦游艇上下来。穿着他那褐色的撒哈拉装,很有詹姆斯·邦德的范儿,身边围有五个女人,其中包括他的妻子,穿着高级裙袍。

"告诉我出了什么事。"

"总是老一套。"她忧伤地说。

"老一套?"

"就是在塔里克那里发生的事,我再也受不了关于艺术的话语了。这一受到保护的暴力,人们看着,嘴巴张得圆圆的,像是字母'o',发出的则是'a'……"

"你这不是在耍我吗?"

"你以为呢?"

---

① 英语,意思见下文。
② 查尔斯·雷(Charles Ray,1953—),美国雕塑家。

附近的安康圣母马利亚教堂前搭起了一个冷餐台。帕兹朝它走去。三位穿香奈尔服装的女士匆匆追上她："我们看了您的海滩照片。至少，您，您在赞美生活。"帕兹朝我投来了最为阴郁的目光。我正要把手搭在她身上，蓬皮杜文化中心的老板就从人群中冒了出来："塞萨，我得给你介绍一下格哈德·里希特①。"

那位画家很有意思，但帕兹在我的雷达中消失了。我的耳边，种种对话在翻滚，关于莫里乔·卡特兰的永恒的流言蜚语。"他真的将停止住艺术吗？"对曾向他订购一个坟墓的商人，这位无疑是当代最辉煌的艺术家建议用一块石头，在石头上写上这样一个墓志铭："为何是我？"②一个巴西的收藏家热切地关注一个年轻的法国女艺术家。"塔蒂亚娜·特鲁韦③真的懂得威尼斯海关的精华。""那么多人在寻找，只有她找到了。"另一人笑着补充道。

双年展的第一波流言冒出来了。人们特别提到了洛里斯·格雷奥的《盖佩托馆》，一条抹香鲸的雕塑，长达十七米，按麦尔维尔小说《白鲸》中的描绘而制作成，搁浅在军火库附近的港湾中。相反，人们批评克里斯蒂安·博尔坦斯基④在法国馆的那组作品。这位把自己的终生都卖给了一个塔斯马尼亚亿万富翁的艺术家，展示出一些在一个巨大的转轮上构成一个大大的8字的新生儿，而与此同时，一个大挂钟则在现实时间中扣除着世界上正在死去的人的数字。我很喜欢博尔坦斯基对死亡的强迫顽念。他有一天曾对我说过，艺术根本就是微不足道的，因为它对我们的消亡无能为力。他有一个计划，要在日本海的一个小岛上收集起几千个心

---

① 格哈德·里希特（Gerhard Richter, 1932— ），德国画家。
② 原文为英语"Why me"。
③ 塔蒂亚娜·特鲁韦（Tatiana Trouvé, 1968— ），法国女画家，生于意大利。其姓氏 Trouvé 在法语中有"找到"的意思，故而有下文的说法。
④ 克里斯蒂安·博尔坦斯基（Christian Boltanski, 1944— ），法国雕塑家、摄影师、画家。

跳的录音。配上同样多的心电图。我已经给一个伪装成女护士的艺术系女大学生的听诊器贡献了我自己的那一份。我对我自己说,当生命离我而去之后,你还可以永远旅行,假如你想再听到那个熟悉的声音,当初,为哄你睡觉,就是它在给你唱响《摇篮曲》,你记得吗?我让你的脑袋靠着我的胸口,同时让我抚摩你的头发。

我寻找帕兹,我为她担忧。当初我也一样,曾坚持让她来的,但我忘记了这样的聚会会给一个艺术家的虚荣心带来的扫荡。这里有世界上最著名的创造者。无论谁,在这些明星近旁,都会感觉自己被打发到了业余爱好者的行列。即便是帕兹,由双年展组委会在几千名艺术家中选出来参加一个展览,一个由丁托列托的《最后的晚餐》——请你原谅我这么说——作为其开场的展览!而且,我的帕兹,她是作数的——当她从人们面前走过时,我可以从他们的目光中,从他们嘴唇的运动中看出这一点来。这一应力,必须对抗它,这就是游戏。我应该照顾她。保护她易受伤的心灵。但她的手机在空无中响了起来。

我试图打发掉时间,结果却被时间给打发掉了。假如我不跟她一起生活,那生命就没有了任何滋味。我走去迷失在了双年展的那些花园中。国际展开幕了。我见到了帕兹的海滩照片,就挂在辛迪·舍曼的一张小丑自画像和一组布鲁斯·瑙曼的霓虹灯旁边①。我是那么为她自豪。

我瘫坐在圣玛格丽特花园的一把长椅上,这时她终于来了电话。

"我不想打扰你,"她说,"你跟你博物馆的朋友们似乎有很多事要做。"

---

① 辛迪·舍曼(Cindy Sherman,1954—),美国女摄影师。布鲁斯·瑙曼(Bruce Nauman,1941—),美国造型艺术家。

"我的宝贝,那都是展览你作品……的一些博物馆,它们很欣赏你的。不要再装作没人爱你。这是你的权利,但别让我受假象迷惑。我给你一个建议:不要撇嘴。你知道在这一类事件中我的所爱,仅仅是为了跟你在一起。瞧着那些瞧着你的人。我的愉悦就在于此。"

"我的愉悦却不是这个。我需要给我的头脑输氧。"

"那你现在在哪里?"

"我刚刚离开圣乔治教堂。"

"我就在'寡妇家'餐馆等你吧。"

*

她点了一杯红葡萄酒。

"你在圣乔治教堂做什么来的?"

"我看到了圣乔治。"

"他本人吗?"

她莞尔一笑,把酒杯端到嘴边。于是以史诗的方式对我讲了她在岛上的行踪。人们从钟楼看出去的威尼斯的迤逦风景,大教堂里的冰冷,那些很不协调的金属盒子,它们等着你往里头投入硬币,以便使照明设备启动,照亮文艺复兴时代的绘画,最后还有她与那位老教士的相遇,他引领她从一道暗门和一条小小楼梯走进一个大厅,那里曾选举出一位教皇,而卡尔帕乔的《圣乔治屠龙》也在那里放射光芒。"枪尖上红红的鲜血,紧紧地裹在其昆虫般盔甲中的浑身僵硬的骑士,地上的累累白骨……"自从女人们在恐怖大场面中奋力一搏以求获得头等地位以来,女人的残酷就再不需要证明。这幅画其实是一件复制品,但我什么都没说,决定当个好好先生。"哎,瞧这个。"她拿出她的佳能5D,用来寻找,给我看了她拍的那些照片。那张画,还有教堂景色的照片,然后,突然,出来一张《孩子与青蛙》的照片,个头高大的孩子像一个瞭望水手那样挺立在海关滩头。

"这个,是什么呢?"

她马上关闭了相机。

"我发现,你对整个当代艺术倒是并不固执……"我接着说。

"他,情况有所不同。"

"他是谁?你认识艺术家本人?"

"我跟你说的是那孩子。"

"作品叫《孩子与青蛙》,是查尔斯·雷的。向多纳太罗的一种致敬。穿越众多世纪的一番对话。恰如查普曼兄弟跟你亲爱的卡尔帕乔。"

"快打住吧,别拿你的阐释糟蹋一切了。"

被一语击中要害后,我竭力地保持我的平静,尽管酒精已经在敲我的头了。

"是吗,知道一下作品的题目就糟蹋一切了吗?"

她朝我投来的目光就是一枚火箭。

"我才不在乎知不知道呢;我想要的是感觉!"

顾客们回过头来瞧我们。我赶紧抓住她的手让她平静一下。

"放开我,"她说,"你没完没了地说,没完没了地说,你展现你对往昔的知识,你对光荣时代的指涉。你甚至都感觉不到你在说什么:任何的新东西,你都给我介绍成为一番与往昔的对话。"

"你安静一下。"

"为什么?我为什么就该安静?既然你给了我机会跟你说一说我对这一切的想法。这一切烦恼!欧洲在死去,塞萨。欧洲在死去,因为它死死地包裹在了往昔中,恰如一瓶莫斯卡①。我不愿

---

① 原文为"*mosca*",一种意大利甜味白葡萄酒。

活在钟罩底下,我不愿活在对往昔的崇拜中。正因如此,我离开了西班牙,历史遗产,往昔的荣光,征服……"

"那么,这文身呢?"

"你什么都没懂。那是在我的屁股上,你知道这是为什么吗?因为我坐在那上面,你看!我对你说吧:往昔让我窒息。你看到的这孩子,我拍了照片的,是的,我喜欢他。他表达了一种力量,他表达了一种暴力。而你,你却对我说什么多纳太罗……你妨碍了我的感觉,塞萨。你已经进入了我的脑袋,说是这一雕塑只不过是往昔的一种老调重弹。你再一次向我证明,欧洲不再生产任何新东西……"

她稍稍停顿了一下,然后说了一句愚不可及的话,让我无法自控。

"幸亏还有恐怖分子……"

"你在说什么呢?"

"你听得很清楚。幸亏还有恐怖分子。"

"我情愿没听到。"

她的黑眼睛向我袭来雷电一样的光。

"你不仅将听到我说的,而且还将明白。他们在这棉花的世界中播撒恐惧,并唤醒它。"

"这话,你就去对'9·11'事件和阿托恰车站爆炸案①的死难者家属说吧。"

她闭了一会儿嘴,然后又接着说:

"如此容易……"

"容易吗?谁能那么容易就从骇人听闻的罪行中跳出来,谁

---

① 指2004年3月11日在西班牙首都马德里的阿托恰车站发生的连环爆炸案,造成191人死亡。

能像你这样厚着脸皮坦然自若？"

我几乎已经怒不可遏。她感觉到了。真的不明白为什么,因为她确实不知道。

"我说的是能量。那里已不再有能量了。它让欧洲荒芜了。"

"你从来没有离开过欧洲。你不知道你自己在说什么。"

"这是你的错,这。"

我变得脸色苍白。她接着说,品味着她未来的胜利。

"好几个月以来我就在求你带我出去,而你一直拒绝。非得让他们炸掉博物馆,才能让你同意走出你的古老欧洲吗？这个城市,威尼斯,它不仅让我厌烦,塞萨,它还让我害怕。这是一个橱窗,一个坟墓。行尸走肉。而我太年轻,无法跟行尸走肉生活在一起。"

我没了方寸。

"闭嘴。"我说,用拳头敲着桌子。服务生朝我们走来。

"有什么问题吗,先生？"

"没有,谢谢。"

"那么,请保持安静。您已经打扰了别的顾客。"

"管好你们自己的厨房吧。"

帕兹很好奇地瞧了我一眼。

"啊,终于有了一个反应！"她说,带着一种夸张的满足。

我带着愤怒瞧了她一眼。

"你对世界一无所知。你什么都不知道就乱说,带着一种傲慢,他妈的,一种傲慢……"

"我只是想唤醒你。现在,你要拿你的欧洲做什么？一个堡垒吗？你要对人们做分拣吗,挑出一些可以留下来,另一些则应该留在外面？你要做选择性移民吗？"

"别再胡说八道了。你什么都没懂。没有城墙,我不喜欢城墙……我接待所有人。"

"那么好,我希望,因为我兴许都不是欧洲人!甚至都不是西班牙人!在我家族中有一些葛吉夫①!"

"我却并不在乎,帕兹,这很好!我不查任何人的家谱!让所有人都来吧,这样才好呢!但是我,我,我不愿出去,你明白这里头的区别吗?是我选择的不离开欧洲,你明白吗?因为我觉得这很美,因为我感觉这很好,因为我看到人们的手里有什么,而我知道外面都有什么,这一外面,我根本就不愿意去,你明白吗?"

"是的,我明白:先生蜷缩一团,先生要做蜗牛……"

我再也不愿生气。我从衣兜中掏出我的智能手机。我给她看我朋友儒勒一个星期前发给我的邮件,他在波斯湾当了银行家:"世界在我周围坍塌;我们团队三月份起就缩减了三分之一;银行大量地转账;萨拉菲派分子在埃及开了火,俾路支警察在麦纳麦朝儿童开枪射击,也门在燃烧,中国经济在打滑;海湾的君王们在拧紧螺丝,因此,在这一切的同时,假如你还活着,假如你还有一份工作,一个女人,一个儿子,你就算很幸福了,你摸一下木头吧。再见,塞萨。"

她把手机还给我,耸了耸肩膀说:

"我在迟疑:懦夫的智慧,或者商人的恐惧……"

"你也太白痴了。要不就是太被宠坏了。"

我站起身来,离开了餐馆。

我四处乱走。乱逛一气。停下来只为在这个到处充满了节日气氛的城市中喝上一杯。低沉的音响从宫殿那边传来,宫殿被黑

---

① 葛吉夫(G. I. Gurdjieff,1866—1949),亚美尼亚思想家、哲学家,第四种道路的倡导者,同时也是作家、舞蹈家、音乐家。

水吞吃,但依然站立在它那些曾了解一切的古老石头上,在曾见识了一切的那些镜面上。我又想到了她的话。威尼斯,一座坟墓?不如说,一个永远能用的筛子。一个漂浮在水面上的美的保险箱。足够多的绘画、壁画、飞舞旋转的天使、暖色调的圣徒升天,让我尽享千年的幸福。害怕吗?在这里怎么会感到害怕呢?那只会是害怕的反面。害怕,它在周围。在不再那么遥远的地区中,那里,往昔的见证不容争辩地被炸毁了。

他在召唤我。我看到他在月光下闪耀。我过去跟他会合,那个巨人小男孩,他给我留下了强烈的印象。也给帕兹,很显然。当我走到离他只有几米远的时候,我发现他被装进了笼子里。被囚禁了,是的,这小男孩,一个有机玻璃的笼子,用四个大挂锁固定在地面上。这野孩子与他的青蛙由两个穿制服的警察守卫着,被剥夺了海风与星星的抚摩。

怎么跟你说呢,赫克托耳?你会觉得我很滑稽,但孩子的这一监禁让我变得很忧伤。他让我本想隐藏的种种回忆沉渣泛起。那些精彩的回忆,我从来就没打算告诉你母亲。欧洲之外的回忆。对我隐退的解释。为什么它们会沉渣泛起呢?因为直到这两件事为止,我就是这个小男孩,满心喜悦地发现了世界,以及它所提供的种种可能性。

卷过我生命的海啸

因为我并非总那样,我的儿子。我曾是游牧人,我认识世界,当我还是大学生时,我是为自己的异国情趣而四处旅行的鸽子,然后则为"企业"平淡无奇的需要,因为它好几年期间雇用我作为记者。遥远，很遥远，欧洲的边界。今天，如果说我决定不再动弹，那恰恰是因为我知道在这边界的后面都有什么，知道生命太过珍贵，太过短暂，无法去那里转上一圈。

两件事震撼了我。第一件是一次自然灾难。

你一定还没有听说过二〇〇四年的海啸。很久以来，这是大自然第一次以耸人听闻的方式特别想到了西方人。当然，他们早就见识过风暴，或者洪灾，但这一切很少杀人。对诞生于大自然的真正天启，他们早已失去了回忆。它们留给了遥远的人们，那些贫穷的人，有色人种，赤脚走路的人，而他们不愿意等同于那些人。当海啸袭击他们的同类，无情地毁坏那件被人称为休假的神圣的事情时，他们所有的确定性都灰飞烟灭了。海啸，迄今为止，人们只在绘画中见过，或者不如说只在葛饰北斋的木刻画中见过。带着白沫卷边的一片水浪拍打着一条小渔船，这画面极有诗意。

二〇〇四年的海啸则完全不同，它是真正的：对西方大众旅游的一次真正的水力打击。尤其因为它袭击了西方人当作天堂的中心地带，它才显得更有破坏力，更残酷，甚至更邪恶。普吉岛，那本是成片的棕榈树、晶莹的海水、按摩、忙乱而又不太贵的夜生活。鲜美的海虾面。鲜美的有面浸润其中的海虾。请原谅这一平庸，但是很遗憾，它在此自有其地位。

杀人的海浪于国际标准时零点五十八分袭来，造成好几万人死亡，另有好几万人失踪。一旦这些数字公布于世，"企业"就为我在第一趟航班中预订了一个座位。我一下飞机就置身于一队队身穿带荧光标志的制服的救援者中间，他们来自世界各地，为当地人民提供有力的支援，而当地的人数则因尸体的堆积，以及救援队伍的聚集而激增。因不再有父母的消息而痛苦得发狂的孩子，因不再有孩子的消息而焦虑万分的父母。一个处于惊魂状态的城市，以一种鼠疫传染的速度在街道上蔓延的一种焦虑。普吉市的市政厅变成了恐怖的大本营。泰国人以其精湛的组织意识，按照失踪者的国籍，把大楼划分成一个个小部分。每一个国家都有其相应的小小救援办公室，有它那个大使馆的人员介入，但他们越来越无力安慰受难者家属，越来越无力控制他们自己面对被期待和眼泪所扭曲的脸孔激起的恐慌。最可怕的，是那些图板。白色的大木板上贴满了已找到尸体的死难者肖像。几百张遗体的脸，自动照相机照片那样的大小，等着人们前来认领时给出姓名，即他们生前所拥有的姓名。

这还仅仅只是恶心的门厅。"企业"希望我前往呵叻。一个本来散发出历险与杧果树气味的地名，但从此却与残酷紧密相连。在呵叻，耸立着一个梦幻酒店。在呵叻，海浪以一种前所未有的暴力席卷而过。我跟两个德国记者以及我的摄影师共享我的汽车。随着我们一路推进，景色也在渐次变化。我感觉像是来到了战区。一艘船被抛上了一棵大树的树梢，一栋房子翻倒过来立在了它的屋顶上。地面如同覆盖了一层面包屑，树木像是在撞击下碎成了片断？气味也一样，它也变了。原本三轮摩托排放的烟雾，也换成了一种皮肉烧焦和腐烂的难闻气味。

汽车停在了旅馆的门口。我们一言不发地穿越了栅栏，因眼前的一切而屏气敛息。带有佛庙屋顶的主楼依然完好无损，但周围的一切则遭受了严重的冲击。景色似乎玻璃化了。一个大楼梯引向主楼。一旦来到高处，灾难景象立即就一览无遗地扑面而来。

我们俯瞰着一个宽阔的游泳池，它的四周围绕着一些漂亮的四层小楼，一座接一座地紧挨着，形成一个U字形。池中无水，瓷砖上满是污泥，堆积着各种材料。至于小楼，它们给了整体一座幽灵城市的感觉，因为四下里没有丝毫响动，除了在破败的窗口随风飘舞的窗帘。

我丢下我的同伴，钻进了小楼。底下的两层楼，是一派末世启示录的景象。破碎的家具，满墙的淤泥，粉碎的绘画，令人无法忍受的潮湿味。但是从第三层起，就没了袭击的丝毫痕迹。我推开一道门，进入到一个完好无损的房间。双重的完好无损。还从来没有人入住过。旅馆的材料还放在依然散发着蜡香的书桌上。在特大号的大床上，摆放着一顶木槿冠，表示欢迎的符号。我坐到床上，想喘上一口气，这时候却听到了抽泣声。它来自隔壁房间。我敲了敲门，哭声停止了，我轻轻推开房门。房内，一个男人跪在地上，身边站着一个至多不过三岁的孩子，瞧着我。跟刚才那个房间不同，这一间有人住过。男人面前的行李箱打开着。我问他我是不是能为他做点什么。

他惊跳一下，转过身来，满脸泪水。

"您是救援者吗？"他问。

我不知道该如何回答。我耻于对他承认自己是"记者"。

他把我的沉默看成一种认可。

"我在找我的妻子，"他说，稍稍过了一会儿又补充说，"他母亲。"

他递给我一张照片。照片上是一个穿着夏裙的年轻女子，金发，皮肤晒成古铜色，头上插了一朵花。

"当时我们才刚刚到。我们正在吃早餐……"

她当时出去拍一张照片。男人留在餐厅里，跟小男孩在一起，当海浪袭来时，餐厅的墙壁给他留有相当的缓冲，使他还来得及把孩子抱起来，并爬上一棵棕榈树。可笑和悲剧的联姻。

他继续在面前打开的行李箱中翻找。

"您在找什么？"

"她的梳子。"

我把他看成一个疯子。面对着我的茫然，他喃喃道："您不是救援者……"

我根本就没打算对他撒谎。

让我大吃一惊的是,他没有胡乱反应。

"是为了做 DNA 鉴定。头发或指甲屑都可以的。用来确认尸体。它们的形状简直惨不忍睹。"

小男孩睁着大眼睛死盯着我。我感觉喉咙口一阵恶心。这一正在战栗的生命,远比尸体更能震撼人。

"假如您用得着我的话。"我说。

我把名片递给他。他温和地接过,带着某种关注瞧了瞧,对我说:

"不了,谢谢您。"

我关上了门。

我在海滩附近找到了我那两位同行,就在一个陷坑的边上,十好几个救生员正在那里忙活。一个水泵在运转,从洞里抽出一股发臭的水,形成一条栗色的溪流,流向大海。炎热越发升腾在空气中,汗水在头盔底下流淌不止,攻打着脸颊。离那些男人十米远处,薄薄一层金沙的流苏之外,就是威武的碧蓝大海,平静的海面让这情景更显反常,让世界的进程更显倒错。

我的摄影师对我解释说,海浪在接连拍打旅馆的房客后又突然倒流,反方向地卷走了住宿者,并把房客中的某些人卡死在了旅馆的排水管道和通风口中。现在,他们试图通过阀门来捞回尸体。

一阵喧哗,泰语的,在救生员中传出。

我看到一条胳膊出来了,接着是身体的其余部分。一个巨硕的尸体,一个肿胀的尸体,一个黑中透绿的尸体。摄影师开始了连拍。泰国救生员拽出了一具尸体,放在石板地上。我死死地盯着它瞧,一辈子都将忘不了这一形象。一具人类尸体的形象,被水泡得肥肥的,肌肤肿肿的,把一件至今尚能分辨出魔幻般图案的泳衣胀得鼓鼓的。那一张脸似乎被大铁锤打了好几百下。

生平第一次,我知道了死亡是什么味。它又是什么模样。

这具尸体可能会是一个朋友的,一个亲属的,是你母亲的,或你自己的尸体。但它不是,这反倒让我以一种绝对自我中心主义的方式,顿时感觉轻松了不少。我把目光从这可怖的形象上挪开,转向大海,大海平静得威严无比,如明信片一般。

我转身折回,返回楼群的出口。我沿着那些小楼走,它们破碎的窗户总是任凭帘布在热风中飘荡。

在残破不堪的前台,我发现了一个绿色的文件夹,沾满了污泥。那里面有雇员们的照片。一个幽灵旅馆的雇员。

一个声响传来,像是有一个脑袋在有节奏地磕着卵石,让我回过头来。就是寻找妻子头发的那个男人,正走在我身后三十米处。他一只手拉着孩子,另一只手拉着行李箱,让它在身后的石子地上滑行。

返回普吉的一路上,有几十具发绿的尸体像是熟睡在了写有"尽享可口可乐"字样的帐篷底下。每一次受到救援者的接待,我都不得不解释我自己似乎颇有些暧昧的身份。我青春阳光的外表兴许总让人把我看成前来寻找失踪亲人的一个儿子,或一个兄弟。心理学家提议给我一些精神帮助。"谢谢,"我回答道,"我是记者。"有些人就扭头,像是有些恶心,另一些人则相反,想说话。甚至某些心理学家。

晚上,在海滩上,在高大的棕榈树绿荫下,我遇到了一些俄罗斯姑娘,正把自己的胸脯供给阳光抚摩。他们的男人用木头拍子打着网球。他们正在度假,没有任何东西能遮蔽这一阳光灿烂的美景。"即便死亡?"我问道,眼睛死盯着其中一个姑娘皮肤上文着的一些触手——长了那些触手的神奇章鱼则隐藏在了她游泳小裤头的深处。

"我们,我们还活着。"那姑娘回答我,而在我看来,这就是最好的回答。

夜幕降临,空气中混杂了花的清香和汽车废气。行贩兜售着DVD光盘,光盘上刻录了从业余摄影者那里复制来的海啸的最佳片段。我给"企业"买了一份。对于我,这是工作文献,但对于泰国的小街,这已经是一段往事。人们正忙碌着准备过新年。柏油路上机动自行车的噼里啪啦声,棚铺屋檐上挂起来的一长串彩色纸条,石板上写着"新年快乐"的菜谱。在一个小饭铺,我要了一瓶虎牌啤酒和一份金边粉,心里很清楚,米粉里的一些虾曾经啃吃过被海啸杀死的牺牲者的尸身。这会是我的一份痛苦。我唯一的部分。那天晚上,正是它给了我欲哭无泪的感觉。

我完成了我的文章。

卡特琳娜·德纳芙,真主党和我

第二个让我大受震撼的事件不是自然的,而是人为的。我当时在黎巴嫩,在贝鲁特。雪松的国度,灰烬的国度①。我很了解这个国家,我也喜爱它。从十五年的战争中走出来,却总是悬于战火的边缘,且随时有可能重落其中,它让我心有戚戚。我喜爱那里的神圣的卡迪沙谷,作家哈利勒·纪伯伦的家,是我的朋友萨米尔带

---

① 文字游戏:在法语中,"雪松"和"灰烬"分别为"cèdres"和"cendres"。

我去的,我还喜爱巴勒贝克的朱庇特神庙,阿克法的源泉,阿多尼斯神就是在那里被一头野猪杀死的,而且,有一点很显然,为什么要隐瞒它呢,我喜爱那里的夜生活。众多的夜总会中有一家是我的最爱:它叫作 B-018。它位于原先的一个巴勒斯坦营地上,在一个无情的战争之夜,营地被基督教民兵组织摧毁。作为那些悲剧情景的见证,建筑师把这个俱乐部造成了一种陵墓的形状:它位于地下,顾客上门得先下到大地的深处。其内部,地底下十米处,昏黑一团,除了巨大酒吧中那些酒瓶的反光,以及一朵玫瑰的红色,每一张桌子上都只有唯一的一朵,挺立在桌子上,在金属材料的单支花花瓶中,旁侧则伴有一位著名死者的照片。桌子和扶手椅全都是纪念碑的形状。但是碑文,每天晚上都重复,预示着生命将战胜死亡。每当欢庆者兴至浓处,漂亮的姑娘们便踏着高跟鞋,在坟墓上翩翩起舞,用她们扭动的胯部驱赶走战争与哀伤的回忆。俱乐部的屋顶缓缓掀开,满天的星斗撒向所有这些夜猫子,他们齐声欢呼,而音乐也传到室外,如同一种香水尽情地释放……

我爱贝鲁特,每年我都会因不同的原因返回那里:一个节日要报道,一个往日的战争统帅要采访,这是我一年一度的东方之吻。那一回,很不一样。我来介绍一部小说。还为了一部有卡特琳娜·德纳芙参拍的电影。影片片名为《我要看》。这是一段二〇〇六年夏天的炸弹袭击后黎巴嫩的幻觉之旅,拍摄得介乎于苛求艺术的完美性和令人震撼的纪实性之间。德纳芙在影片中扮演她自己:一个电影明星偶像,应邀去一个受到爆炸威胁的国家,参加一个慈善晚会,她声称:"我要看。"她上了一个黎巴嫩漂亮小伙子的汽车,跟他一起驶上了坑坑洼洼的道路,四周则是废墟一片的村庄,他们一路向南,直到以色列的边境,看到联合国维和部队的白色坦克。禁区的路。于是驻黎部队的权威人士有些害怕,打电话给铁丝网另一边的以色列部队:"你们总不至于要朝卡特琳娜

·德纳芙开枪吧!"电影没有脚本,是彻底的即兴表演;对这两位导演,丈夫和妻子来说,关键是要捕捉住在那个黎巴嫩男人和那个法国女人之间意想不到的一切。默默无闻者与偶像明星,战争与和平。而这个女人,时刻准备飞走,根本不在乎人们把她当作一只和平鸽。

放映是在晚上。白天过得很顺当。晴天朗日。根本没有我之前的旅行中所经历的那种紧张,记得以前那一次,真主党在政府宫殿前安营扎寨,带着投影机和扬声器,大声地喷吐出牺牲者赞歌,歌的最后一句是真主至大①。

而这一次,一切显得很平静。我前往达西耶赫,贝鲁特南郊的什叶派穆斯林街区。给我开车的司机很有趣味,女歌手菲露兹②的美妙嗓音荡漾在汽车里。我想去看看以色列歼击机的精确打击所造成的城里的那些窟窿洞。我有一架小小的摄像机。给名牌内衣"直觉"做广告的平板让位给了牺牲者的巨幅肖像。大街上到处飘扬着绿色或黄色的旗帜,上面印制有一把卡拉什尼科夫冲锋枪,很有风格地书写出了真主党的名称:Hezbollah。以色列的袭击是非常得法的:两座楼房之间,突然就是一个缺口。楼房被人从地图上划掉了。我用我的小机器拍摄。我听见了电视机的声音,孩子的喊叫,一个宣礼员的召唤。

我们在一条商业街的红绿灯前停车,两辆摩托车过来挡住了我们的路。开摩托车的人没有戴头盔,下车后径直走向我们的汽车,掏出本来插在牛仔裤皮带中的手枪,瞄准了我们。他们命令我们下车。司机吓坏了。我不太明白到底发生了什么事。

他们把我们一直带到一条死胡同。"他们",一个是留了小胡

---

① 原文为阿拉伯语"*Allah akbar*"。
② 菲露兹(Fayrouz,1935—),黎巴嫩女歌唱家。

子的高个子,一头褐色的鬈发,一个是秃顶,相当的胖。在一家烤肉铺后面,一架黄颜色的电话焊在墙上。他们要求我把摄影机、护照、太阳镜,还有电话都交给他们。那个电话响了,他们把话筒递给我。"塞萨尔 rrrrr 先生,"那个声音用英语说,满口卷舌地发出"r"的音,"你必须 rrrr 跟我们走 rrrr。"我说不行,朋友们正在等我。我并不怎么害怕。那家伙说:"别废话,不然,你就走 rrrr 不了啦。"但是,这样的威胁,我根本就不在乎,因为我知道我会走掉的。那个时期,我相信我的星座。他们把我送回车内,让我坐在所谓死亡之位的副驾驶座上,司机坐到方向盘前。开摩托车的那两个家伙坐在了后排座上,手枪放在大腿上。

司机按照他们阿拉伯语的指令开着车。

有一刻,得进一个隧道。黑洞洞的,我什么都看不见,除了操纵盘上的二极管。司机的须后水汽味越发浓烈了,因为恐惧,毛孔应该张得很大。汽车开出了黑暗。我们来到了一个机库底下。汽车不动了。他们让我们下车。车门咔嚓一响,声音格外脆。机库底下很热,我开始怀疑起来。一道金属楼梯通向一个 Algeco① 的棚屋,类似工地的棚屋。司机走在我前面,由那个瘦高个引领着。他消失在了一个房间里,房门关上了。第三个男人出现了,让我把手表给他,我都记不得他的外表了。我照此办理。他示意我转过身去,他打开一道门,让我进去。人们在我身后锁上了门,我有些烦恼。我没有惊慌,但我有些烦恼,这两者是不同的。我不慌不忙地观察起我被关禁的房间来,我发现我有麻烦了。唯一的窗户上安了栅栏,而在另一边,一块玻璃被一张发黄的塑料纸糊上了,让我什么都看不到。地面上,绿色的机割地毯发出潮湿的臭味。面

---

① Algeco,本是"Alliance et gestion commercial"(商业管理联盟)的缩写,是一家建筑模块建造业的名称,这类模块通常大量地用在宿营地、办公区、技术区的快速搭建上。

前,有一张带三聚氰胺树脂板的书桌,一把椅子,书桌上,一个镀金的绿色底板的框框中,放着一本选章版的《古兰经》。我的心撞击得更剧烈了。没有人知道我在哪里。没有人能知道。

门开了。一个年轻人走进来。很摩登的模样,穿一件带拉链的背心。他让我坐到房间里的另一把椅子上,面对着他。然后他用完美的英语对我宣布说:

"您现在落到了伊斯兰抵抗运动真主党的手中。您为什么要来贝鲁特?"

看来苗头并不太好:我觉得我不应该回答那家伙:"卡特琳娜·德纳芙。"于是我说到我的书。他问我道:"什么书?"——"我的书,我最近出版的小说。"这没有让他吃惊。他很专业,在一张纸上记着笔记,不过我看不见,因为书桌上覆盖了一块木板。

"怎么回事?"——"这真的并不重要。"我反驳道。——"不,这非常重要。"于是我努力地讲述这本书中发生在缅甸的故事情节。又一次,他并不显得吃惊。他做了一些笔记,然后,一边盯着我,一边问我:"您为什么要拍摄?"我并没有局促不安:"为了我,为了我的朋友,为了给他们显示贝鲁特,那些小混混。"——"为什么?"——"因为他们想看。"他站了起来,走出了房间。我让他别把门锁上。他断然拒绝。连续两下咔嚓声让我难受。我等待着似乎很长时间来注定会发生到我头上的事。我又热又渴,但我坚持着,确信我的权利。门终于打开了,我的审问人又回来了:"请您跟随我们……"他让我走出房间,穿过狭窄的走廊,我又看到了那条金属楼梯,它通向汽车停泊的机库。我将返回大街,我的旅馆,一切都将很好。

但事情并非早先预料的那样。来了另一个家伙。四十来岁,不太随和的样子。腰带上插着手枪。手里拿着汽车钥匙。他要求我坐到汽车里头去。我问道:"我们去哪里? 司机呢,他在哪里?"——"请您按照我们对您说的那样去做。"——"不可能,我得知道他在哪里。"——"他稍晚一会儿就会来的。请您按照我们对您说的那样去做。"我感到腿脚一阵阵疼痛。焦虑总是使我那样。那家伙的面容很坚毅。我们无法商量。我上车坐在了司机旁边。他把他的手枪放在了仪表台上。汽车冲了出去。"我们去哪里?"他不回答。我们就那样一路开着,开着。穿过了一条条彼此都很相像的街道,同样脏兮兮的楼房,矗立着锅盖天线,同样的牺牲者肖像。一架飞机从我们的头顶飞过。我们离开了人口稠密的闹市区。远处,我认出了贝鲁特机场,它位于城市南面。因此,我们是在向着更南的方向行驶。他们并没有蒙住我的眼睛,这反而让我更担忧。我想到了一片空地,一个洞。

另一个人口集中区。一个停车场。一家餐馆的停车场。汽车停下。开车的对我说:"您下车,然后朝这个方向走。"他弯腰打开了车门。伸开手臂指给我看,二十米远的门口,有另一个男人,拿着一个摄像机。他在拍我。我的肠胃收紧了。"他为什么拍我?"——"往前走。"开车的那家伙只满足于这样回答我。我下了车。我的腿在颤抖。那家伙在拍我,其脚本在我看来是很清楚的。他们将要求一笔赎金。我将为他们的抵抗活动提供一个银行账户。我想到了我的朋友,我的父母,却没想到你,赫克托耳,你都还没有出世呢。我将结束在晚八点的新闻节目中①,周围是两个挎着卡拉什尼科夫冲锋枪的战士,风帽上扎着一块绿布条,布条上写有阿拉伯语的口号。悲怆的仪式。冷酷无情。我想在视频中显得有模有样些。我走向摄像机。如我说过的那样,这是一个餐馆的停车场。有一些男人在抽水烟,还有一些只露出眼睛的女人。她们被黑色的面纱遮住了脸,以什叶派的模式。拍录像的那家伙示

---

① 意思是,我的死讯将在晚八点的电视新闻节目中播出。

意我走进餐馆。来了另一些人,把我带向大厅尽头的一个房间,进去后房门在我背后关上。我面对着两个男子,又一次,两个年轻男子,离伊斯兰教徒的刻板形象有十万八千里之远。胡子才刚刚长出,像我一样,至多才长了三天……一个家伙凝视着他的录像机,另一个用法语问我想喝点什么。我回答说我什么都不想要。他并没有转向别的话题,而是用一种很平和的口吻坚持道:"这不好,您所做的:我们在亲切地向你建议……"——"那么,就要一杯可口可乐……"他摇了摇头,我发誓我说的是实话,无论它有多么惊人,但决定还是由他宣布了:"不,你将要一份水果鸡尾酒。"他用阿拉伯语对在我背后的一个人说了几句。在他们后边,一个胶木的电话机响了。那个不在拍录像的人摘下听筒接电话。每隔三分钟,这一机械情景就重复一次。我知道,在贝鲁特,真主党拥有它自己的电话网,由它来使用和控制。我的水果鸡尾酒到了。我又一次发誓,我写的是真相:一个巨大的杯子,盛满了一种玫瑰橙红色的液体,满得都快要溢出来,上面还覆盖了尚蒂伊生奶油,最上头是一颗草莓。我已经不知道自己身处何方,在干什么,还会发生什么事。摄影机的红眼在继续拍摄。

　　整个期间,那两个民兵的行为始终很规矩。令人厌烦地职业化,重复着同样的问题。我来贝鲁特做什么?我刚才说的那本书是一本什么书?我为什么要来贝鲁特谈到它?真正的理由是什么,我的利益何在?我希望从中得到什么好处?我重复着我的回答:我没有任何具体的好处,除了交流的愉悦。对贝鲁特,对黎巴嫩的爱……我还祈求,别让他们找到我以前作的采访,采访某个基督教徒前将军,或者采访此后在黎巴嫩被杀死在他自己汽车里的记者。最后,他们还问到我在巴以武装冲突中到底是什么立场,我对伊朗、对美国、对其他等等是什么看法……胶木电话机一直在响,一直在响。

然后,最终,摄影机的红眼不再闪烁。两个男人站了起来。又来了第三个,递给他们一个牛皮纸信封。我的审问者把信封中的内容倒在桌子上,就在我那杯特大号的水果鸡尾酒旁边,鸡尾酒我已经都咽下了肚子,连同尚蒂伊生奶油……我看到了我的墨镜,我的手表,我的护照,我的电话,但没有了芯片。"留着摄像机吧。"我说,洋洋得意地戴上了雷朋眼镜。他们祝我在贝鲁特过得愉快。我在门外见到了我的司机。他蜷缩成一团,靠在车门上,一手抚着胸口,艰难地喘着气。他的脸都绿了。当他拿钥匙打火时,我被一种愤怒的疑心攫住。我怕会有一记爆炸,但什么都没发生。

整个行驶过程中,他一句话都没跟我说。夜幕降临。"哈里里陵墓",带着它那蓝色的穹顶,以及它那似乎准备好要冲向星空的尖顶,很像是《天方夜谭》或《睡美人》中的城堡。他把我送到旅馆,我在旅馆的酒吧给自己点了一杯威士忌。

我还活着,但我明白,在世界的这一部分,局势还在加剧紧张。我的运气真还不错。我大吸一口氧气。压在我心头的唯一东西,是他们拍下的我的镜头。我感觉自己被偷了,被彻底地击中。这是一个细节,但它让我恶心,他们保留了一道痕迹。我打电话给萨米尔,他对我解释说,他们一开始确实把我当成一个以色列间谍了,他们得寻求证实。"一个以色列间谍为什么会在达西耶赫转悠?要知道,他们是用无人飞机来打击的?"——"无人飞机也需要地面上的一种侦察。他们认为,这就是你带着摄像机前来转悠的原因。"

复杂的东方变成了象形文字。是返回欧洲的时间了。

亚洲之后,是中东。我的范围在缩小。

*

我睁开了眼睛。抓着青蛙的孩子始终站在那里,在有机玻璃的笼子里显示着他月亮般洁白的大理石屁股。我问保安人员：
"你们什么时候解放他？"
"明天早上。"

我重又喘了一口气，傻乎乎地得到了安慰：这野孩子很快就将期满退役。奇怪的是，艺术品对我会那么地显得珍贵、活生生。艺术会让我那么轻松地摆脱重量，照亮我的阴暗想法。假如有一天你难受了，你就尝试着进博物馆去。你兴许也会跟我一样。立即，会有一种熟悉感。绘画，雕塑，它们向你的心，向你的灵魂诉说。一个女神，一片金雨，一个赞美丰产的异教的神。《圣经》中乳房洁白的姑娘，黄金背景中的圣母，通向天空的梯子，攀登栅栏的天使，一道光芒，高高在上，一些鱼，一些洗浴者，一些冠冕。美。

你更能明白我为什么承诺不离开欧洲，我为什么严禁自己穿越任何一道机场的安检门，不愿离开目前尚且还是地球的台风眼、世界上最后的自由地带之一，而走向别的地方？你更能明白我为什么会在那里，正在诅咒你母亲强迫我中断我的承诺？假如我发生了一点什么，就会置你于危险中，不是吗？

我知道你会回答我什么：剥夺自己新的天堂实在有些滑稽可笑。灾难毕竟很少发生，非得有一连串的机缘巧合，而无论如何，这一类灾难也会发生在欧洲。

你还会补充说，对那些地区堪与欧洲之美景媲美的美视若无睹，实在是太愚蠢了。

没错。我知道，很少有什么能比得上缅甸若开邦的偏僻小镇谬杭上空被太阳光穿透的精彩的薄雾，或者钦族姑娘脸上文刺上的精美的蜘蛛网般的图案。

我还可以对你倾诉，跃入到阿布-苏鲁夫温泉中实在是一种享福，是最有滋味的一种沐浴，它就在锡瓦绿洲的心脏，在利比亚的边境,亚历山大大帝当年就是在这里,通过宙斯-阿蒙的祭司的神谕,被上天指定来统治埃及的。

但是我还会补充说,我的天使,要经历这一切,你就得坐好几个小时的飞机,就会有同样的机会经历空难。

要经历这一切,你就得坐公共汽车,而开车的司机嘴巴被蒌叶涂红,眼睛被毒品烧红。

要经历这一切,你就将忍受无比丑陋的表演,被太阳晒焦了的同样单调的红土路,一些小得只有十间白铁皮房顶土砖屋的村庄,贫穷的村民蹲守于苦难中,孩子们嘴上满是苍蝇,在垃圾堆中游荡,玩着工业废料,轮胎片,要不就是战争的残留物。你将到处都遇到野狗。骨瘦如柴的,脱毛癞皮的,跛脚瘸腿的,凶残贪婪的,千奇百怪。

而假如你跟我一样,不再相信美学家的陈词滥调,不再认为最美的东西会从垃圾中涌现,那么,你就将因这些景象而痛苦。

我走回了旅馆。我需要在她那里找到一个锚点。在让她就那么走掉之前我得好好地劝导劝导她,因为我感觉我们已经到了那一步。我们得好好谈一谈了,而很久以来我们早就该谈一谈了。

我把钥匙插进锁眼,我轻轻地推开房门,期待着在柔滑宽松的被单中看到她赤裸的褐色肉体,像往常那样向左侧卧着。

我的手摸索了一阵。什么都没有。我打开灯。床是空的。

没死去的爱

我只听见他欢快的嗓音,然后是哔的一声请我留短信。时间不算太晚,于是我完成了这些在几年时间里变成了时代之动作的动作。从一个哲学家的角度来看,看到一个年轻姑娘在一节地铁车厢中完成它们,恐怕可以由此推论出,人类的一个新类别已经产生。他注意到年轻姑娘的大拇指在她微小的键盘上运动得有多么快速,就把这一新人类称作"拇指姑娘"。那么,谁又是食人妖魔?

我做着我的拇指姑娘。信息发出,随着电磁波,从城市飞出,穿越雕塑的石头和人类的躯体,直奔塔里克的手机。威尼斯参与了所有人与所有人的这一链接,这一点显示出,这张颓废的老皮依然还在起作用。当时,在全世界,每一秒钟就有二十万条短信发出。其中就有一条着陆于我的智能手机上,而正是这一条才是作数的。"她跟我在一起。节庆在圣罗科大学堂。"

一场节庆在丁托列托的圣殿中?人们会全都看见的。

我跳进一条船。反方向地穿越运河,两眼一路追随名胜古迹顶上长长的十字架、种种雕塑、钢铁的火焰旗,它们刺破的厚厚的夜幕。在威尼斯人们说 *cielolinea*,恰如在纽约说 *skyline* 吗①?

船儿破浪前进,马达声有些窒息,水道越来越狭窄。一些密门在水面上打开,门上布满了长着魔鬼嘴脸和小天使面容的怪异面饰。我在教士圣母荣耀教堂的白色小钟楼面前下船。绕它转一圈,来到圣罗科广场。塔里克在台阶上抽烟。他的脖子上系了一条新领带,由他儿子完成的独一无二的杰作。

"有什么不对劲吗?"他问我。

"一切都好。帕兹在你这里吗?"

"她在里面。"

我放心了。

---

① "*cielolinea*"是意大利语,意思就是英语中的"skyline"。

"我不知道还可以为一场节庆租用大学堂呢。"我一边说一边爬上台阶。

"很快地,人们就能买下它了。欧洲垮了,我亲爱的……"

意大利式烩饭在《圣母领报》下面冒着热气。大天使加百列全神贯注,但他的一大群小天使正在慢镜头一般地跃入一盘盘萨拉米香肠中。阵阵的笑声和普罗赛柯①的泡泡一直上升到圣灵,点燃了圣母眼睛中的光。这天晚上受人庆贺的女艺术家是以色列人,长得很像圣女贞德。我没找到帕兹,我便登梯上楼。

到了楼上后,一个姑娘递给我一面镜子,让我可以不必弯扭着脖子就能欣赏酷刑与奇迹的展览,它们让镀金木头的天花板如火焰一般熊熊燃烧。一个屈着一条腿扭腰而站的圣塞巴斯蒂安额头中央中了一支箭,就在光环下面。长着狗耳朵的蛇蠕动在一大堆山那样高的罪恶肌肤中,天空呕吐出一条石头阶梯,一群群小天使就麇集在那里。人们不再分辨得清他们云彩中的翅膀,天主的另一位信使正从那里把苦杯递给已经支撑不下去的基督。像我一样。我的腿在抖,我喝多了,逼真的绘画让我眩晕。

我又下楼。塔里克递给我一杯酒。
"你没找到她吧?"
我摇了摇头。
"我很遗憾,我没看见她走掉。"
我抓住了我上衣口袋中的智能手机。屏幕上没有跟她有关的信息。

---

① 原文为"prosecco",是一种意大利起泡葡萄酒,因成为一款名为"贝里尼"的鸡尾酒的主要配料而知名。

"你们吵架了吗?"塔里克问。

"她的精神状态跟在你那里时一样。"

他低下脑袋,几乎要潜入到他锃光瓦亮的鞋子里去。

"你知道吗,她都没有来参加她的海滩展介绍?"

"我知道,我当时就在。"

"但她不在。"

他没有再坚持。

"你在找帕兹吗?"弗朗切斯科·韦佐里①突然出现,活像大学堂的一个小魔鬼,穿了一件带"拜伦爵士"字样的T恤衫。当代艺术的漂亮小子,拒绝批评社会,因为,他说,他还"不够廉正到能做这个"。他告诉我她已经走了,去参加冰岛人的庆祝活动了。他也要去。我愿意陪他一起去吗?

宫殿就像一条钝吻鳄躺在水边,它那些覆盖有亚美尼亚纹饰的沉重大门似乎保护了它免遭尘世喧哗的侵扰。实际上,这些大门反倒是保护了外部世界免遭宫殿中的喧哗。这不是,在宫殿内,好几百个肉体扭曲在一起,像是食虫植物挤在电子音的间歇泉中。在巨大花园的尽头,来自雷克雅未克的打碟手前来让他遥远岛屿的火山爆发回响在威尼斯的心脏。一些用霓虹灯做的电蓝色巨大字母在古老的砖墙上闪烁不已。"IL TUO PAESE NON ESISTE."②你的国家并不存在。我穿越肢体的森林笔直走去。藤条般的腿,枝杈般的胳膊成了阻拦我的堤坝,烈酒和香水的气味涌上我的脑袋。一些锥子脸的姑娘一边兴奋地吼叫,一边跟月亮干杯饮酒。

---

① 弗朗切斯科·韦佐里(Francesco Vezzoli,1971—),意大利艺术家。
② 原文为意大利语,意思见后文的解释。

一个很闹腾的棕发巨人挤了我一下。我认出他是雕塑家托马斯·豪斯阿戈①,一只脚踩着另一只脚地摇晃不定,手里拿着一只塑料杯子。

"威尼斯是世上最迷幻的城市。②"他对我说。

现在,韦佐里光着上身,把他的 T 恤衫跟女艳星薇多丽娅·李西③换了线网上衣,而她则由意大利馆邀请来,坐到一大堆五颜六色的通心粉构成的宝座上,摆裸体姿势。

"你不跟帕兹在一起吗?"棕发巨人问我。

"我在找她。有人说她在这里。"

"她来过,但她去了弗兰切丝卡那里。她在她的平台上办了个庆贺活动……我说,你好像慌里慌张的,哥们……"

"我想找到她,没别的……"

"鼓起勇气吧。因为她很漂亮,帕兹。"

"还有吗?"

"她还很有才……"

"这一点我同意。"

"尤其是个艺术家……"

"我知道。"

"那就算了,因为你会痛苦的。我,我总是让姑娘们很不幸。到头来,受惩罚的是我,瞧瞧,我是孤家寡人……"

我拍了拍他的肩膀。"但是我,托马斯,我不想惩罚她……"

C.宫似乎就蹲在运河边上。我先是穿过了大门的反光,然后才穿越了那道真切实在的门。船儿紧靠着油漆成红色和白色相间

---

① 托马斯·豪斯阿戈(Thomas Houseago,1972—),英国艺术家。
② 原文为英语"Venise is the most psychedelic city in the world"。
③ 薇多丽娅·李西(Vittoria Risi,1978—),意大利艳星。

的木头缆桩。一个神情淡泊的小伙子等在浮桥上,手里端了一个托盘,盘上的酒杯中,荡漾着香槟酒的泡泡和汽酒的橙色微光。他随着水波的节奏上升而又下降。我匆匆喝下杯子里的内容,然后就钻入了宫殿。我落在大理石地面上的脚步声跟从潮湿的老墙上传来的回声混淆在了一起。两个二十来岁的漂亮姑娘赤着脚,手里捏着短剑,笑盈盈地打开了一个狭小电梯那衬垫了玫瑰花的门。我在年轻的胸乳之间潜入。在屋顶上,一个大平台朝向夜空和城市敞开。人声鼎沸,笑浪翻滚。"塞萨!"女主人弗兰切丝卡拥有一只珍稀蝴蝶的那种优雅。火光闪闪,轻盈如燕。还有一些公主王妃。她轻移莲步,如在滑冰,身上的那件绿裙袍跟她的眼睛是同一种颜色。胡安娜·瓦斯贡采罗①拉住了我的胳膊。"帕兹怎么样啊?我刚刚在展览中看见了她的照片……真的很棒……阳光灿烂,令人窒息。你们为什么不来里斯本看我?你在照顾她,是吗?她刚才还跟莫里乔在一起,但我没时间跟她打招呼……"

卡特兰?我赶紧朝他挤过去。火柴梗的身影,匹诺曹的鼻子,他酷爱玩弄真相的癖好简直可以跟匹诺曹媲美了。他派出了一个替身,来对付本该采访他的《纽约时报》的一个女记者。在都灵的街上,他安排无家可归者做蜡像模特,而在米兰一个人声鼎沸的广场的大树上,他吊起了几个孩子,比真正的尸体还更逼真。我喝得有些高了。我有些神经质。

"你还好吧,莫里乔?"

他穿着他那紧绷绷的黑色正装,坐在河岸护墙上,面向底下二十米处的大运河,细细地把我端详了一番,仿佛在寻思着该跟我来一出什么样的闹剧。他在一个太平间里工作了很长时间,无疑因为一具尸体是世界上最严肃的事物,他这才决定笑对人间的一切。

---

① 胡安娜·瓦斯贡采罗(Joanna Vasconcelos,1970—),葡萄牙女艺术家。

"很好很好,既然我很快就要退休了……"

"听说了,但我很难相信你……"

"我明白……我那撒谎大王的名声……"

总是匹诺曹……此外,他当真还塑了一个匹诺曹。一个淹死的匹诺曹,他戴手套的小手大张着,俯卧漂浮在纽约古根海姆博物馆的池水中。

"你呢,还好吧①?"他接着说。

"我在找帕兹,几个钟头了……有人告诉我她跟你在一起。"

他假装四下里寻找一番。

"瞧,她不在这里……"

"你知不知道她会在哪里?"

"没有任何概念。"

我有没有看到他鼻子变长了?我饱饮了烈酒的血在体内只流转了一圈。我两手揪住他的衣领,让他连连后退几步。他的手一松,酒杯落下,在瓦片上滴溜溜地滚动,然后大幅度地滚落。

"你在干什么,你疯了!"他尖叫道。

"不,我在爱。我渴望爱。还有点醉。马上告诉我她在哪里,不然你就真的要完蛋,像你的匹诺曹那样……"

我那带有超浓龙胆酒和苦橙味的口气应该让他很不安。"OK,塞萨,我跟你说,但是你得拉我一把下来,我有些头晕……"

我拉着他走向平台。

"怎么样?"

"她在抹香鲸里。在洛里斯·格雷奥的抹香鲸里。"

"你还要耍滑头。"我说着,又把他推向空荡荡的虚无。

"住手,"他叫嚷道,"这是真的!我向你起誓!"

---

① 原文为意大利语"*come va*"。

好几个来宾朝我们转过身来。我用一种极端正面的口气说："你们别担心,这是莫里乔·卡特兰先生的一大丰功伟绩!"

我又把他拉回到活人的世界。

"你是说洛里斯的抹香鲸吗?"

"当然是啦。"他说,突然变得很严肃。汗水在他的脑门上闪闪发亮。"那雕塑是空的。去问他好了!"

我放开了莫里乔。他整了整领带,一只手理了理花白的短发。"请原谅,"我对他说,掸了掸他的上衣,"你知道我有多么在意她……"

"我真的应该退休了。"他说。

一个侍应生出现了,手里端了个托盘,盘中是一杯杯酒。看来我得就此罢手了。在平台的另一端,洛里斯·格雷奥孤身一人地待着,对这样一位风流倜傥的年轻人,眼下的情景实在有些奇怪,他正拿着一杯红酒往嘴边送呢,酒杯脚高得出奇。

在鲸鱼的腹中

在一大帮明星艺术家中,洛里斯是我的最爱之一。兴许就是我的最爱。二十八岁时,他在巴黎的东京宫展出了四千平方米的作品。三十三岁时,他跟一个纽约的说唱歌手组合一起组织了为深海动物的第一次音乐会。活动过程被拍摄下来,并在纽约的时报广场的巨幅屏幕上放映:在三千米的深海中,动物们在一种生物发光的焰火中舞蹈。帕兹很喜爱洛里斯。现在,我更明白了是什么把他们联合在一起的。

我朝他走去。他露着后脖子,一缕头发搭在脑门上,衬衣扣子一直扣到了领口。严峻而又带毒性的一种摇滚姿态,因他那有感染力的亲切而略有缓和。我们碰了碰杯。

"我说,我看到你对莫里乔所做的了……不太好,你会为我们而让他变得严肃……"

"你,你都已经知道了,那我们就不浪费时间了。我要去找帕兹。那个空肚子鲸鱼是怎么一回事呢?"

他惨然一笑。一大口咽下他那红颜色的饮料。

"她对我说她很想一个人静一下……"

"她都知道些什么呢?"

他放下酒杯,解衬衣的扣子。"无论如何你们都是成人。"他说。一条项链在他的胸口闪闪发亮,上面系了一把钥匙。

"这么说,真的有一道门了?"

"是的,雕塑是空心的,内含有一个生命空间。人们可以体验鲸鱼腹中的历险。我把它叫作'盖佩托馆'。"

"盖佩托①?而另一位把自己看成匹诺曹……你们,你们还真的都是一些小孩子。"

我跟艺术家打过招呼,把公主搂在怀中,一路滚下大理石楼梯,跳进第一艘开过来的出租船。

小孩子,是的。但是我能责怪他们试图找回童年吗?回到六岁的年纪,不是很好吗?能像小鹿一般欢跳在满目绿色树叶,一派温馨清香的森林中,能陶醉于父母给我们讲的所有故事,相信活动玩具人有一个灵魂,豌豆荚能一直升到九重云霄的城堡中。你有一天问我的那个问题:"你遇上妈妈时,是不是用一根心的链条把她锁起来了?"那是多么美好的事情啊。

---

① 盖佩托(Geppetto),意大利作家科洛迪的童话《木偶奇遇记》中的老木偶匠。

我轻柔地滑向军火库。城墙的影子似乎由一把疯狂的剪刀在夜幕中剪出。复杂而又精致的雉堞：人们已然身处东方世界了。内部，机库里满是水，就像人们想象中的一个秘密基地。十六世纪时，每个月有五十艘战船从里头开出来下水。它们出发去参加勒班陀海战的一番杀戮。

在我的血管中，肾上腺素合着酒精一起搏动：我审视着黑暗，想发现那头野兽。一个液压起重机的角塔和箭头比夜空还更黑，在水面上托挺起一个猛禽的影子。终于，它出现在了皎洁的满月下。长长地伸展在军火库滨河道上。巨大的一堆安歇在一片沙滩上。

没有一声响动。我一脚踏上岸街。船儿渐行渐远。

这梦幻雕塑的四周围着一道金属隔栏，我一骗腿就跨了过去。我的脚步深入到沙土中。它沙沙地响。现在我能把这动物看得十分清楚。眼睛张着，巨大的脑袋状如一把新石器时代的光滑斧头。嘴巴也大张着，玫瑰色，下颚像是一个长满了锥形牙齿的阀门。鼻尖上有几道伤痕，那是在深海中与巨型鱿鱼战斗留下的后果。

我看准了圆圆的开口，一个气闸，如同潜水艇中那种。我把钥匙插进去，想启动开口的机械装置，我小心翼翼地转动封闭阀门。

我进入到了鲸鱼的腹中。

她惊跳起来。

"你吓了我一跳！"

像是一个洞穴。一个动物之穴，并非彻底黑暗，被针眼那么大的一个个二极管所照亮，散发出一种乳白色的热光。某种皱褶的概念，脱离世界的概念，尤其是一种梦幻的和倒退的经验。空间很狭窄，改造成了座舱，其中所有的元素，搁架、卫生间、床，全都塑造在玻璃纤维的板壁上，构成为一个光滑而又纯粹的整体。一个炉灶,一个灭火器,一个急救包,是仅有的带颜色的斑点。其余的一切皆尽白色。所有的一切,除了帕兹,她躺在床上,穿着短裤,裸着胸脯。

我走过去。"你要睡觉吗?"

"我不知道。人们是无法决定睡意的。它来,或是不来。"

"我有点担心,你知道。"

"是你把我丢下的。"

"我很遗憾。请原谅。你允许我躺到你身边吗?"

"照你想的那样做吧。"

我不让她再催我。我脱掉衣服。她缩一缩,给我让出一点地方。我苍白的身子让我在她身边觉得别扭,她的身体在座舱中微微闪光,如一块珍贵的琥珀。

我的手放在她的胯上,让她紧靠我的髋部。我的手指头滑动着描出她身体的曲线,从她膝盖的关节,到她苹果般的乳房,一直到她的锁骨和她十分细腻的脖子。

她微微战栗。她的身体在旋转。

"停住,求求你了。"

在她的眼睑下,她那摄影师的目光以狙击手瞄准镜的精确度把我框定。

"行,帕兹,但我想我们还是谈谈吧。"

"你总是要我们谈谈。而我已经不再想谈谈了。"

她摆脱我,坐起来。她乌黑的头发披散在肩上。我依然躺着,我观赏她。我不想丢失她。

"我请求原谅,还请原谅我。但我希望你能理解我。"

"把一个女人扔在餐馆里是不允许的。"她说。

"我知道,这很不像话;但我不知道该怎么回答你。你说的话让我很震惊。我宁可离开。"

143

"这可不是一个真正的男人该做的事。"

我痛苦地忍受。她又希望我如何反应呢？她从来就毫不松口，不给你留任何出路。是的，我自挡自路。但我又回来了。而且我已请求原谅了。两次。

"有些事情你是不知道的……"我对她说。

她的嘴一咧，出现了一道残忍的皱褶。

"你为什么这样笑？"

"不为什么。你有时候就把我当作一个白痴……"

她的微笑回来了。这一次不那么残忍，却有点苦涩。

"有一天你将睁开眼睛。看世界，看你，看我……因为是你不知道某些事。其实，你是知道的，既然你谈到了……但你无法衡量其广度……"

她两手捂住了脸。她的胸腔在动。眼泪涌出。我挺身，想抓住她的手。

"帕兹，你怎么了？"

"你什么都不明白。"她又说。因为哭泣流泪，她的嗓音都变了调，变成了喉音。

"解释给我听。我在这里，为了你……"

她摇摇头，瞧着自己的大腿。

"你在这里不为任何人。你想的只是你自己……"

我喉咙发紧。我把她搂在怀中，让她的头靠着我的心口。她身子发僵，然后，一下子松弛下来。

"不是的。我只想着你。"

"假如你想着我，你就会明白我要对你说的话。你就会明白我是多么憋得慌。"

她开始颤抖起来。真的在浑身颤抖。我害怕了。我把她抱得更紧了。

"跟我说说,帕兹,出了什么事?"

"我无法再呼吸,塞萨。真的。我无法再呼吸。在巴黎,我无法再呼吸。在你身边,我无法再呼吸……"

我低下脑袋,受了致命伤。

"真的吗?即便在我身边?"

她伸手摸了一下脸。内心激情的浪没有任何堤坝能挡住,嗓音低沉地对我说:

"是的,即便在你身边。你还不足以阻止它来临。"

"是什么来临呢?"我问道。

"污脏一切的这一黑潮。人们,他们的暴力,整个这一毫无用处的交流……一切全都一样。你跟他们一样。环境已经被毒化,塞萨。死神在散发出气息……"

"不要说这样的话……"

我把她的手送到我嘴边。她皮肤的气味让我联想到一种褐色的蜜。闻不到死亡的气息。而我不是一样的。

"你为什么不接电话?我给你打了五十次手机……"

"我不再有我的手机了。"

"你把它给丢了?"

"我把它给扔了。在水里,那里,前面。"

"怪不得,我怎么会以为还能找到你呢?"

"你就别以为了。我想安静安静。让人们稍稍把我忘记了吧。"

"怎么忘记你,帕兹?我爱你。"

她不寒而栗。

"我们明天就坐飞机走。我来照顾你。就让我来照顾你吧。求你了。"

我让她躺在我身边,在乳白色的光明中。我们就这样待了很长时间,紧紧相拥在温暖的鲸鱼腹中。然后我们的肉体开始行走起来,真是太美妙了。

我听到她的呼吸。我不愿让她走掉。我必须拉住她,除非给我做一个她的复件。如同人们说到一把钥匙的复件。雷的《孩子与青蛙》出现在我的脑子里。他赶来与我们会合在这个掩体中,生命的搏动,扭动的青蛙,他无情的目光,他轻盈的微笑,因存在于世而幸福。

"我想要一个你的孩子。"我在我们互相混杂的滚烫气息中说。

"停住。"

"想想《孩子与青蛙》。我就要一个那样的孩子。"

"停住。"

"它让你激动,你也一样……"

"闭嘴。"

我们以前从来没谈过这个。对于她,这不是一个话题。就因为她是艺术家吗?真傻。我从来就不相信这样的论点,即艺术家只靠艺术来生育。

我进入了她,而我则在鲸鱼的腹中。

我立即就知道,已经不一样了。发生了什么事。无论人们以什么方式做爱,无论他们选择的是什么姿势,他们的肉体构成什么样的几何图形,那行为总是建立在一种同样的运动之上:一种流动的、重复的、有节奏的、宽泛的来来回回。就仿佛为了前往另一个那里,首先必须下落到自身中,从中汲取最好的。就仿佛首先必须找到让我们成为我们本来样子的奥秘,以便让它与另一位的奥秘相结合。

只是在很久之后,我们才入睡,被这一皮肤、汗水和喘息的建筑的耐心建造所中断。最终,我们的恶魔被炸得粉碎,只剩下我们自己①。

我在一种专制思想的支配下,第一个睁开眼。我站起身,我把手伸进她小巧玲珑的手包。在里面,我找到了我垂涎三尺的东西:她的那一板避孕药。现在,我不那么醉了,而我确信依然还完好无损:头天夜里毕竟发生了某件事,而我不愿意让化学、让医学把它化为乌有。

某件事已经做下,就不应该被消解。我得把所有的宝都押在我们这一边。没死去的爱。

我又转身去躺下。

过了一会儿,我说不准到底过去了多少时间,她睁开了眼睛。

我听到她在翻她的包,然后用西班牙语骂了一句。她返回到我身边把我叫醒。有个问题要问一下。

*

我们在飞机上。我很紧张,但感觉良好。在云彩之外,在善与恶之外,我的罪已经犯下。为了我们的善。

---

① 只有我们自己吗?不。我过高地估计了洛里斯这个小机灵鬼的无私之心。在"盖佩托馆",我只看到了对童年的影射。但盖佩托首先是一个做木偶的艺匠……一切都在我们的不知不觉中被拍摄下来。由一台藏在座舱中的红外摄影机,位于铺位上面,军队用在无人飞机中的那种摄影机,它在黑暗中拍摄,把红热区域转化为图像,热量越强烈,图像就越清晰、精确。电影在全世界显示,很美,很催眠。当洛里斯谈到它时,他说他本来得招几个成人电影演员来拍摄。而这是彻头彻尾的虚假。电影片名叫《未播放的记录,电影》。它讲述了 H. 的孕育。——原注

我喝了一杯加里波第①鸡尾酒。它颜色鲜红,恰如这位大胡子爱国者的衬衣,并含丰富的维生素。帕兹,她,只要了水。汽水②。我瞧着她;她是我的舷窗,我的风景。她的眼睛比往常更黑,雀斑漂亮地点缀了她的皮肤,她很神经质地伸手挠头发,我感觉到了她的电波。我窥伺着信号。我的爱,别担心,我将宽容地对待你所有的脾气发作,你醒来后的恶心状态,还有你膨胀的、颜色发暗的乳头。我将对你说,当你变成一个热气球时,你会依然很美。

她差点儿让我们迟到,她一直就在到处地找啊找的,在我们走出鲸鱼肚子后——啊,当景点的那位保安看到我们,娇艳动人的约拿,从海中哺乳动物的腹中出来时,他有多么的惊讶!——在我们不得不返回的旅馆里,在她的洗漱包里,在行李箱里,在床底下,在卫生间的金属垃圾桶里。我对她一再重复说,我们真的要错过这趟航班了。我极度夸张。我真的变得很刁难。我绝对坚持要乘坐这架飞机。我有一个关键的会议。她很厌倦,很烦扰,终于决定问我:"你没有看到我的避孕药吗?"由于我不认为应该这样回答她:"我偷了你的,因为我想要一个你的孩子,而我并不确定你想要一个我的孩子。"我就说:"你的药丸吗?我拿它又有什么用?"

把它们扔进了玫瑰花丛……

这是犯罪吗?我是一个混蛋吗?没错,通常,这是需要两个人一起做出的决定。但是,当其中一人缺席时又该如何?她想去找

---

① 借用意大利爱国者加里波第(Garibaldi)之名来称呼的一种鸡尾酒。下文说的红颜色,恰恰是加里波第常常穿的上衣的颜色。
② 原文为意大利"*Gazzata*"。

一家药店。幸运的是,时间尚早,朱代卡岛还在沉睡中。我祝福意大利式的甜美生活。"我们要错过飞机了……"我还在坚持,强迫她跳上一条出租船。我睁大了眼睛,为了把这个城市的形象永久地固定在我的记忆中,这个蜷缩在自身中的城市,这个坐落在水上,被水流经,准备发芽的城市,这个将让我当上父亲的城市。

我们飞越阿尔卑斯山。白雪皑皑,银光闪闪。从起飞起一直就笼罩着我们的寂静,已经上升到了云层,我们航行在云中,受一个橙色的机舱保护,免遭死亡的威胁。她脸色铁青。我轻轻地把我的手搭到她的小臂上。

"你怎么啦?帕兹?"

"没事。"

"是避孕药的事吗?"

她终于开口说:"是的。"

从她醒来后,我就证实了这一点,但亲耳听到从她嘴里道出内心的不安——事实是,对她来说这是一种不安——还是让我很别扭。

"为什么?你不愿意要一个我的孩子吗?"

这话我说得再温柔不过了。世上最爱恋不过了。我冲她微笑。她终于瞧了瞧我。

"我不想要孩子。无论如何,我有七十二的自由小时可以服药……"语调很尖锐。

"你为什么不要孩子?"

她任凭很多秒时间慢慢流逝。然后,她说了这句话,而它在我看来只有荒诞的份。

"因为我收养了一条鲨鱼。"

我一口加里波第没喝好,差点儿呛过气去。我从座位上站了起来。

"你刚才说什么来的?"

"我收养了一条鲨鱼。"

她说这话时,眼睛瞧着她那杯吱吱冒泡的汽水。阳光照进了舷窗,把活动着的影子投射到了小桌板上。空姐再一次要求旅客们系好安全带。飞机遇上了一个气洞。

第 三 部

孩　　子

向塞萨报信

对你来说,这将很难理解。你有一个哥哥,这个哥哥是一条鲨鱼。

我不知道这个想法是如何在她头脑中生根的。到了日思夜想废寝忘食的地步。我不知道对角鲨的这种突然的激情是从何而来的。她生于海边,这是当然。但是与她故乡之国相接的大西洋的这片大海,坎塔布连海,人们当真不知道它还蕴藏有她选择收养的这类动物:大锤头鲨,*Sphyrna mokarran*。它畅游在地球上几乎所有的热带海洋中,从下加利福尼亚到莫桑比克海岸,从澳大利亚的大堡礁到红海的蓝色深渊,水深幅度为三百米深到水面。它最长寿命可活三十七年,成年时重量可达五百五十公斤,身长可达六米。

收养一条鲨鱼。你心里应该会想,这样的事怎么可能呢。某些协会提供了这方面的可能性,完全如同其他协会所做的收养人类小孩那样。付上几百欧元,人们就将成为一条红海幼角鲨的爸爸或妈妈,如同成为一个柬埔寨小孩子的爸爸或妈妈。很显然,有一点是明摆着的,被收养的鲨鱼与人类小孩不同,它们并不会生活在养父母的家里。妈妈毕竟应该来哺养它:不是通过海狮、海豹、鱼类或者海龟,而是通过监视它所必备的最新式的小装置。确实,鲨鱼越来越遭到捕猎的威胁。每年,有一亿头鲨鱼个体消亡。五年中,它们中的百分之九十被人杀死,只是为了获取珍贵的鱼翅,人们寄予鲨鱼的鳍一些根本就说不通的品质,例如说它具有治愈性障碍或预防癌症的功能。

于是,跟当代的妈妈们给她们的孩子配备手机以确保永远的联络一样,你母亲也给她的小鲨鱼提供了一种超级精美的电子收发转播器,对此,迈阿密大学的内尔·哈默施拉格教授在他的网页上是如此介绍的:

> 鲨鱼的每一次收养都要求把一个卫星发射器安置在鲨鱼身上。这样你们就有可能通过"谷歌地球"随时随地地跟踪它了!你们甚至还可以给它起一个名字,而我们将随着它的逐渐成长,把有关它的所有资料都发送给你们。

如果说,我头脑中还保留了帕兹当时的一种形象的话,那应该就是这样的一个了:坐在长沙发上,两脚跷到玻璃桌上,一台苹果电脑放在大腿上,在互联网上跟踪她的海洋动物。她就这样度过她的所有时光。甚至都怠慢了拍照片,这让我很担心,因为她只因心中的激情而行动。而且正是为了这个她选择了留在房间里,在房间里,一切变得更慢,更重,更冒险,但同时也更享受。

突然间,别的一切全都没了,只剩下了她的鲨鱼。它去哪里了,它变成什么样了……

这一怪念头是从哪里来的?她的回答很简洁,但很完整,而且很站得住脚:"因为我发现它们很漂亮。美得无与伦比。因为它们是幸存者。因为它们处在危险中。因为它们名声不好。因为我喜欢这样。"

"那你真的收养了它吗?"

她给我看了证书,折叠起来收在卫生间的一个抽屉中,好奇怪的地方，除非是想要证实，一条角鲨若是更靠近一处水源，显然会比较自在些。总之，那确实是一纸收养证书。协会总是把事情做得很大。一张 A4 白纸，带一丝丝蓝色的粗纤维，表现为波浪形状，稍稍有些像在克里特岛上米诺斯宫殿的壁画中那样，而"收养证书"①这几个字，写的是哥特字体。下面是一条锤头鲨的身影，还有不同的句子，体现出一种庄严：

兹证明

帕兹·阿基莱拉·拉斯特雷

收养了

努尔

六英尺长的雄性大锤头鲨（Sphyrna mokarran）

身长：6 英尺

性别：雄性

年龄：幼年，确切年龄不详

标签类型：PAT 标记（关闭弹出存档标签）

标签位置：戴达罗斯岛

标签小组成员：侯赛因·萨莱赫（阿卡巴，约旦），内尔·哈默施拉格教授（迈阿密大学）

标签日期：4 月 3 日
标签关闭弹出日期：4 月 18 日

接下来还有一篇文字：

卫星跟踪监视有助于我们的研究者使这一发现变得显而

---

① 原文为英语"Certificate of Adoption"。下文中"收养证明书"的原文全为英语。

易见:因为锤头鲨潜水很深。锤头鲨是一种独居动物,很少见它跟其他鲨鱼在一起,而它们也尽量地避免着锤头鲨的出场,因为这一掠夺者会主动攻击并吞吃其同类。三十年里,这一种类基本上被灭绝,而通过收养努尔,您帮助我们保护了这些令人赞叹的和所剩无几的物类。

活在和平中吧,努尔……

她说:"努尔,在阿拉伯语中是'光明'的意思。"

鲨鱼渐渐地入侵了我们的亲密关系。开始吞噬还活着的那些。

*

在威尼斯之后,一个漫漫长夜安置在了我们之间。你已经在她的肚子里了。她在两个半月之后向我通报。在水族馆。已经,这很奇怪。即便她每个星期都去那里,星期日去。"这让我平静。"她说。

是金门的那个水族馆。你熟悉它,因为就是我带你去的那个,也是星期日去的,好让你熟悉它的世界,让你也喜欢它。三十年代的建筑,安置在一个具有埃及女王神庙形状的宫殿中。这是一个珍奇的水族馆,又黑又光滑,在那里,人们感觉真的就在水底。五千条鱼生活在那里,装在殖民地总督的行李中运来,在宗主国的灰颜色中撒上一点彩色。你喜欢在里头撒开脚丫一通奔跑,腿脚被牛仔裤裹得紧紧的,一边跑还一边叫,你的小嘴就是这样喊出了:"Rockins!"人们以为自己是在一艘潜水艇的炮塔中。很宁静,昏暗,只被那些水窗所照亮,颜色发绿,同时又呈彩虹色,各种带鳍的动物在鲜红的珊瑚丛中摇头摆尾。你把你的小鼻子贴在窗上,我们瞧着海马,你会用法语称呼它们,还用西班牙语称它们为 *caballito de mar*,海鳗带着它们丑陋的齿吻,以绸带般的灵活性和龙的姿态从巢穴中出来。你管它们叫"黑妞",如同西班牙语中的"褐色",如同你母亲那样的褐色,连线并没有断。有些人无用地躲避他们痛苦的原因。而我,我则迎头而上。这个水族馆,她告诉我消息的那一天,我就学会了把它跟它给我带来的恐惧分开来看。

曾经有一次,我决定陪她一起去。我尝试着跟她对上话,让我们的趣味再度巧合。水族馆面对着一个很大的公园。天气很晴朗。你母亲快步走在通向宫殿大门的巨大楼梯上。她的红色鞋跟像是白石上的两滴血。

水族馆闪耀着一种绿色的光。她沿着鳄鱼沟走,那里有一挂瀑布把水柱浇到鳄鱼的盔甲上。她直接走向最大的那个池子,那里有两条黑角鲨和一条独角鼻鱼①。一种海中的犀牛,两只眼睛平静地死盯着你,中间分隔有一个坚硬的赘角。

角鲨,蓝莹莹的,鱼鳍有一半是黑的,其黑角之名即由此而来,它们在她面前——应该说是在我们面前,因为我跟她在一起——悄无声息地滑过,一直到池子的一端,然后又折回。一场不停的芭蕾,那么的催人入眠,只因它们令人烦扰的节奏,以及在它们空洞的眼光中透出的那种灵魂的缺席。

她停在那里,纹丝不动。好几分钟之后,我悄悄溜走,去观察海马拿尾巴戏弄海葵——"海中的花",如你所说——的花瓣,并欣赏一条圭亚那电鱼的智慧扭曲,它那毛茸茸的浅紫色皮肤让我联想到一条旧地毯。

当我返回到她身边时,她还一直留在玻璃窗前。我看到她的嘴唇在动。我从衣兜里掏出智能手机,拍摄下她的脸在玻璃中的反映,只见她那么地专注于眼前来来回回的那些身影。

---

① 原文为拉丁语"*naso unicornis*"。

"来吧。"她说。

她终于从沉思中脱出,显出一种高度的平静。她很温柔地挽住我的胳膊,领我一直走向另一个水槽,更小一点,里面的水翻腾起泡,恰似一个按摩池。在一片珊瑚与礁石的景象中,蜷缩有一些海星,仿佛它们已经害怕将要从中出来,四个软骨的皮囊,椭圆状,浅紫色,并排悬挂在一个塑料架子上。每个皮囊内部有一个颜色更深的核,围绕着这核心,有什么在动弹着,很像是一根缆绳:某种极其灵活的柔软指头,如同一段卷到了尽头的胶卷。

"这是什么?"我问。

"凑近来看。"

我惊跳起来:原来不是一根柔软的指头,而是一条尾巴。一条角鲨的尾巴,幼年角鲨。它身体的其他部分则贴在那个暗色的庞然大物上,那一片还不算黄色的蛋黄色上。我能猜想哪里是鳍,哪里是脑袋,而两个凸起的部位则是眼睛。我有些不适地后退了一步,发现了一块牌子挂在水池边的墙上:

> 虎鲨是卵生动物,就是说,它产卵。
>
> 虎鲨的卵大约十三厘米长,孵化期为十五个星期。胚胎与卵黄囊连接在一起,后者包含了它们的食物储备。
>
> 孵出壳后,小虎鲨大约长十五厘米。
>
> 在这个水池中,你可以看到各种发育阶段的虎鲨卵,以及少年时期的虎鲨。

"很来劲的,不是吗?"你母亲说道,不带一丝笑容,身子几乎贴在了玻璃上。

"我觉得它相当可怕。"

于是她转身面向我,嗓音中透出一种忧伤。

"而我,你会觉得我可怕吗?"

"你在说什么呢?"我说,突然有些担心。

在它们的膜性囊中,小角鲨越来越热切地摇摆起尾巴来。

"我怀孕了。"

两种战栗同时穿越我的身体:一种是幸福,一种是恐惧。她刚刚传达给我的信息的美,还有这烦人的景象,这些在肉袋袋中动弹的角鲨胚胎。

两个信号进入到彼此碰撞中,在我的心底释放出一种冰冷。形状污脏了背景。

宣告一次未来的诞生,这应该是一个充满无比恩惠的时刻。众多的画家在他们的《圣母领报》中绝非毫无来由地画满了一团团翻滚的天使,一只长了金色翅膀的鸽子,还有盛开的百合花……她为什么非得在对百分之九十的人类来说纯粹是噩梦般的再糟糕不过的这一幻象——一个蠢动着鲨鱼的水池——面前,向我宣告这一神奇的消息?

我非常怨恨她。我本来希望我们会有别的。一个更充满诗意、更热情、更人性的时刻。她脑子里都在转着什么呢,他妈的!

我怨恨她,然后,我心中就生出了怜悯。我把她搂在怀中,让她从那些冷血动物的景观中摆脱出来,我的眼光跃入她的眼中,而她的眼睛则随着她心灵转黑的节奏而刚刚变得黑暗。

"但这很美啊,我的爱!你为什么这般忧伤?"

"我不知道。我害怕。"

"害怕什么呢?"

"怕他也会像它们那样。"

她转过身,指着角鲨幼婴。我不明白。

"你在说什么呢,帕兹?他会像它们那样,这是什么意思?"

"他会无依无靠,无家可归。"

一滴眼泪流下她的脸颊。我把她抱得紧紧的。

"但他有一个家。他有我们,我们。"

"我不知道,"她说,"今天,人们活得如此的无爱。"这话听来真吓人。

因为我也这么想。我觉得,爱的矿脉正越来越耗尽。在这些危机时代,它恐怕应该被看成具有一种避风港的价值。但人们对它不屑一顾。因为这要付出时间,而毫无回报?在私人范畴,我只看到人们在纷纷分手,在职业范围内,人们则互相撕咬。所有人都心生畏惧。金融的不稳,气候的折腾——今天早上,阿曼和约旦就下了大暴雨——千百万可怜虫的移民,而另外的千百万人从这一移民现象中看到了一种蝗虫的飞迁,埃及的一道新伤疤,这一切均于事无补。必须日复一日地,不惜代价地强化自身小小的社会经济利益。保住自身的地位。咬紧牙关,死要老脸皮。所谓的博爱,就是以邻为壑。哪怕要人性命。我看到了战争的阴影在露头。新的战争,不是国家之间,而是邻居之间。另一种圣巴托罗缪屠杀夜①:把他人扔出窗外只为了获取他所拥有的财富。而所有人都应想象得到,那些战争,因为所有人似乎都在做准备,变得强硬,变得干涸。这开始于推特或咖啡机②中的小小告密,它继续于电影院的排队中,你胳膊肘碰一下我的胯,我则狠狠瞪你一眼,它结束于一条高速公路,以种种性侮辱,还有种种鱼尾巴③,足可杀死三个孩子,在一番血腥的连

---

① 圣巴托罗缪屠杀夜(Saint-Barthélemy),是法国宗教战争中天主教势力对胡格诺派新教徒的大屠杀暴行,开始于1572年8月24日圣巴托罗缪日,从巴黎扩散到其他城市,并持续了几个月。该事件成为法国宗教战争的转折点。

② 这里的咖啡机,原文为"la machine à café",是一种网络平台。

③ 鱼尾巴,原文为"queues-de-poisson",指行车过程中超车后突然并线,行驶到被超之车前面。

续追尾中,小孩子还吮吸着他们绒布玩具小豆豆的耳朵。

她说得有道理,帕兹。世事变得复杂了。人们活得越来越无爱。除了爱我们自己。社会网对我们反复唠叨"分享"一词,让我相信一个一切趋向于共同化的世界的蜃景,而事实却正相反。人们并不"分享"他们的照片:人们把它们朝对方脸上扔。

"但是我们,我们相爱。"我对帕兹说,把她抱得很紧,在摇曳有怪诞身影的咸水的橱窗前。大自然真是太有创造性了……我祈求它在对待帕兹肚子里生长着的小小生命时别太有创造性。祈求大自然,或上帝,或天道,不要传承这一成孕报信的地理上的古怪特点,如我们很有可能看到的,在帕兹身上发生着的人和鲨鱼的综合生成……

*

妊娠过程很顺利。肚子在长。而你,也在长。

我看了第一次超声波检查,欣赏了你的心跳声。一种重复的声响竟会那么令人激动,条件是,它得由一个只有几克重的活的杏子所产生。相反,我却很仇视那个公事公办的白衣少女,彻底剥夺了我参加那个仪式。都是女人之间的事,她希望我明白这一点。不回答我的问题,直到帕兹后来把它们再一一重复。屏幕显示出一个太空的景象:在黑色的背景中,一条银河在活动。航天局的氛围。有人说了一声"颈部透明带"。还有"鼻骨"。你沐浴在你的汁液中,还没结束,一个罗斯威尔①造物的形象,因扫描而抖动。

---

① Roswell,指罗斯威尔事件,即1947年发生在美国新墨西哥州罗斯威尔市的空中物体的坠毁事件。美国军方认定坠落物为实验性高空监控气球的残骸,因该计划当时尚属绝密而没有当即公开细节;而许多民间 UFO 爱好者则认为坠落物为外星飞船。

你"头尾间的距离"是正常的。"一切都很正常。"白衣少女证实。

"我倒是希望,他不要太过正常。"我说。她则干干地答道:"您不可以拿这开玩笑的。"

你母亲,在半透明的霜花的冰冷抚摩下做了个鬼脸之后,微笑了。这变得越来越稀罕了。

上一次我看到她这样热情洋溢的容颜,已是好几个月前的事了。当我们实现了我的幻想时。

熟睡的赫尔玛佛洛狄忒

一切开始于一次晚餐,在卢浮宫玻璃金字塔下面,以一个文艺复兴艺术大型展览的名义请吃的饭。席间,趁着酒兴,我们跟卢浮宫博物馆的馆长谈到了幻想。艺术幻想,很显然。

他的幻想,是要在同一次展览中,把艺术史上最令人激动的三个女人卧像集中在一起展出:马奈的《奥林匹亚》,戈雅的《裸体的马哈》,提香的《乌尔比诺的维纳斯》。"哪一个放中间?"我问道。——"《乌尔比诺的维纳斯》。提香是为我画的她。"他一边说,专横得有些奇怪,一边把酒杯往嘴边送。帕兹,那天晚上穿了一件很扎眼的豹纹斑裙子,不失时机地说:

"他是为您画的那个漂亮的圆肚子,还有呈环形垂下、轻轻地搭在她阴部上的那只懒洋洋的左手,还有她那十分专一的褐色眼睛?"

他脸红了,要让这个男人脸红是很难的。然后他选择了微笑。

"真正喜爱一幅绘画,就是要从生理上去感受它。巴尔扎克曾就艺术作品以及观赏作品的人类写过一段很漂亮的文字:'它们认识爱好者,它们召唤他们,它们让他们说出:"嘘!安静!"'"

他相当精妙地谈到了那幅画,那个头发微微蓬乱地披散到肩上的女人,她显然刚刚洗完澡,既然她的女用人,在背景中,还在忙着从箱子里找出裙袍,让她穿上后能稍稍遮人目光……还谈到黄昏时分的那种氛围,如同人们凭借画成了橘黄色的天空所能猜想的,天光出现在窗口,说明时辰已届黄昏,还谈到了枕头和床单上精确无误的皱褶,而那一切的香味和清新,似乎正透过绘画在抚摩我们……然后,意识到所有人都在洗耳恭听,他就邀请酒席上的其他人也都说一说,他们的幻想都是些什么。我很久以来就一直梦想能把自己关在一个博物馆中。这很平庸,但我确实梦想过那样,于是我就说了。每人都说了自己的幻想后,我们也就不再谈了。

然后有一天,夜幕降临之际,帕兹跟我约见在金字塔前。馆长就在馆内恭候我们。我幸福得如同孩童。我从童年时代起就梦想如此。我激动地把她拥在怀中。我不知道她是如何得到这一芝麻之符的。她露出一丝神奇的微笑。

我的赫克托耳,我愿你认识一个这样的帕兹,能帮你实现这样的参观。或不如说,这样的旅行。首先得有夜色的烘托,星星的点缀。你的脚步会让地板吱吱响,或者让只有你一个人走过的石板笃笃响。在这一幻想中,孤独的感觉是次要的;重要的是声音的缺失。没有人敢说话。伟大而又崇高的宁静,只有帕兹高鞋跟的嗒嗒声来打破。而黑暗,只有我们手电筒的光束来偶然捅破。

在巨型大台阶上面,挺立在石头船首上的,是《萨莫色雷斯的胜利女神》,女神始终在寻找着自己的脑袋,很像一个脱了衣服的好莱坞老女星,大叫着有人偷走了她的珠宝。在由我们的小灯勾勒出的小圆圈中,希腊花瓶用黑色和橙色展现了他们的战斗场景：披了兽皮的巨人被宙斯的雷电击倒，黎明女神为她那被阿喀琉斯杀死的儿子门农恸哭，她怀里抱着男孩的尸体，像基督一样长了胡子，这已经是一幅《圣母怜子图》了。俄瑞斯忒斯依然握着匕首，他就用它杀死了自己的母亲，他坐在一块石头上，目光空洞，身上洒满了一只被阿波罗随手挥舞的小猪的血。玻璃橱窗中的一场屠杀之雨。

我们穿越一个个展厅，心儿怦怦乱跳。一个巴尔米拉的女王从她荒漠的坟墓中被挖出，眼神凶残，嘴角紧闭，盘算着她的复仇，用手研磨她那饰满了珠宝的头巾布，兴许在精神中寻找尼布甲尼撒帝国的飞翅巨牛的支持，而它们就位于离此两步的地方。太刺激了，太吓人了，在他们中穿行的这一夜晚。他们死去了，却又如此地在场。我的心跳渐渐慢下来，就如被人催了眠。我再对你这么说吧，当时我们始终就没有人开口说话。一直到那一刻：走到一道走廊的中央，身高一米九八的馆长突然弯下腰来。一个出口刚刚露现在宫殿的板壁上。他爬了进去，并对我们说："来吧。"里面有一道楼梯，几级台阶引向另外一道门，他把门打开。有一个阳台，带一道栏杆。他俯身趴在栏杆上，让我们也照样做，拿手电筒往下照。帕兹压住了一声叫，我身子俯得更低，而就在下边，我看见了她。

她俯身躺在一个床垫上，那么的美丽，那么的活生生，简直就在邀请人跟她一起进入做爱之后的沉睡。或者做爱之前？

"来吧。"他说。我们又跟着他返回来。为了钻进展厅，能在她的同类中好好地欣赏她。"注意，有一根线，这里。"

我手电筒灯光的手指慢慢地漫游在这女人的肌肤上。拢起的头发，上跷的下巴，圆润的手臂，很漂亮地拱起的脊椎槽沟，腰窝处明显的曲弧，美妙的胯部，丰腴的屁股，夹紧的大腿。但是最有意思的是两脚。她被一个迷人的美梦拉上了陡坡,刚刚动了一下左腿,而她的脚还处于失重状态。另一条腿——大腿、小腿肚、杵在床垫上的脚指头——似乎因一种那么尖锐的快感而绷紧了,人们简直会觉得都看到了皮肤在战栗。从另一侧,帕兹手中的光刷子也在那女人的肉体上漫游,有时候两道光束交织在一起,我感觉我们就如同两只秃鹫正在分享这个沉睡了的肉体。尤其因为四下里始终没有一丝响动,而我们的东道主甚至还关上了手电。我在黑暗中分辨出他高大的身影。我们几乎可以用嘴唇触及寂静。突然,帕兹以一声咒骂打破了寂静。我听到她在喃喃低语:"可是,可是……他勃起了!"

我绕着这年轻女人的雕像转了一圈。从肚子那一侧,她亮出了后脖子,几绺散发从发髻中脱出,一只充满承诺的圆鼓鼓的乳房软软地压在床垫上,一个曲线柔和的肚子,而在那底下……一根挺立的阴茎。我们沉默无语。

博物馆主人的嗓音响了起来,朗诵起一段既明确无误又故意矫揉造作的诗歌:

> 在古老的博物馆中央
> 人们看到一张大理石雕床,
> 上面的一座雕塑扑朔迷离
> 显出一种令人不安的美丽。
>
> 那是一个美少年,还是一个女人,
> 一个女神,还是一个男神?
> 爱情,害怕变得声名狼藉,
> 迟疑地将它的告白悬置。①

---

① 这是法国诗人戈蒂埃一首诗《女低音歌手》中的两段。

就是他,雌雄同体者。贝尔尼尼根据一块古老大理石石雕而雕塑的熟睡中的雌雄同体人赫尔玛佛洛狄忒。依照人们观赏他的不同角度,表现出了人类两种性别中每一种的特性。

　　"他由什么故事来的?"你母亲问道,而我也因此而喜欢:她把人性放到一切之中。每个男人,每个女人都有一个故事,一段戏,一种解释了其存在方式的幸福。馆长给她讲述了雌雄同体人赫尔玛佛洛狄忒的传说。在成为描绘某些动物例如蜗牛或者小丑鱼的生殖方式(而人类的雌雄同体则阻碍任何方式的生殖)的一种动物学特征之前,"雌雄同体"首先是一个专有名词。它是赫尔墨斯与阿佛洛狄忒所生的儿子的名字①。我们的东道主解释说:"他很像他的母亲,美之女神,他生活在树林中,并让仙女们发疯,因为当她们看到这个自然之子漫步在香气扑鼻的小林子和丰饶肥沃的谷地中,看到他赤身裸体地睡在她们洞穴的阴影中,或在她们河流的清水中洗擦他那梦幻般的身体,就不由得欲火中烧,呻吟不已……她们中的一位,叫萨尔玛西丝的,实在难以自禁,就决定付诸行动。这可是一个水仙女,一个水中的神,但脾气却似烈火一般。强烈发情的一天,她宣布了她的烈焰。她相当有礼貌地建议他娶了她,并对他说,假如他已经结婚,她就将满足于'一种短暂的愉悦'……"

　　"好务实啊!"帕兹指出。

　　"是啊,希腊世界就是这样。但赫尔玛佛洛狄忒却不是这样,他脸红了,对她说,假如她还一味坚持的话,他就要走开了……"

　　"真是一个孩子……"

　　"当然,但她却是一个水仙女……正当他在一条清澈的河流中游水时,她跳到他身上,弄瘫了他所有的肢体——除了那一

~~~~~~~~~~~~~~~~~~

① "雌雄同体"在法语中为"hermaphrodite",而大写的"Hermaphrodite"(赫尔玛佛洛狄忒)显然是"Hermès"(赫尔墨斯)和"Aphrodite"(阿佛洛狄忒)这两位神的名字的结合。

根——试图品尝这个美妙的肉体。'如同海葵一旦抓住猎物,就用它的触须缠住逼其就范。'奥维德在《变形记》中这样说。只不过,他还在抵抗!"

寂静中,我听到帕兹在轻轻地笑。馆长接着说:"于是她祈求众神来帮她,让他们永久地结合。由于这些伟大的肌肤爱好者正在美美地尽享这精彩的场面,而要对他人施加一种剥夺,显然配不上身为一个天神的崇高作为,于是他们就满足了萨尔玛西丝!"

"雌雄同体者是一对吗?"帕兹问道。

"'我所认识的唯一幸福的一对。'十八世纪一个英国老年女贵族艺术家第一次看到这个雕塑时甚至这样说。"

"漂亮。"我指出。

我看不到帕兹的人,但我听得到她的声音。如果说帕兹身上的狂热刻度可分十个等级的话,那么,此时此刻它至少达到了八级。在博物馆的夜间参观经历以及东道主非常法兰西式的诱人魅力的双重刺激下,她不停地向他提问,在空荡荡的博物馆棺木般的宁静中喋喋不休。而他,则因她的好奇心而更为兴致勃勃,负责地行使着职责。如同所有人那样,折服于她那如一股热流潜入到皮肤底下的魅力。

"是的,博尔盖塞家族的收藏……那是对一个希腊雕塑的一种罗马式复制……此外,是西皮奥内·博尔盖塞主教要求人们给这个撩人的躯体配一张合它尺寸的床。"

"床垫不是原有的吧?"

"不是。那是由贝尔尼尼加上去的,十五个世纪之后。请看这东西的天才性,充填皮垫的缝制跟这躯体的光滑曲线是多么的相映生辉啊。这个睡美人给人的超级当代感就由此而来。我不得不用这个栏杆来保护它,因为所有人都想亲自体验它一把,这种真实感……"

人们会因为损害了一个雕像而遭到追究吗？哪个审判官竟敢让我们相信，他／她是不会同意的呢？

是时候了，该走了。灰姑娘综合征：我们本不应该来的，我们兴许在冒大险。就仿佛我们是在逆时间规律而行。漫步于死人中间是有危险的，这些死人，或者不如说对活人的这些模仿，他们曾经很了解活人，但现在已经死了。有多少眼睛像我们一样曾经落到这个《赫尔玛佛洛狄忒》上？那些今天已经不再存在的眼睛。一个地下墓穴深处的黑眼眶，化为了灰烬的五彩缤纷的回忆。一个钟楼敲响了钟，悲伤凄惨。空气稠厚起来，星星，暗灭。"我们走吧。"馆长说。

我的脑袋转向帕兹，瞧着她，这个活的雕塑，用她当代的鞋跟抓着古老的石板地，左右逢源地滑行在这些囚禁于大理石盔甲中的男人和女人之间,假如看得再仔细些,它们的肌肤似乎依然搏动着一种聋哑的但却叛逆的生命力。牛头怪,小天使,手握弯弓的女神,女神身边陪伴有母鹿或者年轻女伴,她们正准备去洗澡,却突然被一个嫉妒的男神的决定吓坏。凝滞了,脉管中的血流,熄灭了,她们光荣心脏的跳动。我为帕兹担忧,她在这一片象牙色中显得那么发褐,在这一片彻底的瘫痪中又是那么的活跃,但在这种永生不朽中又是那么的终有一死……

我又想到了她屁股上的十字架:她与它会合了。我从来没见过她这样。当我们离开卢浮宫时,她是那么激动地跟东道主告别,她亲吻他的面颊。"我从来没有这样地看过雕塑。谢谢,谢谢,非常感谢!我现在终于明白人们为什么叫您卢浮宫先生了!"

"嘘!安静!"这天夜里,她如此重复了好几十遍,一边说,一边还笑。在公寓中追我,在客厅,在厨房,一直到床上,我睡着后还把我叫醒,满脑子都是《熟睡的赫尔玛佛洛狄忒》的图像,朝我的脖子、我的耳朵、我的后脖颈吹气:"嘘!……安静!……"

我觉得我没有力气问她,尽管我有问的欲望:"欧洲艺术,它就不再让你窒息了?"

肌肤对大理石

我当时在想,我的幻想赢了。粉碎了她的幻想。我已经让她重新入轨。鲨鱼已经四散离去,人们不会再谈论这件收养的事了。

她受到了启迪。恐怕还更甚:心醉神迷,这个词在古人那里意味着被一个神所迷倒。我的阿斯图里亚斯女人,她已经直接上了奥林匹亚山。

她放弃了她的海滩,改而跑博物馆了。

去过卡波迪蒙特、索菲亚王后中心、博尔盖塞画廊或德尔斐①,而奥赛,她在那里度过她的日子,并等待着卢浮宫,但眼下,卢浮宫对于她还是一条太大的鱼,她自己说的。"卢浮宫嘛,假如一切运作顺利的话,我将会尝试的。"

她一头钻入她的新工作。在这样一个所有的历史标记全都灰飞烟灭,人们似乎只生活在当下性的时代中,她找到了一个大胆的主题:观众与杰作的对立。她使用相同的方法:"必须重复,但不是自我重复,"约瑟夫·库戴尔卡②对她说过,这位伟大的摄影师,曾把好几年时间都用来拍摄他的吉普赛人。一天晚上,我遇见了他们俩,就在玛格南图片社附近,克里希广场上。当库戴尔卡不为拍照去旅行时,他就睡在那里。睡在两把合在一起的长椅上,七十五岁的他,自身就成了一个真正的吉普赛人。他们喝着一种白啤酒,我真不知道到底是谁最为清爽凉快,是这啤酒,是帕兹,还是约瑟夫。她穿了一件珍珠灰色的小裙袍,很细的吊带,刚刚从游泳池出来,头发还湿漉漉的,绾成一个发髻。他则满脸大胡子,乱蓬蓬的,跟他的头发一样白,眼镜片后的眼睛闪耀着狡黠的光,他穿一件深绿色的网格衬衣,让我联想起一个毫无原则的老游击队员。

---

① 这里提到的都是欧洲著名的博物馆或美术馆。卡波迪蒙特(Capodimonte):在意大利那不勒斯,卡波迪蒙特王宫的一部分改建成为画廊博物馆,里面收藏和展示大量意大利画家的作品,以及瓷器、武器、盔甲、金银器和其他装饰艺术品。索菲亚王后中心(Reina Sofia):全称索菲亚王后国家艺术中心博物馆,是西班牙马德里的一座国立20世纪美术博物馆。博尔盖塞画廊(Galerie Borghèse):上文已有提及,在罗马,本来是博尔盖塞于17世纪为其家族修建的庭院,建成的官邸后改建为画廊和博物馆,陈列品以他的收藏品为主。德尔斐(Delphes):位于希腊的福基斯,德尔斐考古遗址(阿波罗神庙)为希腊古典时期宗教遗址。

② 约瑟夫·库戴尔卡(Josef Koudelka,1938—),摩拉维亚摄影师。

或者也有原则，但与人类大众的原则却背道而驰。

"我不想有一个意愿，前往一个被认为我应该转回去的地方，我就生活在我生活的地方，当没有什么照片可拍时，我就去别的地方，仅此而已……"

她不出声了。她被吸收在了自身中，伸出食指在她那女性形体的酒杯上生出的水露上描画复杂的图像。

"得一而再再而三地重复同样的照片，"库戴尔卡宣称，"这是赢得最大化的唯一方式。"

因此，得用同样的方法。总是在房间里，她说，这有助于她像一个画家那样，拿光线与物体，拿大理石、太阳光和青铜来做游戏。还拿时间来做游戏，因为房间有助于长时间地摆姿势。始终在她的平台上，俯视一切，人们，作品。只有天空比你母亲更有海拔高度。看到她位于这个博物馆的中心，位于奥赛宫这一中殿的中心，是多么愉快的事啊，往日里，一列列火车就曾聚集在这里，直到后来被那些更为强有力的叫作艺术作品的交通工具赶走！她带了两个助手，两个美术学院的学生，叫作朱利安和奥蕾莉亚，而我则管他们叫她的灶神贞女，因为他们具有一种无比的耐心，全身心地奉献给这位当代的女祭司，而她，有时候会在头发上系一条常青藤，用一些我根本听不懂的词语来指导他们，这些词语我真的听不懂，但它们却构成了生活之骗取、生活之捕获的礼节，她把被她摄入到镜头陷阱中的男人和女人，甚至还有艺术品，都变成了某种玩具。这些照片，当你有一天瞧它们时，你就将明白我对你说的话了：即便是艺术作品也都有一种玩具的外表。她居高临下。她拉开距离。是她成了女王。他们则是小人国的国民。她统领一切。而就在她的头顶上，经过隧道状玻璃棚的过滤，夏日的天光折裂为千万片水晶。

一个月后，我发现了第一批洗好的照片。她把照片从牛皮纸信封中拿出来，等着我以有所偏颇的方式做出评判，因为她知道，如果我说太有才了，她是不会相信的，而如果我不像她期待的那样反应热烈，那么她从心理上将被摧毁。

"这很有力嘛。"我说。

是的，很有力。因为那不仅仅是美。那还是一种能抓住你视觉神经丛的美，上升到你的脑子，下降到你的腰身，你喜欢这个，因为它充满了生命力，而你将品味这一生命力。

"真的吗？你这话当真？"

她的体温刚刚升高。焦虑或满足让她的肌肤颤抖。帕兹与一块冰截然相反。当人们靠近她时，立即就能感受到这一点。有时候，在睡梦中，当内心受到折磨时，会有汗珠从她的太阳穴渗出……

"极其有力。"

她把落下来挡住她左眼的发绺撩开。她那细长的、黑色的眼睛，一把匕首，但在这里，它的尖头变钝了，它变成了能嚼的杏仁。她那爱翘的下巴托在手掌中。一笑就露出的牙齿让你震惊。

这一新工作很令人吃惊。一颗炸弹。人们从中看到了什么？简单说吧：人们与杰作。会死的与不朽的之间的重大对立。肌肤与大理石之间，裸体与穿衣服之间。电闪雷击似的顿悟，厌恶，一种缓慢的驯化。被悬置的时间。同时也是众人的疯狂。亚洲参观者的长绸带在十九世纪的雕塑之间潜化成了新年佳节的舞龙，小学生在印象派的母牛前偷偷溜走，一个孤孤单单的年轻姑娘面对着一个青铜的运水女子擦掉一滴眼泪。擦掉一滴眼泪，完美地。因为在帕兹这位"摄影界的狩猎女神"（恰如《晚邮报》所形容的那样)的作品中,人们总是能以一种神奇般的清晰看到一切。感觉自己就是一个天神,什么都逃脱不了他们的火眼金睛。比如那两个疲惫不堪的、坐在那里的老妇人,以及这第三个女人,被亨利-埃德蒙·克罗斯①的《黄金岛》吸引得突然抖擞精神,重新站了起来,画面中,沙子闪闪发亮,阳光在波浪上跳跃。是什么样的回忆由此得到了复活?我又想到了卢浮宫的馆长对我们说过的话:是作品在选择你们。一队小学生分裂为两拨。男孩子们,最多只有十岁,在德拉克洛瓦的《猎虎》前(马儿疯狂的眼睛,骑士的坚毅,披肩的红色,外套的黄褐色,老虎的血盆大口,枪尖的闪光)激动得像跳蚤。小姑娘们,面对着古斯塔夫·莫罗笔下手戴月光石镯子、满脑袋宝石首饰、空灵飘逸的公主,惊讶和激动得哑默无语。不,她们当中还有一个小男孩……还有我颇为欣赏的学美术的女大学生的优雅举止,盘腿而坐,聚精会神,在她们百褶布面料的本子的大白纸上画着速写,描绘出神话中战士们精巧的肌肉组织。

有时候,作品只用来表现人类之间的调解。对他们磁性吸引的一种惰性矢量。比如,这一对男女,手拉着手,凝定在热尔威克斯②的《萝拉》面前(裸体的姑娘,做爱之后微微颤抖的肌肤,她那扔在地上的胸罩,她那放在浓密头发中的手,恰好挡住了她性器官的卷得皱巴巴的被单,不然,那部位可能就要大敞在观众的眼前了,而那男子,待在窗前,穿着衬衣,窥伺着窗外的街道,仿佛那里会传过来一种威胁),他们也是一对地下情人,羞涩,隐蔽吗?那个六十岁或七十岁的妇人,很有派,很打扮,穿着紫色外套,梳一个很复杂的发髻,几乎伊特鲁里亚式的,她为什么死死地盯着一个男人呢?只见那男人年纪稍稍更轻,一副萨米·福雷③的模样,但他

---

① 亨利-埃德蒙·克罗斯(Henri-Edmond Cross,1856—1910),法国画家。
② 热尔威克斯(Henri Gervex,1852—1929),法国画家。
③ 萨米·福雷(Sami Frey,1937—),法国演员。

明显超重,正在跟《年轻的塔兰蒂娜》被遗弃的肉体①进行一场专注的对话……

在她的照片中有很多很多的故事!人们可以在里头待上好几个小时,人们几乎能听到人物在画面中的思维进展。这个年长了二十岁的女人眼中死盯着的男人是谁?一个老情人?一个未来的情人?以前的一个学生?还是一个失而复得的儿子?照片并没有给出后来的故事……只是要对你说,赫克托耳,你母亲那时候到达了她艺术魅力的顶点,是她那个人的、咄咄逼人的、敏锐的目光的绝对主人。没有任何人能像她那样抓住生命的趣味,抓住这一美在那些闲逛者的脑子里激起的感觉。

当然啦,这是我的阐释。对于她,谁知道事情是不是正相反呢,是走向她与人类决裂的更近的一步?因为,假如人们看得仔细,这一新的系列以摄影体现出雕塑的统治。美学上的统治,时间上的统治。观众们,他们分别有着起皱的、发红的、脱皮屑的皮肤。而雕塑,白色与黑色,则以其矿藏般的肌肤的高贵凝固与他们相对立。这很有力,很有悲剧性。她将大获成功。

"我求求你了,当它们在塔里克那里展出时,这次你就别写文章了。"一天晚上她警告我。

"亲爱的,我不能啊,我们现在在一起了,会有利害冲突的。"

*

我认为,大理石的平滑压倒了鳞片的粗糙。她不再谈它,谈你的水生兄长。

---

① 《年轻的塔兰蒂娜》(*Jeune Tarentine*),是法国雕塑家亚历山大・朔纳魏克(Alexandre Schoenewerk ,1820—1885)根据诗人安德烈・谢尼耶(André Chénier)的一首诗而创作的一尊大理石雕塑(1871)。

然后,我无意中看到了一条短信。很傻地,碰上了一条短信。庸俗透顶的玩意。尤其是对像我这样一个从来就不愿掺和夫妇之间谍报活动的人。我跟帕兹,我们都说了:假如谁在外面睡觉了,假如只是肉体出轨,那就宽容,就不要向对方说,这是有可能发生的。

她还补充说:"我什么都不想知道。不然我会挖出你的眼睛,然后我就走。我挖出你的眼睛,不是因为我焦躁,而是因为我不是你母亲,假如你对我说了,你就将是可怜虫,而可怜虫只配得到一个惩罚。"

"我甚至都不会挖你的眼睛。我没有这力气。"

她马上又问我:

"你欺骗了我吗?"

我没有欺骗我妻子,但就像另一位所说的,我根本不配:我爱她。再也没有别的欲望:她就是所有的女人。一会儿是亚洲女人,一会儿是非洲女人,还是俄罗斯女人,或西西里女人,有时候很纯洁,但自甘淫秽。

"那假如你爱上谁了呢?"她问道。

"我建议还是彼此说个明白。那就意味着我们这一局结束了。哨子一响,我们走向更衣室,洗淋浴,穿衣服,整理包包。我们不会组织一个高峰会议,来制订一个拯救计划。在危机阶段,总是以失败告终。"

她又补充了一句,差点儿引出我的眼泪来:

"我们就不尝试它一把了吗?"

而现在,这短信来了。她正在泡澡。在一缸撒了死海盐的热水中。她的黑莓手机屏幕在茶几上亮了起来,发出了一记小小的振动声。我没能做别的,而是看了它一眼。一条短信。没有任何戏份。不是什么"我梦见你了,我想你",也不是什么"神奇的夜。快,回信!"或者是"我自我抚摩时想着你"。不。首先,并无什么大事。只有这样一个无动词的句子:"瓶形囊泡①"。上面是发送者的名称,注册在帕兹的号码簿中:"马林"。

我一开始还以为那是一个药方,一个装修建议,跟她工作室的照明有关。然后我抓起我的智能手机,几下按键后,我就进入了全球性的大网,无边无际的资料海洋:"瓶形囊泡"指的是鲨鱼特有的一个感觉器官,它能帮助鲨鱼在水下探测最微弱的电磁场,一个猎物的心跳或肌肉收缩⋯⋯

这就更玄了。

我听到她拉动了浴室的门,正在走向卧室。我心怦怦乱跳地跟上了她。她身上裹了一件浴衣,浴巾扎在头发上,像是一个教皇的三重冠。我得弄清楚这个马林是何许人也。

催 乳 素

我不想问。出于懦弱。或者出于盲目,反过来这全都一样。我心里想,什么事都没有,会过去的。然而,它却又发生了。我应该错过了一些,既然我并没有自始至终地监视。而且她删除了之前的信息。这也一样,我不想赋予它太多的重要性。是的,还有过别的信息,始终来自同一人,说到"瞬膜"或"盾鳞"。生物学上的细节,始终跟角鲨世界有关。

也出于实用主义,因为我要决定哪些是宝贵的,哪些不是。我

---

① 原文为法语"Ampoules de Lorenzini"。

不想拿它来浪费时光。我们拥有的那些时光,因为光是"企业"的事就已让我忙得不可开交。信息源源不断,经济战争硝烟正浓,带着它那疯狂的曲线,它那数字的迁移,它那灾难性的资产表。世界就是一个弥留之际的准尸体,偶尔也会惊跳一下,而我竭力为它输入一些美,好不让读者绝望:跟好莱坞当红智力情感大明星的一次访谈,关于卡萨诺瓦这位真正意义上的欧洲人原型的一次大探讨,法国人刚刚得到了他的回忆录手稿,上面用金丝穿起了三颗心——我手头就有:它让我激动万分——或者是关于印象派绘画的一份沙沙作响的资料。那是冬季,然后冬末来临。大雪覆盖了巴黎,然后积雪融化。我不再写作。有一个孩子要远远强于写一部小说,即便帕兹不让我得知太多的情节。

晚上,我回家时,通常总看见她坐在黑色的皮沙发上。我对你说过的这一形象:两脚跷到茶几上,有苹果图案的电脑放在大腿上。聚精会神。心在远方。我回来时,她几乎都不抬一下头,什么话都不说。我去洗个淋浴,试图洗去这一缺席。但我返回时,她就关上了电脑,走向卧室。

一天晚上,炎热和蒸汽又给我了自信心。我想到了我们未来的孩子,想到了《孩子与青蛙》,还有在威尼斯那些日子。想到了鲸鱼,记忆它腹中的经历。我很幸福地等着这个孩子。她就不幸福吗?我应该怨恨她吗?她变了。不仅仅是体形上。连我自己同样也变了。但不是体形上,当我照镜子看我这个未来父亲的形象时,我证实了这一点。头发中长了几根白头发,仅此而已。还有,胡子中添了几须银丝。但其他,我对面的男子有的是美好前程,有爱情,有精力要给出。给她,还给她怀中的这一小生命。他将是一个男孩子,如同做超声波检查的女医师对我们肯定的那样,记得当时他问了我们五遍,问我们是不是确实想,真正想,想知道孩子的性别。"某些爸爸和妈妈更希望保留惊喜到最后一刻。"她强调道。——"就因为您相信,从情感上说,人们需要知道得稍稍更多一点吗?"我回答道,手指着帕兹,眼睛里充满了欢乐的泪花。我走出了卫生间。她一直在客厅,电脑搁在大腿上。当我凑近时,她连忙收拢电脑的屏盖。她眉头皱得紧紧的,这不是什么好苗头。

"哪儿不舒服吗?"

"没有。"

"看来不像啊。你是不是希望我们好好谈一谈?"

她摇了摇头。我在她身边坐下。我拉住了她的左手,她那指甲红红的小手,把它握在我手中。

"你在看什么呢?"我问。

"一些小玩意。"

我并没有生气。总之,这跟我没关系。兴许,是需要确认登录了 magrossesse.com 的论坛或者 enceinteetendetresse.fr 的网页,那上面能读到此类的东西:"当你吃到带糖的食物时,请想到你给你婴儿带来的快乐。"

她很显然不想跟我分享信息,但为什么因此而不快呢?

我满足于把脑袋枕在她的腿上。她的乳房变大了,但我不拿它说事。当时我闭上了眼睛。我试图倾听,感受那些著名的脚踹。我读到过——在一个专门涉及妊娠的网站上,因为我也经常上网,要不然我又怎么会知道我刚刚写下的那些东西呢?——透过胎盘壁尽可能经常地对胎儿喃喃地说上一句话,一个噱头,一条格言,是很有好处的,这能使他平静,它就如同一种声音的约会,一种话音的膏油,一种不久后彼此相见、彼此相认的承诺。

"赫克托耳、阿喀琉斯、尤利西斯都是特洛伊战争的英雄。"这是来到我脑海中的第一句话。

不，我不会拿她乳房的尺寸来说事，在那一刻，她乳房的下部正好搭在我的左耳上，而我的右耳则贴在她的肚子上，我不会拿它来说事的，就像习惯所希望的那样，但为了让这一形象对我有一种现实感，我最好还是能看到它们，抚摸它们，把它们的饱满握在我的手掌中，把它们的尖头含在我的牙齿中，微微发痒地。我们得好好做一次爱。

但她不允许我，推开我的手，即便它只是乖乖地放在她滚圆的肚子上。这很痛苦。我将在客厅中阅读。她不挽留我。

我像一条狗那样痛苦。我羞耻。而我甚至都不敢对她说，为的是不再在羞耻中加上侮辱。她又会如何回答我呢？她不想要我。我的肉体在她旁边是多么的弱小，她这强大的哺乳动物，包含了两个生命，而不是一个。同样，从原则上说，有两颗心，但她的那颗，我苦苦地寻找不得。它不再为我而跳动。

我窒息在罪恶感中。我重又经历了鲸鱼腹中的那一夜。我又看到自己偷偷拿走了避孕药，塞进了我的衣兜。她明明对我说了她不想要。我强迫了命运。一切都是我的所为。是我的错吗？

帕兹越来越精彩地经历着她的妊娠过程。这个肌肤丰满、光彩动人的维纳斯·热尼特里克斯，在她的床上说一不二，专横跋扈，她闪闪放光，她忘却了我。反倒是我有了一阵阵恶心。

你母亲处在急剧的变化中。一天，我决定找我的朋友巴斯蒂安谈谈。这个经验丰富的一家之主，总是向我吹牛，也可以说是吹售，妊娠本身的魅力，还有被爱女子的肉体所能达到的美丽程度，还有一个男人与一个女人之间的关系在一个高级的、几乎神圣的层面上的发展过程。

"你不必烦恼,"他对我说,喝了一口莫吉托酒,躺倒在一把鲜红色的扶手椅中,"对所有的女人全都一样。"

我吞下了剩下的一切羞涩。

"但你对我说过,跟怀孕时期的桑德丽娜做爱,是神秘经验的极限,不是吗?"

他明白到我有些绝望。他宽阔的脑门上出现了一条皱纹。

"你得更加耐心些才好,塞萨。更何况,帕兹还是一个艺术家。"

"而这,实际上还不如一个普通女人呢。是吧?"

"强过一个普通女人。"他纠正我说。

"我跟你这么说吧,我们不再做爱了。"

他摇了摇头。

"你们还在一开始呢,兴许你没有劝慰她。"

他露出一丝尴尬的微笑,顺手拿过一片薄荷叶开始咀嚼起来。德尔菲神谕的女祭司皮提亚的无意识回复。

"给我预测一下未来吧,巴斯蒂安。"

"你在说什么呢?"

"什么都没说。我在疏通呢。忘了它吧。"

"我说塞萨,一次怀孕,那首先是一个化学过程……"

"我觉得你将变成刮胡刀。我们再喝他一杯莫吉托。"

"我先喝完了这一杯再说吧。听我说。你得想象一下,她的身体像是一个大舞厅,稍稍有一些像这里,充满了吊灯和音乐。或者如同一个夜总会。有人在跳舞,跳得越来越快。你得想象时刻都在变的种种音乐,很难跟随的。人们从大键琴协奏曲过渡到一段刚果人的伦巴舞曲,然后人们听到了勃拉姆斯,就在性手枪组合之后。这些男舞者,这些女舞者,都是一些荷尔蒙,它们在混合,在挑战……这里存在有一些挑衅性的催乳素和黄体激素,它们刺激着乳腺,催促它们分泌乳汁;而催产素,人们可以把它比作一个稍稍过于专注于低音的打碟手:它负责产生宫缩,并上升为一种强力,直到最后的推动……"

"直到夜总会最后关上大门?"

"不,因为几十分钟之后,有一种新的高峰要发动,为的是排出胎盘。然后,我还没有对你谈到内啡肽呢。"

"快感的荷尔蒙,我知道,在一个良好的慢跑期间分泌……"

"或者在一个良好的性高潮期间。"

"目前,慢跑对我更合适……"

巴斯蒂安开始笑起来,然后又换回了那种严肃的口吻。

"分娩期间,内啡肽会流注到脑子中来,把痛苦维持在一个可忍受的水平上。还有一件事同样很刺激:它们有助于原始的大脑对理性的大脑进行控制。"

"你是想说,一次分娩是某种非理性的东西吗?"

"总之,是某种原始的东西。因为只有原始的大脑,也即爬行类的大脑,那要上溯到我们统统还是鱼类,刚刚从水中出来的那个时代,才知道如何分娩。是它控制着恐惧、判断,是它让心理障碍统统飞走,于是,分娩时的女人准许自己哭叫,采取一些奇特的姿势,而那些姿势在社会中是完全不被接受的……"

我压抑住一阵狂笑。因为我为难,或者很受启发,我的爬行类大脑从来就没能成功地控制过?

他继续说:"是原始的大脑使你能与你的肚子里的生命相结合,而你跟他将完成这一伟大的作品……"

"你意识到没有,你刚才说了'你的肚子'?"

"三次怀孕,塞萨,这就好像是我在……"

"假如生理学上有这一可能,你会去做吗?"

"很有诱惑力啊,"他说,抓住一个杏仁嘎吱嘎吱地咬起来,眼神茫然,"怀孕有其艰难的一面,分娩有其难忍的痛苦,当然,通过麻醉,痛苦可以得到相对缓解,但是,作为回报,这里头也有一种强有力的联系,女人可以和孩子一起发展它,而一个男人却无法发展它……"

他变得颇有些神神秘秘。

"你是想说什么呢?"

他笑了。"这将让你开心,这将让你想起你珍贵的研究。当你还没有彻底迷失在新闻记者事业中……你还记得波德莱尔关于女人的那句话吗?"

"'女人是自然的,就是说可恶至极的。'这句,是吗?"

"正是。不过,你想象一下,波德莱尔或许会改变观点,假如他知道了以下这一点:内啡肽是一种自然的鸦片类,它的构成成分跟吗啡非常相似。女人的身体能分泌它,并把它输送到胚胎中:她们就以这一从属关系永远联系在了一起,有点像是毒品的消费人和它的经销人,反过来也一样,她们之间强有力的连接就在于此……"

"而我们男人,跟它,就永远都实现不了……"

"你都明白了。那你就耐心地受苦吧。她体内正在发生的,可不是一种反叛,老爷,而是一种革命。"

"只要她不把我的脑袋割下来……"

"再来一份莫吉托,可好?"

肾上腺素

巴斯蒂安忘了提另一种荷尔蒙了：肾上腺素。因恐惧和危险而分泌的荷尔蒙，哪怕这危险是不现实的，肾上腺素畅流在血液中，加速心脏的搏动节奏，还稍稍硬化面部线条，让荷马式的愤怒如虎添翼。

我回家回得更晚了。是不是有一个副本文件要发送？一个会开得没完没了？一个联通做得更难？一个节目要直播？在撒哈拉有外籍人员被绑架？不。是跟那位巴尔干艺术家的一次约会拖了时间，我是每星期都去听他一次劝诫的，决心要打探他用掺杂了雪茄灰的颜料画成的那些电蓝色头发、惨白色肌肤的女人的秘密。

空气中弥散着花粉和臭氧。我坐上了公共汽车，瞧着城市懒洋洋地伸展在夏日中，所有那些穿裙子的姑娘，所有那些穿T恤衫的小伙子，都不愿意再去想什么评估机构，什么德国主权债务，或者去想居民们正在被重武器撕裂的叙利亚城市阿勒颇。以前，我曾在这阿勒颇的老城区曲里拐弯的小巷中找到了一个土耳其浴室，享受一个小胡子大高个的令人振奋的按摩，而现在，他兴许正端着自动步枪朝阿萨德的直升机开火呢……

世界的基础在动摇，人们总是在谈上帝，上帝将帮助美国，上帝在支持叙利亚的逊尼派叛乱分子。上帝，他应该都无法控制局面了，即便他是全智全能的。是的，世界在变得糟糕，在如此的情境中，还要让一个并没有提出任何要求的小小的生命诞生，兴许真的是一种疯狂。

我周围的大多数人都戴着耳机。当然，是为了听音乐，但毕竟,那些耳机,仿佛必须跟世界隔绝,你才能忍受它。阳光下,空气中尘埃飞扬,蒙马特高地的树木散发出它们的喃喃声,我大步地爬上台阶,心境平静,根本不去想象我将会找到什么。

她坐在客厅里,带着她的苹果电脑,穿着我的一件衬衣,衣摆敞开在她圆鼓鼓的肚子上。仅仅是我妻子的这一景象就足以让我满心喜悦,尽管《若不是上帝》①的乐曲在她的身边升腾。持续的低音,抒情古提琴,男高音的嗓音:维瓦尔第的声乐套曲宣称,若是没有上帝的帮助,就什么都不值得去做,这总叫我浑身起一层鸡皮疙瘩。

"还好吗?"我问她。

她惊跳了起来。原来她没看到我回来。她立即关上了放在她大腿上的电脑的屏盖,屏盖本来紧靠着她的肚子,而她这珍贵的珠宝盒应该部分地遮挡住了屏幕。

"还好,你呢?"

她显得有些局促。

"很好。"我坐到她身边,搂住了她的肩膀。开始谈到那位巴尔干艺术家,她是非常喜欢他的作品的。然后,由于音乐的音量太大了,我朝机器伸出另一只手,去调低音响。

她生气了:

"你干吗呢?"

"人们都听不见说话声了……"

"不如说你都听不见你的说话声了吧……而你是那么喜欢听你自己的说话……"

我像是当头中了一颗子弹。甚至都来不及说出我的反驳……

"听我说,帕兹,"我嘟囔道,"我在跟你说我白天的……"

---

① 原文为拉丁语 *Nisi Dominus*,是维瓦尔第的声乐套曲。

"这就能给你权利关掉我正在听的声音吗?瞧瞧你刚才都做了什么?"

"但是,我所做的不是什么权利不权利……"

她做了一个不耐烦的动作。还瞥来一个白眼。我就不再坚持。我重又把音量调到原先的(高)水平。我站起来,准备给自己倒一杯葡萄酒。

"很显然,我不建议你也喝。"我返回时说。

"很显然。"她回答道,故意地一字一顿,仿佛是在模仿我。

"有什么不对劲的吗?"

"你,那样子像是要去度假嘛:你的酒杯,你满意的神气,你的采访……"

"我说,帕兹,你究竟想要什么呢?我对你说到我白天的工作,我拿了一杯酒,这有什么可笑的吗?"

"哦,没什么可笑的。但你可以跟我打听一下消息嘛。"

"你开什么玩笑呢?刚进家门时,我就问了你情况如何……"

"是的,很客套。但实际上你对此并不感什么兴趣。你只对你自己的玩意感兴趣。"

"等等,帕兹……你今天去工作室了吗?"

她摇了摇头。重又拿起电脑,继续埋头在她的查阅中。

我坐到客厅的皮沙发上。

"你想谈谈它吗?"

"不,我愿意你让我稍稍安静一下。"

"因为我碍你事了吗?"

她不屑于回答,拿起她的手机,开始按键。如人们所说的,开始"交流"。

我赶紧出发,流亡到了卧室中,躺倒在床上,透过窗户瞧着夏日染绿了整个大自然,享受着通常流动在"小丛林"中的椴树和刺槐的树液味。我想到了当年,整个的蒙马特高地都被这片森林覆盖,到处遍布着茅屋和窝棚,里面隐居着美好时代的所有边缘人,一些善于挥舞白刀子、饱饮苦艾酒的"阿帕契"。我想到了莫迪里阿尼、毕加索或范东根,他们在一种对性、对酒精、对颜色的不确定占有中,养育了最初的一批杰作,这也让他们成了世上的国王。在一阵暖和的微风吹拂下,我闭上了眼睛。我喜欢这白日做梦的时刻,它让我可以跟往昔的男人和女人链接到一起。当大学生时,我曾研究过那个时代,它给了我如此深刻的印象,至今有时候还出现在我的视网膜上,显现为一块五彩缤纷的挂毯画。一九〇〇年的巴黎回响着一种奇特性,一种反因循守旧,一种天真性,它让一切变得可能,没有了严肃性,没有了痛苦,没有了表面后果。就这样,一百三十年前,离我现在躺的床——梦想中,它似乎已经飘荡在了时间法则之外——不太远的地方,在黑猫酒吧,一个叫莫里斯·罗利纳①的长头发年轻诗人一边自己弹钢琴,一边吟唱着很阴郁很夸张的诗歌,而在钢琴上,他安放了一个骷髅头。

  哦,在一个儿童的脑壳里吸鸦片
  两脚随意搭在一只老虎背上!②

  他并没有因此而进监狱。也没有在推特上当众受辱。我又想到了图卢兹-洛特雷克的外号,"茶壶"或"咖啡壶",因为他身高只有一米五十二,而且梅毒让他变得淫荡。而他没有错待他。他也不谴责他。人们真的懂得一笑了之。
  《若不是上帝》播放出它那灿烂辉煌的声波,直到让威尼斯吊灯上的玻璃流苏微微颤抖。我睁开了眼睛。我站起身来。我瞧了瞧我的手表。时间已经流逝了一个钟头。

---

  ① 莫里斯·罗利纳(Maurice Rollinat,1846—1903),法国诗人。
  ② 这是莫里斯·罗利纳《疯子》一诗中的两句。

帕兹始终待在她的苹果电脑前,肯定沉湎在 doctissimo.com 或 maman-cherie.fr 网站那曲里拐弯的网页中。我从来就没敢想象她实际上沉湎于什么。

"你在干吗呢?"

"有些事。"她回答道。

流逝的那个钟头没有改变任何什么。

"谢谢告知。你不饿吗?"

"刚才你是不是期待着我在你睡觉的时候给你做饭呢?"

她倒是不怕厚脸皮的。

"我什么都不期待。你饿吗?"

没有回答。我给自己又倒了一杯,来到了煤气灶前忙活。我支起了饭桌。维瓦尔第的乐曲一直在盘旋,飘飘扬扬。现在已经是他的《圣母悼歌》了。一个母亲面对着被钉死在十字架上的儿子尸身时发出的痛苦歌声。开始有戏了。

"好了,"我在客厅门口说,"现在把音乐关了吧?要不你就换一个,总之,别放这个啦,求求你了……"

她照此办理。一阵寂静笼罩了室内。鸟儿在窗外的树林中鸣唱。她站起身,两手放在肚子下,像是为了掂量它。"我这就过来。"她说。

她的手提电脑一直像一只小猫一样依偎在皮沙发上。诱惑实在太大。这不好,我知道,我应当尊重她的隐私。这不好,但这很管用。我想弄明白她何以如此焦虑,如此暴躁。我想搜集一些证据。究竟是什么让她不安?我抓住了那小机器。打开屏盖。屏幕自己就亮了。她查阅的网页已经停止运作。我进入到"历史记录",通常,这是妻子们经常会去的虚拟地点,以求弄明白她们的丈夫为什么不再碰她们了,并了解到他们更喜欢在 YouPorn 上自淫自乐。有时,这倒也让她们放心:她们本来还以为丈夫有了情妇

187

移情别恋了呢。

我没找到什么色情的东西。我找到了比色情更糟的东西。

我发现，好几个月以来，帕兹就在浏览有关鲨鱼生殖系统的网页。她不去了解她自己的胎儿是如何生成的，如何发育的，反而每天漫游在 vingtmilleœufssouslesmers.com 网站中，它以众多的细节，尤其详细地叙述了角鲨的胚胎发育过程，以及卵生类、胎生类与卵胎生类之间的区别。由此，我得知，鲨鱼能通过大自然所提供的所有生殖类别来繁殖生命。我匆匆地阅读，几乎都有些迷糊。我只有短短几分钟时间，她就要回来了。当鲨鱼卵生时，它们就把螺旋形的卵挂在海藻上，而当它们变成胎生或卵胎生时，就改在母体的腹中孵育。某些种类，如牛头鲨，甚至还实践了某种子宫内的嗜血生啖行为。母体的子宫包容着多个胚胎，孕育得最强的那一个会吞噬它的兄弟姐妹，而最终成为唯一的一个降生者。我惊愕万分。我想象着她，怀了孕，挺了个大肚子，肚子里是我们的孩子，而她自己却着迷于爬行动物的这些可怖资料。网络航行者的历史漫游记录是明确无误的：畅游万里在 doctissimo.fr 或 magicmaman.com 中，要到的地方是 reproductionsquale.fr 或者 healthyoceansneedsharks.com。忧虑向我扑来，像是这些掠夺者中的一个。我听到了冲水的声响。我已经不再有太多时间了。咔嚓一响，她就能让一切消失无影。

某个东西在历史记录中向我招呼。"一条豹纹鲨在阴道分娩的神秘中心。"这变得有些令人疯狂。迪拜最漂亮宾馆之一的水族馆中，有一条雌鲨鱼，名叫西庇太，生下了极其健康的五条幼鲨，然而它却从来没有接触过一条雄性……西庇太的幼崽全都跟它们的母亲是同一性别。由此说来，它是在"复生"（reproduire），是就这个词的纯粹意义上说的。独自生殖，没有雄性在场。帕兹在这些网站上干啥？我的脑袋嗡嗡直响。那篇文章还说，这一孤雌生殖现象很好地解释了,早在四亿年前就已出现的鲨鱼何以能够毫无阻碍地穿越世世代代,继续在海洋中称王称霸,而那么多的其他种类却已经纷纷消失。好一个水中的许德拉①,一个个脑袋在不停地重新长出……

我听到走廊中响起了她的脚步声。我关上了电脑,筋疲力尽。

"我说,你今天都干了什么呢?"我问道,给她盛了一盘猫耳朵意大利面。我并没有接着加问一句,尽管我非常想那样做:"除了浏览关于角鲨胚胎的网页……"

而她,瞧也不瞧我一眼就说:"你打算什么时候整理卧室?"

"你可不可以先回答我的问题?"

"不,它们太低能了,我干了什么?你很清楚我无法再工作了……我还能干什么?我留在家里呗,我。我怀着你的孩子。"

大自然真是被造坏了。我恐怕得付出昂贵的代价,才能反驳她,只为能让心境稍稍平静一下,并避免这一类说法:"好吧,那明天将该由我来替你怀孩子了,行吗?"兴许二十年之后人们将做到这一点。我又能如何反驳呢?

通过爱吗?我把手放到她的手上。她把一个蘸了酿蜜橄榄油的樱桃西红柿送到嘴边,并对我重复道:

"那么,卧室,你打算什么时候来整理?"

"还有四个月时间呢……"

"这个周末行吗?"

"这个周末我不行,我有……"

她抓住我的话尾巴,像是要把它说完:

"一个文件要送还?一个政治节目要录制?你要采访交通部

---

① 许德拉(Hydre),希腊神话中的七头蛇,头被砍掉之后能自动再生。

长?还是一些老战士?'我不行'……这就是你能对一个孕妇说的一切?你还是不是一个男人?"

我咬紧了牙关。这已经成了一个新手法。阳刚气遭遇怀疑,雄性特征受到质疑。我工作了一整天,但很显然,我没有迎战过任何一只张牙舞爪的老虎,也没有戳死过跟我争抢一条驯鹿腿的敌对部落的酋长……我只是下了公共汽车之后去了一趟诚价超市买五花肉。话虽说得令人沮丧,但这就是现代生活。

*

于是,那个周末我们就整理了卧室。送货人送来了她花了一个星期选定的床,但是等那床安装好之后,她就不喜欢了。这又是我的错。她的肾上腺体从此涌泉一般地生产着腺素。

"我们可以把它给换了。"我说。

她重复了我的话,很粗糙地模仿我,带着一种假嗓子。"我们可以把它给换了……这就是你要说的一切吗?你为什么不跟我说这床根本就不行!你没有看法吗?总是让我来处理一切!瞧瞧那颜色,他妈的①!"

"你知道,颜色……他有足够的时间慢慢长大,然后才会意识到颜色……"

她惊讶地瞧着我,仿佛我刚刚说了我打算给自己的乳头打钉。

"你是傻了还是怎么的?那颜色,那是为我们的!这婊子娘②的床,我们得看它在我们眼皮底下整整待上两年!"

"但它很漂亮啊,这焦糖色……"

"巧克力色更好。"

~~~~~~~~~~

① 原文为西班牙语"*joder*"。
② 原文为西班牙语"*puta madre*"。

"我们可以换啊。"

我又打电话给商店。以他们销售家具时的博物馆价格,他们可以允许用巧克力色的同一型号来调换,以作回报。

然后,则是小衣柜。她就只有哭的分了。我把她抱在怀里,我们坐在巧克力色的床上。

"你给我滚,塞萨……"

"你在说什么呢? 就因为一个小衣柜?"

"你明明知道,那不是因为小衣柜。"

"那又因为什么?"

她重又哭了起来。

"你真的很不会安慰人。"

我什么都不再明白。"现在,事关做一个父亲,我不知道你是不是意识到了……"

我不得不回答一句,大概是这一类:"我完全明白,我不允许你……"

她叹息一声,把两手伸进头发中。她的脸松弛下来。这时她给我发来了原子弹。

"我更愿意你走掉。你不是一个当父亲的。你将是一个糟糕的父亲。"

我的心像一个拳头那样收紧了。我被挤压、愤怒、卡住。留下来吧,就要冒犯她,而冒犯一个孕妇是很不好的。走吧,就是服从,限制住冒犯,但那是软弱的表现。不能拼搏的男人。不负责任:我们不能拍拍屁股溜之大吉,让一个孕妇单独留在那里。

"我们还是冷静冷静吧,"我说,拼命压住自己的火,"不就是一个小衣柜嘛……"

判断错误。语言错误。她摇了摇头。

"你当然什么都不懂……快给我滚,求你了。"

我别无他择。留下来只能在她对我幻灭的里氏震级上再增加一度。

*

巴斯蒂安穿着短裤给我开了门。时间已过了凌晨一点钟。我先是去借酒浇愁,就像人们习惯的那样。我不再有力气,也没有欲望,去找一家旅馆。他独自和三个孩子住在一起。桑德丽娜出差了,正在图尔参加研讨会。

"还没有调解好啊……"

"可惜,还没有。"

不想再深入展开。尤其因为他穿着一条带棕榈树图案的短裤,这会让我联想起我当初给帕兹看过的马尔代夫人的视频。"从你的阴茎中将诞生出一片混乱。"

"敢情出门走人的人是你啊?"他问道,坐到长沙发上。

我没回答。我们喝了一杯。两杯。我什么都说不出来。无法说她不把我当男人看,也无法说她三个星期来一直漫游在介绍鲨鱼胚胎发育过程的网站上。而为了证明我的权利,我本来可以说出来的。但没有欲望。我羞于揭露把帕兹置于疯狂者一边的这一事件。

"没什么可说的。很侮辱人哪。"

"随你的便吧。"我们陷入一阵沉默。酒精让我渐渐平静。此外,一会儿之后我所安顿下来的客房的中性背景也有助于恢复平静。床单不是我们家的那种气味。我们家的那种洗涤剂。床垫也更硬,或许更软,我都说不准了。我本可以去旅馆的,但我被吃早餐时我嘴巴里的那种灰烬味道吓坏了,以至于我不想一个人独自迎战它。

我显然睡得很糟糕。一些透明的卵的形象像频闪灯那样在我的眼皮底下闪耀,在它们中,摆动着一条角鲨的尾巴,它连接在一个人类胚胎的脑袋上。

吃早餐时,有阳光照耀,有巧克力奶。这家的小儿子,才三岁,吃得满嘴污脏。两个女孩,七岁和十岁,一边用勺子舀着蜂蜜饼片吃,一边打量着我如同看一个逃犯。

"为什么你在这里?"

巴斯蒂安刚刚买了月牙面包回来。

"因为他很想来看看你们,女儿们。"

"你妻子,她不在吗?"

"哦,是的,她不在。"

"不要打扰塞萨,"巴斯蒂安说,"他在这里因为他想来看看他的老朋友。"

三个金色的脑袋重又钻进了巧克力中。一片金发与他的褐发相映生辉。我总是愚弄他,说他的基因被桑德丽娜的基因摧毁了,而实际上,金发的基因被视为隐性遗传的。"你没有能力,你没有能力,你想要什么……"

我去洗了个长长的淋浴。然后穿上了我的衣服,自从酒吧里禁止吸烟以来,我的衣服就已经不再有烟草味了,但依然还是很不好闻。事实上,它散发出忧伤味。一条短信让我的手机振动起来:"**对不起**"。大写字母,因为事情紧急,得大写:"**请原谅**"。

我又找回了我妻子。我拥抱了我朋友,还有他的那些金发孩子。街道重又赢得了它的色彩,而我衣服上的气味早就消失了。

内 啡 肽

当我进门时,她深深地陷坐在长沙发中,身上穿了一件写有**操谷歌,问我吧**①字样的 T 恤衫,白色的苹果电脑放在大腿上。我绕过茶几,坐到她身边,茶几上放了一个盘子,里面是几片杧果。她立即合上了电脑的屏盖。这一次我开了头炮:

"你能给我讲讲你都在看些什么吗?"

我提出了问题,尽管不带丝毫威胁,但还是用说话时的坚定语调让她明白,现在绝对必须回答我,不然就将是一场新的危机。为了让讯问更带戏剧性,我像在美国电视系列剧中那样一角两演。凶脸警察提问,善脸警察微笑并递上咖啡。善脸警察在果盘中拿捏。杧果熟得恰到好处。

一道烦恼的皱褶出现在了帕兹美丽的脑门上。她选择了乖乖招供:

"我在了解努尔的消息。"

"努尔?"

"我的鲨鱼。"她说,用的是伸手偷吃果酱时被人抓了个正着的小姑娘的语调。

"而我们的孩子,他怎么样?"

她头向后一仰,身体一伸:

"他很好,宝贝②。不要担心……"

---

① 原文为英语"FUCK GOOGLE, ASK ME"。
② 原文为西班牙语"tesoro"。

"怎么不担心,我担心……你几乎都不跟我讲……"

她冲我微微一笑,开始抚摸起她的肚子来,很温柔。

"我很少对你说,是因为他就在这里,暖暖和和的。他的一切都很好。而努尔……"她停了一会儿,黑眼睛中突然侵入了一丝不安,这也开始让我有些不安,她继续说,"……而努尔,每天都处在危险之中。一个捕鱼的,一张渔网……来,你瞧。"

她打开了电脑。屏幕上出现了一张卫星地图。能很清楚地分辨出一些海岸线,还有很多阿拉伯名称的地方,而在大海中,在一大片的深蓝色中,有一系列红色的圆点,由一条线串联起来。

"这是努尔的旅行线路?"

"是的,每天我都能知道它在哪里……"

她冲着屏幕苦笑一下,眼中是令人生不上气来的一通闪光,然后说:

"我不想拿这个来烦你。"

"你不会烦我的。但有时候你让我担心。"

她低下了眼睛。我赶紧打住。我尤其不想闹出什么好戏来。我实在是累了。

我去洗了个淋浴。篮筐里,我的旧衣服。当我裹在一件跟我想给予她的关怀同样温柔的浴衣中返回时,我看到,一片浓云又遮黑了她的目光。

"你为什么说我让你担心?"

我坐到她身边。

"但是不,你不让我担心。"

"可是,你刚才还这么说来的……"

真的也太疯狂了,这一荷尔蒙芭蕾的节奏也实在太难跟随了……

"忘了它吧。"

她把脑袋靠在我肩上。我岔开了腿,浴衣敞开了。她把她比杧果汁还更香的手伸了进去。

我找回了我妻子。我有权利插入她。离分娩还有两个月时,她来巴塞罗那找我。在 W 酒店的屋顶来上一杯,酒店建造得如同海面上一片巨大的帆。酒保穿卡其布的制服,带着长长的刀子。准备鸡尾酒的时候,他们不切水果:他们剥水果的皮。果汁流出来在吧台上流成一条甜甜的渠道。天空一片金黄。我们决定坐飞机去一趟马略卡。如同肖邦和乔治·桑。如同西班牙国王,国王是她的偶像,尽管他在非洲有私自偷猎的问题。我们再从那里前往科西嘉。我们的朋友亨利就在科西嘉接待我们,还提议亲自驾着船前来接我们。在电话里,我谢绝了,因为帕兹的状态,但她本人却又给他打了电话,说是很可行,还说这比坐飞机要好。"只要有一丁点儿问题,我们随时都可以中止。"我只得同意了。

在马略卡,我们又提了我们的计划《即将消失之物的书》。阳光是那么的强烈,人们似乎都能看到柠檬在生长。

在马略卡将消失的东西有:

——波连斯萨的 Moixt 咖啡馆,它的金属格子,还有它的小老人们,他们在一个埃斯特雷亚啤酒的招牌底下重造世界。

——德阿的 Ca's Patro March 餐馆,悬置在碧蓝的水波之上,遮阴于特拉蒙塔纳山脉的高峰下,那里能吃到烤鱿鱼,还能看到小孩子从岩石上跃入清澈的水中,就像在阿卡普尔科。

——在法德摩萨为圣女卡塔丽娜举行的迎神游行,小男孩们穿戴成蓝色的天使,肩背上有纸做的翅膀,上面覆盖着真正的羽毛。

——福门托尔半岛上偏僻的小海湾。那么宁静,那么原始,根本没有受到已经屠杀了岛屿西部的国际旅游业的影响。

也有过一些不那么平静的时刻,让我直为她的神经、她的肚子担心。比如说,在巴尼亚尔武法尔的一次辉煌的日落。当时我们坐在一家旅馆的平台上喝一杯,而在我们眼前,则是一片一直延伸到海边的葡萄园的美景。帕兹缺席了一会儿。我们附近的桌前,坐了三个旅游者,一对五十来岁的夫妇,以及他们二十岁的女儿。他们没有说话,父母和少女全都埋头专注于各自的手机。母亲站了起来,走向了朝向葡萄园和大海的栏杆,靠到上面,把脊背转向就要融化在水中的橙色大圆球。父亲举起他的机器给她拍照,女儿也同样,一言不发,给正在为她母亲拍照的她父亲拍照。我暗中祈求帕兹这会儿可别过来。这实在太微不足道了,但这种布局会让她陷入自我厌恶之中。"你知道人们每天会拍多少照片吗?"当天早上她就这样问过我,与此同时,在海岬附近,有几十个看热闹的人在他们的手机屏幕上永远地记录下了一辆汽车刚刚滚落翻进深沟中的场景。"你有一个概念吗?有人计算过了:一千万!"——"这没有什么好看的,帕兹,那里,他们留存一次颤抖……"——"不,这里有看头的,他们留存了一次颤抖,他们留存了一丝微笑,一个孩子,他们留存了他们的爱……他们留存了他们的目光。如同我。确实,在当今,所有人都是摄影师。他说得有道理,帕尔①。我将罢手。"

就在两星期前,她被他野蛮地伤透了心。马丁·帕尔,世界上最著名的摄影师之一。一个真人大小的苦苣,带一张拉链的嘴,热衷于拍摄当代的丑陋。那是在阿尔勒的聚会上,摄影界的麦加朝

---

① 帕尔(Martin Parr, 1952—),英国摄影家。

圣。帕尔在那里举办了一个展览,专门展出从互联网上找到的一些照片,其中有的是由一只猫拍摄的,人们在它的脖子上挂了一个小小的照相机,让它拍照。他还声称,互联网上已经有数量奇多的唾手可得的图像了,足够人们看上整整一生的了,因此,人们都不应该再拍什么照片了,而应该满足于在网上挖掘它们,做做复制—粘贴的事。"为什么今天还要费老大劲儿地出门去拍摄西下的夕阳,实际上,在网上用鼠标轻轻地一点,一下子就能找到千万张夕阳的照片?而其中有些确实非常漂亮,那种美是你花费整整的一生都无法见到的。"他在关于"摄影的未来"的讨论中这么说,帕兹也应邀出席了这一讨论会。

她坐在台上,跟其他人一样,但她在她的奥林巴斯遮阳伞下正襟危坐,受着普罗旺斯的炎热的折磨,长久地停留在沉默中。然后她站起来,对他进行反驳,她觉得他很"悲摧",她说他们确实是这样的一批人,在这里,要尝试着继续下去。"是的,那不会很容易的,但,我们将试图跟网络闲聊竞争,跟 pomme+C 键和 pomme+V 键①竞争。我们将试图不在愚蠢的领域中傻乎乎地挣扎,将试图通过我们的眼睛,从深层来看世界,以真诚、迫切,兴许还有天真,假如在我们的讨论中这些词还不被禁止的话。"我被她性格的力量,被她的胆识所震撼。一阵短暂的沉默,然后,是一阵洪水般的掌声和喝彩声。

*

我们游进在科西嘉的海水中,躲避着水母的鞭挞。

亨利开着船前来马略卡接我们。我还记得帕兹那染了指甲油的美丽小脚落到树脂板的甲板上。记得我还担心她会因她的大肚

---

① 在苹果电脑中,pomme+C 键和 pomme+V 键的功能分别为"复制"和"粘贴"。

子而滑倒,或者担心一阵狂风会把她卷上云彩。航行是平静的,惬意的。下锚在避风小港中的夜晚,如同摇篮一般的颠簸,早餐之前在清凉的水中的沉浸,星辰下长时间的凭栏守夜,在此期间帕兹则睡她的大觉,因太阳吉祥的光波和透明海水的抚摩而麻木舒坦。小小的船,大大的愉悦。表皮膨胀,眼睛鼓起,因波浪中的光芒,胃口大动,因简单而又饱含微量元素,同时又跟我们蓝色星球的深海紧密连接的美味:撒丁岛的沙丁鱼,博尼法乔的金枪鱼①。

亨利在那里拥有一座木头房子。他一头耀眼的棕发,体格魁梧,心胸开朗,很有创造性,五十岁的人了,始终活在自我感觉很好的紧迫繁忙中。一次结肠镜检查就相当于一次侮辱性的警告,只会给他打上一剂兴奋剂:应该好好地活着,要抓紧! 他还剩下什么呢,二十年? 他妻子卡萝琳娜监督着他填写他的夏季舞蹈卡②,生怕看到自己遭惩罚,看到一个因无所事事而变得愁肠百结的亨利,拿着一个抄网,带着丧家犬一般的眼神和突然变驼的肩背,忙着打捞落到游泳池中的桉树叶……而当我向他建议玩一个游戏,仿佛我们才只有十二岁,比一比谁能一口气在水下待的时间最长,这时,他的眼睛顿时闪闪发亮了……

晚上,有一顿晚餐。葡萄酒,鱼,菜盘子被漂亮的灯光照得亮闪闪的,这一切给了谈话一种欢快的同谋氛围。大家都很开心。一个早先的广告商来了,他曾在瑞士生活,但不是出于对高山的爱好兴趣。他很美,很健壮,卖掉了他的广告公司,在哥伦比亚照料咖啡园。他跟帕兹聊得很多,甚至还获准拍了拍她的大肚子,她对

---

① 这里有文字游戏,"撒丁岛"(Sardaigne)与"沙丁鱼"(sardines),"博尼法乔"(Bonifacio)与"金枪鱼"(bonite)原文中词形相像。
② 舞蹈卡(Carnet de bal),早先为一种舞会的入场券,上写舞蹈的种类、时间,甚至还有舞伴的姓名等等。这里相当于一种游戏卡,或健身会员卡,或俱乐部会员证,上面应填写活动的时间和内容。

此竟然也没说什么。他说永远都应该盯住最基本的,他很亲和,但常常冒出一些怪怪的句子,诸如"通过失去,我太赢得了我的生活"。

"他很迷人,你不觉得吗?"一天晚上,躺在床上时,帕兹对我说。她摸着她的肚子,已经有摩托手的头盔那么大了。我正在脱衣服。

"迷人?你是不是稍稍有些夸张?"

她胳膊肘撑着,挺起身子。

"这样的重新发明创造生活,真是太天才了,不是吗?"

我送上一脸苦笑:

"在通过失去而赢得它之后?"

"我倒是很喜欢这个说法……"

"完全是一种陈词滥调……"我脱下裤子,把它放在一把木椅子上,它让我想起我在诺曼底上学时教室中的椅子。

"我觉得,陈词滥调,还不如说'我通过赢得而失去了生活'。"帕兹接着说。

"一个六八年五月风暴的口号……"

"……他只是颠倒了词序。"她再次纠正道。

"它仅仅停留为一个口号,而不是一种哲学。实在是一类蠢话,如同'石板底下是海滩'或'一切皆为政治'……你注意到人们用了同一个词'口号',无论是为一次示威还是为一个广告?那些六八学运分子,他们毕竟赢得了我们,假装对抗消费社会的样子……"

"'人们不会爱上一个增长率',这一句很好,不是吗?"

"我从来没说过他们没有才。"

"尽管如此,他们很有趣。"

"问题是,他们想让这永远不停息。报刊上全都是。毫无束缚地享受,直到终结。他们毫不退让……很快就将是毫不理解地享受了。"我一边说,一边往卫生间走。

她笑了。"你真蠢……嗨,我说,为什么你那么喜欢光着身子乱走?"

"我的德国人天性。"

她笑了:

"这,这就是一个陈词滥调!"

"你说得对,我骄傲的西班牙女人。"我说着,往牙刷上挤了一点牙膏。

"你笑了。但是我,我喜欢老调调。人们批评它们……兴许正是因为它们说出了真相……"

"哦,是吗?你跳弗拉明戈舞吗?你喜欢斗牛吗?我有一顶贝雷帽吗?"

"不,但是你知道一切的一切,如同所有的法国人。至于弗拉明戈舞或斗牛,假如它说的是人们喜欢死亡和神圣、红色、悲剧,那么这话就没说错。节庆的意义也一样……承认吧,在西班牙,这个是有的,即便是在逆境中时。你们是那么的冷,你们法国人……总是在抱怨……"

我没什么可回答的。因为我满嘴都是牙膏沫,而且这话没说错。她一直躺着,手放在如同她头脑中一路环绕着的地球仪一样的肚子上,她继续说道:"说意大利咖啡很美味,就是个陈词滥调,不是吗?然而这是一个事实:意大利咖啡**很**美味。说德国人是一个比其他民族更有组织性的民族,不是个陈词滥调吗?然而,当德国人要说'同意'时,他们说的是'in Ordnung',即'秩序'!说法国人自我感觉高人一等,不是个陈词滥调吗?我这里有三十个例子可列举,都是你的,或是塔里克的……你们给所有人上课!你看,陈词滥调说的都是真相,我喜欢陈词滥调。"

"世界建造得很好,你是摄影师……"我说着,关上了水龙头。

她又笑了。在这里,帕兹是幸福的。阳光把她的肚子镀成了金黄色。这应该很好,待在肚子里,还有这一温暖的抚摩!她天天游泳。海盐的味道代替了她原先有的那种游泳池的氯气味。她游泳,带着你在她肚子里。我真愿意付出更多,来体验这一双重的游水。你游在正在海里游泳的你母亲的肚中。好一个水中的俄罗斯套娃!

*

一天晚上,亨利又对我重新谈起关于"灰色地带"的计划。我们第一次见面时就已经有了的一个计划。那是在喀布尔的一个节庆活动中。他当时刚刚拿回了法兰西喜剧院的一批演出服装。打算留赠给当地的学校,以便他们也能开展一下戏剧活动。他戴着路易十四的假发,喝着威士忌,合着由巨大的高音喇叭吐出来阿姆①的"请起立"的乐曲跳着舞。一段留在我心中的回忆:普什图族的卫兵们把卡拉什尼科夫式自动步枪扔在大门外,自己却在里面醉酒。只要有一颗手榴弹从墙上扔进来,就能让这些穿戴得如同可笑女才子的志愿者的肉体在阿富汗的夜空中灰飞烟灭。

我一边跟他碰杯,一边悄悄地对他说,我感觉到,整个世界尽管表面已经全球化了,却正在走向碎片化,成为一些转移了的碎屑。而环球的平面上布满了"灰色地带",整块整块的地区渐渐地从媒体的雷达中消失。亨利的脸在带卷的假发底下闪闪放光。他是从伊拉克的库尔德斯坦回来的,在那里他安装了一个可充气的电影院,就在埃尔比勒城的市中心,在这个曾有二十万居民被萨达

---

① 阿姆(Eminem, 1971—),美国说唱歌手、音乐制作人及演员。下文中的"请起立",用的是英语"Please Stand Up"。

姆·侯赛因的表弟化学阿里用毒气毒死的领土上，重新放映了《天堂电影院》。他认为我们可以在这些被遗弃的地区做一点什么。他觉得我们可以去阿布哈兹，去南奥塞梯，去邦特兰，去厄立特里亚，去印度尼西亚和菲律宾边界上的几百个岛屿，或者去拉各斯或萨那，这些遭诅咒的城市，去那里好好地见识各种形式的创造与遗产，对它们作清点登记，趁着时间还来得及，帮着让它们扩大。

"我提醒你，这想法还是你先有的呢。"这天晚上他又提及，同时给我倒了一杯白葡萄酒。

"我当时醉了，飘飘欲仙……"

"你那个样子还真逗……我要想办法让你找回那种状态！人们还从未说到过的世上的所有那些地方，那里应该有一种青春的创造活力，音乐、涂鸦、舞蹈、文学……那里，美丽的老年人显然渴望在人们彻底改变世界面貌之前留传下他们的艺术。必须冲锋了，塞萨，生命很短暂。"

"而你还想缩短它吗？"

"得了吧，快别说了！此外，帕兹很可能会来。她还将拍照片，那真的很来劲，对后代很有用……你觉得这个如何，帕兹？"

我把酒杯端到嘴边。帕兹悄悄地审视着我。亨利在向我挑战。因为亨利知道。他妻子也知道，她对他说：

"别再难为塞萨了，亨利。"

我放下我的酒杯。他继续说："你再好好想一想。"

"已经都想过了。"我说。

"对帕兹，这稍稍改变了游戏的发牌，不是吗？我是想说……等她生孩子后，这很显然，"他莞尔一笑，"你觉得呢，帕兹？"听到这里，卡萝琳娜赶紧朝他瞥去一道责备的眼光。试图让他换个话题，轻松一下。

"有谁愿意再尝一点这美味的鱼呢？"

宁可死也不愿意回到那里去。异国情调完蛋了,这一被宠坏了的欧洲孩子的毒品,他们实在太不会衡量自己手中已拥有的。我怒火中烧。我试图让自己平静下来。

亨利继续直视着帕兹,用目光询问她。她让时间流逝了好几秒钟,然后直视着我回答说:"很显然,我会喜欢的。"

我赶紧掉转目光,说:"我很愿意再尝一点这美味的鱼。"

那晚上接下来的时间实在有些令人难堪。我自我封锁。与世隔绝。帕兹常常指责我的无动于衷,而我则想尽办法来控制我的害怕和愤怒。我对我心中害怕的愤怒。我对我心中愤怒的害怕。我受到了诱惑吗?没有。如同我对你说过的那样,我不想再出去了。去看世界吗?人们让我看到的那一切就足够。恐怖分子伪装成贝都因人,刚刚在西奈半岛,朝埃及的边防卫兵开了火。就在斋月期间,在开斋的神圣时刻,所有人在一起享用开斋之餐,在夕阳西下之际。一些放下了武器的可怜小伙子,只想经历这一神圣时刻,跟真主在一起的幸福时刻。跟他们的谋杀者是同一位真主,他们也总是把真主一词挂在嘴上,但根本就不遵守他的休战规定……狗们。当我想到西奈半岛,我便又看到了玫瑰色的日出,在圣加大肋纳修道院那一边,在当年上帝见摩西的花岗岩山脊上。埃及的边防卫兵什么都没遇上,只遇上一颗子弹打中了脑袋。

我抱怨帕兹。在房间里:
"我会喜欢的……简直就像一个小姑娘。你没什么可对我这样的……"
"但你都看到了,即便亨利……"
"我又不跟亨利一起生活。"
"但这也太无理了,塞萨。"

她蜷缩着依偎在我怀中,突然变得很温柔抚人。她脑袋枕着我的大腿,我抚摩她的头发。

"我们大有机会,你知道……你没见过,你,外面,究竟是怎样的……"

"不要再说什么'外面'了!那是同一个世界!"

"不。不是同一个世界。我不想活得跟一个住在重庆塔楼中的中国人那样。我不想展露在开罗街头的骚乱中,或者让人刺死在开普敦,只因我穿了一双让人眼羡的鞋子……"

"你过于夸张了……"

"几乎没有。"我稍稍停顿了一下。"亨利需要在生活中来一点疯狂。而我却不要。我期望安宁。我早已不那么渴望前去看人是如何生活在马尼拉的贫民窟……别以为我因此就不了解它了,但是……我是再也没有兴致去看了……"

"你毕竟是个记者。"

"这已经引不起任何人的兴趣了。"

"为什么这么说?"

她愤怒地睁大了眼睛。

"因为,是谷歌的计算法决定了什么有意思,什么没意思。已经没有记者这一行了。有的只是跟随主义这一行。"

"你这是在为难自己。"

她停顿了几秒钟,转过脑袋,眼睛朝向放在床边的旧旅行箱,我接着说:

"我很好。我想你也很好。很美,很舒服。这一切有一天会破碎,但这一天还没来到。我希望他了解这一点……"

我把手放在她的肚子上,以一种轻柔的喃喃细语,开始说我的那句心灵感应箴言。

"赫克托耳、阿喀琉斯、尤利西斯都是特洛伊战争的英雄。作为句子,这相当傻,不是吗?"

她微微一笑:

"根本不是。甚至可以说,这是很漂亮的想法。"

"真的吗,你喜欢?"

"非常喜欢。"

"三个都喜欢?"

"是的,三个都喜欢,那你呢?"

"这里有名字,有它们所包含的神话,这非常重要:阿喀琉斯,一个爱愤怒的顽固者。尤利西斯,一个伪君子。对我来说,就数赫克托耳了,最终……"

"在西班牙语中,是同一个词。但念'赫'的时候要加一个重音号:读成'嗨'克托耳。我觉得很好。"

"这个重音,你会有的。我爱你,帕兹。"

"我也爱你,我神经官能症的小病人。我神秘的小欧洲人。我的不愿意发现世界的人。"

"你不能这么说。这世界,我看得已经很多。我冒了不少险。"

"我却不是。看来我得一个人去了?"

"可你已经不是一个人了。"

她从我怀中抽走身子,侧卧着,让她的乳房滚来滚去,还收起膝盖顶着肚子。我在她身边躺下。

"你知道那个有两套神经元的金发女人的故事吗?"她突然问。

"不知道。"我回答,很惊讶。

"这是个怀了孕的金发女人。"

"你真蠢。"

她像一个小姑娘那样哈哈大笑起来。

"是的。尤其因为我憎恶这一类笑话。"

"那你为什么还要讲呢?"

"因为你刚才说了,'你不再是一个人了'。我想到了'我是两个人',笑话就这样涌到了我的嘴边。我是在一个酒吧里听来的。"

"你常常去酒吧吗?"

"小小的散步之后,会要一份热巧克力……"

"你的皮肤就是热巧克力……"我转向一侧,面对着她,只想更好地瞧着她。"你知道,当我说'你不再是一个人了',我还想到我们俩。不完全指他……"

"而我,当我想到'怀孕'时,我想的就是他。他很有分量,你知道……"

"我不怀疑。"

"你不怀疑,但你不知道。你没有体验过。"

"可惜。这不公正。"

"兴许吧。你知道,在西班牙语中'怀孕'怎么说吗?"

"不知道。"

"*Embarazada*。"

"'被束缚'吗?"

"正是。"

她转过身来,现在眼睛朝天地抚摩着肚子,仿佛是为了专注于感觉。她的两手爬上了肌肤的圆穹,然后下降,伸向她的阴部,她的性器。

"我的头发颜色很褐吗?"她突然发问,带着那种天真,禁不住让我彻底缴械。

"是的,你头发颜色很褐。甚至很难有更褐色的了……"

"你喜欢吗?"

"我当然喜欢了。"

"你难道不更希望我是个金发女人吗?"

"好让你有两套神经元吗?"

"快说实话……你跟很多金发女人睡过觉吗?"

"帕兹……"

"快,告诉我。"

"这有那么重要吗?那你呢?"

"我嘛,这个……"

她扳起手指头数起来。我打断她,抓住她的手,把它捏在我的手中。

"别闹了。"

她趴到我的肩头上。

"那么,有多少?"

"有那么几个……"我说。

"有那么两三个,还是有那么十几个?"

"你真是要命……"

她的食指在我的胸口上画着图画。她停顿了好几秒钟,然后接着说。"同意:就别跟我说有几个了,倒跟我说说你到底更喜欢金发女人还是褐发女人。"

我换了一副严肃的神态:

"这不一样,你知道,因为金发女人是正在消亡的一类。于是人们不得不对她们倍加关心……"

"你真傻……快,对我说实话……我知道你至少有过一个金发女人……"

"是吗?"

"是的,我甚至看到过她跟你在一起。"

我皱起了眉头。

"怎么回事？"

"我看到你的第一次。"

她刺激起了我的好奇心。我真的有点不明白。

"在杂货铺吗？"

她皱起了眉头。

"杂货铺？什么杂货铺？"

一块让你融化在心中的冰。对于我，这是我依然年轻的生命中最神奇的一刻。我们相遇的一刻。短短一瞬间，我对自己说，我将把这段回忆告诉她，然后我又对自己说，我最好还是避免一次侮辱。毕竟很可怕，情感上的这一互不相通，这些个人的激情。我没有坚持。

"那是在哪里？在展会上？"

"不对，还更早，在谷歌上。"

我睁大了眼睛。

"你遇到我的第一次，是在谷歌上？"

浪漫主义的时代早已过去了。她继续说：

"是的，在谷歌上。我很想知道是哪个蠢货关于我的作品写了废话。我发现，在谷歌上，有一张你跟一个金发女人在一起的照片。一个很漂亮的金发女人。你很亲热地拉着她的手……"

"我很亲热。"

"你吗？一块冰……好了，那么，那些金发女人呢？"

我把食指放到她的嘴唇上，我一字一顿地说：

"听我说，帕兹，我不喜欢这番对话。我会回答你金发女人的问题，它甚至将相当令人失望，于是，你就将继而转向棕发女人，然后是黑种女人，然后是亚洲女人……"

"你跟丑姑娘睡过觉吗？"

"当然。当人们爱上女人时，就爱上她们的全部。"

"这,这可不是你的……"

"我不知道。但丑女人,很令人激动,因为她们更慷慨。"

"你是想说,她们做更多的事吧?"

"不,当她们尽兴时她们就哭。她们因幸福而哭,如同面对一个奇迹……不过……当她们真的很丑时。"

"好一个拉皮条的①!"

"你自己愿意的……"

"你认为我会哭吗,现在,假如你让我尽兴的话?……"

"很难能让你尽兴的。你的门槛太高。"

"严肃点。"

"我是严肃的。我觉得你把门槛设得太高。你太苛刻了。非得是超人,才……"

她的目光中蒙上了一层忧伤。

"怎么了,我的帕兹?"

"你不再渴望我了?"

"我敢肯定它将退化……别说蠢话了。"

她瞧着我,长长的睫毛底下带着一丝忧伤。一种确实让我厌烦的目光,因为那的确是忧伤的。她不再玩了。

"你不觉得我这样很丑吗?都变了样子。"

"别说了,毕竟……"

"那么,你为什么就不对我说呢?"

"但我对你说了呀……"

"说得太少。"

"兴许。因为我是一块冰。我很腼腆。你知道,我很腼腆……"

---

① 原文为西班牙语"*chulo*"。

她目不转睛地看着我。她不仅仅想听到真相,还想看到。

"你跟我做爱不如以前多了……"

我不愿争论下去,我对她说,这在很大程度上是她的错。我克制我自己,因为她打开了一道门。说话的方式,但还不止这个。

"兴许这会影响我,"我说,"我怕我会碰到里面的小脑袋……"

她的手沿着我的腹部滑动。

"你看,我很渴望你。"我说。

我喜欢跟帕兹的谈话。兴许因为谈得太少了。她很少以亲昵的方式来表达。我喜欢跟你母亲说话。

除非她感觉受到了侵犯,而这就会变得很暴烈,张嘴就来,随口就出,你都无法斗。她还会乱抓乱挠,毫无来由。真正的连抓带挠。用指甲,给你来个印痕,还用语言,开口就把你骂成"混蛋"。若是用西班牙语骂人,那还算自有其魅力,还能过得去。混蛋,脏货,婊子养的①,怎么都行。但一句法语的"混蛋",这让我心凉。

那么多的艺术家用自夸自大的粒子轰炸你们,而帕兹却难得谈到她自己。我不知道那是不是由于西班牙的这整整一段往昔。由于内战给她家庭捅开的那些永远都不会真正收口的疮疤。人们遗传了自己祖先的很多弱点。人们为什么不遗传他们的哀伤,他们的十字架?我是后来才得知的,她家还死了其他人。一个舅舅,在所谓"Movida"的搬家运动②期间被海洛因所杀。一些片段,有

---

① 原文为西班牙语"*Gilipollas*,*cabrón*,*hijo de puta*"。
② Movida 是佛朗哥死后西班牙转变时期主要发生在马德里的新潮派文化运动。1975 年 11 月 20 日,佛朗哥去世,独裁政权瓦解。从 1977 年开始,被称为"Movida"的新文化潮流在马德里逐渐有了燎原之势,象征着被压抑热情的爆发与边缘元素的井喷。

一天讲述到的。还有一个事实是,她独自一人来到一个异邦:"我无法对你解释。但我从来就不觉得自己是在家乡。"——"即便跟我在一起时?"我微笑着说道。——"即便跟你在一起时。"她丝毫不带微笑地回答。

还有没有另一道伤疤,她从来都没有告诉过我呢?

当她终于可以推心置腹地畅谈,当她很信任地告诉我一些秘密时,我真的是很喜爱。是的,我喜欢跟她的谈话。

第二天,很不幸,有了另一番谈话。我倒是更愿意避免它的。让她避免。

论 战 者

都是时事新闻的错。

还有亨利当晚邀请来吃饭的一个论战者的错。在那个时代,所谓的论战者——polémiste 这个词来自希腊语的 polemos,意思是"战争"——是那样的一个男人,或者女人,但通常是男人,其职业就是在媒体中谈论一切,且尽可能地少带什么情感差别。时事新闻充当了产奶的乳房,而论战者则像一个电动挤奶器接在那上面。我说的是"单数"的论战者,但他们常常成群结队地流动。至少成双成对。论战者并不单独瞄准任何一个电视观众或听众,但他们中的每一个都可以在一个论战者身上认出自己来。就是说,在一种观点中,这便给他一种印象,仿佛他在这个倒霉的地方有了听众。你都看到了吗,时代是在何等艰难的、彻底二元的智力语境中进展的啊?全靠论战者,和平得以在冲突的外表下保留。观众们选择他们自己的冠军,广播或电视节目结束后,每个人就回去站到了他的立场上……

问题是,那天晚上,在亨利家,只有一个论战者。小个子,耳朵里长满了毛。而且,很不幸,当天的话题,让法新社的电讯和论战者全都望而生畏的话题,是鲨鱼。几个乌克兰女人在埃及被鲨鱼咬了,一些冲浪者在留尼汪岛遭遇鲨鱼的袭击。一次精彩论战的恰当借口:鲨鱼对人是不是危险的?是不是应该允许捕猎鲨鱼?

很显然,我一听到这个就战栗起来。我马上去瞧帕兹,她刚才还一直在漫不经心地用叉子翻弄着她的那盘夏季沙拉。不需要长时间寻找就能知道,谁将是第二号论战者……

我崩溃了。为什么恰恰是鲨鱼,夏季实际上充满了特别丰富多样的事件,都能作为谈话的主题?

比如说我们可以谈论叙利亚的局势,那里有歼击机朝平民开火。一种格尔尼卡的重演,即便没有毕加索起来动员民众。

作为话题,我们还有陷入了危险中的欧洲。整个冬季,希腊人都在烧家具用来取暖。欧洲,人们除了当众侮辱它就不再谈论它了。我们本应该会想到,在神话中,欧罗巴原本是一个公主,被一头化了装的公牛所引诱,在让她穿越大海后,公牛露出了本来面目,即宙斯的嘴脸,这个众神之神,在一棵梧桐树下横蛮地占有了她……因此,对这可怜的欧罗巴,稍稍来一点宽容吧……

资产评估、税收也都是谈话的好主题。而伊斯兰主义呢?在晚餐中完全是有利可图的!在埃及,今年夏天,极端分子号召摧毁金字塔,异教的象征。在突尼斯,有人宣扬女人跟男人是不平等的,女人只是"男人的补充",如同炸薯条上的番茄酱。在沙特阿拉伯,越来越有创造性的国家,当局将考虑建造一个专为女人保留的城市,好让她们能在那里干活而不"诱惑男人"。

核问题,也很有意思:在日本,人们刚刚在福岛核电站附近发现了一些突变的蝴蝶。翅膀萎缩了,眼睛和触角变形了,这些缺陷,它们已经遗传给了后代。这就证明,遗传基因受到了损害。这难道不是一个好话题吗?为什么非要寻找并没有提出任何要求的鲨鱼呢?

一切开始得不温不火。

我们回顾了当天的船儿出海,在拉维齐群岛附近大海上的转悠。一座座礁石像白色的、圆圆的、柔润的乳房。那下面,是一群群石斑鱼。但是,可惜啊,同时还有水母。

我让它们给蜇了一下。甚至更厉害:给鞭挞了。在胳膊上。起了三个鲜红的鼓包,这给了亨利机会,他试图说服我,他的尿对我有消毒作用,除此就没有更好的治疗法了。

"在所有小小的水母身上,"亨利讲述道,"都长有很长的细丝。"

"这就是水中的生命。"来宾中有一人说,一个中间派领袖,正把一杯帕特里摩尼奥往嘴边送呢。

几个无关紧要的词。但已经不再需要更多,论战者就能进入游戏了,他一直憋到现在都还没有开口说过话呢。于是,他发出了一种愤怒的嘶嘶声:

"假如你们能别让我听到这样的句子……"

这就像眼镜蛇的一次袭击。中间派代表的酒杯动作悬在了半空中。一只手停在了龙珠腊肠盘子的上方。马上要跳的眼皮也不跳了。论战者品味着他的效果,并判定现在道路已经通畅。他可以"论战"了。他给人的感觉,就像一个食物中毒的人最后终于呕吐了出来,总算轻松了。他继续说:

"因为这样的句子是会让我跳起来的:'这就是水中的生

命'……仿佛在无人机的时代,人依然无法避免成为大自然的牺牲品……"

"你莫非还想用无人机来对付水母吗?"亨利开玩笑地问。

哄堂大笑。论战者——短短一时间里——温和了些许。我记得,就在那一刻,我几乎感到了失望。

"尽管如此,人们还是得做一些什么,"另一个以开餐馆为业的来宾说,"由于全球气温变暖,它们大量增殖。要是温度再上升两度的话,它们的性欲看来还会大增。好像是儒勒·凡尔纳说过的:海洋将长满水母……我应该不是在你的报纸上读到的吧,塞萨?"

"确实,皮埃尔。这是一个关于三文鱼的故事……"

"一个关于三文鱼的故事?"中间派领袖的妻子问道。

餐馆老板接着说:

"是的,人们在爱尔兰遭遇过水母的一次大规模袭击。二十五平方公里的水域全都是活生生的明胶。它们凝集到一个鱼类养殖场,确切地说,是白金汉宫的食用鱼供货点,它们伸出触须,穿透围网,它们把毒液射向三文鱼,并吞食它们……"

"真恶心。"一位做化妆品行业的女士说。

"结果有十万条三文鱼被杀死,"餐馆老板接着说,"文章说是连大海被血染红了。"

"有谁还想再来一点儿长通粉①吗?"卡萝琳娜问。

在科西嘉炎热的夏夜中,人们只听到餐馆老板的说话声。他讲道,第二天,水母又返回来攻击不到一岁的鱼苗,实施第二番屠杀。所有人全都听得入迷了。当餐馆老板喘气时,他们甚至都能听到蚊子的细翅膀在发光浮标的火焰中缓缓地震颤。木头桌子的

---

① 原文为意大利语"penne"。

另一端,就是一小片矮树林,而在矮林后面,则是大海,海面上,月亮在嬉戏。温煦的微风,携带着山岭的气味,抚摩着我的脸颊,把船帆吹得鼓鼓的,缆索的金属响声一直送到我们的耳边。我们都很好。我给帕兹送去一丝微笑。她也以微笑回报。迄今为止一切都很好。人们丢失了论战者吗?不,他只是蜷缩在了谈话的皱褶中,伺机而动。等着餐馆老板停止成为明星的那一刻。这一时刻终于来到。他等到了一个长句的结尾,便以一番雷鸣般洪亮的见解瞄准了全桌人:

"毕竟,那只不过是三文鱼的血!"他说。

何等的天才!仅仅以一句这样的话,人们就不得不竖起耳朵来听着他。所有人全都转向了他。

"你想要说什么呢?"亨利问道。

"我想说,有时候,流的是我们人类的血。"

亨利转身朝向我,好像被吓坏了。

"塞萨,你今天流失了多少升血呢?"

"我说的不是水母⋯⋯"论战者说,作为一个职业高手,开始喃喃低语起来,人们不得不尖尖地竖起耳朵来,更加悬挂在他的唇上。"我说的是鲨鱼。"

听到这话,我便转身瞧着帕兹。只见正准备运送一块椭圆形面片到她嘴边的餐叉停在了半途。

"真他妈倒霉⋯⋯"我心想。

论战者把他那杯粉红葡萄酒送到他拉链一般的嘴唇边。然后又放下,接着说:"这他妈的鲨鱼。"

人们听到了一记金属声。帕兹的餐叉掉落下来。她死死盯住了论战者。终于来临了。叙利亚正经历着血与火的洗礼。欧洲经济濒临窒息,但人们就将举起屠刀砍向鲨鱼了。我瞧着帕兹。一条令人不安的皱纹出现在了她漂亮的额头上。我决定牺牲我自己。

"鲨鱼杀死的比水母要少十倍。"我抢先一步说。

帕兹转向我,很是惊讶。

论战者举起手,像是一个政治演说家:

"……比椰子还少十五倍呢……行啦,我们读的全是同样的报纸。除了一点,就我所知,椰子并不是我们的掠食者。假如三个白痴并没有因为人们提取了十条袭击冲浪者的鲨鱼的命而起来反抗,那么问题也将解决了。"

根本不用等上三分钟时间,他就说出了他最爱说的词:"白痴。"

"同时,行啦,那是一些冲浪者。"亨利说。

他妻子射来一道尖利的目光。他接着说。

"我是想说,他们晒得黑黑的,他们披着长发,露着肚皮,身边围绕着姑娘们,又漂亮又上赶……"

来宾们笑了。论战者开始以一种奇怪的方式点着头。介乎于癫痫发作的症状和扔在海滩上一辆家庭房车背后一只玩具绒毛狗的动作。她的嗓音以很有意思的方式升高了:

"啊,对不起!我忘了!我忘了,人们已经进入了娱乐和酷①的伟大文明中,人们可以笑话一切,而且还**必须**戏弄一切……"

"请原谅,"我说,"但冲浪者,同样也是娱乐和酷的文明,而大海则是一片荒蛮的空间……"

论战者戴上了一个古老哭丧妇的面具。

"酷。我倒是很愿意。但有人死掉了,塞萨。"

亨利插话了。

"朋友们,我们还是吃甜品吧。这里有矮林小草莓,我觉得非

---

① 原文为英语"cool"。下同。

常诱人……"

只不过，论战者，他，不想让他的论战被剥夺。那才是他心爱的甜品。于是他坚持。

"请原谅我，亲爱的朋友，"他说着转向了亨利，"但我觉得这很容易。我很愿意来的人都是自然保护者，我很愿意听取所有的论据。但是，这么的轻率盲目，我很遗憾，我受不了。从智力上，我受不了……"

所有人面面相觑，不知道他到底要走向何方。"去年被吞噬的德国女旅游者，她可是在她旅馆前的海滩上嬉水的。并不真的在大海中，你瞧……"

"没错，这让人害怕。"化妆品女士阐释道。

"我可没让您这么说，"论战者说，"在埃及或在留尼汪岛，很多旅游者一下子就取消了旅行。在这样的一些贫穷国家，失业成了地方病，我可以对您说，这一现象猖獗极了……我完全同意当局的意见，必须行动起来……"

帕兹很认真地听着这一谈话。对她十分了解的我——我几乎可以说是对她"了如指掌"，因为她每平方毫米的皮肤都被我探得一清二楚——我实在弄不明白她的沉默。她的激情温度应该达到了新纪录，而我不愿意让温度计爆炸。因此我必须放手一搏，继续开火以占据论战的阵地，不让她失望。事实是，这让我陶醉。我才不在乎那些鲨鱼呢，不在乎被它们咬掉了大腿的三个乌克兰女人，实际上，我被所有这些争论、这些假战斗弄得疲惫不堪。"我已经不再天真得会有一个观点了。"法国北部的一个年轻饶舌歌手说得很精彩。他妈的，生命实在也太短暂了。赫克托耳，我只求你一件事，回来，不断地，回到基本的道路上吧。掂量一下其他的一切。生命太短暂了。

但是，这里有帕兹在，我亲爱的阿斯图里亚斯女人，她死死地瞧着我,带着格雷科画笔下穿裘皮大衣的女子的那种专注。必须闪光。我对你说过,一对夫妇就是战争吗?但同时也是最好的联盟。我看到她,挺着大肚子,肚子里就是你,我们的小东西,我们的结合,我不想犯什么过错。我应该全力支持她,与她患难与共。让她看到我把她的战斗放在心上。

"如果这些畜生变得疯狂,那毕竟不是我们的错……"论战者继续说,如飞轮一般。

帕兹朝我投来一道茫然的目光。

"它们之所以变疯,因为再没什么吃的了。那都是一些偶然事故:鲨鱼本不喜欢吃人的。"

论战者一仰脖子靠在椅背上,哈哈大笑:

"是吗?我也读到过的。它们不喜欢吃人肉,它们只是品尝一下而已!但是毕竟品尝一下就把你们杀死了!"

"深海因为人们的过分捕捞而变得荒芜:它们便来到海岸附近寻找食物……"

"啊,人们说到点子上了!演说逐渐收场。得把地球都罩起来,是吗?保护大自然母亲!对去基督教化的西方人来说,生态学真的是一种替代宗教。但是,进步,人们总是在与自然的奋斗中逐渐进步的!假如我们的祖先不砍树的话,那我们现在兴许还都跟猴子一样生活在树上呢。"

"没那么糟,瞧瞧倭黑猩猩,还有它们用性来解决冲突的方式。"亨利打断道,他想不惜代价来缓和气氛,保留住他那晚会的美好。

"不幸的是,我们没有倭黑猩猩,只有白痴!"论战者嗓音有些沙哑,"保护大自然母亲,好极了!但经济震荡呢?怎么养活人呢?当然,对安安稳稳地待在他们丰衣足食的城堡中,吃着小麦片的那些白痴来说,那都不算什么……但是,假如失去一条胳膊或两条腿的是他们的儿子或女儿,他们还会说同样的话吗?"

帕兹深深叹了一口气。不是一声厌倦的叹息。而是一声神经紧张的叹息。一股热水泉,滚烫滚烫。我害怕了,我夸张了。也是喝了酒的后果,缺乏自信,不敢信口胡说。

"而假如你是一条雌鲨鱼,你的儿子被人提取走了,提取,如同人们为代替'杀死'一词而羞答答地说的那样,你又会怎样呢?"

论战者哈哈大笑。

"该听到的全都听到了!行了,有人要求我们站到动物的立场上,现在,越来越好了!"

他很可怕地补充了一句:"我甚至读到,人们可以收养一条鲨鱼……"

"不会吧?"化妆品女士说。

"当然会了,我向您担保!"他瞧了瞧每一个来客,"心灵的伟大宗教是不再有什么界限了!"

帕兹咬住了嘴唇。我生怕她会冷不丁地冒出什么不可挽救的话来——"我就是这样。我收养了一条鲨鱼……"——生怕他们会把她当成一个有毛病的人,我是一个男人,我是她的男人,我应该让自己成为她倚靠的城墙。

"这又怎样?"我说,"我们有权利对人类失望……他们并不总是榜样吧,不是吗?"

他兴奋地摩拳擦掌:

"啊,终于说到点子上了,懊悔!"

我怨恨。他喜出望外:鲨鱼的话题只用来推进他走在他拿手的地盘上:惩罚白人的犯罪感或者欧洲的伊斯兰化。

"不,还没有说到点子上,"我说,"我们还是说鲨鱼……"

他浓浓的眉毛皱了起来:

"哦,是吗?缺乏勇气,如同所有三十几岁的人?被他们六八学运一代的母亲所阉割,什么都不敢做吗?"

我瞧了瞧亨利。我不愿意不经过他同意就砸烂他邀请来的客人的脑袋。他重又插嘴道:

"我们兴许该收场了,好吗?"

"但是为什么呢?"论战者惶恐不安,全身沐浴在由他大脑分泌出来的肾上腺素的浪潮中。我说:

"好的,我们就此收场吧。"

我巴不得这顿饭就此结束,对所有的人道一声晚安,在我们可爱的小木头房间里紧紧地搂着帕兹。相比于我从中得出的存在于世的愉悦与感受,这一番舌战——这是一个大词——又值得了什么呢?更何况还是跟这样的一个家伙,他的谈话我不感兴趣,他的模样令我讨厌。说到底,当代生活,那又是什么呢?假战争,或真爱情。选择并非那么难。人们被迫忍受这些东西……但他还在继续:

"必须清除。别来跟我们谈什么生态系统。假如鲨鱼消失了,就会给其他的海洋掠夺者留下更多的位置……"

"但威胁着鲨鱼的基本掠夺者,是人类,"中间派斗胆说了一句,"人们捕猎它们,为了得到鱼翅,不是吗?……"

"行了,人们不会因为十个不再能勃举而非得吃三个鱼翅作为食疗的中国人,而去叫碧姬·巴铎①吧……必须清除。"他还在说。

我的宽容门槛已被冲破。这些话。我再也受不了啦。简直要翻天。像他那样的家伙不仅很悲催,他们还很危险。我爆炸了。我使用一种平静的口气,但我爆炸了。

---

① 碧姬·巴铎(Brigitte Bardot,1934—),法国电影女明星,昵称"BB",晚年退出影坛,专门从事动物保护的事业。

"跟你,并不太复杂,始终必须清除一切:鲨鱼、白痴、六八学运分子、三十几岁的人……吉普赛人也一样,必须清除他们,不是吗?还有穆斯林?你不觉得太多了吗?"

亨利僵在了那里。一阵巨大的沉默前来笼罩了整张桌子。我走得太远,我知道。真没用。我转向帕兹。她冲我一笑。朝我投来一道抚摩的目光,母鹿般的目光。这于我就足够。让他们全都见鬼去吧。

论战者面色苍白。他总算憋出一句话来:

"你什么都不说吗,亨利?"

太容易了。我接着说话。是成为朋克的时候了,用鞋子敲破他的脑袋。

"怎么了,让-皮埃尔,你要去找妈妈吗?我真为你感到难受,你知道。是的,当我看到你合着天线的长度满口蠢话废话,早上,中午,晚上,在所有的频道上,满嘴的陈词滥调,满腔的挑衅,我真的很难受,你应该非常痛苦吧。而当我瞧着一条鲨鱼时,我就看到了痛苦的对立面。我看到了自由、美、流畅、行动,而不是连篇的废话。鲨鱼,它论证不了什么,你瞧。鲨鱼,它根本就不论战。它只想潜入深深的海底。它潜水。它想吃一个冲浪者,它就吃了他。鲨鱼,它是那么的灵巧,能在四百万升水中分辨出一滴血,而你,你总是冲杀在相同的论据上,笨重、粗野,始终在仇恨中。它很美,而你则很丑。"

论战者寻找着我们主人的目光。但这目光已有所向:亨利死死地打量着我,像一条见到猎物就停住不动的猎狗那样。

"我再也不在这里多待一秒钟了。"论战者说。

"这只会让我们清静。"我回答道。

亨利从僵硬中摆脱出来。

"塞萨,求求你了……"

"别担心,亨利。我们不会让你为难的。我们也走。各打五十大板……"

"你们好不愚蠢啊!"亨利有些神经质,他知道,从此他就很难把话题转到别的事情上去了。

回到房间后,我一屁股坐到床上,疲惫不堪。被酒和话语所陶醉。帕兹悄悄走到我身后,把手搭在我的肩上,我的肩膀紧绷得就如暴风雨中一条帆船的缆索。

"你让我大开眼界。"她说。

"非得让我们从朋友家被赶出来为代价,我才让你大开眼界,这也未免太不值吧,不过你的栏杆也挂得够高的啊……"

她俯下身子,在我的脖子上吻了一口。我感觉到她鼓鼓的肚子抵着我的背。她的头发像丝带一样披散下来,落在我的皮肤上。

"你一直保持沉默,真让我吃惊……"

"我差点儿爆发。但我更希望别那样……"

"为什么?"

她耸了耸肩膀。

这将是一个美妙的主意

鲁瓦西机场的出租车队伍。总算是有一次不那么没完没了。帕兹一脸愁容。我问她这是怎么了,但她回答说没怎么,一切都很好。通常,我会就此罢休,因为我确切地知道我将得不到答案。但是她怀着孕呢,预产期就在八个星期后,而且我们刚刚坐了飞机。于是我又问:"你肯定你很好吗?"

"当然很好。"

我们到了家。我付过了车钱,我提起行李,让帕兹走在我前面。是她拿钥匙开的门。她一进门就直奔卫生间。肚子对膀胱的压力应该非常之大。

我把行李放到我们的房间里,然后前往孩子的房间。证实一切全都井井有条。避免让她不安。对她最后的几次布置多多给予鼓励,因为在前往巴塞罗那找我之前,她花了几天时间对家中的装饰做了精雕细琢的加工。我知道这对她来说很重要。

巧克力色的床,著名的巧克力色的床,上面盖了一条海蓝色的褥子。小衣柜上放了一盏走马灯,灯里面有一个螺旋桨,能在电灯散发的热量驱使下转动,在墙上投映出灯罩上的图案。很漂亮,很抚慰人的。她所选的那图案点缀有一些小鱼儿,在一个珊瑚礁的背景中游动。

我走进我们的房间。我躺下。她的电话在我身边振动起来。她没把手机带去卫生间。我抓起手机。我瞧着屏幕。首先,我立即就看到了发信者的姓名。信息很短。但用的是大写字母:"这将是一个美妙的主意"。

我离开房间,我走进走廊,我敲门。
"我正洗着澡呢。进来吧。"
我拉开滑动门。我看到她的身子在浴液的泡沫中显得那么的发褐,那鼓鼓的肚子像是一个平静的火山,我差点儿就要打退堂鼓,从原路返回。
"这个马林,他是谁?"
她一点儿都没显出尴尬的神色。
"跟哈默施拉格一起工作的一个家伙。"她再平静不过地说。
"哈默什么来的?"

"哈默施拉格，迈阿密的教授。是他见证了我对努尔的……收养……"

"努尔，是的……"

我得到了答案，掉转了脚跟。我在背后拉上了滑动门。帘幕。这太过了。

*

接下来的那些事，你都知道了。我带着裹在白色襁褓中的你出了诊所。还有你母亲，因剖宫产而耗得筋疲力尽。在家里，如同古罗马人，我把你，我的小赫克托耳，抱在怀中，并举向天空，好让上天见证我把你当作儿子。我把你安顿在你的卧室里。

*

后来又发生了什么？很多事。我记得有一次阿尔勒人的婚礼，带有一场庆典，夜里，在阿尔比勒高地。你当时只有三个星期大。我用一个线束兜着你，紧贴着我的肚子。我把我心口的全部热量都给了你。人们前来看我，很奇怪你那么小就由我抱着。惊讶我坚持要带你出来，惊讶于你睡得那么安稳。有一些大树在夜里散发出气味，一堆旺火噼里啪啦地燃烧，像姑娘们的眼睛，俯身向你，像是要摸你。我感觉到你的皮肤，我陶醉于你肌肤那清新的奶香和杏仁味。我很自豪，你也是，我希望。人们借给我们一栋带花园的房子。天气还很晴朗。你发现了大自然，你微笑了。你躺在青草地上，裹在条纹内衣中，蹬着小腿。你在列车上很可爱，在阿尔勒的北方皮努旅馆里很可爱，在旅馆，我们喝了一杯白葡萄酒，就在彼得·比尔德那些巨幅照片中间。你很认真地瞧着那些大象，那些老虎，还有比尔德用来弄脏其照片的血点。我们很幸福跟你在一起。

确实,我很幸福。但帕兹……心不在焉,忧心忡忡。我明白这跟她给你拍的数量微不足道的照片总是不合适。这跟那也不合适,我都无法对你说。跟她另外拍的数量微不足道的照片。"你的莱卡相机在哪里?"有一天,我们逃离首都时我问她。"我把它留在巴黎了。"她说。她没说"忘在了"。她说的是"留在了"。

我记得你第一次看见大海的情景。在十月或十一月。在勒阿弗尔附近的圣阿德莱斯,就在海滩延伸到尽头的那个地方,冲着勒阿弗尔的海岬,人们管它叫"世界之端"。海边的漫步道突然就中断在了一堆堆的坍塌物中。悬崖,堆满了化石,遍布着那些菊石,带石灰石圆环的巨大蜗牛,我小时候跟我父亲常常一起去采集的,崖石就在我们头上,上面是在风中旋转的一个个白色和红色的巨型雷达。有一道灿烂的光芒,如同这地方总是有的那样,太阳穿透了灰蓝色的云层,它的光线在海面上化为千万点碎片,水面是绿色的,夹杂有白色的浪花,远处有油轮的身影,跟吃饱后浮出水面的鲸鱼那样稳稳滑过,美极了。发咸的空气擦洗着肉体。你母亲在那里,从上诺曼底刮来的风梳塑了她阿斯图里亚斯女人的头发。她把她英格兰式风衣的衣摆拉回到她那充满了乳汁而沉甸甸的胸脯上。你总是紧贴着我的肚子,小鼻子尖几乎挨着我脖子和胸腔的交叉点,人们怎么称呼它来的,锁骨和胸骨柄连接的那个地方,你可以触摸到,那里,两个鼓出来的骨头球。你试图顶着风睁开眼睛,好饱尝金属般的有益健康的光芒。能看到老远处圣约瑟教堂的钟楼,后现代的混凝土的警戒浮标,它本身就足以证明人们因何把这个城市称为海上曼哈顿。我朝海水走去。卵石在我的脚下滚动。海浪舔舐着燧石,我蹲下来,我的左手托在你的后脖子下,你则始终挂在我身上,我伸出右手浸到浪花中,然后撩起来,把几滴水洒在你的脑门上。你微笑了,小小的嘴咧开来都不超过两厘米长。

我们三人一起前去马尔罗博物馆,喝上一杯热巧克力暖暖身子。夜幕迅速地降临到印象派的油画上。透过大玻璃看去,大海已经变成了油黑色。港口一侧,堤坝上红绿两色的航标灯,石油提炼厂的万千个光点,巨型油轮上五彩缤纷的灯火,这一切依然显示出一种工业生命。我们返回去坐汽车……

……只是当我套上你的草包筐时我才意识到,除了奶瓶与尿布这些词,我们就没有松开过牙关彼此说过什么。这不好。这就不好了。

然而,她正处在最高峰,赫克托耳,这非常重要。在职业上。她什么都没对我说。我应该是几天后得知的。

被蛇咬了的女人

她又接着工作。整天都泡在工作室里,而我则从来就无权踏入一步。你还记得卢浮宫吗?我对你讲过我们的夜间参观,我们在《熟睡的赫尔玛佛洛狄忒》前的逗留,还有馆长先生引用的十八世纪一个英国女子的俏皮话:"我所认识的唯一幸福的一对!"我对你讲过他们之间是怎样一回事。他的热情,他的"嘘!安静!"几个月之后,当我离开一个展览的开幕式现场时,我在玻璃金字塔

底下见到他,他告诉了我那个消息:

"不管怎么说,下个月,我们就将在帕兹的作品展览上再见面了……"

我实在是太有涵养了,不会要求他把这句话再重复一遍的。但一回到办公室,我就给帕兹拨了电话。由于她是最不跟世界连接的姑娘,我本来还担心会遭遇她的电话录音。但我错了。她立即就接了。

"你还好吧?"

"好极了。但你得告诉我,将在卢浮宫举行的那个展览是怎么回事?……"

她稍稍沉默了一会儿,就回答道:

"这个嘛,确实有一个在卢浮宫的展览。"

"帕兹,我再问你一遍:你当真要在卢浮宫办展览吗?"

我听到了嘎嗒一记响,一声叹息。她刚刚点燃了一支卷烟。她送出一声"是的",它兴许十分适合于回答这样一个问题:"还要一杯水,伴随您的咖啡吗?"但根本不适合我刚刚提的问题。我,我是满腔热情。卢浮宫,他妈的。"这可是太棒了!"我说。

电话那头一片沉默。

"有什么不好吗?"

我听到了又一声叹息。一口烟。对于我,既看不见又闻不到。

"不,很好。"

"今晚回家吗?"

"当然。"

"我们跟赫克托耳一起庆贺一下吧?"

"假如你愿意的话。"

我去买了我们在这世界上最喜欢吃的东西。一顿盛宴。一瓶里斯卡尔侯爵葡萄酒。她家乡的海鲜，原汁墨鱼饭①，凤尾鱼。热芯片②最新的音乐专辑在唱机的转盘上旋转，并且让我为她所选的风姿绰约的深红色大丽花在它们的花盆中翩翩起舞，它们厚厚的叶片散发出一种湿草的气味。一切准备就绪。我尝了尝酒，跟你的奶瓶碰了碰杯，你骑坐在我的膝盖上，我引吭高歌，盖过了音乐声。"你母亲将要在卢浮宫办展览了！你母亲将要在卢浮宫办展览了！你可要明白，我的小盘羊！这是我在世界上最喜欢的地方！"我开始跳起舞来，把你抱在怀中，瞧着大壁炉上镜子中我们所构成的一对漂亮的父与子。我把你放在长沙发上，有节奏地晃动你的腿，继续歌唱着，不断地重复着叠句，"你母亲将要在卢浮宫办展览了！"而你笑着，你笑着！

  我感觉你的方式
  宝宝，在这半夜时分
  这里只有一件事我能做
  让我感觉对头

  让我们流汗，让我们流汗
  让我们流汗，让我们流汗③

  一个小时之后，她始终就没露面。我只得哄你去睡觉。显然，先得讲故事。那天晚上，我记得很清楚，是蜗牛玛尔戈的故事。玛尔戈决定出门去历险，离开了一个美丽的花园，那里遍地鲜花，水灵灵的，五彩缤纷，玛尔戈滑进了一片碧绿的植物中，发现自己骑在了一只青蛙的背上，然后又爬进了一个罐头盒中，顺着江河漂流

---

① 原文为西班牙语"*pulpo en su tinta*"。
② Hot Chip（热芯片），是一个来自伦敦的英国电子音乐乐队，组建于2000年。
③ 这两段的原文为英语。是热芯片乐队的作品《夜以继日》中的段落。

而下,一直流进大海,它跟它的表兄弟寄居蟹们一起经历了一系列水中的历险。你瞪圆了大眼睛瞧着图画,你的双手放在书页上,你就想碰触叶片、花瓣……

你睡着了,在你的小床上,暖暖和和。我离开你的房间。依然等着。一个半小时之后,始终孤独一人,我喝空了那瓶酒。

我打了十次电话,全都遭遇了她手机的自动答录系统。我有些担忧。我在公寓里转圈,看电视新闻无法超过十分钟,同样愚蠢的戏,同样重复的灾难;同样丧气的数字,同样一个走向崩溃但我毕竟又很喜爱的欧洲,因为世界的其他部分简直就无法生活。

我的 iPhone 放射出一道闪光,终于有一封短信来了,却干脆利落得如同断头台的铡刀:"别等我了。"

我又想到了那个马林的短信。"**这将是一个美妙的主意**"。大写的字母,尤其。四周的音乐变得不那么有节日气氛了。很快就从国际刑警组织转到了公民!① 我很喜欢放这些曲目,因为,当你读到它时,你将能听听那到底是什么,为我的词儿来谱曲。"别让你的热血冷却"(Don't let your blood run cold②),那歌唱道。太晚了,我的血已经冻结。我被驱赶出了帕兹的世界。我收拾起盛宴。菜盘子,酒瓶子,感到自己好不悲惨,心中如极地一般寒冷。我最终关上灯,回到你的房间,属于你的房间,回到美好的热量中。我蜷缩在你栏杆床的脚下,在地毯上。胎儿的姿势。墙壁上,正转动着角鲨们威胁性的身影,帕兹的美梦就是我的噩梦,幸亏还有你的呼吸声,有你小小肉体的温暖,我没有权利泄气,因为我得保护你,而由于我得拿出我的生命来做到

---

① Interpol(国际刑警组织)是一个来自纽约的美国摇滚乐队,组建于 1997 年。Citizens!(公民!)是一个来自英国伦敦的独立摇滚乐队,组建于 2010 年。
② 原文为英语,意思即为上一句所说的。是 Citizens! 的曲目《爬虫抒情诗》中的一句。

这个,所以我首先就得保留着生命,我得斗争。我闭上了眼睛,渐渐地被酒和痛苦所麻醉。

一只手进入了我的睡梦。

"塞萨,塞萨……"

我睁开了眼睛。

"来跟我睡觉去……"

她在那里,冲我微笑,轻轻地抚摩着我的手。我感觉到我嘴唇上有她温热的气息。然后她站立起来,我转动脑袋,她亲了亲你,离开了房间。我也跟着站起来,我背疼。我亲了亲你,离开了房间。在我们自己的房间里,她坐在床上。"几点了?"我问道。

"这重要吗?"

我一直站着。

"你对我说过,你会回家的。我们庆祝它……三个人一起……"

"庆祝什么?"她的神色是那么的厌倦。

她重又站立起来,走向放着她衣服的木椅子。她解开裙袍的腰带,摘下乳罩,转过身来。她两个圆球一般的乳房为在这个房间里归位的肉体宇宙增添了两个星球……

"你能不能答应我,展览之后,我们就出发?"

我没有回答。我假装睡着了。

*

她回来很晚。我回来很早。越来越早。渴望见到你,赫克托耳。你用一块简单的面包庆贺什么东西的方式,你最初的词儿。我们庆贺了你的那些一周岁。我们应该说,你的那个周岁。我们

本来该是很幸福。紧缩着彼此靠在一起。成为一个家。但她十分固执,毫不放弃:

"让赫克托耳这样掺和进来,你可太不真诚了。"

"我再真诚不过了。不管你愿不愿意,赫克托耳都掺和在里头了。你只有一个词可说,我们一起飞走。但要跟他一起。我们可以去罗马、塞维利亚、冰岛……去希腊或马耳他,假如你想看鲨鱼的话。"

"别再提鲨鱼了!"

"那些鲨鱼,是你开始说起来的……"

我本来可以努力一把的。你心里想的不就是这个吗?但我再重复一遍:你已经在那儿了。她指责我利用你就像利用一个原谅。但那不是一个原谅,而是一个理由。一个多出来的理由。一个比我们更大的理由。而且,离开欧洲后又置身于什么当中?她根本就没想好。

"这我彻底无所谓,"她说,"我想要的,只是感觉自己还活着而已,告别那种舒适,那种驯服,我想要沉睡的处女地,未开的矿藏,蛮荒状态……"

"蛮荒状态?这意味着什么呢?一次远征狩猎?你想看到野兽吗?"

"你可真讨厌!"

她高声叫着,堵上了耳朵,身子一缩,开始抽泣起来。

"原谅我。"我说。

我不真诚。我知道她想要什么。她想要荒漠。但这根本不可能。根本不可能去玩中东这个早已染上了瘟疫的拼图游戏,或者冒险在通布图附近被一辆小卡车劫走。去观赏混乱、荒唐、倒退吗?对我来说不太可能。一切美的东西在那里都遭到威胁。瞧瞧马里的情况,这个马里,我曾去过的,很久之前,在黎巴嫩之前,去一个摄影双年展;此后,教科文组织刚刚把一个古老的清真寺列入世界遗产的名录,它就成了极端分子的一个袭击目标,我的上帝啊。而在利比亚,大莱波蒂斯和塞卜拉泰都成了什么呢?它们也一样,将被炸毁吗?帕兹还想亲眼去看看吗?

*

"我将独自一个人去。我知道你会照顾好赫克托耳的。你是一个好父亲,你知道的。"

"太早了。但你知不知道你这样让我真的很痛苦吗?你要我跪下来求你吗?"

倒是我,像个小孩那样大哭起来。她丝毫不动声色,真是铁石心肠。

"你什么都不能为我做。你什么都不想为我做。"

*

她的电话在振动。我们不是当间谍的,然而我们没有锁机密码,我完全可以证实一下。当暴风雨过去后,等待下一场风暴来临前,我躺在她身边,我问她:

"马林是谁?"

"我已经跟你说过了。"

"那假如我,有人总给我发短信,随时随地,就像他这样,你又会怎么样?"

她耸了耸肩膀,真是要我的命。放在黑色大理石壁炉上的小小缅甸人雕像用它那镀金的眼睛忧伤地端详着我。

我已经跟你说了我们对帕兹的原则。有些隔阂。不是为了更好地互相欺骗。这个,不是我们要的,这一点很清楚。我们的脚本是这样的:我们会一直彼此相爱,假如情况不再如此,那就彼此分手。壁柜里不藏什么情夫情妇,没有丝毫谎言,也不寻求什么不在场证明。要不就一直彼此相爱,要不就彼此分手。而只要还没有到这一程度,为了继续相爱下去,我们会不惜向全世界开战。直到战斗到战争一点儿用处都不再有。如同今天。

我们的故事破碎了。你不能对某个人说你爱他,但你又走掉。这根本站不住脚。这很滑稽。人们走掉时,就说明他们不再相爱了。就那么简单。

*

两个月过去了。为了卢浮宫的展览,她去了一趟杜塞尔多夫,去一个顶尖的实验室监督她照片的印制,它好像叫作 Grieger 实验室。那是仅有不多的几个地方之一,人们还可以找到一种形状如鼓的机器,印制出大幅的高质量照片。

因为帕兹转向了巨人症倾向。180 × 220 厘米的尺寸。如同她那领域中的大明星。更何况,她也早已是明星了。尽管她生活中什么都没变,依然使用相同的除尘喷雾器,让塔里克来管理她的事务,甚至包括她工作室的租金。"我的照片应该是一些绘画,"她说,"人们应能在里面漫步,里面的景色和肖像应该是同样多,人们应能跟随其中讲述到的所有故事。"这是何等的故事啊!人面对艺术作品时所发出的惊叹的伟大故事。还有人与人之间通过艺术作品的中介而表现出的所有故事。

在奥赛博物馆,有我最喜爱的一件作品。石雕《被蛇咬了的女人》。她就躺在走廊中她白色的玫瑰花床中,一条被单从她的两腿之间滑过。奥古斯特·科雷欣热①1847年的作品。那蛇呢？很细小，绕着她的左手腕。但是，鉴于这年轻女子的身体扭曲得如此之弯，她那已经在胸口上滚动的乳房看起来也像是马上就要粘不住掉下来，人们猜想恐怕还存在着另一条蛇……她弯曲的右臂抓住她的头发。而她的头向后仰去，腰身皮肤的皱褶，屁股肌肉的收缩，一切的一切都表明了肉欲之火的燃烧达到了很高的程度。它是大理石的，但人们似乎觉得那是真的皮肤，是搏动的神经，是活生生的人。这是我所知道的跟一个有血有肉的真女人最接近的塑像了，而这本来也很正常：它是根据由一个活生生女人脱出的模具来塑造的。所以人们甚至能看到她的美人痣，还有大腿上端轻微的蜂窝织炎。女人名叫阿波丽妮·萨巴蒂埃，或者在疯狂爱上了她的波德莱尔的作品中被称为女议长②。是那些"水平躺倒的女人"之一，如同人们当时给她们起的外号那样，如那位美人儿奥黛萝③切中要害的词语那样："财富是睡着觉来的。但不只是睡着觉来的。"要知道，当初为塑造模子她浑身上下裹满石膏时，为让她能在石膏底下顺利地呼吸，她的雕塑家情人还曾拿麦秆塞在她的鼻孔中呢。

博物馆的参观者，聚集在这个尽兴享受肉欲快感的雕像周围，他们全都知道这些传说吗？真相是什么？他们会提出所有这些问

---

① 奥古斯特·科雷欣热（Auguste Clésinger, 1814—1883），法国雕塑家和画家。
② 阿波丽妮·萨巴蒂埃（Apollinie Sabatier, 1822—1889），原名 Aglaé Savatier，是个私生女，年轻时来巴黎做交际花。她的沙龙里常有知名文人和艺术家聚会，雨果、缪塞、戈蒂埃、福楼拜、大仲马、柏辽兹、马奈、龚古尔兄弟等都是常客，并尊称她为"女议长"。波德莱尔对她怀有柏拉图式的爱情，为她写了许多匿名的情书和赠诗。
③ 奥黛萝（Belle Otero），原名 Carolina Otero（1868—1965），西班牙著名的酒吧歌女、舞女、演员、交际花。

题吗？反正，在帕兹的那张巨幅照片上，某种安全系数的半径已经物质化了，仿佛她过于吓人，使人都不敢靠近她了。

对我来说，这是帕兹最令人震惊的照片。甚至超过了她那张题为"在世界起源周围的世界"，专为库尔贝的那幅经典绘画①而贡献的大幅照片。人们可以看到，在被蛇咬了的女人的雕像周围，有一个老年男子，手里拿着他的呢帽，虔诚地前行着，一滴泪花闪耀在他那羊皮纸一般起皱的脸上！是的，一滴泪花：她抓获了这一切，帕兹，高踞在她的三脚架上，带着她那允许有一种清晰度无比高的暗盒。她囚禁住了那些正在表演的故事，那同样也是一个把

---

① 库尔贝（Gustave Courbet，1819—1877），法国著名画家，现实主义画派的创始人。《世界的起源》是库尔贝于1866年创作的，表现了一个裸体女子的躯干、腿部以及外阴。

握时间的问题,她选择在什么时间按下快门。那么,什么样的回忆正在流向这位老人呢？什么样的往昔形象,什么样恋爱女人的怀旧感,穿破了岁月的积层而突然燃烧起来？她有那么一点女巫味道,希洪人所说的女巫。她只是简单地对我说,就以这照相暗盒,她能在她所做的事情中得到充分的投资。"随着数码技术的进步,"她说,"你的时间都用来看你所做的,而你不再做你该做的了。"

　　一对年轻男女手拉着手,彼此隔着一点空隙。姑娘很苗条,短发,跟眼前的那个样板恰好相反。她跟他耳语了几句,小伙子笑了。几个小时过后,他们将做爱。当他在他们的小房间里跟她做爱时,当他把女友松弛的肢体紧紧抱住时,他是不是偷偷地想起了阿波丽妮丰满的肉体？但是,突然,在照片的左半边,一个衣冠楚楚的青年男子,黑色上装,圆呢帽,上插一张纸牌———张黑桃A——一边玩着手机,一边危险地靠近了作品。一个胖大的保安扶着他的椅子站了起来,想上去止住他。他会做到吗？帕兹已经按下了快门。故事正在表演当中。人们将继续在我们的脑子里表演这一故事。她成功地实现了奇迹,让照片变得永不枯竭。

*

　　展览的日子来到了。终极。天顶。巅峰……法兰西国王们的宫殿迎来了一个来自西班牙的新女王。在其作品中的帕兹,在作品之间的帕兹,在创造物当中的纯粹创造者。在一片雕塑化的白色肌肤当中身穿黑衣的帕兹。无级别的帕兹,在国家的文化精英当中,博物馆大老板们的G8峰会,最为时尚的画廊主,收藏业的业主,记者们,我的同行……我的上帝,我刚刚看到他们了,我朝他们挤过去,不要为难她!一包炸药①的曾孙女提供给了职业的炮火……我为她担心。这跟美术学院大学生的那种小小开幕式不可同日而语,想当年,我就是在那种场合上遇见她的,就仿佛生活只能在黑白胶卷中思想,别的则什么都干不了,就仿佛道理已经写得明明白白,在这里,我们这正片的负片就应该闭嘴不言。

我的赫克托耳,你得好好想象一下,什么叫大获全胜。

帕兹的胜利

在我们曾深夜参观过的这个令人眼花缭乱的女像柱大厅中,在吕利②曾让整个宫廷翩翩起舞的这个宽敞的拱顶房间里,她出现了,以我从未见识过的那个样子出现了:生平第一次,跟我所有的幻梦合为一体。就仿佛,这天晚上她成为了我所爱的一切,她决定要把我碎裂成千万段。

这是一个新古典主义的帕兹。

她穿了一双小小的皮便鞋,一袭黑色的裙袍,胸部底下由一根细细的银链子收住,让人隐约瞥见她的胸口以及她焦糖色的赤裸胳膊。她的头发向后梳成一个很典雅的发髻,有几绺散发露出,但她的后脖子却全都裸露着,而除了她那南方姑娘的肤色和黑色的眼睛,就没有其他的妆色了。她的耳朵上晃荡着一对西班牙大耳环,我们最初日子里的大耳环。我惊呆了。帕兹提前通知了我。我知道她把一个大皮包留在了卢浮宫的对外交流办公室,我知道

---

① 原文为西班牙语"*dinamitero*"。
② 吕利(Jean-Baptiste Lully,1632—1687),法国作曲家。

这是我最后一次见她。

东道主到了。他们彼此迎上去。

放大了的照片就挂在安置于作品中间的护板上,提供了镜子般的诱人效果。《熟睡的赫尔玛佛洛狄忒》,比方说,就同时昏睡在照片的图像之中和物理的矿石之中,离我们仅只两步远。在照片中,参观者观赏着雕塑,被它的奇特所吸引,而他们自身,雕塑和参观者,也被观赏着,被其他的参观者,帕兹照片展的参观者,他们来瞧的是照片。被摄取的观众也一样,也被另一些被摄取的观众观赏着……在他们后面,是另外的雕塑,真正的雕塑,也被复制在了照片中……无穷无尽的套中套,圈中圈:她成功地实现了大师的一击。

"还好吗,塞萨?"

是塔里克,脖子上始终系着由他儿子画了图画的白领带。

"她真有才,你妻子。"他拍着我的肩膀对我说,说完,马上就溜向了刚刚进场的那个商人。商人由查尔斯·雷也即雕塑《孩子与青蛙》的作者陪同前来,而那个作品曾让我那么激动,给了我欲望想要有你,我的赫克托耳。

一个个形象麇集在我的头脑中。极其迅速的一次倒片。从查尔斯·雷的出现,一直到你的诞生,从你的出生,到洛里斯的抹香鲸,从洛里斯的抹香鲸,到我在威尼斯对帕兹的追踪,从我对帕兹的追踪,到我在威尼斯的漫步,一直到月光下被罩进了玻璃罩的《孩子与青蛙》,目前在场的查尔斯·雷的雕塑作品。我的心跳加速了。帕兹提前通知我了。这将很完美,然后,落幕。

我得留下来,单独跟赫克托耳在一起。

赫拉克勒斯抱着他儿子忒莱福斯的雕塑以一种怜悯的目光打

量着我,涅墨亚狮子皮的两只脚爪松松地耷拉下来,绕着他的脖子,像是一件套头衫的两只袖子。他只用一只手,稳稳当当地把腿脚乱蹬的孩子摁在自己的肚子上。他想去抚摩那只正抬起头把口鼻伸向他的母鹿。"别担心,塞萨,我了解这个,我已经摆脱出来了。"他似乎在这样对我说。

有人把帕兹介绍给了查尔斯·雷。我为什么不去呢?因为我已经不作数了。我为她感到幸福。卢浮宫之后,还会有什么?纽约吗,大都会博物馆?一个美国女记者问她:

"与那些亲手雕塑了这些作品的古代伟大雕塑家相比,您是如何看待您的?"

问题很有挑衅,甚至很是轻蔑。她希望帕兹会乖乖就范,或者会连连忏悔说,她的艺术,摄影艺术,与那些动手用石头来做雕塑的古代艺术家相比,根本就算不上什么艺术。我担心她会失控,她会在这条路上走下去。但我听到她很轻松地,很滑稽地回答说:

"我觉得我自己要高级得多,无比地高,因为公元二世纪的这些家伙根本就不会使用照相机。"所有人全都哈哈大笑起来,甚至包括那位女记者,她谢过她的回答。

到处都有摄影机。艺术家阿德尔·阿贝德赛梅和洛里斯·格雷奥,刚从迈阿密归来的说唱歌手波巴①,还有卡尔·拉格斐②,头发用缎带扎在脑后,比任何时候都更像一个雇佣军,他们全都同时来到。他们跟我简单地打了一声招呼后,就去热烈拥吻帕兹。萨尔曼·拉什迪③在《美惠三女神》和《跳舞的林神》之间露了面,

---

① 波巴(Booba),原名 Élie Yaffa(1976—),法国黑人说唱歌手。
② 卡尔·拉格斐(Karl Lagerfeld,1933—2019),巴黎的时尚设计师、艺术家。
③ 萨尔曼·拉什迪(Salman Rushdie,1947—),即因为写了小说《撒旦诗篇》而遭到霍梅尼下令追杀的作家。

他刚刚出版了他的回忆录,还有一个穿了有 ROCK THE FATWA 字样 T 恤衫的大胡子青年为他鼓了掌。很带电、紧凑、大场面。麦克风的长杆在宫殿的顶板底下创造出一片活动的森林。有香槟酒,有美味的点心。还有一些重要的话语,演讲如下:

今天,在小说中,政治与隐私再也不能分开。很遗憾,但我们已经不再处在简·奥斯丁的时代了,她可以在拿破仑战争期间写出她的全部作品而从来不影射这战争。(萨尔曼·拉什迪)

当代艺术刺激冲动,而古代艺术则生成激情。(尼古拉·库格尔①)

伊奥利亚艺术,我发现它很美。假如我有一片很大的地可在其中建造我的房屋,我就会为我自己建一条伊奥利亚艺术的小路。(卡尔·拉格斐)

人们常常对我说到我的文本很暴烈,但就在我们说话期间,装载了导弹的飞机在全世界的上空飞行,而地球上有四分之三地方在打仗。"(波巴)

帕兹拨开人流走到我跟前。她朝我举过来一杯酒,建议我们碰个杯。当叮当一响在开幕式的一片嘈杂中勉强被人听到时,她开口说:

"这事成了,我走到头了。"

她没有笑。我提出了问题,而答案我早已知道,但我做不到不

----

① 尼克拉·库格尔(Nicolas Kugel),是在 18 世纪末创立于俄罗斯的古董世家的第五代传人。尼古拉和亚力克西·库格尔于 1985 年起,接受父亲留下的画廊,继续着采集世界上最优秀的古董和艺术作品的家族传统。

开口问。

"那么,你要走吗?"

"是的。"

"你对我做的,太残忍了,你知道。"

这一招,我没有说到赫克托耳。

"我很遗憾。"

她一口喝尽她的香槟酒,把酒杯放到地上。

"照顾好你自己。照顾好他,"她对我说,"时间不会太长的。"

我一直跟随她来到玻璃金字塔。然后,在自动扶梯上。外面,夜色一片深蓝。一些旅游者站在水泥台上,在金字塔前拍照,他们伸出手来摆成一种姿势,使人看了照片会觉得,贝聿铭的这一建筑就立在他们的手掌上,或者他们的食指就在戳金字塔的尖尖。帕兹忧伤地看着他们:"你瞧,人们不再等我们了……我的艺术死了。"

一辆又黑又长的汽车像一条逆戟鲸等候在卡鲁塞尔广场上。

"你的包呢?"我问。

"已经放到车子的后备厢里了。是博物馆的工作人员负责的。"

出租车司机点头示意。他长了一个狗熊般的脑袋,对他,人们尽可以放心。

"只不过是很短一个时期。"她说。

我点了点头。我拉开了车门。

我的新古典主义西班牙女人钻进了汽车。最后一眼,我推了一下车的铁皮。汽车启动。

她走了。

帕兹走了

假如她知道她都错过了什么……

八个月时间,太长了。它留下了很多余地给一些具有重大意义的微小事件,例如:

——第一次,你在镜子中认出了你自己,你笑了。

——第一次,你把手里的玩具一扔,惊讶地看到它落下的轨迹,由此激动地发现了万有引力定律。

——第一次,你说了"妈妈",但她却不在。

一开始,我们还有消息。随后,消息就越来越稀少。都只是一些简单的消息。一条短信,一两封电邮。不太有表现力。"我想你们。一切都好。希望你们也好。"另一条:"这对我很好。我很快就回。"没有什么表明,我必须回答,但我还是回答了,什么都没添加:"照顾好你自己。"我知道,有时候,她也打来过电话,因为你的哥伦比亚保姆对我说了。帕兹让她保守秘密,但她对我应该还难以保密。"赫克托耳的妈妈打来电话了。"①

我的感觉吗,真的?几乎是仇恨。这是杀死爱情的最好方法。但是方法有很多。我极度想念帕兹。

当电话铃响起的时候,我正在诺曼底。我常常返回那里。全

---

① 原文为西班牙语"La mamá de Hector llamó por teléfono"。

家,跟你,赫克托耳。我很开心,看到你逐渐逐渐地进展在我的童年标志中,看到你骑自行车回家的路上磕破了膝盖,跟你的祖父一起在科地灰蒙蒙的天空下去钓梭子蟹,而那暗色的天空却映照得绿色的田野更显碧绿。我激动地看到,当我们急急忙忙地把贝壳类海鲜扔进滚烫的水中时,你的眼睛,如同在你之前我的眼睛就已然显现的那样,闪耀着一种轻微的担忧,而当你跟你的奶奶前去看池塘里的蝌蚪,去农妇家捡取新鲜鸡蛋时,你的眼睛就睁得大大的。你说"捡蛋蛋",我觉得这精彩至极。

当我带你去圣阿德莱斯海滩捡白色鹅卵石时,我幸福地感受到你的小手在我手中,听到你跟我的海盗玩具人玩耍。那个黑胡子总是缺一条胳膊,你跟我一样,总是丢失百宝箱的小钱币;你跟我一样,当你对准客厅的窗玻璃开炮时,总要被奶奶训斥一通……有时,你问我,关于那个头发几乎发白的小男孩,他的一幅肖像就挂在你睡觉的房间的墙上,那也曾是我的房间。

"当你小时候,你就老了吗?"

我笑了,我试图解释,为你显示出遗传与时光的这一迷宫中的道路。

"当人们的头发非常金色时,就几乎接近白色了。我是金发,因为我的奶奶是金发。这跟年老没有一点关系。"

"哦,是这样的,但奶奶呢,她老了,她有条条。"

"条条?"

"是啊,脸上有条条。"

"啊,你说的是皱纹吧?"

"那你,你会有皱纹吗?"

"是的,但要等以后。"

"可是你的头发都白了,那……"

他小小的手指头指了指我的鬓角。

"妈妈,她就没有。"

他一提到他母亲,我就想哭。我一点儿都不知道她在哪里。

我对你讲我那本神话书中珀耳修斯和戈耳工的故事。你问我为什么"那女的有蛇的头发"。我对你说,那些姑娘的头发就是一条条蛇,这让她们变得很有魔法。
"可是,她们的眼睛会把我们石化吗?"你刚刚学会了这个词。
"是的,她们的眼睛能让人石化。"
还会把你们的心变成石头。

我父母都是很审慎的人。从来不问关于帕兹的问题。只是,会时不时地问上一句,"你呢,你还好吧?"

*

这一天来到了。我们去勒蒂厄勒和艾特勒塔之间的悬崖转悠了一大圈,远足后才刚刚回家。我们从白垩土中挖出了一片菊石,从黏土中挖出了一颗鲨鱼牙。好笑的偶然性?一颗很漂亮的牙,黑黑的,又长又尖,把它从大拇指上滑过时,还能感觉到细细的齿尖呢。"古代人把它们叫作'石舌'。"我父亲明确道。——"石舌吗?"——"是的,本来是蛇或者蜥蜴的舌头,是被悬崖上的仙女或精灵给石化的。"——"戈耳工吗?"你说,立即就敲了它一下。你用你能兜住脑袋的风帽当口袋,把你在卵石堆里找来的一些光滑的小玻璃片装起来,你把它们叫作宝石,你把它们放在两天后你祖父母为你建造的石膏的海盗岛上,那个岛上有海滩,你的玩具船可以靠岸,还有一个藏宝贝的洞窟,还有一座火山,流着被你涂成了红色的岩浆。

这些悬崖的背景非常辉煌,你有没有意识到这一点?三代人行进在这个一百米高的石林石丛中,白色的石头,带着黑色的条纹。面前,是暗绿色的大海,带着它令人头晕的海藻味。咸滋滋的风吹拂着我们,但我们感觉不到冷,因为我们很舒服,心里热乎乎的。我们沿着悬谷之间崎岖盘旋的小路爬上山。回到家里后,一堆旺火在壁炉中熊熊燃烧。你在大地毯上玩你的海盗游戏。鲨鱼牙便成了黑胡子的新宝贝。

智能手机响了。竖琴的和弦声。大使馆。我不明白。我在电话中听到我的名字。

"是的,是我本人……当然,我记得。一次辨认吗?您在说什么呢?"

他们跟我讲到一个"中心"。

"请原谅。但我想你们可能弄错了。"

"您真的是……吗?"我说是的。于是他们告诉了我种种细节,恰如一拳拳劈面打来。他们问我有没有一个标志性的记号,我回答说有:"一个文身。一个十字架。"我慢慢地滑倒在地,背靠着墙。

"是中心报的警。"

"但是,你们跟我说的是什么中心?"

"潜水中心。阿布-努瓦斯的潜水中心。"

通话又持续了好几分钟,然后,他们让我记下一个电话号码后就挂了机,我记下了号码。我最终站立起来。我走进客厅,壁炉里炉火正熊。我抚摩着我的小家伙的头发,他用他母亲的眼神盯着我。

我则瞧着我母亲。

"您能不能帮我照看赫克托耳?"

"当然可以。出了什么事?你简直像一个幽灵……"

"看来我得来一次长途旅行了。"

第 四 部

阿拉丁之国

中东寿司吧①

  我递上我的票,进入登机走廊。一个商业节流的长长肠道。板壁上,一家一百五十年前为投资鸦片贸易创办的英国银行的口号如机枪一般扫射来:"未来充满机遇","南南合作交换将是标准,没有例外","棉花和玉米将是投资的竞争对手"。世界贸易激增到了云层的门槛。

  甚至还升腾到了云层中。飞机发动机的推力把我们送上一万米的高空。我们被灌了烈酒。我被高压所战胜,紧紧地扣定在座椅上,昏昏欲睡,正在此时,一个乘务员甜美而又机械的嗓音钻入了我的耳道,把我从虚无缥缈的境地中拉回。

  "女士们,先生们,我现在将要从你们中间走过,向你们介绍我们商店的产品。智能手机、名牌香水、古奇、J.-P. 戈尔捷或卡文克莱。我们要知道,这些品牌的产品比市场上便宜得多,便宜百分之二十到百分之三十。假如你们知道了真正是物有所值,就请千万不要犹豫,赶紧来咨询我。你们可以用银行卡支付。一会儿见。"

  他又用英语重复了一遍:"它们要比市场上便宜得多,比市场上便宜得多。"②我并不真的相信"比市场上便宜得多",这段告示

---

① 原文为英语"Middle East Sushi Bar"。
② 原文为英语"They are cheaper than in the commerce, cheaper than in the commerce"。下一句同此。

从语言学上是正确的,但其中尤为打击我的,是它的沉重和它的粗野。这跟空姐的那种审慎简直有着天壤之别,而就在刚才,她们还有模有样地推着小车,以彬彬有礼的、语音几乎带着磁性的建议方式,推销那些免税商品。转眼之间,人们就进到了榔头敲击的强迫命令中。欧洲在变穷,而那家伙很紧迫。他要从他的空中销售中赚取一笔佣金,而没了这一笔钱,他就无法偿清他前妻的伙食费,而且,由于经济危机,企业要求雇员们做出"团结一致的努力",他的工资相应下降了百分之三十。

我从舷窗向外瞧,天空展现为白色和蓝色。不久,人们是不是将会发明出一种从云彩中就能看到的广告体系?

我重又翻开手边的《伊里亚特》。在特洛伊城的城墙上,赫克托耳戴着头盔,准备出发去参战,告别"玉臂"的安德洛玛刻,还有他的儿子阿斯堤阿那科斯,他应该有两三岁的样子。她以她的爱以及他们孩子的名义,眼泪汪汪地央求他不要去参战,不要让她成为寡妇,不要让孩子成为孤儿。赫克托耳安慰她,谈到了名誉——很古老的特洛伊,如同人们说古老的法兰西——并俯身去哄他那个叫嚷起来的小儿子,因为这小子被他父亲金光闪闪的盔甲以及头盔上装饰着的马鬃吓坏了。赫克托耳哈哈大笑地出发了,摘下了他的头盔,把儿子抱在怀中,把他紧紧地贴在自己宽阔的胸口上,把他托付给神明:"愿将来有一天人们能这样说到他:他比他父亲还更高贵!"而希腊人在攻入城邦后,就把这孩子从特洛伊高高的城墙上扔了下来。

要想找到睡意,这可不是一个好念头。我合上了《伊里亚特》,还有《奥德赛》,要了另一份伏特加。云彩在空中飘荡,就如刮胡子泡沫的粒子在盥洗池中漂荡开来。让人都看不见陶器的边缘了。

是西班牙领事馆给法国方面打的电话。他们在她的衣物中找到了我的姓名和我的电话号。

我面前座椅背上镶嵌的小屏幕模拟着飞机的移动路线。连克尔白圣殿都给指明了,这个位于麦加圣城神圣清真寺中心的立体形建筑,穆斯林的一切祈祷一致聚集的最终方向。我宁肯付出一切代价,来减慢我们的移动,做得让人们永远都无法到达。我的邻座,一个三十来岁的青年男子,留着稀疏的大胡子,穿一条牛仔裤,一双篮球鞋,进入了谈话中。他很开心。甚至,还有些激动,兴奋。我倒是更想睡上一觉。但我被卡在了舷窗和他之间,实在很难推脱掉。

"我要去做朝觐①。"他说。

"可是您还很年轻呢。"我注意到。

"朝觐是伊斯兰的一大基柱,只要我还没有做过,我就一直还缺少穆斯林的五功之一②。况且,我也不知道我什么时候会死去,反正我现在身体很好,我也有经济条件能做,人们就得在能做的时候去做……"

我喃喃低语道:

"'谁若是拥有丰足的衣食,还有一匹能送他到安拉神圣之家的坐骑,却不完成此朝圣,谁死去时就将作为犹太人或基督徒。'"

他的眼睛顿时睁得大大的:

"哇啦,您很内行啊……"

---

① 原文为阿拉伯语"hajj",读作"哈吉"。以下均同此。
② 伊斯兰教徒的五项基本功课,即念功(念诵《古兰经》)、拜功(每日礼拜五次)、斋功(在斋月,每日日出到日落禁食)、课功(每年交纳四十分之一的财产济贫税,作为给社会的奉献)和朝功(如条件允许,一生应朝觐麦加克尔白圣殿一次)。

"我很感兴趣。"

"那是我失敬了。"

他把一只手放到心口上。

"我叫卜拉欣。"

他对我讲了这一趟朝圣所需的资金：三千多欧元。但他还对我展示了他的推理：时光越是消逝，石油资源就越是减少，而飞机票也就越是贵。人们越是等，朝觐就将越是靠近夏季，而本来就已经是一大考验的人潮滚滚就将令人更难以忍受，因为到时候天气会越来越热。眼下，他还没有孩子，但却有很多计划，很明显，他可以提前完成朝觐，"以便让安拉满足我的心愿"。

"然后，"他补充道，"有一天，克尔白圣殿将被毁灭……"

"是的，但要等到时光的终结。"我说。

"也许会很快。谁知道？"

"会比人们想象得更快，你说得有道理。"

我闭上了眼睛。借着酒力，我逐渐地要展翅起飞，奔向睡意，而他的嗓音却把我牢牢地粘在跑道上。

"我迫不及待地想看到克尔白圣殿……"

他的眼睛里满是星星。这让我好感动。

"您要去尝试摸一摸黑石吗？"我问道。

他很欣赏地瞧了瞧我：

"您居然什么都知道啊，您！"

"我对您说过了，我很感兴趣……"

"您可以跟我一起来！"

我微微一笑。麦加禁止非穆斯林进入，他们甚至都没有权利把脚踏进这座圣城的停机坪。这块石头，镶嵌在神圣大立方体脚下一个银制的基座中，人们说那是一个天使从天堂带来的，最开始它是白色的，后来被人们有罪的手摸得渐渐变黑。人们说它来自于一个很古老的崇拜,远在穆罕穆德的崇拜之前。人们还说到,等到复活的那一天,它将赋有一条舌头能证明心灵的真诚。

"您说什么,您?那是一块陨石吗?"

他摇了摇头。

"它从天堂落下,来告诉亚当和夏娃他们的庙宇所在。它得到了先知的吻,这于我就足够。"

我读过关于这一问题的很多说法。部分的是想要弄明白,为什么宗教,首先是伊斯兰教,会在当时转了一个如此引起轰动的大弯。我从中得出结论,认为正是通过对形象、对这个赢得了一切的形象世界的弃绝。克尔白圣殿是空的,空无形象,因为先知是不能被再现的,是没有形象的。我又想到了帕兹,她却创造了那么漂亮、那么有力的种种形象。

"那您呢,您来做什么呢?"他问我。

我有些迟疑。然后我回答道:

"找回我妻子。"

"她是穆斯林吗?"

"据我所知,不是。"

"那她在那边干什么?"

"我不知道。"

他很优雅地不再坚持了。

我闭上了眼睛。回忆的机器超速运行。幸好,飞机落地后,儒勒将在机场接我。我最好的朋友。自从他选择了生活在那片遥远的土地后,我们就一直没有再见过面。我们当年是一起上的大学,尽情地吮吸伟大的文学乳汁。电气年代,精神学派,肌肤学派。身边围绕着长头发的天体,我们读得很多,抚摩得很多,梦想得很多。成为作家、摇滚明星、神秘主义智者。儒勒和塞萨。一个插科打浑,不嘲笑它我们可就实在太傻了。我们的第一次旅行,就是一起作的。那是去印度,十八岁时。现在,他在那里做什么？他是银行家。伊斯兰金融的专家。生活,还真是怪。我不愿去多想。眼下,我需要稍稍睡个觉,好什么都不去感受。

我看了一个愚蠢透顶的电影,然后滑入了虚无中,被酒精和电影图像弄得昏昏欲睡,眼前浮动着那些被敌人战车拖曳着的戴盔披甲的斗士,哭哭啼啼的王后,还有嫉妒成性的神明。

飞机开始降落,我却浑然不觉。只是当空中客车起落架的橡皮轮子抓住了跑道的那一刻,我才睁开了眼睛,我听到传来一阵酷烈的摩擦声,就像一个巨大的牙钻碰上了一个巨人的臼齿。

我在一大群身披白单子、脚踏皮拖鞋的活雕塑当中取回了我的行李。时间有些晚。我的眼睛因空调而发干,因光线而疲惫,那些人为的光线来自四面八方：商店的招牌、俗不可耐的喷水池、塑料的假棕榈树。空气凝重,吵闹,冰冷,香味从几公里长的店铺中传来,刺鼻而又令人恶心。我惊惶不安,差点儿被一辆电动车撞翻,它运载着三个蒙了黑面纱的女人,嘎吱嘎吱地驶过平滑的路面。我又来到了贝鲁特。我害怕我将见到的。我想到了帕兹。我靠在一根栏杆上。我滑行在光滑得如同小孩脸颊的白色花岗岩地面上,走向检查岗。我梦想着人们会抓住我,把我打发回欧洲。但是已经太晚了,我不会威胁到王国的安全。待在透明岗亭中的那家伙,头上缠了一条头巾,懒洋洋地冲我做了一个手势,我引不起他的兴趣,我可以走了。

我来自于世界的另外一端。我差一点失信于诺言。我想到了正等着我的那个躯体,我的胃好似在滚球。呜呼,他就在那里,我的老儒勒。他没变。瘦高瘦高的木偶身影,领带系到了喉咙口。

"你怎么样,我的老伙计？"他高喊一声,把我紧紧拥在怀中,满怀热情地折腾我。他并不认识帕兹本人。他补了一句:"我很遗憾。"

我咽下一口唾沫。他的肩膀上方,店招在闪光,女人和男人的裙袍扭曲成了抹布……聚光灯太白了,重新登上一架飞机返回的诱惑太过迫切。

"儒勒,你不介意我们快快离开这里吧?"

外面,天气晴朗,空气温和。到处都是喇叭声,到处都是打手机的喊叫声,跟世界各地一样,是同一场由出租车构成的芭蕾舞,除了一点,这里的汽车更长,更庞大,玻璃带颜色。我的行李箱在柏油路上滚动。

儒勒在一辆很不寻常的汽车前停住:一辆绿色的威格吉普车,伪装在一长溜的黑色轿车当中,只是座位上方有个帆布顶篷。

他把我的包扔在车后座上,我们走上了看似要散架的车,他发动,伸出胳膊打开车载音响。一种熟悉的声音。快乐的和弦,一个落在高处的英语嗓音。他冲我眨了眨眼。果酱乐队①:"迪斯科2000",我们二十岁时的赞歌。他在一个个漂亮的集装箱之间作激流回旋,离开停车场,冲向大都市,远远看去,那城市很像是电影《银翼杀手》中的城市。

  And they said that when we grew up
  We'd get married and never split up
  We never did it although often I thought of it②

  他们说当我们长大时

---

① Pulp,是英国的一个另类摇滚乐团,1978 年成立。原名"阿拉伯果酱"。
② 原文就是英语,意思即为下一段法语的译文。以下两段均如此。

我们就结婚,我们永远都不分开
我们从来就没这样做,尽管我常常这样想

　　那里,光点闪烁,如同一杯巨大的苏打水。汽车仿佛被城市吸走,飞驶在不断展开着的柏油飘带上,在桥上,在隧道里,盘旋在多层次的高架桥上。在我们周围,伸展开一片被五彩灯光像素化了的塔楼之林,按照着各种各样不寻常的形式,从火焰一直到巨型开瓶器,在荒漠的表面拔地而起。最高的塔楼简直就是一根刺破夜空的伸缩针。汽车减速,左转。再减速。然后加速,超过几辆长长的豪华轿车。风刮得帆布顶篷哗哗直响。儒勒加大了音响的音量:

　　　　You were the first girl at school to get breasts
　　　　Martyn said that yours were the best

　　　　你是学校里第一个乳房鼓起来的姑娘
　　　　马丁说你的胸才是最棒的

　　一阵回忆之波刺疼了我的眼睛。我想到了一个金发的丹麦姑娘在她公寓的房梁底下,在被我们的卷烟灰污脏的拼花地板上四脚着地地爬行。我想到了袖珍版《群魔》的封面,红色的背景中有一个基督模样的大胡子的脑袋。我想到了我们在巴塞罗那的远征,那里有一个姑娘在等我,她胸脯滚圆,满嘴的愠怒,背靠着哥特街区的水池子……我想到了来自印度的柔软而又清凉的棉被,我在儒勒家睡觉时,就盖着它;还想到我醉心于绿仙女苦艾酒的那个时代里一个学美术的女大学生为我画的美丽图画:一个酒瓶,标签上写有"神圣心灵"的字样。我想到了我常去洗澡的蒙日广场公共浴室中的流浪汉。然后出门,去踏着这首歌的节拍跳舞:

　　　　The boys all loved you but I was a mess

I had to watch them trying to get you undressed

所有的男孩都爱你,而我却是个邋遢鬼
眼睁睁地看着他们全都想脱你的衣服

帕兹所不了解的一种生活。

吉普车减速,离开了高速公路,滑入另一条道路,沿着一座清真寺,寺的塔尖高耸入云,像是一个发射台,然后,汽车进入一个大宾馆的停车场,装饰有一个花园。终于,见到了真正的棕榈树。还有大海的气味。儒勒关上发动机。我竖起耳朵,一家夜总会的声响传来,就隐在海浪的波涛声底下。"我们去喝上一杯。"他说。几对男女在漫步道上超越了我们,步道就紧挨着海浪,通向一个平台,平台上的家具都是白色的,线条明快,有一个穿得很正规的女士坐在那里了,儒勒上前亲吻了她。他向她介绍了我,她身上很好闻,这让我想到,坐了那么长时间的飞机之后,我真应该先去洗一个淋浴。她微微一笑,面色很红,她叫来了另一个姑娘,后者把我们引向一张桌子,桌子正好面对着一座浮桥,边上晃荡着几条游艇。儒勒要了两杯魔鬼莫吉托。

他从衣兜里掏出一盒卷烟,抽出一支给我。我叼到嘴上,火焰前来舔了它。烟雾很好闻。

"怎么回事?"他说,"究竟出了什么事?"

"是这么回事,他们在那里找到了她。在一个海滩上。"

"那她在那里干什么来的?"显然,他问的是一个我无法回答的问题。

我摇摇头。他低下了头,我为我不知道而难为情。音乐声在我们周围悠然升腾。一种电子音乐,带有一种古键琴的曲调。

"阿布-努瓦斯,你熟悉吗?"

"那是在另一个酋长国。它很小,我想。从未去过。"

他还想说一些别的什么。他迟疑着。我对他说:"去吧,儒勒。再也不会比三天来我想到过的一切情景更糟的了……"

"她……我是想说,她的遗体,在哪里?"

我回答说,它还在那里,正冷冻着呢。

听到"冷冻着"一词,他做了个鬼脸:"对不起,我……"但我勇敢直言道:

"一具遗体,是可以冷冻的。"

他把一只手搭在我的手上。对我说我们一起去。"别太揪心了,塞萨。兴许不是她呢。"

我也常常这样想,可这话从别人嘴里说出来,还是很让我宽慰的。只是我不相信。我举起手,招呼服务员。大海轰隆隆直响。我听到了姑娘们的笑声,她们穿着半透明的衣服,几乎就躺在茶几前的长沙发上。另一些姑娘来到,她们刚刚下班,还穿得很端庄,或者她们已经换过了衣服,穿着夏天的裙子。丝绸,缎子,五颜六色,短短的褶裙,小小的胸罩,金色的头发,高高的鞋跟,有一些是褐发,穿着某种纱丽或者很紧的白色牛仔裤。那天是个星期五。一些男人刚下船,穿着拉夫—劳伦马球装,可以清楚地看到骑士的图案,另一些则穿着花衬衣或条纹衬衣,领子和袖口是白色的,他们有的光头,有的金发,皮肤粗糙,长着大胡子。一个姑娘调整着裙子的吊带,她有着棕发女人的皮肤,她边上是一个中国女人,嘴唇一抿一抿地喝着一杯杜松子酒。我能看到玻璃杯中气泡在升腾。这整整一种生命力在世界上强劲地搏动,而我,我却将走向死亡。

码头之外,大都市还在延续。另外一排塔楼刚刚出现,闪耀着点滴光芒。我喝空了杯中的酒。

"说说你吧,你怎样呢?"我说。

"路易·哈桑八岁了。从正式关系上说,我跟他母亲始终在一起。但这只是说正式关系上,事情很复杂:我从来都不知道她在哪里……"

他在教师资格考试失败后遇识了莱伊拉。当时他父亲把他送回到经济学的光明大道上。那是在伦敦,在著名的伦敦政治经济学院。伟大的爱情。莱伊拉很漂亮,但很烂。

"在这里,她做什么呢?"

"她欺骗我。"

他停顿了许久。

"她本来已经,很好,停止酗酒了……实际上,她每天都停止……去年圣诞节,在阿根廷,当着我父母的面,她全裸着身子骑在马上……"

"你都在说些什么呢?"

"说的是事实。当时我们在阿根廷,在我父母的朋友家。你知道我父母现在住在阿根廷吗?"

"不,我不知道。"

关于他,一切始终在滑动之中。他那些女朋友总是在抱怨。他对我说,他在汉莎航空的德黑兰—迪拜航班上认识了一个尼日利亚空姐。他又点了第三杯酒。我任由他点。明天一整天将会很严酷。必须麻醉一下。忘记。只为今晚上。我抓住一片虾片。

"那么,你是一个银行家了……"

他一脸很抱歉的神色。

"就算是吧……"

"伊斯兰金融专家。"

他点了点头。

259

"那么,这伊斯兰金融,到底是什么呢?"

"符合伊斯兰教义的金融。"

"我很赞赏这个名称,但具体是什么呢?"

"我发行苏库克,即伊斯兰债券。"

"苏库克?"

"是的,sukuk 是 sek 的复数形式,这个词在法语中相当于支票。那是一种认证过的伊斯兰债券,因为你知道,对伊斯兰教教义来说,要让钱生出钱,就是说产生利润,是禁止的。必须让你的投资依托于一些现实的资产,如汽车、房地产、金属……人们不管它叫'利润',而是'租金'。"

"但说到底还不是一回事吗?"

"原则上,不是:你知道金融经济领域是生产性经济领域的反映。实际上,那不再是一种巨大的营销工具,因为伊斯兰银行是通过跟通常的银行一样的方式发放伊斯兰贷款而得到报偿的。"

"那么,苏库克,它让你开心吗?"

"很好的。2008 年发了 7000 亿,2011 年 11000 亿。我们还想在法国推广,因为前景一片光明。"

我微笑道:

"很滑稽,不是吗?"

"有什么滑稽的呢?"

"我们。你还记得,二十年前,我们在印度破衣烂衫的……我们差点儿因为你的蠢举而遭到克利须那组织的抢劫。"

"哦,狗娘养的,那些家伙全都不是缺了一条胳膊,就是缺了一条腿……"

"你把我们塞进了一个玩意中,还……"

他举手叫服务生。回忆的旋转门开始运动起来。本地治里杜果拉西①的香味。马杜赖城米纳克希神庙中加尼甚雕像上供奉的黄油和鲜花的香味。风扇叶片阴影底下我的病。

"你的消瘦,"儒勒说,"你的癫狂,光着上身长途游逛,戴着这条婆罗门的红色绶带。"

"还有马修,他跟我们一起旅行⋯⋯"

"是的,马修⋯⋯"

我们停下来,好一阵沉默,我们的热情一时间里冷落了。接着,儒勒以疑问的方式,语调低沉地说:

"你一定还记得那协议吧?"

"当然。"我回答说,如在梦中。

他接着说:"印度之后,我们应该去东方,在开罗的屋顶上生活,娶一个山鲁佐德,跟她学阿拉伯语⋯⋯抽水烟,如同在我位于吊刑街的家中⋯⋯藐视金钱,活得如同骄傲的乞丐,读着阿尔贝·科斯里②的书⋯⋯"

"我知道,"我说,把脸转向波涛滚滚的大海,"然而,我们并没有真正做到这些。你只是以《丰饶谷中的无赖》起誓,你最终成了银行家⋯⋯符合伊斯兰教义的银行家⋯⋯"

"而你,你本想当你那一代人的小说家,而你成了记者⋯⋯你背叛了协议。你认为呢?"

"是的,我想我背叛了。"

"但是通过背叛,你成功了。"

"成功什么了?"

"活了下来,兴许⋯⋯"

---

① 原文为阿拉伯语"mango lassi","拉西"是一种融合了酸奶、水、香料(有时也用水果)的饮料。

② 阿尔贝·科斯里(Albert Cossery,1913—2008),出生在埃及的法国作家。下文所说的《丰饶谷中的无赖》是他的一部作品。

忧伤落到他心上,如同落在我心上。我知道谁刚刚应邀进入了我们的交流。马修。马修,他曾研究德律兹,最终从大学城一栋楼的屋顶上跳下来。吸烟谋害人命。谈论哲学也是。

"但是,"他补充说,喝了一口魔鬼莫吉托——这名字毕竟算得上滑稽透顶,"我们并没有丢弃我们的灵魂……"

我瞧着他微笑道:

"这是一个问题吗,儒勒?"

他不想回答。不敢承认他在问自己,他也不愿意想得太久。此外,这时候又有一拨年轻人朝我们的桌子走来。

儒勒向他们介绍了我。向银行的同事,还有其他银行的。一些贸易商和经纪人,一些"兼并与收购"或者"股票资本市场"的专家。他们分别叫作阿里、格拉齐耶拉、阿里斯戴尔、娜塔莉娅、尼鲁法、凯莉或阿卜达尔拉海姆。他们来自巴基斯坦、新加坡、英国或俄罗斯。人们管他们叫外籍人士,但他们真正的祖国是在这里。姑娘们拥抱我,或跟我握手,点上一杯鸡尾酒,带酒精或是不带,然后开始谈话,却又马上中断,转而去看他们的手机,然后又回到他们的话题中,一点儿都不觉得有什么别扭。一切进展得很快,不慌不忙,工具就是语言,而且是英语。

我的邻座,一个很漂亮的黑人女子,是做债务重组的,穿一条宽松的紫色裤子,其面料几乎就跟一只蜻蜓的薄翼那么轻盈。她突然毫无来由地大叫起来,就仿佛我事先根本没有打招呼就把一只冰冷的手滑入了她脚背的皮肤和她衣服的薄纱之间:"OMG,我的爸妈!①"OMG,就是"Oh my God!"她开始用她火柴棍一般细长的手指头敲打她那有一层点缀了蓝水晶的薄膜保护的手机键盘。她父母亲的脸出现了,她开始在我们边上用一种陌生的语言漫游

---

① 原文为英语"OMG, my parents!"。

聊天起来,根本就不需要私密性。"他们住在哪里?"她刚关上手机时,我问她。"在特克斯和凯科斯群岛。"她用一种拖着长音的温和嗓音回答说,就仿佛在离我的魔鬼莫吉托有十万八千里的那加勒比海上避税天堂的生活,也应该如此慢条斯理,如此温和。

*

人们从废除空间开始。就身体来说是如此,人们可以花费几个小时就去任何地方,实质上,人们可以通过谷歌地球,摁几下键盘就飞越任何一个城市。而现在,人们要废除时间了:当下如主人统治一切,再没有了往昔也没有了未来,而只有一个永恒的现在。这就是新世界。

*

我沉沦于一个已非第二状态而是第三状态的状态中。地点与时刻再也没有了现实性。一切都在流动,高端的科技。一座座塔楼围绕着我。我感觉被裹在一个雪球中。这就是新世界。

*

青春靓丽的皮肤和背光的显示屏。没有老人。没有穷人。没有粗糙。这就是新世界。

*

时间并不流逝而去。它滑动。儒勒跳着舞,而现在他在放唱片。他变成了打碟手。唱片师,音乐骑士。他俯身在他的作品中,把耳机留在耳朵和肩膀之间。整个九十年代的英国唱片都在此经过。他对我们的一种致意。致我们的青春。致我们所爱的音乐。帕兹不熟悉的音乐。眼泪留在我的脸上。他让往昔来到了这一永恒的现在中。我发现他没有皱纹。这仍是同一个儒勒。跟这一个儒勒一起,我曾经在锡金的一个茶园瞧着天上没完没了地下雨。跟这一个儒勒一起,我曾去卡特里山脉的河流中钓小龙虾,然后自己跌落到河里,像一条鳗鱼游在清澈的水中。

他放过石玫瑰①的《告诉我》("我爱的只是我,我爱的只是我,对一切我已经有了答案"②),而我重又看见了一个胸很小的英国女人,走在一个游泳池的边上,在图卢兹,玫瑰城市。

他放过麂皮绒③的《废物》("也许这是我们有过的时代/怠惰的日子还有狂热和风尚"④);我重又看到郊区迷雾重重的河边的一座房屋,我读到维利埃·德·利勒-亚当,我用一把塑料剪子剪出一个体形丰满的女孩的网眼丝袜。

是的,在这个新世界的寿司吧里,伊斯兰金融来到了唱片中,唤来我所有的女性幽灵。但是没有一个,没有一个能够够得着帕兹的脚踝,没有一个能给我带来跟帕兹一样多的欢乐,跟帕兹一样多的痛苦。

阿布-努瓦斯

我没做噩梦。我很晚才睡着,睡在宽敞客厅的一张沙发上,客厅墙上立了一壁书架。儒勒继续相信那些图书的无比保护能力,

---

① 石玫瑰(Stones Roses),英国的一支另类摇滚乐队,1984年在曼彻斯特成立。
② 原文为英语"I love only me, I love only me, I've got the answers to everything"。
③ 麂皮绒(Suede),一支英国摇滚乐队,成立于1989年。
④ 原文为英语"Maybe it's the times we've had / The lazy days and the crazes and the fads"。

相信它们开阔视野的功能,即便现在的视野被座座塔楼构成的一道屏幕所挡住。不,它没有流露出来。

好咖啡的气味让我睁开了眼睛。阳光从大玻璃窗中照进来,窗户恰好朝向这片塔楼的视野。阳光流泻在楼面上。有些摩天大楼像火焰那样跳跃,另一些则似乎要向上飞旋着钻透白色的天空。还有一些则戴着圆锥形的冠冕,这些楼中之王从一大片起重机械中浮现出来,它们那行动中的箭头和反箭头,令人联想到玫瑰色的火烈鸟。我终于明白到,法语中为什么把起重机叫作仙鹤机了。我想打开窗玻璃,闻一闻这个城市一大早是什么味。我找了半天都没找到开窗的装置。

"它是开不了的。"

我转过身来。儒勒只穿了短裤和T恤衫,赤脚站在大理石地板上,递给我一只热气腾腾的杯子,还有一盒扑热息痛。

"因为空调。"

"窗户开不了吗?"

"很遗憾。"

我接过那个印有当地埃米尔头像的杯子。热乎乎的一口下去,浑身立马透出一种舒坦。

"正因如此,我才要了一辆吉普车,"他对我说,"至少我能闻到城市。你头不太疼吧?"

"还行。"

"你想我们什么时间走?"

我摇了摇头。

"我要一个人去,儒勒。"

"你敢肯定那样行吗?"

"必须如此。"

他正准备要回答,一个小男孩走进了房间。他身穿格子睡衣,在阳光中揉着眼睛。头发颜色很褐,大概八岁的样子。

"我给你介绍一下,这是路易·哈桑。"

小男孩过来亲了一下我的脸。他脸颊的热度让我想起了你。他很小的时候我曾见过的。我们玩过足球,在荣军院的草坪上,用一只泡沫塑料球。

"你还记得我吗?"

他点了点头。

"我已经跟保姆打过招呼了,"儒勒对我说,"我今天就跟着你了,真的,别再犹豫了。"

"最好还是我一个人去。"

小男孩全都明白。

"这么说,我们可以去海豚湾了,是吗,爸爸?"

我微笑道:"是的,你可以跟你爸爸一起去海豚湾。"然后我转身朝向儒勒,"海豚湾,那是什么?"

"一个很大的游泳池,可以跟驯养的海豚一起游泳。"

"我们还可以去看旋转塔①的工地吗?"孩子接着问。

儒勒点头同意。孩子快乐地叫喊起来。他父亲走向玻璃墙,伸手一指:"是那里,瞧,在起重机当中。这个塔楼让他万分着迷。它的每一层都奉献给一套一千平方米的公寓,独自配一部电梯,你可以跟你的汽车一起上楼。但是这个,已经不算什么新玩意了。真正的新玩意,是你的公寓可以绕着塔楼的轴心旋转,每一层都可独立控制,有一点像一个转经筒。由声音控制……只听从主人的嗓音,主人的命令一下,公寓就能开始转动,给居住者提供一个大都市的全景……"

他不说了,满足于大口喝咖啡。

---

① 原文为英语"rotating tower"。

"在这里,你还开心吧?"

"全年有阳光,即便太阳落山实在也太早了些。海滩就在城里,即便它是人工的,缺乏计时的标志,但有一种你在欧洲再也找不到的能量。我感觉自己处在一个沸腾的、运动的世界的中心。那不是一种创造性的、正面的运动,而是一种……"

我们紧紧拥抱。久久地。他希望我鼓足勇气。"假如需要,就给我来电话。我开上吉普车,马上就到。"他对我说,我得走上四个小时。他给我叫了一辆出租车。

"兴许那不是她,你知道……"

"他们都已经看了她的护照,儒勒。到时候,你给我讲讲海豚。"

林肯领航员空调车像一粒小球沿着大都市滚烫的轴线飞驰。我被一道道玻璃墙,一根根巨型针所包围,它们是由人类的肌肤钉到沙土中去的,那些来自印度、巴基斯坦或索马里的新奴隶的肌肤,赋予了这些巨人般的建筑以旺盛的生命力,这些建筑,像他们一样,炙烤在无情的阳光下,四十度的高温中。有一些还覆盖着广告。其中一则广告发出了一条禁令,让我的背脊一阵阵发凉:NON STOP YOU!

这是一个没有人行道的城市。戴着彩色面纱的女人们沿着道路行走,就在柏油路面上,在尘埃与热气的云霭中,一把雨伞当作了阳伞。一些菲律宾女人、埃塞俄比亚女人或者斯里兰卡女人赶去做用人。在一座高架桥上,一列洁白无瑕的列车从轨道上滑过,像一把长雪橇,驶向下一站,一个轻轻浮起的钢铁蛋壳。左边,耸立起一个埃及金字塔,点缀有一些长了鹰隼脑袋的神的雕像。右边,是一个阿兹台克神庙,斜刺里伸出一道巨大的流水滑梯。人们无处不在。再也没有了历史。我不禁有些头晕。

我们驶离了城区。现在是一片荒漠,一条笔直的路,没有尽头。我遇上一些卡车,一些像我们这样的越野车,一些豪华轿车,一些黑篷布的货车。透过车玻璃看出,道路的两侧,一些巨大的钢铁怪物伸出了众多的胳膊,恰如凝固了的印度神明,之间串联起一根根线,在广袤的平面上形成之字形的曲折。这是一支电线铁塔的部队,其高无比,其后卫远远地消失在了热腾腾的蒸雾中。我拿起我的手机,拨通了我父母的号。我母亲摘下了电话筒:

"我们正在厨房里呢。赫克托耳在做杏仁甜饼。你想跟他说话吗?"

"你就对他说,我爱他。"

"你还跟他说话吗?"她重复道。

我怕会砸锅。我的嗓音卡住了。

"不,照顾好他。还有你们自己。"

"你在哪里?"

"很远。"

"一切都还好吧?"

"是的。我亲吻您。我不能留下来。我不是一个人。我亲吻您。"

我挂了机。我试图什么都不想。我用目光追随着电线的轨迹。领事馆——或者大使馆,这我都记不得了——的那个家伙将在几个小时后到那里。我问司机是不是有音乐。他就在卡定在仪表盘上的手机上敲打了几下。二十把小提琴的和弦顿时在车内荡漾开来。乌德琴、嗒砰咔鼓和卡能筝①开始演奏。一种强有力的波浪起伏的音乐,如同《丛林之书》中的蟒蛇卡阿,滑行在皮件和木器之上,很快,埃及伟大的女歌手乌姆·库勒苏姆②的次女低

---

① 原文为法语"le oud, le darbouka et le qanûn"。
② 乌姆·库勒苏姆(Oum Kalsoum, 1898—1975),埃及女歌手,音乐家和演员,阿拉伯世界最知名的歌手之一。

音,那么火热,稍稍沙哑,就迷惑并驯服了这一音乐。

  Inta omri illi ibtada b'nourak sabahouh
  Ya Habibi ad eyh min omri raah①

  以你的光辉,我生命的黎明开始了
  这是一段失去的往昔,我亲爱的

  一连好几小时的乌姆·库勒苏姆。如同香膏。用她的痛苦覆盖住了我的。一种无尽的、催人入眠的、纹丝不动的伸展,把我带往远方,带到那些出现在挡风玻璃上的阳光照耀下显出赭石色的锯齿形山脉的另一边。这是一种既让我激动又让我逃避的音乐,逃避我们正穿越的那些死气沉沉的小区对我的沮丧影响,这些宿舍之城根本就没有活的灵魂,除了一些小型载重汽车,开车的是那些缠着头巾,长袍的纽扣一直扣到下巴上的男人,而在他们身边的副驾驶座上,则是一个只能看到眼睛的黑黑的人影。

  我闭上了我的眼睛。这是一种抚摩,带着些许糙粝的尖刺。东方再次浸透了满院的茉莉花香和水烟筒的烟草味。一个东方,不是那种大都市的,也不是装点了每个村镇入口处的那些穷凶极恶的环岛:沙漠中心大块平整的绿草坪,天竺葵的花坛,中央有一个四米多高的巨大水壶,或者一个《一千零一夜》中的神灯。我想到了我出发之前对赫克托耳说过的话:"我要去阿拉丁的国度。"一种会将你轧制定型的自我迎合。有时候,它更为令人不安:村镇是由两把水泥浇筑的弯刀来表示,它们涂了颜色,互相交叉,高高地耸立在道路之上,像是一个治丧的仪仗队。几个清真寺,崭新,洁白,迷人。

---

 ① 原文为阿拉伯语,意思即下面两段的译文。

我们通过了好几个检查点。每一次,都有一些武装人员来看我的护照,打量我的脸,检查汽车,然后放我们通行。另一些铁塔之林,另一些环岛,另一些酋长国,另一些苏丹国,拖着唱腔的名字:阿尔-福莱塔赫、阿尔-库塔伊巴赫、阿尔-阿乌卡尔-哈玛玛赫……只有名字有变。其他的一切全都一样,同一片沙海,遍布着黑色和褐色的岩石,随着我们逐渐向南,沙漠也越来越荒凉,颜色似乎也在变得金黄。一道山岭出现了,在前方,在汽车的挡风玻璃上,期待中的村庄的小小方块,越来越近。

"阿布-努瓦斯。"司机说。

我们到了。我深呼吸一下,抓住了我的电话,拨了号。"我正等着您呢,"那个嗓音在我耳边说,用法语:"叫司机听电话,这样更容易。"

我听到司机说:"OK。OK。就这样①。"

他把脑袋转向我,像是为了证实我们要去的正是那里。"就这样。"我说。

那个男人在一座奶油色的房子前等我。房屋很威严的模样,没有楼层,它的功能应该显示在了大门上方的白色招牌上,只是我不能辨读:几个阿拉伯字母上面是一个红弯月,还有两把刀片交叉在一起的弯刀。狂热。

尽管天气炎热,他还是穿着深色正装。我很赞赏其举动。屋顶的披檐,铁皮的,给他提供了一点点庇荫,给他,同时也给一头正靠着墙壁在那里凉快的山羊。在男人和山羊之间,有一道黑色的门,关闭着,两边是两扇带栅栏的窗户。我打开车门要下车。我对司机说:"等着我。"滚烫的空气顿时揪紧了我的喉咙。我走向那

---

① 原文为阿拉伯语"*Yallah*"。下一行同此。

男人。我走向恐怖。走向希望？我不相信。她兴许还活着，只是杳无音信而已？

男人给我一张名片，介绍他自己。领事馆的危机事务办公室。他说进屋之前他得先跟我谈谈。他说一个亲友的死总是一件很难接受的事，尤其当它发生在国外，但他在这里，可以帮助我。一纸当地的死亡证明就将签发，法国领事馆的服务部门，即他本人，将负责"把外国的死亡证书转写为法国的民事文本"。我用不着为此事伤脑筋的。他们将为我转来十来份证明的副本，均依照原件核准，这就能帮助我，在回法国之后，办理跟继承、借贷有关的各种证明……我对他说先等一等。

我走向诊所。"尸体的状态很好。"他在我身后明确道，仿佛这是我不幸中的万幸。我还在回想普吉岛，想呵叻公路上那些发绿的尸体，想把我当作一个亲友前来认尸的那些心理学家。生活真是太能讽刺人了……

尽管天气炎热，我还是浑身颤抖。我颤抖，我出汗，我甚至能感到汗水顺着我的脊梁骨流下，但很冷，这寒冷渗进了我的骨髓。外交官想抢先一步为我开门，但我已经走在了他前头。室内，有三个缠着头巾的老者坐在塑料椅子上。其中一人的一只脚肿得像个西瓜。气味很可怕，他也不抱怨。我赶紧掉转目光。墙上，一张撕碎的招贴画上显示了一幅人体解剖图，画着最基本的器官。旁边，一个镀金的框框中，是当地教主的照片，缠着头巾。在另一个框框里，就在那下面，是一大卷全本的《古兰经》，绿底白字，书法精美。

一个身材魁梧的男子，身穿医生的白大褂，一看到我就从他的办公桌前站起来。得跟随他走进一条走廊。走廊很短。走到头，有一道门，门上有一个形如雪花的形象符号。他推开门，沉重的。冷气，还有一股刺鼻的气味，立即抓住了我。

一具尸体躺在一张桌子上,盖着一条被单。痛苦绞杀了我的胃。太不真实了。室内焚着香。为掩盖气味吗?我们怎么可能走到这一步呢?来到世界尽头这个破败不堪的诊所?那人用阿拉伯语说了几句。外交官用手势做着翻译,仿佛在邀请我走进一个剧场:"您先走。"我向前走去。我憋着气。

那人掀开被单,一直到肩膀。

没有惊奇。上帝,众神,或命运,并不与我同在。
是她。
很显然,就是她。
很不幸,就是她。
这张可爱的、完好无损的脸,那么苍白,被乌黑的头发团团围定。

而又不是她。
只是一个外壳。一个皮囊。一个象牙色的皮囊。不是她的皮肤。没有了她的血在皮肤底下流动,沸腾,并赋予她地中海女神的那种闷光的色泽。已经不再是她了。

一瞬间里,痛苦仿佛挥发得干干净净。再也没有了电的闪光,酸酸的发痒。只有我心中的一个黑黑长夜。就仿佛一个保险卡槽刚刚卡死了。只剩下了愤怒的位子。针对这皮囊的愤怒。

"您有更多的细节吗?"我问外交官。

"没有。人们发现她在海滩上,如我跟你说过的那样……就那样……"我感觉他有些尴尬。"就那样,"他重复道……"就像她现在这样……"

他本来想说"赤裸裸的"来的,但他不敢。他敢以他的"死亡证书"来恶心我,但他不敢说"赤裸裸的"……

杂役又给尸体拉上盖布。

"溺水而死,没有别的解释吗?有没有经过一番调查?"

外交官递给我一个牛皮纸信封。

"这里是一份报告。还有英语的译本。她的肺里有水。尸体上没有任何可疑的痕迹。溺毙,是的……"

我坚持道:

"但是有人在电话里对我说到了一个潜水中心……"

"是的,恰恰就是潜水中心①向当局报告的。"

杂役打开了门。一股灰蓬蓬的热浪立即把我淹没。他一边转身,一边说出了我们来到之后的第一句话:

"萨义德·马里纳。"

我转过身来,仿佛有人咬了我的脚后跟。一种本能。

"你说什么来的?"②

"萨义德·马里纳。"他回答说,一直为我们拉着门。

我转向外交官,他对我说:

"我们去吗?"

"不,首先,他都说了什么?"

外交官用阿拉伯语对他提了个问题,听着回答,很短的,然后翻译给我听。

"他说是一个叫马里纳的人发现的她。我很遗憾,我不明白他说的是什么意思……"

我走向杂役。我很专注地瞧着他,说:

"他不是马里纳。他叫马林,对吗?"

---

① 原文为英语"Dive Center"。
② 原文为英语"What did you say?"。

杂役点头认同。

棕榈树时光①

太阳滑落到了山后。天空中只剩下一片红霞。穆安津的召唤在空中回荡。

> *Haya 'ala salat*
> *Haya 'ala salat*②
> 过来祈祷吧
> *Haya 'ala falah*
> *Haya 'ala falah*③
> 过来赞颂吧
> 安拉至大，安拉至大
> 唯安拉为大④

"领事馆跟阿努比斯团队一起工作，"外交官说，"他们会卓有成效地把遗体运送回国的。"

阿努比斯：埃及的死亡之神。胡狼的脑袋：毫无顾忌地营销……

"很显然，你们做得很到位。"

"很显然。"

---

① 原文为英语"Palm tree time"以下同此。
② 阿拉伯语，意思见下一行的译文。
③ 阿拉伯语，意思见下一行的译文。
④ 原文为阿拉伯语"Allahou Akbar Allahou Akbar/La ilaha illa Allah"。

他整了整领带,兴许是为了不让他的手闲着。他试图死盯着我,却并没能做到。他说:

"我们有一个心理学女助手可以提供服务,假如您需要的话……"

"谢谢,我没事。"

"那我就先走一步了,您一会儿过来找我们办手续吧。我们可以等您一会儿。"他停顿了一下,又重复道,"一会儿。"

我的双手在颤抖。我的两腿在颤抖。我的心在颤抖,自寻烦恼。我肋部疼。震撼正在前来。

"海滩在哪里?"

"开车要十五分钟。在山的那一边。"

"潜水中心是在那里吗?"

他点点头。

"那边有没有一个旅馆?"

"有一个很漂亮的旅馆。一个度假村①。"

在这里,在这个安放了我妻子遗体的诊所前,这个词念出来,显得有些荒诞和令人震惊。比"赤裸裸"一词还更甚。

"谢谢你们做的一切,"我说,"您能不能告诉司机这路该怎么走?"

"请便。实际上,拿着这个。这也是,是给您的。"

他递给我一个标有外交部字样的信封。

"这是什么?"

"她的护照,还有她住处的钥匙。她的其他遗物都在那边。她住在度假村附近一个小小的渔村。度假村的鱼都是由它那里供应的。"

---

① 原文为英语"resort",以下均同此。

我真的希望他不再说度假村这个词。
"您想不想我们明天再约见一下,去看一下她的住处?"
我摇了摇头。
"谢谢。我更愿意自己一个人去。"

满天的红霞消尽后,便转来死气沉沉的夜色,粉尘般的星星腼腆地照出微光。我们驱车爬上了山路。车灯扫荡着山腰,岩石在车轮底下吱吱乱叫。司机艰难地对付着东转西弯。有山羊在灯光中走过。它们惊恐的眼睛像是半透明的玻璃球。我们到达了某个山口,然后汽车就下坡,一路刹车,行在崎岖的小道上。我与疲劳搏斗着。同时,集中精力思索着在诊所获得的信息。我推迟了这一时刻。然而我必须这样做。我开亮了车顶的灯,打开了信封。一把钥匙。穿在一个画有一条小锤头鲨图案的木头钥匙牌上。又是它。我都已经烦了,深深地腻烦了。"马林。"那个名字就这样来了。神秘的通信人。一种连贯被勾勒出来,但我还是看得不清楚。儒勒给我打来了电话。他问我是不是需要他过来。我不想。我谢绝了。"你能经受得住吗?"

我们继续下坡,直到道路重新变得平坦。越野车穿过一个石头门。我们进入了一片棕榈树林。车灯的光亮中是几十根几十根树干。车内一片沉默。没有丝毫动静打破这一沉默。我让司机关掉空调:我的血已经凉透。发动机不费劲地转动着,我们柔柔地滑行在沙土上。过了几分钟,我发现一座房屋从光点中突兀出来。汽车停下。

我下了车。空气很温和,很惬意。还带一点咸味。我听到了海浪的涛声。一个脑袋上缠扎着天蓝色头巾的男人前来迎接我们。"欢迎①,先生,欢迎您来到阿布-努瓦斯棕榈树。"②我付过车钱。汽车开走。从此我就独自一人了。跟着帕兹的幽灵。那人看样子不到二十岁。他带我来到前台,那里有另一些缠扎天蓝色头巾的年轻人。这是一个石头建筑,墙壁上涂了石灰,很光亮,家具都是木头的。几个垫子铺在深色的木地板上,一个大电扇开着吹风。有人递给我一块小小的热乎乎的湿毛巾,还有一个陶土的杯子,满是果汁,浓稠的,加了奶的,香气扑鼻的。"椰枣汁。"③年轻人微笑道。很解渴,很安神,很美味。

我亮出我的护照,并补充说,我还不知道我会在此待多久。他回答我说那不是问题,因为在这里人们都 out of time。在时间之外。

度假村有它自己的时区,棕榈树时光。比都市要多出一小时,他明确告诉我,为的是让太阳的下山"跟鸡尾酒的时辰相吻合"。"我们会送您去您的泳池别墅④。我祝您有一个美好的戒毒⑤。"

"对不起,您说什么?"

"棕榈树度假村以它的戒毒计划而闻名遐迩。阳光,健康的饮食,宁静和引流治疗:我们将让您摆脱您的一切毒瘾。您绝对会发现我们的温泉……您将看到,从这里走出去的,不再是原先的那个人。"

他请我跟随他来到了房子外。一辆高尔夫车正等着我,另一个缠扎了蓝头巾的年轻人坐在驾驶座上。电动车启动,发出一种马达声。我们穿越了一个沙土路的小村子,那里的房子前都点着

---

① 原文为阿拉伯语"*Marahaba*"。
② 原文为英语"Welcome, sir, at the Abu Nuwas Palm Tree"。
③ 原文为英语"Date smoothy"。
④ 原文为英语"pool villa"。
⑤ 原文为英语"detox"。

火炬,火焰在微风中摇曳。车子停在了其中一栋房子前。年轻人推开一道厚厚的木头门,然后是第二道门,我来到了一个金碧辉煌的房间中。

木头,石头,电灯发出一种炙热的光线。一盘新鲜的椰枣放在一张金属桌子上。一个茶壶冒着热气。一张铺着白床单的大床,位于一个叶片宽大的电扇底下。服务生把我的旅行包放到行李架上,然后走向沉重的窗帘,把它拉开。一大面玻璃窗滑动在它的轨道中,夜晚呈现出了绿色:一个游泳池,铺着翠绿的马赛克瓷砖。那人对我说,他时刻听从我的吩咐,假如我需要他的话,就直接摁电话上的9号键好了。他祝我晚安,然后就消失在了阿拉伯的夜色中。

我身处于豪华中,而我妻子则躺在一个冰冷的房间里。犯罪感深深地折磨着我。我胃里滚烫,肠子在绞痛。我去我的包里寻找药片,我打开了房间迷你吧中的那瓶黎巴嫩酒,迷你吧就藏在一道雕刻精美的木头门底下。我匆匆脱去鞋袜衣裤,我带着酒瓶进到水中。酒有些辣舌头。我仰面躺下,浸在水中,我毫无生气的性器耷拉在大腿中间。空气是那么温和,帕兹,没有跟你一起享受它真的是一种罪孽。满天的星座描画出了你的脸。我爱你,又恨你。我不愿去想你被水入侵、被缺氧杀死的肉体。我竭力从脑海中驱走这一形象,这一不再是你而只是你躯壳的尸体。我们有了这个可爱的小男孩,靠了他,你将继续活着。为什么你要做这个?酒和药片起了作用,灯光开始摇曳舞动。我也一样,也可能会死在这里。但我应该活下去,活下去,活下去。为了他,也为了知道他母亲曾做了什么。或者人们曾对她做了什么。

精　灵

　　我在阳光中睁开眼睛。我挺起身来,我背痛欲裂,脑袋像一团糨糊。我在水边睡着了,就在砂岩石板上。我挺起身来,我的脚碰到了一个空酒瓶,它咕噜一滚,滚到了水中。我赤裸着身子,一副可怜兮兮的样子,尤其是居然还身处这个美丽花园的中央,花园里长了一些石榴树和柠檬树,香气袭人。一道棕榈叶的篱笆为我挡住了外人的目光。尽头,有一个露天的淋浴龙头,一条灰石小路通向那里。边上,有一条宽厚的木凳子,上面折放着沙土色的毛巾。

　　清水流在我头上,流下我的身体。很安神,痛苦减轻了。我睁开眼睛,阳光透过水珠,形成七色彩虹,对面的高山之上,天空一片碧蓝。阳光在一道蜜色的城墙上点燃了棕色的反光。还有一道绿色的城墙:几百棵椰枣树,果实累累。看来,《奥德赛》中尤利西斯的同伴们吃的那些传奇水果,那些"甜如蜜的水果",吃了后就会彻底断了他们回乡念头的果子,实际上是一些椰枣……我是不是也应该跟这一异国情调的享受作一番斗争呢?鸟儿穿越蓝天。一切都在诱发欲望。

　　我坐在垫子上,面对大海。一个棕榈叶的屋顶遮挡了阳光。我穿一件衬衣,一条很细巧的长裤,我赤脚搁在一块清凉的石板上。又一个扎缠着天蓝色头巾的年轻男子为我端来了咖啡。我应该是这里唯一的外国人。在一块写有一网打尽维生素①字样的木

---

　　① 　原文为英语"vitamine shoot"。

牌子底下,一个冷餐台展示了各种各样多汁的水果,石榴、柠檬、木瓜、杧果、猕猴桃,还有形状奇怪的火龙果,它的皮由鳞状的玫瑰色叶片构成。还有椰枣,我故意把它们留在一边。

一个穿着一件很像罩衣的白色裙袍的女人,走来停在了我的桌前。她一头棕发,如火焰一般,她本来似乎会跟自然背景很不协调,却不料居然跟身后岩石的色调相得益彰。

"您好,"她用法语对我说,带了一丝英国口音,"我是金伯利·弗莱明,是本旅馆的经理。"

我赶紧打招呼,被她的绿眼睛,还有她名字的无羁特点所吸引。叫金伯利,就如同叫布伦达或夏延。成了一个品牌系列。实在有些不太严肃。

"我知道您是昨天晚上到的,"她说,"我只是想过来见您一下。我希望您能在此过得愉快。"

我点点头。

"有什么需要,就请直接对我说,不用客气。"

"谢谢您的好意。您的法语说得真好。"

她谢过我的夸奖。我打量了她一番。她是不是认识帕兹?我几乎就要问她了。但我咬住了嘴唇。什么都不说。谨慎行事,"就像鲨鱼在海波中"。

我问她潜水中心在哪里。

"就在村子里。开车只要三分钟。这里的景色都很棒。您要不要我叫一辆高尔夫车来?"

"可以从海滩走吗?我更愿意步行去。"

"从海滩走,这样更好,尤其在眼下这样的天气里。"

她很专业地检查了我的早餐。

"您没有尝尝我们的椰枣汁吗?我来给您点一份。"

"谢谢,但我不喜欢椰枣。"

"这您可就错了,很含维生素的。跟蜜一样甜呢……"

她真的说了这个吗?她绿眼睛的色彩黯淡了下来。

"欢迎您的到来。"说着,她就消失了。

我走在一座座房屋之间。一条沙土小路通向浪沫之线。海浪声以及盘旋在空中的老鹰的叫声更彰显了四周的寂静。高山构成一道城墙。另一个保护则是棕榈树的树冠,一道道光线就在那上面爆炸,然后落到裂叶上。人们根本就不敢想象的一个阿拉伯村庄,在咖啡树和其他物种的缠结中隐藏了一种看不见的豪华。一个伊甸园。山羊在那里悠闲地漫步,缓缓地经过。其中有一只从一段褐色岩石的台阶上打量着我,同时不慌不忙地啃吃一个多汁的果子。它有一道人类的目光。我脱下鞋子,拎在手上。我面前,海水闪着粼粼的波光,像蛇皮那样,钴蓝色的,有些地方则透出一丝绿色来。阳光让我眯起了眼缝,发咸的空气让我稍稍清醒了一些。我前行在潮湿的沙滩上,海水舔着我的脚趾,在它的抚摩下我微微颤抖。左边,高山一个猛子潜入水波中。右边,海滩柔柔地延伸开去,越来越宽,远远的,渔村在海雾中隐约可见。

一只螃蟹被我脚步的震颤所惊吓,高高地举起大钳,匆匆溜走,那横行的样子又可笑又有趣,一会儿就钻进了一个洞。

我到了。手攥成了拳头,钥匙串紧捏在其中。村子:几只小船翻转在沙滩上,电线杆把珍贵的电流送到几座孤零零的房子,白色的、黄色的或玫瑰色的房子,带一个或两个楼层,带木头的或铁的门。带鲜花图案的地毯就晾晒在阳台上。几个圆柱式的大罐躺在屋顶上,像是胖大的海豹在晒太阳。边上,有时候,会有一个陈旧的锅盖天线。最高的房屋是一个小小的清真寺,带有尖形拱肋的窗户,白色的雉堞,蓝色的圆顶。一辆小型载重卡车停在门前。四个小姑娘身穿绣了五颜六色鲜花图案的长裙,光着脑袋,皮肤古铜色,黑黑的头发十分漂亮,并排坐在沙滩上,吹着海风。当我经过时,她们向我招手示意,然后大胆地笑起来。我跟一个男子打了个招呼,他身穿黑色长袍,红白相间的缠头巾扎在脑袋上,侧旁卷起,脑后系结。他嘴里叼了一支卷烟,正忙着补网。一大团黑胡子。他身边,一只海鸥正啄食着一个鱼脑袋。又有一只蟹,从一个瘪了的手提汽油桶里爬出来。一百米远处,海滩的尽头,悬崖复起的地方,我发现了一座房子,它的一面涂成红色,中间有一道斜向的白条。潜水员下潜标志旗①,也是全世界各个潜水中心的通用旗。房子边上有一个带遮篷的平台,摆有两张桌子。我没找到丝毫的生命痕迹。

　　我摊开双手。我瞧了瞧木头小鲨鱼。我本该让那外交官为我描述一下那屋子的形状的……而现在,我只得前去村里打听。

　　道路是沙土的和卵石的。一大群男孩子呼噜噜地冲将过来,追逐着一只旧皮球。其中一个,穿了一件过大的长袍,不停地把它往肩头上拉,头发的颜色浅得很怪。他停下来,专注地瞧着我。然后去追其他同伴。在一堵墙上,写着两个英语词,描成了红颜色:LIFE OVER。我来到了一座房子前。前面有几把塑料椅,坐了三个男人,两个老人,一个青年,青年吸着水烟。从屋内飘来一股煎鱼、棕榈油和烟草的气味,直扑我的鼻孔。我走了进去。一家介乎于咖啡馆和杂货铺的店,老板的脸晒得黑黑的,戴了一顶库玛,是一种小小的绣花圆帽,通常是男人们戴在缠头巾底下的。我用从贝鲁特到大马士革学到的几个阿拉伯词勉强对付着说了几句。

　　"愿你平安。"②

---

① 原文为英语"diver down flag"。
② 原文为阿拉伯语"*Salam Aleikhoum*"。

我点了一杯咖啡。

"阿拉伯咖啡。①"他认为有必要对我明确一下。

我出来坐到一把塑料椅上。咖啡来了,盛在一个多莱斯牌的玻璃杯里。那个家伙把它放在一张胶合板的小桌子上,"谢谢。"②

他瞧了我一眼。

"美国人吗?"③

我摇摇头。

"法国人。"④

他点了点头。可以说他放心了。我对他说我是来找住在这里的外国女人的。

他摇摇头。

"那姑娘,"我说,"那个姑娘,外国姑娘吗?"⑤我可笑地模仿一大团瀑布般披散下来的头发。

他还是摇摇头,转回到屋里。

我把钥匙放到桌上。我心想我真傻。这时候,我的邻桌之一站了起来。吸水烟者中最年轻的一位。他走近我。他并没穿长袍,但披了一块条纹布料,在胯部系了个结,还穿了一件有破洞的T恤衫。他光着脑袋,晶亮的盐粒在他短短的胡子上和头发上闪耀。

"嗨!"他对我说,坐到了我旁边。

"您说英语吗?"

"是的,我是印度人。"

~~~~~~~~~~~~~~~~

① 原文为英语"Arabic coffee"。
② 原文为阿拉伯语"Shoukran"。
③ 原文为阿拉伯语"Amriki"。
④ 原文为阿拉伯语"Françaoui"。
⑤ 原文为阿拉伯语"Elbent. El Ajnabiah?"。

"你好。"①我说,双手合十。

他的脸豁然开朗。

他莞尔一笑。他的牙齿很白。他对我说他来自印度的南方。柯枝,在喀拉拉邦。他说他是穆斯林,不得不背井离乡来这里挣更多的钱,好给女儿置办嫁妆。他当时坐了一艘独桅帆船出发来这里的。而他留在了这里,靠捕鱼就能挣不少钱。已经干了一年了。再待上一年,他就该回去了。

"你女儿,她多大了?"

"十二岁。"

我眼睛盯住了木头钥匙串。他正关注地瞧着它呢。

"你来是为了那个西班牙女人吧?"

我的心在胸膛的骨廓里猛地跳了一下。我点点头,立即问他:"你怎么知道她是西班牙人?"

"她偶尔也来这里。来吃饭。喝一杯咖啡。买一些吃的。有一天,我们在看足球赛,因为这里有电视。是皇家马德里对巴萨。她留了下来,我们聊了聊。就这样我知道她是西班牙人。我很喜欢她。"

听人谈到她让我感到欣慰。

"我在找她住的地方。"

他的目光停在了钥匙串上。他一脸的狐疑。他瞧了瞧周围。两个老人不说话了。好像是在听着我们。

"我对你说话,他们不高兴了。"

"为什么?"

"因为宾馆。它买我们的鱼,这对我们很好。假如宾馆关门……"

---

① 原文为印地语"*Namaste*"。

"它为什么会关门?"

"因为那个西班牙女人的死。"

听到他这句突然而又尖锐的话,我不寒而栗。我继续道。

"他们跟她的死有什么关联吗?"

他耸了耸肩。

"我不知道。你该不是警察吧?"

"不。我是她的一个朋友。"

"我可以指给你看她住的地方。但我们最好在海滩上约见。我不愿让他们看到是我。"

它用下巴给我指了指吸水烟的老者。

"为什么?"

"他们害怕'ayn'。"

"'ayn'是什么?"

"毒眼。"

一阵冰冷的凉意掠过我的四肢,让它们变得十分笨重。他固执地瞧着我,仿佛要从我的脸上读出某种基本的东西。我赶紧喝一口咖啡,以维持一种稳当样。他的手在小桌子上向前伸,捏住了那个木头钥匙串:

"Qarsh。"

"你说什么?"

"Qarsh。意思就是鲨鱼。这里有很多。那边,就在前面……能看到很多很多鲨鱼,在海里。"

他做了一个戴面罩的动作。我竭力让他回到谈话中来:

"你为什么说到毒眼?"

"因为她死了,但不是大海把她扔到海滩上的。他们说到一个精灵①……"

我开始不再觉得这滑稽了。他正在讥讽我。精灵,我知道那是些什么:《一千零一夜》中从神灯中跳出来的精怪。

"指给我看她住的地方。"

他点了点头,从他的缠腰布中,在布料和他的肚子之间,掏出一盒卷烟。我拿了一支,他也拿了一支,他拿打火机的火焰凑近我的嘴,然后再挪到他的嘴边。烟草熏得我喉咙痒痒。他黑黑的眼珠死盯着我的眼睛。

"我不跟你开玩笑。毒眼,精灵,真的是他们说的……"

一个嗓音在我们旁边响起。一个短句,阿拉伯语的,咄咄逼人的腔调。是老人中的一位说话了,用阿拉伯语。是说给我的对话者听的。于是后者对我说:

"我得回到他们那里去。你呢,你先走,然后我到海滩去找你。"

我在桌上放了几枚硬币,站起身来。

海潮退去。孩子们在潮湿的沙土上玩球。一帮女人席地坐在阴影中,就在张开来晾晒着的渔网旁,监看着那些孩子。大海中,三条机动船在海浪中行进。咖啡店的那个年轻人找到了我。他很矫健地走来,坐到了我边上。

"实际上,我叫拉金。你呢?"

"塞萨。"

"你是基督徒吗?"

我回答说是的,没有宗教信仰,在这里是一件完全不可理解的事。

---

① 原文为阿拉伯语"*djinn*"。以下均同。

他又递给我一支卷烟。等他点上后,我接过话头继续说:

"你说,不是大海把她扔到海滩上的……"

"不是的。因为一个溺水者可不会有那样的脑袋。他会肿胀。她却没有肿胀。她很漂亮,赞美真主①……"

"你看到她了?"

"没有。但有人看到她了。"

"谁?"

"其他人……"

他的眼光落到宛若一幅珍贵的丝绸那般闪烁着亮点的海面上。怅然若失……尽头处,右边,潜水中心似乎很热闹。有人坐在平台上。马林吗?

"潜水中心的人,他们看到她了吗?"

"是的。尤其因为她是个外国人,人们先通知的是他们。"

"她认识他们,潜水中心的人吗?"

"在这里,所有人彼此都认识。即便彼此不喜欢,他们还是认识的。我也一样,我认识他们。"

"那你不喜欢他们吗?"

"不喜欢。"

"为什么呢?"

"海底下的东西是不应该去看的。那样不好。假如那是好的话,那么安拉就会赐予我们鱼鳍了……如同赐予它!"

他指着钥匙串,我一直就把它拿在手上。

"你喜欢鲨鱼吗?"

"不。在我家乡,在印度,它们有时候会溯游到江河中来,他们还吃人。"

---

① 原文为阿拉伯语"*hamdouli- lah*"。

我指给他看潜水中心。

"而他们,在中心,他们应该很喜欢鲨鱼,是吗?"

"确实,尤其有一个。他是魔人①。"

"魔人?"

"他简直中了魔。"

我在刺激和不安之间犹豫摇摆。

"我不明白。"

"这正是他们所说的……"

"'他们',都是些谁呢?"

"村子里,古人们。"

"那些谈到精灵的人吗?"

他点点头。

"那她是因为一个精灵而死的吗?"

"不,她死在大海中,但不是大海把她打发回村里的。而是一个精灵把她扔在那里的。好让村里人害怕。她是个不忠诚者,如你一样。一个基督教徒。"

"你是怎么知道的?"

"她身上有个符号。在皮肤上。"

我咽下一口唾沫。我试图克制我的痛苦。还有我的愤怒,想知道她的躯体是不是展示在了众目睽睽之下。她的躯体,她躯体的秘密。一瞬间里,种种可怕的幻象掠过我的脑海。亵渎。我牢牢抓紧了外交官给我的那份报告。"没有精神创伤的病损。性暴力:无。"

"你看到了吗?"

"我跟你说过了,没有。"

---

① 原文为阿拉伯语"*majnun*"。以下同此。

又一次,他的目光移向大海。

"拉金,我问你,一个精灵,那到底是什么?"

他继续眺望大海,并对我说:

"*Wa Khalaqa Al-Janna Min marijin Min Narin...*①"

"这说的是什么?"

"'他从一堆杂火中创造出精灵。'"

"是《古兰经》中说的吗?"

"是的。精灵是主的造物,如同天使与凡人。天使是由光亮所造,人是由黏土所造,而精灵则由火所造。"

"他们凶狠吗?"

"他们有他们自己的意愿,他们有的好,有的坏。易卜劣厮②是一个精灵。还是一个坏精灵。"

"易卜劣厮?"

"就是魔鬼。"

我差点儿就把他甩在那里了。我简直都受不了啦。但他是唯一一个跟我谈到她的人。

"那你相信吗,你,相信精灵?"

"所有人全都相信精灵……人们全都相信精灵,恰如人们相信蛇的皮能用来预防毒眼。"

突然,他又站了起来。弄平他缠腰布的褶子,握住我的手,并把他的手放在心口上。

"我希望你能找到一个答案……"

我也跟着站了起来。还剩下最后的一点。

"他叫什么名字,那个魔人?……"

---

① 阿拉伯语,意思见下文的解释。
② 原文为阿拉伯语"*Iblis*"。

他纹丝不动。他迟疑着没有回答。然后他吐出了那个名字:

"马里纳。"

"为什么你说他是魔人?"

"他跟鱼说话。"

我差点儿笑出来。

"那么,精灵就是他了?"

"不对!他,那是一个人。精灵,人们是看不见的。有一个精灵的部落,就生活在海中。叫马阿里德。老人们说,他同样也跟马阿里德说话。"

我是越来越弄不明白了。该是停止这一越来越神秘的谈话的时候了。

"她住的地方在哪里?"我问道。

他转身。村庄就对着我们,由一长条棕榈树的绿线守卫着,那上面,则是山地所构成的一道金褐色的城墙,再上面,就是瓦蓝瓦蓝的广袤无边的天空。一个女人从我们前面经过,停了一会儿,她的面纱是黑色的,海风把它的褶子吹得鼓了起来。她看了我们几秒钟,然后消失了。

"在那儿。白色的房屋。"

这是一座再简单不过的房子,跟别的房子很像。唯一精细高贵之处,是一人高的地方有两道圆弧,构成为半圆形状的拱腹,划定了一个阴暗空间的界限,在它的尽头有一道门。门是木头的。漆成蓝色,烘托有三根金属杆,它们彼此交叉,画出了菱形和星星的图案。在右边,有一个小窗户,由一道栅栏保护。我把眼睛贴上去瞧,但有一块带鲜花图案的布挡住了我的视线。门上锁着一把金黄色的锁,上面刻写着 *Goldcity*。我把钥匙伸向那圆柱体。我终于马上就要知道了。

中　心

　　钥匙捅不进去。我重又试了试。没有用。是他弄错房子了？还是有人换了锁？我听到背后有脚步声。我转过身，心儿怦怦直跳。是我在村里见到过的小男孩，就是长袍太长的那一个。他正走向隔壁那栋房子的门，看到我，很是惊讶。"Kifak?"①这句话是我对黎巴嫩的古老回忆。"你还好吧？"他却不回答，也不微笑。他踮起脚尖去够他那房屋的门闩。"等一等！"我手伸进衣兜里。我摇动着钥匙串上的木头小鲨鱼。他停住了。我悄悄地靠近。"那姑娘，外国人，她就住在这里的？这是她的房屋？"

　　小男孩点点头。

　　我什么都弄不明白了。我在阴影里坐了一会儿。从这里我看得见潜水中心。平台上始终不见任何人。我决定去那里。

　　棚架上棕榈树的叶子被太阳晒得枯焦，但那房子，建在一大块水泥板上，保持了良好状况。门的右侧，挂了一块很大的木牌子，上面镌刻着 DIVING @ ABU NUWAS 的字样，显示出一张地图，图中好几处都标出了红底白斜道的小旗帜。我猜想那意味着不同的潜水点。我发现，我们其实位于一个半岛上，海岸被割成几十处迷宫一般的峡湾。一块牌子，更小些，软木做的，垫衬着好几张褪了色的照片。照片上是一些戴了面罩背了气瓶的人，游动在一群个头像绵羊一般大的海龟中间，而那些珊瑚的美丽背景则足以让凡

---

①　原文为阿拉伯语，意思即下文重复的"你还好吧？"

尔赛的园丁大惊失色。有一张纸钉在上面,纸上是一个图表,写明当天是星期几,天气如何,天气只由一个符号表示:一个微笑着的太阳。一根线拴了一支圆珠笔。请人注册。我走向房门,我差点儿写下"走向死人"①。我的心跳得厉害。一道栅栏被推到墙前。有人。我站在玻璃门前,门上贴满了各式标签,图案大同小异,都是同样的图腾:一条海豚,一条鲨鱼,一个在一张世界地图上吐着气泡的潜水者,一条食肉类鱼,被一个圆圈圈住,人们在圆圈里读到如下的信息:**现在潜水,以后再工作**②。其他的则写着 PADI,CMAS,SCUBA③。

我推开门。我感觉自己仿佛置身于挂在衣架上的人类皮肤中间,这就是潜水连体服给我的第一眼印象,软绵绵的,空荡荡的,沉甸甸的。在陈列架上,一个个面罩在瞧着我,还有 AbyssNaut 品牌的各种气瓶。尽深处,有一道胶合板的门,关着,前面,是一张办公桌,一把椅子。空空的。一个铁制的小旋转架上有一些明信片。其中一张上,有一条白色的海鳝,身上布满了小黑斑,正张开大口,准备吞吃一只像一把电动牙刷在那里忙活的半透明的虾。在另一张明信片上,是当地风光的鸟瞰图:这一强劲有力的山地半岛,带着某种冷酷无情,一头扎入海中,并把在最右边的这条像性器官一样温柔的小谷地揽入怀中,而谷地上的那片棕榈树林,简直就像是阴部秘密的毛被。

"早上好!"④

我吓了一跳。一个身材魁梧的男人突然出现在我眼前。他应该有五十来岁,肤色略略发红,蓝蓝的眼睛,目光锐利,头发很短。

---

① 法语中"门"和"死人"分别为"porte"和"morte",同韵,词形相似。
② 原文为英语"DIVE NOW, WORK LATER"。
③ 这几个都是潜水协会的简称。
④ 原文为英语"Good morning!"。

他双拳叉腰,穿一件黑色的T恤,我的目光立即就停在了那T恤衫上:众所周知的人类进化的图标——用五幅图画来表示,一只猴子渐渐地站立起来,最后成为一个人——只不过这里多出来一个阶段,多出来一幅图画,在这里,直立人,然后是智人①,不是垂直方向,而是水平方向行进的,头戴着棕榈树的叶冠,嘴里吐着泡泡。他成为了潜水者,按照T恤衫图案设计者的意思,这就是人类进化的最后阶段,而这当然也是我那对话者的想法了。

"我能为您做点什么呢?"他用英语问道,以一个曼联球迷的腔调。难道就是他,那个马林?

"我想打听一下关于潜水……"

那家伙哈哈大笑起来,说:

"真的吗?您来这里不是为了滑雪吧?"

这愚蠢的微笑。自我满足。很难想象在这海滩上还曾死过一个人。他倒是轻易地就忘却了,这混蛋。

"您很逗。"我说。

他的脸色一下子就变了。

"对不起,哥们②。我叫达尼埃尔。"

我有了我的回答。他向我伸过手来。

"请问您是什么级别?"他又问。

"我从来就没练过……"

"那么,就是来收养的吧?"

伴随着这个词的严肃性,一种不安深深地侵入了我心。他打开了一个大本子,抓过一支圆珠笔,瞧着计划表。

"明天,您看行吧?"

---

① 原文为拉丁语"homo erectus"和"sapiens"。
② 原文为英语"Sorry, guy"。

这对我而言稍稍快了些。我觉得自己很可笑。我实在不想一头扎进水里去。我是说,不想真的潜到水底下去。小时候,我用面罩和透气管下过水,但是,在水底下呼吸,要在这松松垮垮的第二层皮肤中耸肩缩脖……我赶紧把目光从那连体服上移开。它们散发出氯丁橡胶的一种可怕气味。这个当地人也太卑鄙了。他妈的,帕兹,你来这里都做了些什么呢?

我试图赢得时间。我回答他说我不知道,我希望能有更精确的信息,能知道它到底是个什么样的过程。

"我们早上出发,我们大下午回来。两次潜水。两次之间我们休息。"

"这里就您一个人吗?"

"幸好不是,"他回答说,"有两个小伙子跟着我。"

"他们在哪里?"

我是不是在他的脸上见到了怀疑的影子?于是我赶紧打退堂鼓。

"我稍稍有些担心,"我说,"我想,对第一次来的人来说,这也算很正常,不是吗?"

"如同任何的第一次。我的小伙子们现在正在海里。您住在宾馆里吗?"

我点点头。

"他们会在八点三十分把您送到这里。那么,您就是明天出发啰?"

听他的声音,我明白我让他恼火了。

"您的那些小伙子,他们说英语吗?"

我的问题很愚蠢,我知道,但我不能直截了当地就问他,那两人中是不是有一个法国人。我想留一手,别犯傻,别让人起疑心。我相信我很好地做到了这一点。

"最好是他们都能说英语,这样,我的顾客就能听明白要领了。潜水,那是一件很严肃的事,我希望您能理解这一点。最近就发生过一个事故。"

说者无意,听者有心。他看见我脸色刷地变白了吗?现在似乎是他想打退堂鼓了。他接着说:

"他们讲英语,他们也讲阿拉伯语,其中一个还讲法语,因为您是法国人,不是吗?"

我点点头。

"我猜就是……我有一个法国教练。我就让他来带您吧?"

这问题烫了我的舌头。我没有抵抗:

"他叫什么?"

"马林。"

火重又燃起在我心中。我拼命克制,把已经冲到我嘴唇边上的一个个问题压了下来:

"你们认不认识一个叫帕兹的西班牙女人?"

"她常常跟你们一起潜水吗?"

"当有人告诉你们,她的尸体赤裸裸地躺在渔民家屋子前的海滩上时,是你们报的警吗?"

他打断了我的思路。

"那么,明天我们是去还是不去?"

我有选择吗?没有。

我得下来弄明白。

"去。"

"那就请在这里签个字。"

他递给我一张纸,我得写下,如遇事故,我不得作任何追究。

石 榴

我游泳。我游在海湾的水中。为了洗去我身上的一切厌倦。我再也受不了这份沉甸甸的痛苦,还有奥秘。我又想起了那把生锈的门锁。它到底是什么,我无法给予她,而她要到这里来寻找的这东西?它到底是什么,她在她的路上寻找到的,并最终把她挡住了的这东西?马林吗?我游爬泳,我在阿拉伯的海浪中活动肌肉,我一边颤抖,一边想到我那赤裸裸的肚子底下的一切,想到我明天将看到的,这个青绿色的黏糊糊的海底世界,它实在让我惧怕,尤其因为它杀死了我的帕兹。

我游了一个小时,直到我的脑袋里只剩下无害的想法在打转。我倒在海滩上。我任凭海浪舔舐我。我在阳光下闭上眼睛。我试图不再去想精灵,去想毒眼。我从来就不相信那些东西。

我打电话给我父母。他们建议把电话转给你。我拒绝了。我怕自己会顶不住。他们对我说你总是在玩你的石膏岛,还有它橘黄色的熔岩,你还把一架尸骨放在那里,到晚上它就会放出磷光,把白天里积攒起的光亮全都释放出来。还说你会画花了。

我习惯了伊甸园的环境。我吃百香果。我瞧着在远处滑过的小帆船。我坐在座席①上,我那阿拉伯房屋的室外小客厅,淋浴,穿上干净的内衣,准备搏斗。

---

① 原文为阿拉伯语"*majliss*"。

我正在这样胡思乱想时,那胖子达尼埃尔过来让我跟他走,去库房,在那里我试穿了一下氯丁橡胶的连体潜水衣,我租用的第二张皮。然后再穿浮控背心,它以它的管管道道,它的放水阀,它的铅带垂兜,还有它肚子上的搭扣,给我感觉是要在海洋特遣小分队中去撞大运。

我回到大厅。我发现一张小小的卡片滑落在我的门底下,上面写了这样的话。

> 金伯利·弗莱明女士,阿布-努瓦斯棕榈树店的经理,很高兴并很荣幸地欢迎您来精灵酒吧,来度过夕阳西下时光的调酒一刻。①

她在酒吧等着我。坐在一把高高的凳子上。她的头发披散着。她穿着一件绿色的裙袍,上面露着上胸部,下面露着晒得黝黑的大腿。真是管理的另一种面貌。我很想来上一杯。甚至两杯。但不太想说话。我得强迫我自己。集中精神。

她发现了我,但没有站起来。满足于把她的那杯鸡尾酒从嘴唇边拿开,并把目光移向我。我在她的旁边坐下。她朝我伸过来一只手,手指甲涂成了红颜色,说了一声晚上好,给我指了指站在酒吧后面的那个圆脸的家伙。他跟其他雇员一样,穿一件天蓝色的长袍。

"辛巴德,我们的调酒师。"

"不再称 barman 了?"

"不了,"女经理说,"妇女协会抱怨了……叫 barman 实在太男性化了。"

---

① 原文为英语"Mrs Kimberley Fleming, manager of the Abu Nuwas Palm Tree, is very pleased and honored to welcome you for a sunset mixology session at the Djinn Bar."

"那 barmaid① 呢?"

"Barmaid,那指的是给人灌酒的女人。看来,贬值了。当然对我不是。我是在爱尔兰度过的童年……"

"金伯利,这可不是爱尔兰名字。"

"确实。我母亲来自于诺福克。您就叫我金好了,会好的……"

"明白。不管怎么说,这里离诺福克很远……辛巴德,精灵酒吧……你们这里的名称有一半多都来自《一千零一夜》……"

她莞尔一笑。

"幸福的阿拉伯世界,您又能怎样……请问您喝点什么?辛巴德的拿手戏吗?"

"是什么?"

"就是我正在喝着的。一种椰枣马丁尼酒。白色马丁尼,伏特加,香堡,来自我们自己有机花园的绿柠檬,还有就从您眼皮底下摇曳着的一千棵椰枣树那里采摘来的新鲜椰枣,"她指了指那片椰枣树林,"果子由辛巴德用捣臼小心地捣碎,这一切在摇杯中调匀,不用勺子。"

我笑对这一暗示。

"尽可能玩得开心。"她说,难堪得有些虚假。

"还会缺消遣吗?"

她把酒杯拿到嘴边。

"瞧瞧您的周围。"

旅馆几乎是空的。一对度蜜月的夫妇面对着一杯香槟酒。一个阿拉伯家庭,父母,孩子,还有菲律宾女佣。

"那么,"她继续说,"就来椰枣马丁尼酒吧?"

---

① "barman"和"barmaid"大致可翻译为"吧男"和"吧女"。

"不,不要椰枣。"

"这您可就错了,这里是椰枣的国度:苏丹让人栽种了一百万棵椰枣树……它想让它的人民自给自足……它饱含着抗氧化的营养元素。在温泉,人们甚至会建议涂椰枣胶,您应该试一试。"

"也许吧,我很需要涂一涂胶的……"

她笑了。好惬意的陪同。但是荷马式的预感渐渐占了上风。

"那就来一杯马丁尼酒吧,但是,您建议我里面放别的什么来的?"

她朝辛巴德用英语说了一个短句。于是他建议道:

"先生,就来石榴的吧。①"

她翻译道:

"石榴。对前列腺很有好处。"

我没有接茬:

"您的法语说得真好。"

"洛桑旅游学院。瑞士人的精确,"她这么说,仿佛是为了自嘲,转身朝向调酒师,指着他的酒杯,"辛巴德,有请。②"简直像一声猫叫。在这一橙色的光芒中,完全就是异常。我有一种飘飘欲仙的感觉。

辛巴德打开了一个可爱的小木头盒子,每个隔层中都是一枚椰枣。经过长时间的研究之后,他挑选了三枚椰枣,把它们一破为二。他的小刀就像一把小型的阿拉伯弯刀。果肉胖嘟嘟的,犹疑于黄色与褐色之间,质地在蜂蜜与焦糖之间。我的女邻座向切水果板伸出小手,拿起半个果子就往嘴里送。

"'一大清早起来,先吃七颗椰枣,保证不会中毒,不受魔怪迷

---

① 原文为英语"Pomegranate, sir"。
② 原文为英语"Sindbad, please"。

惑,'先知曾经这样说过。"

"那他是怎样说马丁尼酒的呢?"

"请不要亵渎先知,"她对我说,皱起了眉头,"即便这块飞地抵抗着它的帝国……谢谢,辛巴德。"她又说,要了她的第二杯马丁尼酒。

辛巴德切了一个石榴。皮裂了。红色的籽儿露了出来。一股红宝石般的汁液流了出来。

"瞧,有多美啊。"

我抬起眼睛:面前是另一个石榴,这一颗是环球,把它的血流洒在了大海的腰间。金抓住她的酒杯,不小心轻轻地碰了一下我的手。我不寒而栗。

"旅馆是那么的空。"她说。

"这让你忧伤吗?"

她摇了摇头。

"不。从来就没有什么人来。谁会想到来这里呢?此外,就说您吧,您来这里做什么呢?我看了您的登记卡。商务人员吗?"

"您看了我的登记卡?"

"所有顾客的登记卡我都看。"

辛巴德微笑着使劲摇晃他的摇杯。然后把酒精和水果的混合体倒进一个很大很精细的圆锥杯中,一直把它推着滑到我跟前。

"您的业务是什么呢?"

"伊斯兰金融,"我说,而为了更好地遮掩自己,我补充说,"我发行债券,您对此有兴趣吗?"

她做了个鬼脸,意思像是在说:"不,我真的不希望您对我谈论这个。"然后举起了她的杯子:

"那么,为了您的商务!"

酒杯相碰。她把杯子送往她肉嘟嘟的嘴唇。我也一样:既苦又甜。美味。我第二次在内心里说:她一定见过帕兹。

"您顾客的所有登记卡您都看……"

她点头表示认同。

"您还有过什么更……独特的?"

我们周围,那些身穿蓝袍的人开始点燃火把,熊熊的火焰在微风中跳跃。酒吧有了一副庆典中的剧院的模样。我再也看不清她的眼睛。我只听到她的手镯在胳膊上滑过,她喝了一口。

"几个月前,来了一个人。一个女艺术家。这改变了我们。"

她的嗓音变得更低沉了,同时也更带一种幻灭醒悟的味道。我的血开始奔流得更欢了。

"一个女艺术家?一个女摄影师?"

金转身朝向我,一脸十分惊讶的神情:

"你为什么说是一个摄影师?"

"我不知道呀。夕阳的美,这就相当合适……"

"好像,您对这不感兴趣吧。"

她看来有些失望。

"正相反。她难道不是摄影师吗?"

"当然不是!再也没有比摄影离她更远的了。她憎恨照片!有好几次,在船上,当我们快要潜水时,她都坚持不让我们给她拍照,仿佛她必须躲藏。我向您担保,我甚至在心里说,我这是认真的,她兴许正偷逃在外,是一个逃犯,诸如此类的角色。"

"一个逃犯?"

我得做出极大的努力,方能不从我扮演的人物中跳出来。我喝下一半鸡尾酒。

"是的,在您看来这会显得很可笑,但我一时间里就这么想了,我向您承认。因为她不仅不愿意被人拍照,仿佛不想被人认出来,而且她自己也从来就不照相。然而,我们要去的这地方实在是美极了,如同人们所说,会给人留下深刻回忆。"

这最后一个词刺疼了我的心。回忆……假如事实正好与她的愿望相反呢？一次重大的遗忘之浴……不再拍照片？我不明白。他们说的还真的是同一个人吗？

"她来自哪个国家？"

"她是西班牙人。"

"您说过她是艺术家？"

"她是画家。"

难道我被骗了吗？金一只手搂住她的长发,把它拉到下巴底下。她胳膊肘撑在吧台上,瞧着我。

"怎么了？"她问我。

"没什么。"

"你的气色不对。"

"都是酒精在作怪。或者是疲劳……"

"我走了。"她说,开始从她的凳子上滑下来。

我用手摁住她的胳膊。把她钉在吧台上。我的动作吓了她一跳。她小臂的肌肉紧绷起来。我尽可能平静地说：

"您请随意。刚才我稍稍有些紧张,但很快就会过去的。您请随意。"

她在分析形势。她应该感觉到跟我一样的孤独,因为她最终还是稳坐了下来。

"再来一杯如何？"她提议。

"好的。"

辛巴德跑去找马丁尼酒。一段东方音乐,一首合着丝丝鼓点声——响尾蛇那样的刺耳响声——的怨诉之歌在夜空中缓缓响起。

"她走了？"

金停顿了一小会儿。

"假如人们愿意……"她回答道,嗓音中透出一种巨大的厌倦。

"您想说什么?"

"她死了。"

我假装很吃惊的样子。

"怎么会?"

"一天早上,人们发现她躺在海岸边,全身赤裸裸的。不,别以为……她的身体未受侵犯。一次溺水。一次简单的溺水。警方也没有因此来一次调查侦查。不需要。这让所有人全都心安理得。"

"为什么?"

"因为这是一个女人,一个外国人,而这里,人们都有一些……怎么说呢?……野蛮。这样对度假村更好,这可不是一则天才的广告……"

"这是个丑闻。"

这话脱口而出。我从不耐烦变得不谨慎了。幸亏,她倒没有接着说任何不当的话。

"您说得对,"她说,"我,我想知道。"

她朝我转过来她漂亮的浅色眼睛。跳跃不已的火炬让我看到她眼中的光亮。

"溺水……您是不是跟她一起潜过水?"

她点了点头。

"是的,她痴迷这个。她一来就如此。我得说,来这地方潜水,条件可谓得天独厚。我不明白为什么竟会发生那样的事。她是那么的生机勃勃……但是对不起,我并不想以此来为难您。可以说这样很不好……我也不知道我为什么要跟您说起她来。"

"您对我说起这个,是因为对您来说,她似乎很重要。"

她莞尔一笑。"请跟我来。"

她跳下凳子。整一整衣裙,拿起落在吧台上的钥匙——钥匙链是一个小小的香炉形状的玻璃酒瓶——走向主楼。经过飘荡着混杂了胡椒和番红花的鱼香味的煎鱼台时,她跟那个正在煎鱼的雇员打了个招呼。进入我鼻孔的,是大洋的彼岸。

"贾梅尔,一切都很好吧?"

"一切都好,夫人。"

"那么,晚安。"①

她已经根本不再是方才那个略带忧伤的姑娘,而是一个统治着男性世界的女老板。我跟随着她这棕发女人的步履,希望别陷入一个若想摆脱就非得碰得个头破血流的陷阱中。我们穿越了好几个开有圆拱和尖顶天窗的房间,透过那些镂空,可以看见繁星在空中闪烁。她在挂了一块阿拉伯语牌子的一道门前停住脚步,拿出钥匙,捅进锁眼转了一圈,请我走进一个昏暗的房间。她在我们身后关上了门。黑暗。炎热。我听见她的呼吸声。只持续了几秒钟。灯光亮起,柔和,经过了黄铜灯罩的筛滤。

我面前有一张书桌,桌子上有一块白布,白布上用蓝色颜料画了一幅很精彩的素描。线条粗犷,用力遒劲,是一个躺着的女人,仰卧,赤裸,头发披散着,两腿分开,两脚撑着地面,两手放在身体底下,像是试图要解开束缚住她的看不见的绳子——底下,则是大大的一团黑影。

"是她画的吗?"

"是的,是她画的。"

---

① 原文为英语"Eveything's OK, Jamal?""Everything's OK, Madame.""Have a good night"。

"好精彩的画。"我说。

她摇了摇头。

"不仅仅如此……瞧仔细了。"

我凑近去看,我看到,在颜料之上,有一些线,电蓝色的线,它跟随着素描的线条,并部分地覆盖了它。一种蕴含了对立和补充的耐心工作,素描的本能闪光。

"这是刺绣……"

"是的,"她说,"在一块白布上。是某种针线的绘画……"

右侧,绣了一个词。AZUL。她发现我注意到了。

"它的意思是'蓝',西班牙语。"

我只是满足于说:

"太棒了。是您从她那里买的吧?"

"是她送给我的。"

我很惊讶,当然不是因为帕兹不是个慷慨大方的人,远不是,而是因为这突然为我指明了她们俩之间的一大相似点,看到我惊讶的表情,她就对我讲:

"她时不时地到旅馆里来。我们就常在一起闲聊。我提议给她留一个房间,但她更喜欢她的小屋子,那边,在村里。实际上,她把它当作了工作室,只有小小的一块地方用来睡觉,还有做饭。这姑娘,她一穷二白,什么都没有……"

什么都没有?金伯利显然不知道帕兹的整个行情。尤其是到最后,卢浮宫之后。我在心里说:"我很快就将成为吃软饭的男人了……"

她接着说:"我也偶尔过去看她。每当我到那里后,她就会停止绘画,这让我很别扭。既为她的工作,也为我自己:有一天,我对她说我更希望她能让我在一旁看她工作,我不会出声的。她二话不说,就关上了门。当时光线还很亮,因为太阳正好照耀着她挂在窗前的白布,很晃眼。布料多少缓和了一些热度。她开始以缓慢而又美丽的大幅度动作画了起来。蓝色很自然地注入布料的白色中。没别的颜色,只有蓝色。此外,我还很喜欢听她用西班牙语说到那个词:azul。"

她开始用西班牙语念起它来;很笨拙,但带着一种如此的热情,以至于这个词像一个漂亮物体那样突然迸发出光亮:"assoul"。

她的眼睛闪闪放光。她为我描绘了那个房间:堆满了颜料罐、画笔、装满了半透明物体的玻璃瓶,不是溶剂就是溶液,反正我根本就弄不清楚,它们在工作室中散发出一种刺鼻的、熏人的气味。"我喜欢瞧着她。她就蹲在她的画前。精力充沛,体现出一种巨大的宁静。我打听过好几次。她什么都不说。这是一个很漂亮的姑娘,独一无二。有时候,她也会脱去衣服……"

金住口不说了,意识到说得太多了。帕兹在金伯利面前裸着身体绘画。褐发和棕发女人。难道我弄错了脚本吗?我很想确信我真的弄明白了:

"她裸着身体绘画?"

"偶尔……我真傻,我不该跟您讲这一切的……"

她稍稍停顿了一下,然后,眼神迷茫地补充说:

"我很喜爱她,多萝蕾丝……"

我脸色发白:

"多萝蕾丝?"

"出了什么事?您的脸色变得这么白……"

"没事,没事……这个名字让我想到了一个人……"

她死死地瞧着我。仿佛她正在弄明白什么事。她是无法知道的:我是个商人。房间里开始变得很热。她朝我走上来:

"真的像是情况不太好耶……"

我几乎能闻到她那带有椰枣和马丁尼酒的气息。我僵住了。我后退。

"我们走吧,"她突然说,绕过我去抓房门的把手,"我明天早上还要去潜水呢。我得早起。"

语调很尖锐。她打开门,让我走出去,然后锁上了门。

"我也一样,我要去潜水。"我说。

"那么,我们就明天见。祝您睡个好觉。我很高兴认识您。"

她礼节性地朝我伸出手来,然后消失在了一个连拱廊的后面,很有女经理的范儿。

多萝蕾丝?我走向我的房间,怅然若失。繁星闪烁,一头山羊在咩咩叫着,酒精在我的血管中游动。不会是另一个人的:我都见到了尸体。然而,另一个帕兹诞生了,她开始画起了画,绣起了花,做起了纯粹的人类动作,远非高科技,远非形象制造,然而,却恰恰又是她的制造标志,她向着市场的高层次上升的载体。我又想到了我刚刚得知的情况:她从此拒绝任何照片,无论是自己拍,还是被别人拍。金都已经这么说了?一个"正在外逃"的姑娘?一个"逃犯"?而她还起了这样一个名字,多萝蕾丝。这一改名让我沮丧。人们改名为的是忘却他们的往昔。多么富有含义的名字啊!多萝蕾丝的意思是"痛苦"。Dolores,就像那些古老的西班牙语名字——*Pilar*,*Remedios*①——来自于圣母。*Nuestra Señora de los Dolores*。法语的意思就是,七痛圣母,人们把她表现为抬眼朝天,心口被七把剑刺穿,它们就在她那鲜血已经干涸的心口——因为她被剥夺了儿子——画出了另一个可怕的光环。帕兹,她常常谈到圣母,对一个怀了孕的女子的那种"处女性"提出疑问;她说过:

---

① 这两个西班牙语词分别有"支柱"和"救赎"的意思。

"你能想象吗,这一切,基督教,只是从一个女人向她那被骗的丈夫发出的道歉为基础而出发的?'我什么都没做,约瑟,那是上帝!我因上帝而怀孕,是一个天使对我说的,我向你起誓!'最有效的谎言永远是最大的谎言。"

而现在,她自己就叫做了多萝蕾丝。痛苦之母①,因为她丢弃了她的儿子。而对她,上帝也好,凡人也好,谁都没有把他从她那里夺走。

我愤怒。

*

那天夜里,我辗转反侧,难以入眠。空调为我穿上了一件冰的背心,我起床,关掉空调,我大汗淋漓地醒来。我做了一个梦。梦见帕兹赤裸着身子在画画,蹲着,背向,地上是一大堆杂乱的电蓝色颜料的罐罐,画笔乱七八糟地散放在塑料布上,塑料布上满是同样蓝色的斑点,那些斑点开始蠕动,流泻,像是一条条游蛇,它们聚拢起来,形成一道蓝色的血流。帕兹转身过来,化成了金伯利的脸,她哈哈大笑地对我说:"我叫多萝蕾丝!"然后,这张脸变成了圣母的脸,她松手让孩子跌落在地,将一只多汁的石榴掰成两半。红色爆裂了。

马 林

我惊恐万分地醒来,被单粘身如同裹尸布。我从织物的陷阱

---

① 原文为拉丁语"*Mater dolorosa*"。

中拔出腿来。我最终又陷于睡梦中。多少时间？叫醒电话①穿透了我的脑膜。我还得下到大海的腑脏中去吗？我起床,我奔向卫生间,我在那里掏空我的腑脏。

"瞧您这副模样!"

金一副诙谐俏皮样。全然没有了头一天困窘的丝毫痕迹。

"有点儿紧张。这是我第一次。"

"一次洗礼吗？我很喜欢!"

金在高尔夫小车的后座上等我。她把她的一头棕发扎成了马尾形。她穿一件红色的棉布 T 恤衫,一件印有旅馆名称的海蓝色马球服。手里拿了一个面罩,还有她香炉形的钥匙链。我坐到她身边。

"这里面都是什么呢？"

"毒药。"她说。

见我一头雾水的样子,她哈哈大笑起来。

"我在开玩笑呢。这是麝香。我喜欢它的香味,此外,它治晕海再好不过了。"

她转头对司机说：

"我们可以走了,苏莱曼。"

"是的,夫人。"②

那个穿着长袍的家伙冲她微微一笑,踩下了脚踏。我无法不觉得她对她男性团队的反应方式实在太有魅力了。一个年轻的女王和她的臣仆。那些喜爱她的臣仆。车子悄无声息地行进在沙子路上。下方,大海闪耀着光亮,就仿佛,昨夜里,有一个精灵把每一

---

① 原文为英语"wake-up call"。
② 原文为英语"We can go, Suleiman. / Yes, Madame"。

粒沙子都变成了蓝宝石。跟那个首饰盒一般精美的清真寺十分相配。我们来到村里。我俯身问她道：

"她住在哪里，那个西班牙女人？"

她一言不发，用手指着带有连拱廊的房子，算是回答了我。没错，就是它，我见过的，关闭着。换了锁。

潜水中心就在我们的视野中。几个男人正在栈桥上忙活，有一条锥形的小船在那里随波起伏。他们都带着压缩空气瓶和蓝色的笼箱。马林应该在他们当中。小车停住。金下了车。在她红色的迷你短裤上有四个白色的大写字母：DIVE。我深深地吸了一大口气。

"有啥事吗①，达尼？"金一跳进船里就兴冲冲地喊道。

她一头扎入了我昨天刚认识的那个乳齿象一般魁梧的大胖子怀中。他松开她，跟我打招呼："不算太紧张吧？"

"还行吧。"我说。

"马林就在船上。您可以找找他，认证一下您的小队。金，你的氮氧已经准备好了。"

她微微一笑。

我绕着屋子转了一圈，阳光已经很刺眼了。我来到浮桥上。在木板之间，大海一片天蓝色。在水底，海星伸展开它们黏糊糊的花瓣。我来到船上，它装备了两个 225 马力的大型发动机——上面写着机器的牌名埃文鲁德，它是《救难小英雄》②中蜻蜓的名字。船体是白色的，很长，上有覆顶，投下一片不可或缺的阴影。顶棚下，有两排长椅，中间放了十好几个压缩空气瓶，垂直摆放，如一枚

---

① 原文为英语"Wassup"，是"What is up"的简单说法。
② 这是一部美国的动画片。

枚火箭,银白色的。两个当地人穿着 T 恤衫,头戴库玛帽,正趴在那上面忙活。他们手中拿了一台类似血压计的黄颜色的仪器。他们把它贴在瓶子的顶端,放出空气。一种高压锅放气时的声响。没有马林。我凑近他们。他们转身朝我看来。

"喂,你们好,我在找马林。"①

他们中的一人用手指头指着我的方向,在我的身后。

我掉转脚跟,我脸色刷白。我那些噩梦的新主人公。短短的头发,松松垮垮,一星期没刮的胡子。青春年少,但身形矫健,穿着垮裤和白色 T 恤衫,上面用很大的字母印着品牌名,MARES,还有这一简单的禁令:只需添水②。晒得黑黑的,很显然,因为一辈子都在水上度过。脖子上围着一条黑白格子的头巾,被太阳晒得稍稍有些褪色。他朝我伸过手来,微微一笑,露出了洁白的牙。而尤其,尤其,眼睛蓝得很,可以说不再是蓝色,几乎成了浅紫色。

"你应该就是塞萨啦?"

我点点头。紧张到了几乎要晕的极点,因为终于见到了敌人。

"我是马林。"他简单地说。然后,他一手搭在我的肩上,补充说:"一切都会很顺利的。"嗓音很年轻,但低沉,有磁性。我立即明白我为什么被遗忘了。我们为什么被遗忘了。

我们在船上。包括我在内,共六个潜水者。在旅馆里见过的度蜜月的夫妇,两个稍稍年长的男子,一胖一瘦。金确认了她的小队。从一个蓝色的盒子里,她取出一条背心,跟我头一天试穿过的是同一类型,把它紧紧绑到她的气瓶上,然后,从中抽出一条塑料加金属的章鱼爪带,它四个触手的顶端则是带指针的表盘和硅胶

---

① 原文为英语"Hello, I'm looking for Marin"。
② 原文为英语"Just add water"。

套管。金把章鱼爪带拧紧到气瓶上,然后把触手塞进背心中。很精确,有效。我很佩服地瞧着她。她就坐在我身边。她漂亮的双脚,趾甲都涂成了红色,就像她那双正在弹敲大腿的手上的指甲一样。船上的激动气氛十分明显,肾上腺素淹没了神经。

"所有人都检查好器材了吗?"马林问道,然后给我们介绍了卜拉欣,样子有点像巴基斯坦摔跤手的另一位教练,还有正在掌舵的"马哈摩德船长",戴着红白相间的头巾,模样很像阿拉法特。他先是向我们一招手,接着把手放到心口上,然后又放到操纵盘上,转动起一把钥匙。两个带螺旋桨的魔怪顿时吼叫起来。船长等着助手一解开把船儿跟浮桥拴在一起的绳索,就一拉操纵杆。船儿如箭离弦,掀起一条带白沫的浪迹。村子远去。帕兹的小屋连同它锁死的秘密变得越来越小,最后消失的是清真寺的塔尖。只剩下一个矿化了的环境,褐色的山,蓝色的水。

金全神贯注地面对着悬崖眺望。一道高达数百米的真正的墙,在水中碎为巨大的碎屑,遍布有裂缝、窟窿、洞穴。我想到了荷马史诗中卡吕普索的岩洞。金站起身来,走向了船尾,马林正待在那里,一块维尔达写字石板放在膝盖上,用一支毡笔画着画。她俯身凑到他耳朵边。在我的脑海中,显现出一个屏幕,里面有三个人物,帕兹、马林和金,还有一连串的箭头:谁爱着谁?谁曾经爱过谁?谁又背叛了谁?女经理又站起身来,抓住走向上层甲板的金属梯子。

船儿驶入一个峡湾。悬崖越来越陡峭,在阳光下高悬。阳光刺眼,又被竖立在船中央的气瓶的钢铁表面反射过来。我俯身瞧着水面,感觉能看到海底。一些形状在波浪中活动。珊瑚漂浮。色彩缤纷。水变成了绿色。

船长关上发动机,抛下锚链。一片寂静。马林宣布去阳光甲板上开个发布会①,就爬上了梯子。我跟上他。

我在船篷顶上找到了金。她坐在那里,胳膊抱定了屈起来的腿脚。她的背后,有两面旗帜在风中飘扬:一面是潜水者带白色斜道的红旗,还有另一面,黑色的,画有一个骷髅头,下面是一个三叉戟,还有一根弯头的棍子,两者交叉在一起。马林盘腿而坐。潜水者围绕在他的四周。"鬼蝠之点。"他说,给所有人看他刚刚才画好了图的石板。人们能看到,这是一幅草图,全景的,是船底下的东西:暗礁,带有不同的海台,然后是朝着海洋深底的急剧下滑。"鬼蝠之点,"他继续说,"之所以如此命名,是因为人们发现了这些。"他从他的裤兜里掏出来一个小物件。一个儿童玩具。一条小模型鱼,平平的,大致呈三角形,一端是一条长尾巴,另一端是两个角。"一种叫鬼蝠的鳐鱼,"他说,"是人们能看到的最美丽的景观之一。"他开始用他的玩具做起了很慢很慢的动作,像一个孩子在玩一个小小的飞机模型。所有人都笑了。金的涂了指甲油的脚重又动了起来。刺激在升温。"这里是一个清洗站,"马林继续用英语说,"你们知道原则:鬼蝠来这里,是要把它们长途迁徙期间身上积起来的寄生虫全都清除掉。因为这里有一些爱吃这些寄生虫的特殊鱼类。这是动物共生的一个美好例子,从中我们应该获益匪浅。要想好好观察这一海底洗车行②(所有人听到这里又笑了起来),只有一件事要做。我们得静悄悄地下到十五米深处,我们趴在暗礁上,等着它们经过。我们偷偷瞧,我们不动,我们不扎。憋一憋气,仅此而已。我们得看好自己的 buddy③。你们还要注意,很美丽的珊瑚礁,一些天使鱼,说不定还会有几条海鳝,另外,你们还得注意深底,看看是否会有大家伙。你们将跟卜拉欣一起

---

① 原文为英语"briefing on the sun deck"。
② 原文为英语"car wash"。
③ 见后文的解释。

下潜。我嘛,我得为某个人行洗礼。"他转身朝向我,微微一笑,金也冲我微微一笑。"还有问题吗?① 没有了吧?那好,我们这就下去穿衣服。"他的举止让我想到一个年轻的小分队队长。或者一个带着帮派信徒的宗师。他们喜欢这样。在他的监视下,在他的保护下……

金脱下她的短裤,还有她的马球衫,把它们叠好放在篮筐中,并从那里面拿出她的连体服。她坐下来。她的长腿在氯丁橡胶之管筒中冲开一条路。黑色的橡胶现在覆盖了她的腿肚子,她的大腿,她的屁股,她的腰身。她把胳膊伸进这合成材料的皮肤中,它镶贴了她的胸脯。"你能帮我一下吗?"她把她的背转向我,脊背上系有游泳衣的带子。我把拉链从她的腰部一直拉到后脖子。我闻到了麝香。四周,大海纹丝不动。船儿像是一片叶子浮在海面上。有谁在底下游动呢?我的脑子在飞转,我的心怦怦直跳。金在手腕上系上一个很大的黑颜色手表。往她的面罩上吐唾沫,用食指揉擦镜片,俯身到水面,冲洗一下它。她把它放下,又坐下来穿脚蹼。一个船员举起了已经固定好了气瓶的庞大的浮控背心。金属贴在船的板壁上。金把它穿上,像是背上了一个背包,然后站起来。"一会儿见,"她对我说,冲我射来一丝灿烂的微笑,"别担心,你会喜欢上它的。"她的眼睛比以往更绿了,也更锐利了。她跟其他潜水者一起都聚到了船尾。"我们出发②。"巨人般的卜拉欣说,把面罩向下一拉,罩住了眼睛。船尾有一个平台,他走向前,抬起一条连着脚蹼的腿,举在半空中,然后落下来,整个人就消失在了浪沫中。金和其他人依次冲出。他们穿透水面,发出一阵很响的溅水声,然后又像瓶塞那样浮上水面。他们形成一个圆圈,现

︵︵︵︵︵︵︵︵︵︵

① 原文为英语"Any questions?"
② 原文为英语"Let's go"。

在,连接氧气瓶的调节阀含口咬在他们的嘴里。面罩给了他们一副大昆虫的样子。卜拉欣冲他们做了一个手势,食指和大拇指构成一个"O"①。他们则报以同一手势。然后,他们抓住背心上的一根管子,把它举过头顶,然后,纷纷消失在了波浪中。只有几个气泡穿破水面,仅此而已。

"现在,该我们俩了。"

我惊跳了一下。马林就在我面前,浑身洋溢着生命的欢乐和自我的控制。真年轻。最多只有二十五岁。

"我们去船顶。"

在我们周围,伸展开无边无际的海面,在太阳的照耀下。

"今天是个大日子,"他说,语气很平和,"你将第二次来到世界上。"

他是那么的认真,我明白我不应该笑。

"我知道……作为比喻,这在你看来兴许不太合适,但你将看到大海底下……"他停顿了几秒钟。听到"底下"这两个词,我已经不想笑了。

"你将做出你生命中第二次最重要的吸气。第一次,是在你诞生之际:你从水的生命过渡到了气的生命。在你的肺中曾经有过一次空气的紧急召唤,你的肺本来封闭着,粘贴着,而它在吸气时彻底舒展开来。这让你感到难受,你就哭叫起来。所有的婴儿诞生的时候都经历了这个,当他们不经历这个时,他们也就死了……"在阳光下,他的眼睛获得了洋地黄的色彩。

"这里,你做的正好相反:你将从气的生命过渡到水的生命,你的肺将压缩,你越是下潜,它的厚度就越是将缩小,直到变得跟

---

① 表示"OK"。

一张纸那样细薄。你的所有器官都将压缩,你将做某种绝对不自然的事情:水下呼吸。氧气,尽管它有压力,而且你的肺也被这压力压得极其纤弱,依旧将经过,并浇灌你的身体。你会发现这一切很奇特,并不痛苦,但很奇特。你不会哭叫,因为你将喜欢上它……"他稍稍停了一会儿,"你会喜欢上它的,只不过,你得照我现在要对你说的那样去做。"

我全神贯注,我自身的另一部分,悬垂着,还具有相当的判断力,能欣赏他正在他的彻底控制下让我彻底转换的方法。

"现在,说说器材。你的气瓶。十二升空气,压强两百巴。你的生命保险。你呼吸得越快,它就消耗得越多,你的气瓶就越是迅速地用空。因此,你越是神经质,越是使劲地摆动脚蹼,做动作,你就越是会很快缺氧。可见保持平静的重要性,无论在水底看到什么,你一定要保持平静。即便它会惊吓到你。"

我吞咽下一口唾沫。

"我将始终留在你身边,我将给你做手势,帮助你认清水底下的种种形状,你会猜想那都是什么,然后才能真正地辨认。今天的能见度只有十米。不会再多了。但这已经很不错了,十米。瞧这个,说的是鬼蝠……"他张开双手,仿佛他捧着一本书,然后两手交合,直到两根大拇指碰在一起,并开始摇动手掌,像是在扇动翅膀。"而这……"他握紧一个拳头,把它立在脑袋上,"这个,说的是鲨鱼。"

"我们能看到它们吗?"

他点一下头。"一些暗礁鲨鱼,黑角鲨或灰鲨,而假如我们运气好,还能看到远洋动物,尤其是一些锤头鲨。"

我闭上眼睛。我们来到了话题中心:

"你别担心。它们根本就不会有危险。鲨鱼对于人不是一个掠夺者,还不如说正好相反。"

一时间,我以为听到了帕兹在说话。一模一样的句子。

"假如你再往南边走走,你就将会有亲身体验,在那些市场上。锤头鲨的碎尸,一排排地摆着。或者只有鱼翅。有时候,他们甚至都不把尸体拿上来。他们从鲨鱼身上活活地割下鱼翅和鱼鳍,然后放它们回海。这样一来,它们便无法再游动,因此也无法再觅食,于是就在沙滩上大张着嘴死去。这让我恨不得想去杀人……"

他的目光透出杀气。然后他回过神来,对我说:

"实际上,你不用担心。那些最好奇的鲨鱼也许会靠近过来,会在你身边绕来绕去,但它们不会攻击你的……假如它们要过来咬你,那肯定只是出于偶然……人肉根本不合鲨鱼的口味。因此说来,鲨鱼是不吃人的……"

"它们只是尝尝滋味而已,我知道。但我猜想,它一旦开口尝尝滋味,就足以撕下你的一条腿来,或者一条胳膊……"

"当然,"马林说,"但我向你保证不会发生这样的事的。我再重复一遍:人才是鲨鱼的掠夺者。是人在威胁着要灭绝这一动物界的奇类,它们甚至都不需要进化。"

"此话怎讲?"

"鲨鱼生来就完美无缺。是地球生物的记忆……"

他一下子闭上了嘴。仿佛思索了一番,然后说:

"你可知道,人们是可以收养它们的吗?"

我又一次挺起身来,被刺中了要害。

"收养一条鲨鱼吗?"

他很认真地瞧着我:"我以后再跟你讲吧。来,我们先装备起来。"

"塞萨,最为重要的,是这个,"他抓住塑料的管带,"这个叫呼吸调节含口。固定在浮控背心上的第一根管子。这是充气浮力马甲,它能帮你在从船上跳下去之前就让它膨胀起来。万一出了什么事,你能用它来当救生圈。另一个,带表盘的,那里,是气压表,它告诉你气瓶中还剩下多少气。在另外两根上,你各有一个套管。黑的那个,你把它咬在嘴里。另一个,黄颜色的,叫章鱼水肺,一个备用的套管,假如缺氧,就用来当你的后备二极。"

"可是,既然已经有了气压表,在氧气不够之前我们赶紧浮上来不就可以了吗?"

"当指针指向五十时,就得上浮。五十巴。但是在水下,什么事都会发生。你可能会遇上漏气,你可能……"

他马上住了嘴:"这是不会发生的。"

"你已经说了两遍'这是不会发生的'了。你还需要让自己信服吗?"

他变得越发严肃了:"不,但是我更愿意提前告诉你。在水下,人们只靠动作来交流。也就是说,谈话很受限制。章鱼水肺做成黄色的,好让它们在水中很容易辨认。万一出故障,它能帮上忙。潜水时,我们通常总是两人一组地活动。你得始终监视你的搭档。Binôme,这个是法语。美国人管它叫 buddy。我将成为你这次洗礼的搭档。别担心。我会帮你穿戴装备的。我们去吧。"

"其他人呢?"

"其他人,他们将在水下待更长时间。一个小时。因此,算上咱们俩前往的时间,我们将同时返回。"

"一个小时用十二升空气?"

他用固定在船尾的一个淋浴器冲了冲脸,手在脖子前后来回胡噜了一圈,仿佛是在寻找什么东西。我注意到他右腰的上方有一道长长的疤痕。好一个竞技者:我弯腰,我顿时觉得自己很肥胖,尽管我体重只有六十八公斤。这一感觉更因紧裹着我身体的氯丁橡胶连体服而得到强化。马林示意我跟上他。我像有蹼类动物那样一摇一摆地走向船的尽头。一个系上了铅腰带的有蹼类动物,为克服阿基米德推力而不可或缺的铅块。我面罩的外壁上已经有了水汽,我的肩膀上有一种巨大的压力,那是背心和气瓶的重量。马林动作麻利地穿上了脚蹼,轻松地抓住他的背心,如同捏住一根羽毛,他穿上背心,把面罩拿在手中。"把你的呼吸调节含口咬在嘴里。"他说。我呼吸,我听到了我的气息,仿佛我就是一个宇航员。很强有力,很规则,稍稍太快了一点。"你平静一下。"他对我说。他用大拇指和食指做出一个"O"来,如同刚才其他人做的那样。"这个手势表示一切正常。"它很像是基督在阿索斯山的马赛克镶嵌画上所做的那个样子,这兴许不太惊人:这是我的洗礼,要知道,在东正教徒那里,洗礼不是往额头上滴上三滴水,而是彻头彻尾地浸入水中。全身,整个身体。水显出一种可疑的平静。又一次,我看见了一些暗黑的影子在微波荡漾的水面底下滑过。

马林靠近我,拉过我背心上的一根管子,摁了一个摁钮,我感觉到如有一个医生在给我测量血压。空气开始压缩我。

"我膨鼓了你的背心,这样,当我们跳进水里后,你可以立即就浮起来。漂浮是很重要的。然后,只要排空这些空气,你就将看到你自己开始下潜……"他停了一下,认真地瞧着我,并对我说:"把你的面罩给我。"

我摘下面罩。马林把它拿到淋浴器下淋了淋,又递给我:"这下没有水汽了。戴上吧。"

好麻烦的准备。硅酮裙边像一个触手固定在我的脸上。马林抓住我的手,让我向前走,一直来到船边。阳光敲打在水面上,把它变成了一面耀眼的镜子。它不再是蓝色的,绿色的,紫色的:它是金属的。"伸出腿。让你落下去。"他拉住我的手。我伸出腿,像他那样。我听到我的呼吸,很强烈。空无磁化了我们。我们落下。

水面陷下,我周围一片翻腾,冷冷的液体渗进连体衣并把我攫住,我下降,然后停住,我又浮上水面,毫不费劲。我漂浮,气瓶不再有任何分量。马林取下他的呼吸调节含口,问我:"行吗?"我做出基督的那个动作。"很好,"他说,"现在,我们下潜。戴上你的充气象拔,把它竖在你头上,再摁一下黄色摁钮。你背心中的空气将排空,你同样还要排空肺里的空气,那样,你就能自行下降了。当我们来到水里后,如果你的耳朵有些疼,你就捏住鼻子,然后轻轻地鼓气。这样你就将恢复水压和你耳内气压之间的平衡。我们来吧。"他淋了淋他的面罩,把它戴在脸上。我也如法炮制。我做了他对我说的。我做得像他一样。他在我的面前,像是一面镜子,他摁一下黄色摁钮,我就摁一下黄色摁钮。我排空我的肺,闭上眼睛深入在液体中。

愚蠢的条件反射。

海　底

愚蠢的条件反射。

但又戏剧性地极棒。

当我重新睁开眼睛后,我发现了一个世界,描述它的时候我将试图不那么过于平庸。在书中,在电影中,我们全都见过水下的生命。但是有一点截然不同,即,在这里,我们自身也属于电影,属于书。短短几秒钟内,我就从大海的表面,从它单色画面的光亮,过渡到了一个充满了生命、运动和惊喜的世界,过渡到了一个如此纷繁复杂的地理环境,它似乎直接出于一个走火入魔的建筑师的头脑,在一种新毒品的影响和推动下,相信一切皆有可能。就让我们付诸实践吧……

在我的脚下耸立起一座岩礁和珊瑚的真正城市,一座座高塔拔海而起,挑战万有引力定律,托举起镶嵌有蓝色、绿色和黄色花边的,仿佛悬在那里的宽阔平台。一把把巨型的扇子,鲜红鲜红的,恰如在放出火光,波动在看不见的潜流中。一个个强健的大烛台淡泊而显紫红,由其枝杈自由伸展出无穷的分叉,其尖端最终交织成千奇百怪的玫瑰花窗。

我听到我在呼吸。很乱,很不自然,令人焦虑,一颠一颠的。我越是格外注意,它就越是一颠一颠的。我摆动双腿,像是要停靠到一把并不存在的梯子的横档上。马林摁了一下我胳膊上的肌肉,用食指和中指比画出一个"V"字来,然后用这两个指头指定他的面罩,让我瞧着他的眼睛:玻璃镜板后面透出一道专注而又柔和的目光。我试图平静下来,不再踩脚蹼。

我听到我始终在呼吸。更有规律了。

我们沿着暗礁逐渐下降。一些体积庞大的玫瑰色圆拱,像是一个个乳房,勾勒出一条条复杂的盘绕之道,像是巨人的脑回,而在这些脑回上,另一个脑子,大胆无畏的,将会建立起一座座大教堂,带有尖利的钟楼尖顶,以及镂刻有三叶草形状图案的杂乱无章的阳台。哥特式的海底圣殿,一些唇瓣形如波涛、蓝中透着浅紫的双壳类软体动物则把它们当作了圣水缸。更何况这也正是它们的名称①。为的是什么崇拜呢?天使鱼成群结队地游过,一条苦行僧般的海鳝从洞穴中悄悄探出身来,伸出它那张可怕的脸,像是要

---

① 法语中,"bénitier"一词,既指教堂中的"圣水缸",也通指"扇贝类的软体动物"。

亲吻一个看不见的神。一些独自行动的笨重的石斑鱼,下唇特别厚,带有金色的条纹,似乎准备去开教皇会议。小丑鱼的大军享受着一个海葵抚摩式的敷圣油,因为海葵以其精美的怀抱,如处女手指头一般温柔的纤纤触手,为它们提供了温暖的庇护所。

我听到我在呼吸。越发更有规律了。

兴许因为我忘了,因为我忘了我自己。加在我肌肉上,加在我整个身体上的压力很是舒服,我感觉到一种力量在我体内聚集,让我告别痛苦,告别散乱。

我的眼睛睁开来。四面八方的一切都在涌动,各种各样的色彩与形状在爆炸。在中毒的建筑师之后,现在则是疯狂的神:他的造物拥有极不规则的形状,令人咋舌的色彩,有时候,同一个动物身上就有各种各样的色彩,蓝色的嘴唇,橙黄色的眼睛,绿色的脸,黑色的肚皮,还带有白色的大斑点。有些鱼像是一根笛子,长长的,半透明的,极易受伤的,另一些则像是很灵活的羊皮袋,外表竖满了尖尖的刺。有一些像是赶去舞厅,化妆得如同迷娘,臃肿的嘴唇烘托出粉红,下垂的眼皮粉饰了淡紫;另一些则前往围猎场,如同那三个带鳍的猛兽,披戴了褐白相间的条纹,其展开了的鳞片显得如同一个大酋长头饰上绚丽的羽毛。我们还在继续下降,一直到我们的脚蹼碰到沙地为止。马林跪了下来,我也想那样,但我做不到,我上浮,他抓住我,给我来了一个手势,我相信我看明白了,我应该把我的肺清空。我依法操作。我又下降了,我做到了。我感到沙粒在我套了氯丁橡胶的膝盖的压力下沙沙作响。我俯下身子看景。我们处在最佳观察点,恰如看戏坐在了头等包厢。只见一条灰色的鳐鱼,浑身都带紫色的圆点,还拖着一条长长的尾巴,最末端就是一个箭头,悄无声息地从我们身边滑过,裙边在波动。马林拿掉嘴上的呼吸调节含口,抬起头,缓缓地吐气:气泡便朝天升腾。从水下看上去的波浪成了一团动荡不已的云彩,偶尔有辉煌的阳光穿透,就像快要下雨时的诺曼底天空。

我迷醉。被征服。被战胜。

我听到我在呼吸。已经极端地稳定了。

马林竖起大拇指向我示意。得上浮了。时间已到。缓缓地,他示意我。静默的、流动的、和谐的话语。我信任他,我把我的性命交到他手中。一个惊慌的动作,我摆脱了他,这超出了我的限度,我的肺要爆炸,他对我说过。但我为什么要摆脱他呢?他抓住我的胳膊,我很平静。头顶上,一些人形聚到了一起,两臂交叉在胸前,仿佛失了重。他们盘腿坐在水中,沿着一条看不见的线不被察觉地上升并下降。

马林向我伸出三根手指头,然后指了指固定在他手腕上的潜水电脑。三分钟?我们赶上小队。其他潜水者分散开来,身披氯丁橡胶的奇特的苦行僧,悬漂在蓝色之中。从水的天中落下来一根绳子。马林把我的手引向它,我一把拉住,他把他的手摁在其上,以确认是真正抓住了。我位于团队的中心。他们的目光从面罩的镜片后射出来罩定了我。一个爱意浓浓的大家庭。蹼掌使他们的腿脚变得特别长,介于人与青蛙之间。我感到有一种压力加在了胳膊上。我转过脑袋。四十厘米远处,两只很绿的眼睛——人们看颜色看得很清楚,因为面罩当作了放大镜——正在紧紧地盯着我。其中一只眼睛眨巴了一下。一种温和的热度浸入我的身体。在面罩周围,颜色变红的头发像丝绸的条条耷拉下来,贴在修长的身体上。那么的宁静,那么的好。我承认,我不再想帕兹了。我的身体以甜美的方式被压缩了。太阳穿透了水的帘布,我们沐浴着它的光。在我头顶三米处,透过波浪的天花板,它那金闪闪的圆盘在燃烧。马林向我示意,我可以放开绳子了,上升开始,我像一个瓶塞被压力推着,短短几秒钟,我就穿越了水墙……

她吃了一片橙子。汁液流淌在她的嘴角。阳光抚摩着我们的皮肤。我躺在前后颠簸的船顶上,懒洋洋的,筋疲力尽,十分幸福。

"我看见你了,"她说,"你对付得还真不赖呢。"

我冲着蓝天微微一笑。

"很好,你是想说。"是马林的嗓音,他在我们对面坐下,水里端了一杯热茶。他用他野兽般的紫色眼睛盯着我。

"甚至可以说,非常非常好。"他重复道,那奇怪的目光始终盯着我。他看来是那么自信。并不傲慢,谈不上。自信,信任自己的身体和精神。坚信除了他所决定的,不会发生任何别的。微笑着,如同某个刚刚完成了一项重要任务的人。这无疑很重要。要不然,我还会自我感觉得如同眼前自我感觉的那样吗?我感觉像是在头脑中打开了一扇新的窗。他朝金微微一笑。他们之间的关系究竟是什么性质的呢?他们是情人吗?那帕兹呢,在这一切中?就这样,她突然返回到了游戏中。确信除了他所决定的,就不会发生任何别的吗?那么,帕兹呢?

他把金的右手抓在他的左手中,而他的右手则抓住了我。我就任他那样抓着,很是奇怪。我们构成了一根链条。这时候,他以一种既热情又低沉的腔调开口说:

"现在,你就属于团体了。"

我稍稍有些难堪。因他的动作而难堪,以至于我拿开了我的手。短短的一时间,一道懊恼的皱纹出现在了他的脸上。

"团体?"

"潜水者团体。那些下到水面底下的人,"他说,"这词让你吃惊了吗?"

他眼睛的紫色变深了。我冲洗了他的热情。金也盯着我。她简直就是在不耐烦地等着下文呢。

"这词是有点过分。"

"就像'洗礼'那个词那样。"她瞧着我说。

"确实。"

"那么,这个词就不让你吃惊吗?"

"这是个形象,不是吗?"

"一个形象?假如你愿意,这就是一个形象……"

语调有些恼火。他又一次用手抓住脖子。"请原谅。"他站起来,走向梯子,去了甲板。

我瞧着金。

"看来,我是惹恼他了。"

她耸了耸肩。

"凡事一涉及海底世界,马林就多少有些偏激。"

"那你呢?"

"我的想法跟他差得并不太远。来这里之前,我从来没有潜过水,之后,我每天都来。我发现,我很需要它,我的身体渴望它。我还不至于对你说这是一种毒品依赖,因为那样会很可笑,但说到底,我认为,这毕竟是可比的:我的肌体需要一定量的肾上腺素。而且,我们有时候看到的,我向您保证,是那么的需要落下……"

她给我讲起来。那一天,她趴在礁岩上,第一次看到有巨大的黑色形状向她游来,像是一架静悄悄的巨型轰炸机。她讲到,她是如何隐藏在一大片地毯般的海葵后面,近距离地看到那些巨大的鬼蝠,四米多宽,迎面朝她游来,"它们就在你的头上转弯,盘旋,带着它们的两个角。你知道吗,它们被人叫作海中魔鬼?"尤其不能去碰它们,因为那样一来,人类的气味就会粘到它们身上,它们就会被自己的同伴抛弃;我们只能满足于瞧着它们在那里平静地转圈,大张着嘴,把浮游生物一口吞下……

"一场好戏,亲爱的①,为你把其余的一切统统抵消,付出的艰辛啦,遇上的傻帽啦,世界的丑陋啦。一种无与伦比的美,你刚好就在那里,你属于这一切,你留在你的位子上,你什么都不添加,你满足于在那里喘气,跟这些精彩的怪兽在同一片水域中,在同一个故事中……因此,你瞧,当马林说到团体,说到底,我相信我是明白了他的意思,我相信我甚至都希望能想得跟他一样,说得跟他一样。"

我的目光偏向了地平线。平静的海面闪闪发亮,像是一面银盾。阳光落在海面上,恰如一个饥饿的掠食者。城墙一般的海岸比任何时候都更像是姜饼。十点钟了。

帕兹的脸出现在我的脑海中。我几乎都要抱怨自己感觉那么好了。金像一只母猫舒展开身子,脑袋向后仰去。她棕色的头发抚摩着船儿那滚烫的凯夫拉篷顶。

"潜一次水之后,人们为什么感觉那么的平心静气?"我问道。

"因为你往你的头脑中注入了一定量的自由,还有美。还有氮素进入了你的血液,让你疲劳得舒坦。"

"氮素?"

"是的,气瓶中的氮,以及你肌体中消化的氮。"

船上的一个小伙子端着一个盘子出现在我们面前。刺眼的阳光中我看不清他的模样。

"你要一枚椰枣吗?"

"尤其不要。"

"尤其不要?"她重复道,用涂了红指甲油的右手抓起一个褐色的果子,"你为何这样说?有点太夸张了……"

"我不喜欢它。"

---

① 原文为英语"darling"。

她从盘子里又抓起一枚椰枣。把它送到我的嘴唇边。

"别犯傻了。尝一尝,这是我们这里的果子……"

我张开了嘴。她把褐色的果肉塞进了我的双唇间,微微一笑,她的头发披散开来。我怨恨。八个月。已经八个月了。我闭上眼睛,因我自己而恶心,因生活而恶心,事实是,她总是能够在死亡之上生长。

近中午时分,他们把船儿停泊在悬崖边上。暗礁在蓝色的水中形成深红的斑点。人们为我们送上一份小吃。一些水果,还有米饭。马林跟金以及其他潜水者聊着天。提到了某个叫沃森的船长。老潜水者觉得他扯得太远了,而马林有点来火。我俯身问金:

"这个沃森,他是什么人?"

"一个海洋保护的活动家。一个绿色和平组织成员。他发起了反对猎杀鲸鱼和鲨鱼的运动。最近,在哥斯达黎加,他攻击了一艘在一个自然保护公园中割鱼鳍的渔轮。那些家伙起诉了他,当地政府也卷入了其中。他们开始追捕他。国际刑警组织在找他。"

"国际刑警组织,这是真的吗?"

"当然真的。不是闹着玩的。他毁了真正有势力的人的生意。你知道鲨鱼鱼翅的价格吗,每公斤多少钱?"

"我怎么知道,我的舌头都给角鲨了。"

她微微一笑。

"五百美元呢。而他们从渔民那里买才花八十美分。最近,在中国,人们看到有一个鲸鲨的鱼翅拍卖价达到了一万美元。它的赚头恐怕只有毒品可以与之相比了。"

"那沃森,他躲起来了吗?"

"他躲起来了。他玩失踪,隐藏在海盗队伍中。他的船队在黑旗下航行。就是这样的一面旗……"

她用下巴指了指在阿拉伯的海风下飘扬的旗帜的方向。

"马林属于他们一伙吗?"

"是的。他把中心百分之五十的盈利都付给了沃森的组织。Sea Shepherd①:大海牧者。"

马林继续跟另外那个潜水者解释:

"但是沃森攻击的那些家伙使用延绳来钓捕:用延绳,在一个自然保护公园里!"

"用一根好几公里长的绳,绳子上每隔三米就带一个尖钩。"金为我解释。

"你不妨想象一下,"马林继续说,"你若是在亚马孙森林中干这个。从一架巨大的直升机上,你投射出几百条绳子:你带回猴子、松鼠、鹦鹉……它什么都不选,它就是屠杀!你只消录下那些动物悲惨的叫声,全世界就会大喊大叫起来,这是丑闻。但海洋动物的问题可就始终要难得多了。因为它们不喊叫,人们就不在乎了!你想象一下,他们投射出这他妈的延绳,可他们感兴趣的却仅仅只是鲨鱼的鱼翅!而那些成百上千的海龟、海豚、鸟儿,都被尖钩所俘获,它们得罪谁了?"

"同意,马林,"老潜水者说,"但是暴力根本就解决不了问题。"

"什么暴力?你知道他都干了些什么吗?他只是用水枪来浇溺他们的发动机。而他们竟然就是在一个海洋保护区,妈的!是那些小子在践踏法律,而法律却只怨恨一个家伙,他没做别的,只是有种尝试着让大家来尊重法律……"

---

① 英语,意思见下一句所说的。

"但是他们并没有真的对他……"
"还算幸运。"

有人为我们上茶。我瞧了瞧迎风飘扬的黑旗,然后闭上了眼睛,沉沉地睡去,大脑中充满了氮气和幻象,有那么一支海底的军队,全都踏着脚蹼,朝自然破坏者的舰船的船壳猛扑过去,在玻璃面罩底下,他们的眼睛一眨一眨的。

水　人

"第二次潜水,指令!"①我睁开眼睛。马林站着,手里拿着维尔达写字石板。我挺身起来。潜水者坐在他周围,认真地准备着。他说到了"鲨鱼"一词。一阵兴奋的战栗掠过全船。White tip sharks, black tip sharks②。白角鲨,黑角鲨。"跟往常一样,你们留一只眼睛瞧着蓝海,我们还能看到锤头鲨。"铅带咔啦咔啦地扣紧,气瓶丁零当啷地互相碰撞。金又一次求我帮她沿着脊梁骨拉上连体衣的拉链。"谢谢!"她说,语调甜美。我觉得自己成了别的人,身在别处。仿佛有什么东西不像预料中的那样进展。应该是帕兹,她本该复归于原位。而那是我的错。他们穿上脚蹼,戴上面罩,把气瓶的含口咬在嘴里,消失在了波浪中。

现在,只剩下我一个人跟马林待在一起。当然,还有船队成员。

---

① 原文为英语"Second dive, briefing!"
② 英语,意思见下一句所说的。

"我们是参加小组活动,还是留在这里?"

他站立着,双臂交叉在赤裸的胸脯前,问我这个。我扬了扬眉毛。

"你为什么要这么说?"

"我不知道,你好像把我当成了一个疯子……"

"是因为团体的故事吗?"

"是啊。你兴许不想跟一个疯子一起潜水吧……"

"除非是想知道他的疯狂一直会发展到何等程度。"我一边回答,一边把我的连体服从蓝箱子中拿出来。

他微微一笑。冲小组的人员喊了一声,他们就走近过来,把我的平衡器绑到了一瓶新鲜氧气上。

我很想再次返回。到了那下面,我就跟帕兹在一起了。

这一回要更加华丽得多。一个五光十色的宇宙,一团团静默的动物之云飘过,穿过,越过,播过,啄过,殖过。我说动物,是因为我意识到这一世界是另一个世界的重影,是它确切的反映。这里也一样,有鸟类的飞翔,麻雀或鹦鹉,有牛群的经过,它们的吻突平静地反刍着珊瑚的片断。这里也一样,有昆虫隐匿在叶子中,有蛇藏身在岩石的罅隙中。

面对着这华丽无比的景象,我想到了你,我对自己说,你也一定乐意于跟我一起寻找那些类比。我观赏着珊瑚,这些在微风下——我应该说是在水流中——晃动不已的红色大扇子,人们把这样的柳珊瑚叫作戈耳工。我回想起,我曾经对你讲起过它们的传说。珀耳修斯,戈耳工-美杜萨的战胜者,通过把她的蛇发之头放到深深海底处的一张海藻床上,从而摆脱了它这可怕脑袋的纠缠。但是,即便已死,戈耳工还是继续让落到她眼前的一切活物全都变成石头。石化之后,海藻就变成了珊瑚。颜色是鲜红的,因为那是美杜萨被砍断的脖子中流出来的血……

一切都很顺利。我感觉自己对呼吸控制得更好了。然后,一切又都不那么顺利了。我刚刚发现了一个形状。一个完美的、冰冷的形状,一枚灰色的导弹。其尾巴一下一下地拍打着水,像是一柄舵,帮助它即刻改变方向。它目光空茫,这是继它那极具特色的鱼鳍之后随即就让我吃惊的东西。它在我们周围转悠,仿佛是在神经质地窥探。据目测,它有两米长。我开始指手画脚。我呼吸艰难,我感觉我就将吸完所有的氧气,死在那里。我拼命蹬脚。我开始上升。马林抓住我的胳膊,猛地拉我,迫使我盯住他看。他的眼光那么强烈,令人信服。他伸出大拇指和食指,比画成那个"O",神情坚定地邀请我平静下来。在他身后,我能看到角鲨的身影缓缓掠过,在我们周围画出一个圆圈。我并不想看,但我无能为力,只得眼睁睁地看着这一切。

怪兽消失了。它还会跟一些同类再过来吗?

我尽可能快地爬上梯子,但小心注意避免在金属横档上滑落,背上的气瓶像是有千斤重量,把我挤压得够呛。船员们帮我卸下重负。我急急忙忙地摘下面罩,三下五除二地脱下连体服,任它落在凯夫拉制材的地面上,活像一张巨大的死人皮。马林来到。他还留着连体服的下部没脱,氯丁橡胶的柔软胳膊耷拉成了一个花冠,从中开放出他那精雕细刻的胸脯。

"你真不应该这样慌里慌张的。"他说。

"那是一条鲨鱼。"

"鲨鱼并没什么危险性。用不着害怕的。"

"请原谅,"我说,"但是必须理解。"

"必须理解什么?"他的语调似乎有些愤怒,"你是要对我说

《大白鲨》吗?①"

"不,但有时候,还是有事故发生的……"

"当有人冒犯它们时,是会有事故发生。假如人类稍稍更尊重一点它们行动的王国,这样的事就永远都不会发生……"

他的眼神一时间里有些迷惘。就仿佛在他说出这句话的那一刻,他刚刚有些怀疑。

"你要来一杯茶吗?"

我点点头。饮料来了。他一言不发地递给我。我在冒着香味的热水中浸了浸嘴唇。他态度大变。全然不再是刚才那个表示欢迎我来到"团体"的活泼诙谐的小伙子了。

大约三十分钟之后,其他人也都上来了,浑身水淋淋的,船儿启动,返航;我站在船尾,远眺着一望无际的水面。一件沉重而又飘动的巨大外套,一片深蓝色,除了暗礁边上的水平面,点缀了土耳其蓝的色斑,还有黄色和绿色的电磷光。但是,基本上还是蓝颜色的一统天下,这深蓝,这海蓝,人们在金向我显示的那幅绘画上找到了它。帕兹-多萝蕾丝,如同涌上我心头的痛苦。我盲目的原则导向了混乱。难道我不是更应该在这里,跟她在一起,多多倾听她一点,理解她对"野蛮"的需要,就像她所说的,对矿物性,对剥夺的需要,我知道什么呢?而不是抛弃一切,不是任凭她沉湎于对鱼鳍的崇拜中,在另一个人的脚蹼之间……但是,她仅仅只是希望让我在这里吗?她还爱着我吗?在另一个人看来,人类似乎已经走向衰竭,就如金矿趋向衰竭一般。在另一个那里,人们再也找不到金子了,于是人就离开了它。而实际上,兴许只需到稍稍远一

---

① 《大白鲨》是斯皮尔伯格 1975 年导演的惊悚电影,改编自彼得·本奇利的小说《大白鲨》,其故事以 1916 年泽西海岸的鲨鱼袭击事件为素材。

点的地方去挖,出发去寻找另一个矿脉就成。难道,对她来说,我就是一个该抛弃的矿井吗？没错,他……我瞧着他,站在船头,跟船长在一起。他笑着,头巾绕在脖子上,好一个阿拉伯的劳伦斯①,就着瓶子畅饮他的柠檬茶,好一个裹着氯丁橡胶的宗师,获得了上帝的恩宠,被太阳晒得黑黝黝的。我觉察到他们说的阿拉伯词语。这种语言,人们听到荒漠的卵石就滚动在其中。魔人……入魔者。他为她打开了新的门。如同为我。我迷失于途了。我也一样,也想忘却。这里的美提升了我们。难道我能怨恨她吗,怨她把我们给忘了？我,我不该那样。

"还好吧?"金问我。

她在船舱中换了衣服。重又穿上了她写有 DIVE 字样的超短裤。脱下游泳衣的上半截,而换上了一件绿色的 T 恤衫,让人猜想那底下两个苹果形状的乳房——应该是那绿颜色让我想到了这个。脸上是一副镜片巨大的太阳镜,很有电影城里女演员的派头。蝴蝶的两个黑翅膀。头发拢起在后脖子上,扎成一个发髻,在西下的夕阳中熠熠生辉。这个姑娘很美,这个姑娘很逗。多情善感。我是那么的迷茫。假如她知道。假如她知道我在这里的所作所为。

"很好。"我回答说。

她把一只手搭在我的肩膀上。很温和。她坐到我身边。

"看来并不如此……"

"我们看见了一条鲨鱼。"

"你害怕了吗?"

---

① Lawrence d'Arabie 是 1962 年的一部英国电影,根据作家 T. E. 劳伦斯的生平而拍摄。

"你不害怕吗,你?"

她眺望大海,大海很像一个巨大的波斯珐琅盘子。

"不,我不害怕。"她说。

"因为你习惯了……"

"不……"她没说半句就停住了……她在犹豫着,似乎在寻找什么,然后,温和地继续说。

"我不再害怕它,是因为我看见了它。我看到了他对它们所做的。"

"谁?谁对它们做了什么?"

"马林……他对鲨鱼所做的……"

"那他对它们做了什么呢?"

"他抚摩它们,他哄它们睡觉。"

"我希望,你只不过是这样说说而已吧?"

"你会看到的。但是,要让他为你演示一下,你就绝不应该再害怕了。而且你永远不能说鲨鱼的坏话。"

"不然,他就会生生地吃了我吗?"

"你就别自嘲了。"

"我没有自嘲。可是,说到这些,你倒是一脸严肃的样子。"

"你还要去对一个神甫说,你不相信他的宗教……"

"神甫们,他们常常遇到这类情况。"

"也许吧,但是他,他承受不了。这叫人看不下去,因为他不是改宗者。他什么都不演示,但他将给你归类。"

"归类于不虔诚者之列?"

"归于那样一类人,他们不知道他们停留在水面实际上都失去了什么。"

"我妻子有过一个角鲨儿子。"我想说得尽量跟他们的怪异合拍。在团体和洗礼之后,现在又是哄鲨鱼睡觉……他们可真是疯狂啊。尽管如此,事情总算开始有了眉目。帕兹本来就那么容易受伤,对一切全都厌倦了,现在又落到了他们的爪子中……

"那个姑娘,西班牙女人,他给她演示过吗?"

"你为什么要跟我说到她?"

"是你跟我说起的她。他给她演示过吗?"

"是的,我相信。"

"他们是情人吗?"

就这样,反正都豁出去了。这样反而更好。

"你已经感兴趣到了这个地步?"

我想了想。我将需要金。我不想让她慌乱,我重又想到了我们第一次讨论时她对我说过的话。那家旅馆的名声……

"不,我才不在乎呢,事实上……"

"看起来不像这样啊。"

她紧紧靠住我,张开了手:手掌中是一棵微型的干树,像雪那样洁白。从骨架来看是矿物,从模样来看是植物:然而实际上却是一个动物。一块珊瑚。

"我捡来给你的。中世纪时,人们习惯于把它带在身上,用来避巫术。"

"你以为我需要一个吉祥物吗?"

"谁知道呢?"

*

白天结束于一个太阳的屠宰场。天空中是一块又一块的红色,海波有些发紫。

船儿靠了岸。船员们把铝质的气瓶在木制的浮桥上排成一行。远海上,几艘帆船随着大海的呼吸节奏漂荡起伏。金建议去旅馆喝上一杯:

"我来请客。"

"我还有事。"马林回答说,低下身去,抓住了一箱器材。

"甚至都不庆祝一下我的洗礼吗?"

他转过脸来。

海浪拍打在滩岸上,白色的碎沫一阵接一阵地卷来,舐舐细细的沙子。山岭之壁把我们围住,还把浪涛低吼的回声送回来。或者不如说是海浪的气息。如同一种永恒的愤怒,或者,至少,力量的一种演示。这里,是我在统领,水这样说,它甚至还正在很慢很慢地吞下太阳。我们坐在酒吧中。当最后的一缕阳光照到我们的虹膜上时,我们举杯为我的洗礼干杯。他们喝椰枣马丁尼酒,他们一副很幸福的样子。一开始,马林还不愿喝酒,但到头来还是禁不住金的再三劝酒。酒精终于对他起了作用。金抬起头说:

"马林,你得为塞萨演示一下你跟鲨鱼的那些……"

他仿佛被她咬了一口。他神情大变。脸色顿时变得刷白……

"我不再那样做了。"他头也不抬,干巴巴地说。

金不敢再坚持。而我却不管不顾地追问。

"为什么,发生过事故吗?"

他的目光狠狠地扫射了我一下。

"从来就没有过事故。"

句子如一把切肉刀霍然落下。金扭转了目光。时机来了。

"当然,总是跟鲨鱼在一起打交道也不免会有事故,"我说,"去年夏天在留尼汪岛,人们就只谈论这个了。它们攻击了冲浪者。而上个星期,在加利福尼亚,也出了事。又一个冲浪者……"

他狠狠地盯着我看,十分愤怒。

"你听到过冲浪者的反应吗?他确确实实是这样说的:'你每次冲浪时,都进入了它们的家。'很不幸,这个,媒体没什么反应。

卖出恐惧才更有利可图。"

他转向金。

"谢谢你请我喝酒,金。我回去了。"

时间还太早。我们还没有结束。

"你别见外啊,马林。关于鲨鱼我是什么都不了解……另外,今天早上,你还对我说过,人们是可以收养一条鲨鱼的……收养,真的吗?"

他仿佛平静下来了。

"没错。是这么说的,很怪,但的确如此。你会感兴趣吗?"

"这会帮我不再那么害怕的,不是吗?"

"这只是目的之一。"

"那其他的目的呢?"

"让人与鲨鱼之间存在的联系重新诞生。这在你看来可能稍稍有些天真,或者异想天开,但在某些文明中,鲨鱼不被人看作一个敌人,必须消灭,而是被当作一个神。在汤加群岛,它甚至是一个女神。在斐济,你要想成为一个男子汉,就必须亲吻一条鲨鱼的嘴,如此,它将赋予你它强大的力量……"

他松弛了下来。我再一次尝试我的运气:

"我真的很希望你给我演示一下你对鲨鱼做过的那一切。"

他摇摇头。

"不可能。我都不再做了。"

我喝下一口酒。话儿脱口而出:

"因为那个死了的女人?"

他惊跳了一下。他的眉毛痛苦地拱到了一起。

"你在说什么呢?"

"在这里住过的那个外国女人。她溺水死了……"

"我不知道你在对我说什么……"他说,又一次摸了摸他的脖

子,就仿佛又一次在寻找本来在那里而现在已经不在的什么东西。让我大卫惊讶的是,这一次,金掺和了进来:

"他对你说的是多萝蕾丝。"

他朝她转过身来。

"这跟我有什么关联?"

金懒洋洋地摇摇头。而在我看来,这里头有一种轻蔑。仿佛是一个什么话都懒得再说的人,因为他所听到的让他反感,让他恶心。她掏出一个带有裂纹图案的螺钿盒,从中取了一支卷烟。辛巴德拿着一根蜡烛走近。一丝细细长长的烟雾升腾在夜空中。"我走了。我还有事。"马林说。他站起来,抓起柜台上的钥匙。过于匆忙。他的杯子倒了。接下来的事很有些奇怪:仿佛我们三个人都在欣赏酒液在大理石柜台面上流动的轨迹的慢镜头,流过整张台面到另一端淌下,落到辛巴德正在切小小柠檬片的木板上。调酒师皱起了眉头:"别担心,马林。"①

后者在我眼中突然变得轻易会受伤害。

"我们必须谈一谈。"我对他说。

"我没什么好说的。假如你想潜水,我就来等你,仅此而已。明天上午八点三十分出发。"

他消失了。甚至没想到要跟金道个别。

她透过卷烟的长长燃烟,眺望大海。一滴眼泪流下她的脸颊。

"你怎么啦,情况不好吗?"

"没什么。一种荒漠孤独般的忧伤……"她停顿了一会儿,用食指擦了擦眼睛,然后接着说,"不,真的不好。我想他会对你说的。但是他处在拒绝中……"

~~~~~~~~~~~~~~~~

① 原文为英语"Don't worry, Marin"。

"他是死亡的责任者吗?"

她始终就没有瞧我。

"当然。"

我的心跳一下子就加剧了。我终于得到了我正在寻找的答案。有个人正在对我说,是的,我所怀疑却又不太敢相信的人,真的就是我妻子之死的责任者。我追到了目标,这也太穷凶极恶了。

"他到底做了些什么?"

"确切是什么,我并不知道。但我知道那天夜里他们在一起。因为我看到过多萝蕾丝。我去她那里喝了茶。我离开她时,正好夜幕降临。马林出现了。她当时说:'我来了。'而人们再次找到她,已经是第二天早上了。"

"但你如何又那么确信他是责任者呢?"

她把手伸进缝在她裙子前面的小兜里,掏出一个东西给我。

一件珠宝。悬挂在一条链子的尽头……

"这是什么?"

"你一定注意到了马林总在做的那个机械动作。他仿佛老是在脖子上寻找什么来的,你看到了吧?那么我跟你说吧,他要找的就是这个。"

我察看着那一粒珠宝。一滴半透明的奶。

"他很看重这颗珍珠。那是他父亲的一份礼物,是马林小时候他为他亲自去深海里采摘来的。"

"那为什么你要把它给我呢?"

"我是在多萝蕾丝的房间里找到它的。是我把门锁换了的……我希望她的世界能原样地保存下来。我对警察很是怀疑。"

我把那颗珍珠放到柜台上。我紧张到了极点。黑暗笼罩了我的四周,那还不仅仅是夜的黑暗。

"之前你为什么不告诉我呢?"

"首先,因为你没有要求我说。其次,因为我不知道你是谁。一开始,我也相信了,相信了那个生意人来这里休假的见鬼故事。然后,有某种东西在为难我。我都不知道那到底是什么。我相信那是在我的办公室里,当我把那幅画给你看时。我获悉了你的名字,我做了个小小的调查。在谷歌上只要一分钟。在网络上,就不可能再有什么奥秘……我看到了你的照片。跟多萝蕾丝在一起。你们构成了漂亮的一对……其中有一张照片,你们站在一个白色大理石的巨型孩子面前,他手里捏了一只青蛙……"

"《孩子与青蛙》。"

"我认出来,那是在威尼斯。"

"正是在威尼斯。"

她停顿了一会儿。"不过没关系,"她接着说,"我现在知道了她叫帕兹,而不是多萝蕾丝。她还是一个大摄影家。她为什么停止摄影了? 她为什么改了名字?"

看到我没有回答,无能为力的样子,她又说:

"你不知道……不过,没关系。这跟我无关。"

她抓住我的手,把那串项链放在我手心里,然后让它捏成拳头。

"这样一来,他当着你的面就不能再说这里头没他什么事了……"

"你为什么要这样做? 我还以为这是个朋友呢。你知道,对我说他是她的死亡的责任者,这意味着什么。你知道我不会放过他的。这会走得很远的……"

她点点头。

"我嫉妒了,你又想怎样呢……"

一道痛苦的皱纹显现在她的脸上。

"嫉妒她吗？"

"她？当然不是。是嫉妒他。他从我这里抢走了她……"

她又点燃了另一支卷烟。烟草的烟雾一直飘向星空。我什么都不再明白了。发生在这个地方的事超越了我的想象。她把一把钥匙放到柜台上。"它能打开新的锁。给你了。"

当我感谢她时，她说：

"我不是为你才做这个的。我只是很想知道究竟发生了什么。他为什么从我们这里抢走了她。"

她一口喝完她的那杯马丁尼酒，捡起她的螺钿盒，消失在了夜色中。一盏盏油灯安置在小径两侧，却无法与夜色相抗衡，她走过小径，去跟她的孤独相会。或者去会她那些蓝衣男人中的一个。

房　间

酒精在我的血液中游动。我抬眼眺望满天的星斗。那些星星知道。这片大海也知道，人们听得到它低沉的喘息，闻得到它强烈的气味。这片海水，跟一个孕妇的肚子同样沉重，在其黏糊糊的浅水区里搏动着千万条鲨鱼。在那道门后，在这些阿拉伯的星辰下，在欧洲的人们看不到的这些星座下，我又将发现什么呢？我将认出一个帕兹来，还是只剩下了一个多萝蕾丝？

宣礼塔在夜空中伸展，覆盖了海浪的喃喃声。一个男人在说话，他想恢复真主对野蛮大自然的统治。穆安津的歌声透着忧伤，一段充满了曲折起伏的悠长怨歌。

Yudkhilu Man Yasha'u Fi Rahmatihi Wa Az-Zalimina Aad-

da Lahum Adhabaan Alimaan.①

  他让他看上的人进入他的仁慈。至于不义之人,他为它们准备了痛苦的惩罚。

我来到了村里,我把鞋子提溜在手中。一些男人坐在沙滩上,吸着水烟,包着头巾的宁静身影。水烟管燃斗中的红点,像细小的灯塔放着微光。吸烟者的吐息和喃喃声传到我的耳际,还没有被浪涛声所覆盖。一阵电子铃声突然戳破了这一宁静的气泡。是一个手机响了起来。永恒与瞬间联姻。几个晚归的孩子还在浪沫中蹚水。一条狗参与进来,汪汪吠叫。孩子们的母亲,裹着一件在微风中颤抖的纱袍,在自家的大门口高声叫唤他们:"扎伊姆!丽玛!"天气温和。一切都很好。如同我们脚底板下的沙粒。在这样的一个夜晚,我喜欢跟帕兹一起悠闲地漫步。我走向那座小屋,我从拱门底下溜进去。一个女人的叫喊响起,很尖利。我微微一哆嗦。然后,几个谐音迸发出来,很有戏剧味道。那是隔壁家的电视。一段虚构。一个犯罪和复仇的故事,一些眼皮涂黑的女人?

  钥匙打开了锁头。门开了。我终于就将知道了。
  朦胧的月亮光下,我摸索着找到一个开关。我摁了一下。日光灯吱吱响起。眨巴了几下,然后光亮就稳定了。我睁开眼,目瞪口呆。的的确确,一切就如金描述过的那样。区别只是,我现在是亲眼看见,而且禁不住已经泪如泉涌了。这是一个极其简单的大房间。铺了方砖。作为处在世界尽头的工作室,人们恐怕无法做得更好了。赫克托耳,你会喜欢的。你可以为你母亲骄傲。她在这里建造了某种东西。她经历了她想经历的。

---

① 原文为阿拉伯语,意思见下一段。

一块雨布铺在地上。日光灯下,它仿佛起了一层层皱褶,如同一片海面。雨布上放了几个桶,里面盛着液体,浸着几支大画笔。几把截为两段的铁壶,被蓝颜色玷污。几个装松节油的瓶子。几块沾染了蓝色和黑色颜料的抹布。但主要还是蓝色。在一张铺了白台布的矮几上,放着一把剪刀,还有几轴线,蓝色的。一张挂毯的草图。一把沙发,带几个垫子,当艺术不怎么进展,不再怎么进展时,她应该会躺在那上面。墙壁上挂了一些绳,上面晾了一些布,用夹子夹着。

除此,屋子里空空荡荡。除了她的颜料容器,房间里再无别的了。一个煤气灶,上面放了一口小锅。一个小小的搁架上有两只玻璃茶杯,上面画有阿拉伯风格的图案,如同在任何一个东方集市上都能买到的六个一套的杯子。一盒意大利通心粉,一个西红柿罐头。

在图画上,我又看到了在她送给金的绘画中看到过的蓝衣女人,摆出无穷无尽的姿势。总是披散着头发,肉体横陈,仰面而倒。乳房坚挺。两个蓝色的乳头。阴部也是蓝色的,匆匆几笔粗线条。但是刚刚画成的脸上还没有眼睛,脸转向观众,头发,蓝色的,部分地挡住了脸。身体底下,是一个黑点,一团黑影,总显得很不平衡。另一些素描,靠墙而放,稍稍大一些,绷在画框中,已经镶了边。我一幅一幅地瞧着它们。在正面,有一些字母。我辨读出:《蓝色Ⅰ》,《蓝色Ⅱ》,《蓝色Ⅲ》,《蓝色Ⅳ》……以此类推。除了《蓝色》,什么都没有。

这不是真的,我因遗漏而撒谎了。在这房间里真正有的东西,他是永远都不会知道的。我要把它藏起来,因为这让人实在太难受了。比如,在那幅绘画中我辨认出的这两句话:

"*No dije que no te quería. Dije que no podía querer.*"①

"我没说过我不爱你。我说我无法爱。"

在墙上,还有一件别的东西。一张照片。

但不是一张你的照片。也不是我的。

一张鲨鱼的照片。一张 *Sphyrna mokarran* 即大锤头鲨的照片。努尔。她收养的那一个。

她的另一个儿子。她的儿子。那么赫克托耳呢?我们呢?泪水喷涌而出。我感觉那么忧伤,心情那么沉重。面对着我们那已经化为乌有的往昔,死的欲望流遍我的全身。没有我们的丝毫痕迹。愤怒掺和进来,帮助我撑住。我继续勘探,胸中堵着一大团东西。

左边有一道门。我推开门。这是第二个房间,很小。一张小床,床单凌乱,床脚下,一只旅行箱。我弯下腰,把它拉过来。我认出了她的一条裙子,带花边的,杏绿色。我记得她去塔里克家吃晚餐时穿过,当时我们迟到了,可她说那都是因为我需要做爱。还有她的手镜,手柄上点缀有一个身穿古代服饰的女子,当年在普莱亚诺的那家古董店里,这手镜是那么的讨我喜爱。感觉她刚刚才离开。她还会回来的。我把裙子捧在手中,紧紧贴在脸上。我闻到了她的香味,它依然存在,尽管肉体已经不在。

我一手扶定了墙,不让自己仰面倒下。在痛苦的作用下,我的

---

① 原文为西班牙语,意思见下一段。

脑袋似乎在旋转,如同在一个疯狂的旋转木马上,随时都会掉下来。我感觉那里面在冒烟,要窒息我。我只想呕吐,因为我再也不能见到你了,我的帕兹。你的躯体睡在冰冷中。我想到了遭遇海啸袭击后在呵叨的旅馆房间里悲痛欲绝的那个一家之主。想到了他在沙砾地上拖着的旅行箱发出的声响。想到了他牵在手中的小儿子。真他妈的见鬼,我的赫克托耳。我们的海啸尽管没有海浪,但对我的掠夺却同样的多。我贴着墙壁缓缓下滑。我坐在地上,把脑袋埋进裙子里,把它紧贴着我的膝盖。我受到你的灵启。我吐吸你肉体中、你在你周围创造出的气氛中可触及的最后滴剂。我哭了。我在你的裙子中痛哭流涕。我痛苦得如痴如醉。凄厉的抽泣在刺戳我,痛击我,屠杀我。

为自我安慰,为摆脱负罪感,我在心里说,赫克托耳,她是来这里寻找我们无法给她的某种东西的。蓝色。大海。矿藏。精灵的启迪?

我在旅行箱里找,我的手在那些曾经穿在她曲线玲珑的身上的布料中寻摸。我终于找到了我要找的:一张照片。一张我们三个人的合照,赫克托耳。你小脸圆圆的,你应该有两岁了。我把你抱在怀中,你母亲在一旁,她的墨镜架在额头上,一件漂亮的裙子,如同平常,晒得黑黑的皮肤,像你一样。你不笑,你用你那两个黑眼球瞧着镜头,很严肃,你穿一条背带牛仔裤,你漂亮得像核桃一样叫人嘴馋,而你的头发恰好就是核桃那火热的褐色。你的妈妈,她,在微笑,而我,人们看到我开心得溢于言表。我很骄傲有一个儿子,一个妻子,他们远远要比死神更坚强。

我还在撒谎。我对我儿子撒谎。我是为他好才撒的谎。我描述的这张照片并不存在。并没有我们三个人合照的照片。在这里没有任何东西跟我们有关。这是一片荒漠。在我心情好的那些日子里,我会在心里说,假如这里没有照片,假如这里没有任何东西能让我们想到她,这就意味着她一定会回来的。她出走八个月了。这很多,也很少。她不需要照片,因为我们就在她的心中,因为她随时准备回家。不需要回忆,既然我们就在那里,跟她在一起。而在我心境糟糕的那些日子里,我就无法说服自己。眼泪损蚀我。它发烫。

我把手探入衣兜。我从中掏出那个项链坠。我又抬起头。一个男子正瞧着我,就站在门槛上,是拉金。我合上拳头捏住珍珠。他细声细气地问我怎么样,还行吗。我又挺起身,我伸出一只手到我的眼睛上,驱赶走那咸涩的水。

"你去看看他吧,现在。"他说,语气很是肯定。

"看谁?"

"金发的魔人。那个跟精灵说话的人。"

"我是不相信精灵的。"我说。

"所有人都相信精灵的。你哭了……那个西班牙女人,她是你妻子吗?"

我微微一笑。尽管非常痛苦,这想法让我变得幸福。

"是的,她是我妻子。"

"你小心一点。"

他消失了。仿佛他从来就没在那里待过。这地方让人变得疯狂。也许真应该相信精灵。

最长的一夜

我穿过海滩,一直走到潜水中心,手中紧捏着马林的项链坠。高高挂着的带白条的红旗纹丝不动。栈桥的尽头,船儿在水面上微微地颠簸摇荡。一丝光线从毗邻的那栋房子的帘布底下渗入,那是一个混凝土的立方体,开有两扇窗户,挂有一块带棕榈树图案的布。我正要敲门时,注意到门把手上挂了一个什么东西。我打开手机的灯。它很像是一块被太阳晒干的布。但不是。它有些毛糙,像是有细细的鳞片。一块蛇皮。我重又想到了拉金对我说过的话。避毒眼。

我敲门。我听到马林的嗓音。"Saaber!"意思是:"等一下!"五秒钟后他开了门。他穿了一件 T 恤衫,上面写着:我只吸高氧①。一块马德拉斯布围在他的胯间。看到我,他大惊失色。"我没什么要对您说的。"他正要推上门,但我的一只脚早已把门顶住。

"我,我有话要说。"

我推开门扇。我只需要一瞬间的扫视,就能把整个房间瞥个清清楚楚,因为这里头实在没什么可看的。一个电视机,一把沙发,上面蒙盖了一块布,这布的模样,人们在整个阿拉伯世界到处都能看到,无论是婚礼的客厅,还是贝都因人的帐篷:红白相间,带花的图案,如玫瑰花窗。一个木头的缆绳筒用作了茶几。茶几上有一把茶壶,冒着热气,一本潜水画报——它有一个应景的名称

---

① 原文为英语"I only breathe nitrox"。

《章鱼》,头版头条就是一组沉船宝藏的资料——还有斯瓦米·维希努特瓦南达①的《瑜伽大经》,封面上是一个褐衣男子,穿黑色短裤,打坐莲花。一个并脚蹼掌靠墙安放。人们就是用这类工具,一条海豚尾巴的塑料复制品,来做憋气练习的。他那黑白相间的围巾团成一团,趴睡在沙发上,像是一只猫,边上就是一台手提电脑。有一个书架,上面有一些书。我走近过去一看:有三册袖珍版的《一千零一夜》,还有潜水教材。在墙上,贴了"大海牧者"组织的一张海报,几张金发儿童的照片。我认出那就是他,十五年之前的他,目光中露出同样透彻的坚定,还有那么灿烂的微笑,简直就像跟他在一起的那些非洲孩童的笑靥。人们在照片的一个角上读道:"大巴萨姆,一九九七"。另一张照片上,一个男人和一个女人正从一艘浮动双体船上向人招手致意,好漂亮的一对,漂亮得如同处身于七十年代,就是说,无忧无虑的岁月。那女人一头金发,法拉·弗西②那样的发型。那男人可能是罗伯特·雷德福③,不过头发的颜色是银白的。很多照片是在水边和水中拍摄的。有水花的飞溅,有与海豚的嬉戏。没有帕兹的丝毫痕迹,照片之间留有很大的空白,一些照片被拿掉了,但这并不意味着什么,为什么还会有意味呢?无论如何,我已经有了我的证明,我把它拿到他的鼻子底下。

带着珍珠的项链。

他睁大了眼睛。他小臂上的肌肉在颤抖。他受到了震撼,明

―――――
① 斯瓦米·维希努特瓦南达(Swami Vishnudevananda,1927—1993),印度瑜伽大师。
② 法拉·弗西(Farah Fawcett,1947—2009),美国女演员,在电视剧《霹雳娇娃》中饰演私家侦探,以一头金色卷发以及阳光的笑容成为七十年代的性感偶像。她当年的发型被称为法拉头。
③ 罗伯特·雷德福(Robert Redford,1936—),美国导演、演员,亦为监制、商人、模特、环保人士和慈善家。

显有些慌乱。

"这是你的,不是吗?"

"不是。"

他不再战栗,他的脸色重又变得坚定。一时间里,我真想抓起茶壶把滚烫的茶水泼到他脸上。

"我就是为她而来的,我这么说吧。你猜对了。多萝蕾丝。还不如说是帕兹,因为她就叫这名字。"

他重又变了脸色。

"我跟她一起生活,我们有一个孩子。你必须告诉我已经发生的事,不然我就要报警了。"

他缓过劲来,像个犟脾气的孩子那样打量着我。发现他原来只不过是个孩子,让我好一通犯难。

"这又能把我怎么样?警察说了她是溺死的。"

又一次,这在我心中掀起一阵波澜。我睨了茶壶一眼。

"我可以去领事馆,说我有一些疑点。我可以跟你对簿公堂。我可以对你说,我早已下决心把事情闹大。"

"我没什么可指责自己的。"

"恐怕不是吧。"

"我像是焦虑的样子吗?"

我又把项链递到他眼前。

"我是在她那里找到的这个。很多人都能证明这是你的东西。"

"这又能证明什么呢?"

"恰好证明你对她有足够的熟悉,去过她那里。或者给了她这串项链,谁知道。这将证明,她可不仅仅是中心的一个普通顾客。这将播下疑点。人们会想,兴许是你杀害了她。"

"我看您是彻底疯了……"

他这话说得一点都不紧张。甚至,还带着某种忧伤……但它并不能引起我哪怕只有一秒钟的同情。

"你知道,马林,我不认识你。但我认识她,她。我爱她。因此,我豁出去了,准备跟你打一场疯狂的持久战。我可以把你打发到一个你连想都想不到的地狱里去。会来一番侦查的,而你的中心,你可以跟它告别了。因为即便你屁事都没有,我还是能向你担保,我会给你做一个你想甩都甩不掉的广告……"

他一屁股坐到沙发上。双手捧住了脸。这小子彻底崩溃了。

"我什么坏都没对她使过。"他说。

"不要犯厌。我期待着听到一切,但绝不是这种废话。'什么坏都没使过。'可她已经死了!"

他抬起头。他的眼睛放射出了光芒,眼神坚毅。

"我可不是个厌人,我禁止您这样说。您就去警察那里告我好了,我等着他们呢!"

我得镇静下来。尤其不要与他为敌。我想要的是,知道我为什么失去了帕兹。

我朝他俯下身来。

"这不是我的目的,马林。我只是迫不得已之际才会那样。我只是想知道真相。因为我有个小儿子等在家里,等他长大时,我得告诉他,他母亲究竟出了什么事。那么,请告诉我吧……"

听到"小儿子"一词,他战栗了一下。他的眼睛起了一层水雾。

"一次事故,人们是不去讲述的。"他说。

"那么,就演示给我。"

我把珍珠项链递给他。他接过,把它戴在脖子上。我仿佛觉得,那小小的珍珠接触到他的皮肤后色泽更亮了。他站起来,捋了捋头发,沉重的目光转向墙壁,他童年时的照片正在墙上欢笑呢。

"同意。"他说着抓住了手机。嚷嚷了一句阿拉伯语。三分钟后,有人敲响了门。我认识,那是卜拉欣,让人联想到巴基斯坦摔跤手的那一位。他们交换了几句。我只听出了 qarsh(鲨鱼),还有 yallah(好吧)这几个词。卜拉欣消失了。"跟我走。"马林说。他关上了门,走向存放器具的仓库。日光灯吱吱一响,投射下白色的光芒,照亮了软塌塌地挂在衣架上的一排排连体服。他拿出三个塑料盒子。每个盒子里都放了一件潜水连体服,一个面罩,一个控浮背心,一副脚蹼,一个呼吸调节含口,两把手电筒。"我来拿盒子,你给我照亮,我们去船上。"

引桥在我们脚下吱呀作响。马林把他的重负放到小船的甲板上,卜拉欣跟上来,推着装了三个铝瓶子的小斗车。几个灵巧敏捷的动作,他就把瓶子垂直地放到了架子上,并且起了锚。马林发动了马达。没有丝毫咆哮声,也没有波浪飞溅起来。船儿在水上缓缓地滑动,几乎像是一个幽灵,驶向湾口处的浮标。只是当船儿越过了那些浮标时,马林才给发动机加了挡。

他黑白相间的围巾在海风中飘扬。船壳每一秒钟都在拍打着水面,它的撞击声几乎盖住了螺旋桨悸动的嗡嗡声。

大约十五分钟后,我看到一个珊瑚礁露现在水面上。月光底下,动物之墙闪耀着磷光。波浪涌动在石珊瑚之间,落潮时便消失在它迷宫般的分叉中,浪沫描画出滑稽的螺旋形状来。卡律布狄斯和斯库拉①。船儿减速。卜拉欣穿上了脚蹼,从船头跃入水中。在他的手电构成的光圈中,我看到他带着一大卷绳子潜下水面,游到不远处,紧抓着一个在波浪中舞蹈不止的很大的浮标圈,它应该

---

① 卡律布狄斯(Charybde),希腊神话中吞吃水手的海中女妖。斯库拉(Scylla),希腊神话中坐落在女妖斯库拉隔壁的大漩涡怪,是海神波塞冬与大地女神该亚之女。

能承受住一个尸体的重量,肯定能压上一个混凝土板块。他把船锚固定在那上面,又朝我们的方向潜来。我看到水底下他那手电筒灯光在移动。他又在船尾露出水面,在另一个浮标旁边。最终,他又爬上了小船。马林关上发动机,我听到缆绳拉紧时发出的咔啦咔啦声。然后,就再也没有别的声音,除了在月亮乳白色的光线下传来的一阵阵浪涛声。茫茫的大海。假如他要抛弃我,我也只能任其摆布了。"穿上潜水衣。"他对我说。

他摘脱他的围巾,他的T恤衫,他的腰带,赤裸裸如一条肉虫,钻入他的连体服。我看到他肌肉鼓突。我想到了帕兹。我自愧不如。

连体服冷冰冰的,我感觉像是进入了一个严丝合缝的棺材中。马林把气瓶固定在控浮背心上。卜拉欣拿出了几把手电,给了我一个。我的手在抖。马林看见了。"有一件事很重要。您不应该害怕。人的心跳会发出一种电磁场,被鲨鱼感觉到。动物世界中,它们的电敏感度是最高的。"

一想到今夜的鲨鱼,就让我沉浸于苦恼中。我瞧了瞧黑乎乎的一片海水。是一个噩梦。有多少海蓝色的形状在那里头搏动?帕兹做了这个,她因之而死了。重复错误实在是一种疯举。

他对我解释说,我们将下潜六米,至多八米。说我在海底得保持跪姿,如同我在洗礼那一次那样。平静地呼吸,不要胡思乱想。那里有岩礁,假如必要的话,我可以倚靠一下,但我得看清楚我的手要放在什么地方。他对我说这一切将会给人以深刻印象,因为看不太清什么,但我们有手电,那就是为了照明的。说这是狩猎时刻,假如我发现鱼儿行为疯狂,我也用不着大惊小怪。说他已经请卜拉欣来帮我定位了,他会帮我锚定在海底的,他会拉牢我,因此,不会出什么意外。卜拉欣有一个信号灯,是一个电力很强的灯,必须把手电照向他的方向,但不要直接照射他本人。"不然,它们可就不会来了。"

恐惧像一件贴身内衣紧紧地束缚了我,它的效果因连体服而加倍增强。水温大概有二十五度,我却浑身发抖。

马林走到我跟前:

"我们可以转回去。"

我摇摇头。

"我很想知道,她,她有没有害怕?"

"她没有害怕,"他沉默了一会儿,又说,"兴许应该害怕。"

他往面罩上吐着唾沫,检查了他的手电筒。卜拉欣帮我穿上了背心,气瓶早已绑好在背心上了。然后,我们就踏着脚蹼,走向船尾的侧缘。天空十分壮美,如一件黑色的外套,被针扎了千万个小洞,从中透出点点的光亮。而水面则相反,很是吓人。一口开锅。涌动着蓬勃旺盛的生命。

全副装备的卜拉欣递给马林一个高尔夫口袋那样的东西,他把背带往自己肩上一挎,然后把手电筒贴在身上,就向空无迈出一步。在一个亮闪闪的撞击中,他的身体钻透水面,然后几乎又立即钻出。卜拉欣示意我,轮到我了。他给我的平衡背心鼓气,把我的手电递给我,并对我说:"就这样。"我把减压气阀含到嘴里,纵身一跃。

感觉如同跌入了一口黑井中。周围全是水,但看不见,一个液体的黑夜通过连体服的开口渗到我的体内,冰冰冷。控浮背心起了作用,让我上浮。

"还行吗?"马林问我。

我只满足于点点头。卜拉欣踩着一片水花之云跟我们会合。他的灯光照向深海,像是躺在沙地上的一个大月亮。空中月亮的姐妹。双重的世界,又一次。

我们像三个浮标漂浮在大海上,在岩礁的边缘。我希望船儿牢牢地锚定了地方。

"你准备好了吗?你要排空背心中的空气,我们将逐渐下潜。注意你耳朵的适应过程。想好做到平衡。卜拉欣和你,你们要保持好距离。你们要瞧着我。"

他把他的充气阀门举过头顶,摁了一下排空钮,就沉入了波涛之中。

强直静止①

我们下潜。

我们缓缓地下潜,潜在被我们探灯的光束切成一条一条的一锅黑菜汤中。我的呼吸自行平稳下来,兴许全靠了这黑暗,我在心底里试图把它等同为睡眠。卜拉欣拉着我的胳膊,我差不多很有信心。我将最终知情,我出发去跟帕兹相遇,而要做到这一点,就绝对不能惊慌。我听到我的呼吸远比我白天潜水时更加有力。长久的、紧张的、几乎是暴烈的吸气,仿佛是在用一根长长的麦秆吸取,氧气进入我嘴里的声音,像是来自很远很远的地方。排气更容易,更敞开,产生出那些气泡,我能听到它们咕咚咕咚地排走,像一瓶矿泉水被喝光,几十个泡泡远去,上升破碎在水面上。这一呼吸声令我联想到的,既是一个走出宇宙空间站的宇航员,要在月球的

---

① 原文为"Immobilité tonique"。鲨鱼等动物进入这种"强直静止"状态后,身体会瘫软下来,不再动弹。对于发生这一现象的原因,科学家至今还不能给予确切解释。一些专家认为,催眠式的假死状态可以帮助动物有效躲避敌人的袭击,更好地同周遭融合在一起。

表面行走,也是一个躺在医院病床上的老人,靠氧气面罩上的唯一一根管子与生命维持联系。我处于同样的依赖中。生命通过一根中空的线索到我这里,流动的空气从中透给我;切断它,就是切断我的生命。

越是下潜,我就越是得时时想到挤住鼻子憋气,以求平衡一下正在摧残我耳膜的压力。从视觉上说来,周围有点吓人,但很壮美。卜拉欣的灯光打到珊瑚墙上,照亮了一些柳珊瑚,它们像巨大的蕨草那样摇晃不已,还有一些宽阔无边的石珊瑚台,它们似乎等待着食客来享用豪华的盛宴。我们缓缓下潜,我慢慢地晃动脚蹼,如在一家瓷器店里,生怕不小心碰擦或损伤到某件工艺品杰作。海葵摇动着胳膊,如同印度舞女;慢慢接近时,我们看到里面有些熟睡的鱼儿;另一些海葵在小鱼周围造出一个泡泡,一种黏液的绒毛,保护住了它们,灯光一照,很像是一个水晶球。然后,一切突然就变得疯狂起来:浮游生物在手电的火光中翩翩起舞,许多鱼儿像导弹一样,从覆盖了一层红色或紫色苔藓的岩礁中间发射出来,追踪某个猎物,而我们根本就看不清楚它是如何逃脱性命的。三条狮子鱼游进了光束中,始终那么精彩地展现出羽饰。猛兽也出来狩猎了。令人难以置信的,是声音:我在白天没有听到过的一种急迫的噼噼啪啪声。我始终由卜拉欣拉着,假如他一松开手,那我就没命了。我眼珠不错地盯着穿透了液体之夜的巨大光束。在我们面前,游动着马林,带着他小小的手电。他消失在一块岩石后面,我有些害怕。然后,我看明白了,岩礁构成了一个大大的弧度。他又露面了,像是飞翔在一个海底平台之上。一片平坦的水域。卜拉欣拉着我向下潜,我突然觉察到沙地就在我的脚蹼下。他让我跪下。他双手摁住我的肩膀。他在我身后跪下来,他的小腿就压在我的小腿上,固住了我的脚蹼。他把我摁在原地,让我紧紧贴住他,像是劫持了一个人质。我尝试控制我的呼吸。每一次过量的吸气都让我的肺鼓满气,威胁着让我变成救生圈。那就会有突然上浮的危险,那可是致命的。

马林离我们有五米距离,被卜拉欣朝他那方向照去的灯照亮,灯光稍稍有些偏左,不至于晃他的眼。他自转着,他寻找着什么。他把手伸进他挎在肩膀上的口袋,从中掏出一条鱼来。

正是在这时我看见了它,在探灯的光束中。它那么容易就能辨认出来的形状。流线型,完美无缺,尾巴拍着水。鳐鱼的身影,由胸鳍来平衡。比我白天看到它时要更专注,更沉静。

这家伙开始围绕着马林打转转。由于灯光的光束一动也不动,它以有规律的间隔离开光芒,消失一会儿,然后又再现,越来越引人入胜,眼睛像一面镜子那样反射出光线,我的心跳越来越快。

第二条角鲨来到,然后是第三条,围绕着马林打转转,圆圈转得越来越紧。那条鱼吸引了它们。其中一条鲨鱼中止了这一圆圈舞,擦过人体,想一口吞下那鱼儿,它那个位于腹下的下颌很像一个阀门。我开始动弹。我的心跳得越来越剧烈。我想上浮。卜拉欣使劲地摁住我。灯光的光束颤抖起来。马林应该感觉到了。这变得有些危险。他的嘱咐又浮现在我的脑海中。角鲨无疑已经发现了不善于自控的擅入者。卜拉欣更紧地压住我的肩,让我始终一动不动地跪在那里。我自己也试图平静下来。我很强烈地想到了帕兹,还有你,我的儿子。我在玩命,必须玩得不出差错。

很快地,就有十条鲨鱼先后来到,在他身边转起了圈儿。马林消失在了一片鳍与翅的屏幕后。正是在这时我看到了它。一条新来的角鲨。参加到这一轮舞蹈中,比其他的鲨鱼要更庞大。美得让人目瞪口呆,叹为观止。在探灯宽阔的光束中,它空茫的眼睛看过来,恒星般的空茫,似乎对一切皆尽无动于衷。它的鳍有损伤。源自一个同类的攻击,一头逆戟鲸的啃咬?马林向它伸出手,伸向其形状让全世界的人都害怕的这鳍片。角鲨擦过他,然后游开去,接着又游回来,画出一条完美的弧线。马林从他的口袋中又掏出一条沙丁鱼。巨大的鲨鱼径直朝他冲来,并不着急,但带着深海之域东道主才有的那种强力。我恐惧得几近窒息,我的呼吸乱了节奏,有些昏头昏脑,觉得好像听到氧气在耗尽。我担心哮喘发作,我已经出现了综合征。我不想再看了。再一次,我想上浮。我的腿脚开始反抗。卜拉欣把我在沙地上摁得更紧了,挡在我前面。他把探灯放在沙地上,打开了另一盏灯,把光束对准他的脸,还有他面罩镜片后满含威慑力的眼睛。他抓住我的压力计,记录数字,示意我一切正常。我不能走。我死死地凝定在那里,跟他们一起,在这个四周围绕着海底城墙的沙子平台上,在这个珊瑚的竞技场中,被迫观看那个穿了脚蹼的角斗士赤手空拳地迎战那些海中猛兽。一些人物形象来到我的大脑中,被扔掉喂了狮子的最初的一些基督徒。我的精神天马行空。这难道就是人们所谓的深海之醉吗?

此时我所看到的,超越了我的理解。

马林把鲨鱼抱住,贴在肚子上,一只手放在它的嘴上。鲨鱼不动了。他的另一只手沿着它的脊背移动。他在抚摩它。鲨鱼停住了,纹丝不动。一只猫。一只两米五十长的猫,一只两百公斤重的猫,一只长着血盆大口的猫,在他赤裸裸的双手中懒洋洋地哼哼。它的同类继续围绕着这一对人与兽转圈圈。马林抓住了鱼鳍,继续用另一只手抚摩它的嘴。什么时候会发生事故?什么时候那个坚硬的下颌将一口咬住人的手,咬断他的手腕?

这些全都没有,我看到马林站起了身子,抓住鲨鱼那与沙土地面呈一条平行线的鳍和吻部,然后又让它垂直起来回转,很慢地,他始终拉动它的鳍,不费力气地让它转,鲨鱼像是吃了迷魂药似的乖乖地服从他,吻部贴在他的另一只手上。

光束中,这动物的白肚子显得越发地白了。有时,光束被另一个掠食者的偶然经过所割裂,后者围绕着这一场景慢慢地转悠,像是在玩旋转木马。恐惧与辉煌的旋转木马。自然与非理性的联姻。

我看到的场景的最后形象超越了人们能想象的一切:一条纹丝不动的鲨鱼,笔直得如一个字母"i",在一个人的手中保持着平衡。

只有这个。

恐怖被驯化。危险被他玩弄于股掌之间。野兽变成了乖孩子,被另一个孩子驯服,而后者只是个青春少年郎,却像个王子一样戴上了桂冠,那桂冠就是由他肺中所排出的气所形成的气泡的光环,由他的嘴送给他的王国。

我明白了拉金曾对我说过的话,在渔村里流传的这一流言:魔人[1],入魔者。

我明白了曾经让帕兹如痴如醉的东西:那场景的美,我刚刚看到的,而她则早就看到过的那场景令人几乎难以忍受的美。

我明白了,这个小伙子应该拥有了我们所不拥有的资源。一种古老的艺术,一种巫术。

我明白了,我也一样,我如痴如醉地入了迷。被这本不能存在也不该存在的场景感动得五体投地。

我还认识到,我的呼吸变得衰弱,仿佛成了一种温柔欲念的俘虏。我的肉体不再存在。再没有什么还能抵抗得住达到了一种瞬间完美的这一场景。一种绝对的愉悦。

---

[1] 原文为阿拉伯语"*majnun*"。

缺　氧

　　赫克托耳，你得知道，人们把这一现象叫作强直静止。你得知道，角鲨的吻部布满了亿万个小小的感受器，叫作洛伦齐尼壶腹，此称呼来自十七世纪一个解剖学家的姓氏。这些"壶腹"能在水中捕获最微弱的电磁场。一个运动中的猎物的肌肉收缩，它静止不动时简单的心跳，海洋中洋流的差异，温度的变化，一切全都被这些密布了敏感细胞的细微渠道立即转化为电波信号。一种内在的罗盘，一种真正的第六感，它弥补了其他感官的缺失：在彻头彻尾的一团漆黑中，在浑浊的水中，当猎物藏在沙土中时，这一超强的感官就能接上力，趋向于达到令人咋舌的完美。任何猎物都逃脱不了洛伦齐尼壶腹发挥的作用。

　　但这感官也有一个缺陷，而且已被一些人发现：在一种抚摩的作用下，这些壶腹会导致角鲨进入某种迷醉状态，说得更确切一点，一种瘫痪状态，而这一点，却不在大自然的预料规划中。这畜生彻底地静止不动了。感觉负荷是不是太过沉重，迫使鲨鱼放弃了控制？我不得而知。人类对角鲨的了解还有些含糊不清。人们只知道雌性比雄性更加敏感……

　　是马林告诉我这一切的。在甲板上，当我们躺下休息时。因此，他不是魔人。只不过他懂得了一种知识，掌握了一种技巧。当然，这是一种高度冒险的手法，但它基于角鲨的解剖学和生理学。那些年轻的斐济人给角鲨吻部的亲吻，就是这个，这个马林，他真见过大世面。

是的，是他告诉我这一切的。

他躺在阳光甲板①的方形树脂板上，交叉着胳膊，眼睛瞧着天顶的星座。他的嗓音响起，蒙了一丝激情，带了一团氧气，飞向黑黑的天空。他改用"您"来称呼我。他正在向这样一个人致歉，对这人——他感觉到了——他造成了一个无法弥补的过错。

"请您别提问了。我把一切都告诉您。然后，您想干什么就干什么。警察，司法，求助法律公正……您想干什么就干什么。我累了。我从昨天夜里起是那么的累。我不认识您。她没有谈到您。我不知道她有另一个儿子……"

"另一个？"

"请别打断我。这很难。之后您想干什么就干什么，但现在请别打断我。我们做夜潜。每天都做。她很喜欢这个。她说这是在洗涤她，洗清什么？我没有提问，这跟我无关。她说，这样，远离欧洲，她呼吸……"

这个动词击中我的心。

"每一天，如同我们刚才做的那样，我准备好船只、氧气和背心，我们踏着星光出发。她整个白天都在画画。我们夜里出发。当所有人都睡觉时，我们深入海底。"

他停顿一下，意识到他的话语在我心中的分量，我几乎被压得粉碎。

"她只以鲨鱼的名义起誓。我倒并不觉得这有什么不正常。我们分享看到它们在水中畅游的同一份快乐。那么漂亮，那么完美。她更喜欢锤头鲨。她甚至还收养了一条……它叫努尔……"

"我知道。"

"哈默施拉格教授给它做了定位标签，努尔将会从这里经过，

---

① 原文为英语"sun deck"。

我通知了她。好几个月前。她颇费了一些时间才下定的决心。她对我说,这一切很复杂。但她还是来了。她在这个屋子里安顿下来……她跟金,还有我联系上了……"

"什么联系?什么样的联系?"我的内心中有一个嗓音这样对我喊叫。但我没有力气提这问题。这太污秽了。

"一天晚上,那一晚,我们在水下,如同每一晚。我跟鲨鱼在一起,如您所见。如同每一晚。她这样要求我。是她这样要求我的。她更喜欢夜潜。而当我转回去,转向探灯的方向,去跟她会合时……探灯后面却什么都没有了。探灯就放在沙地上。她却失踪了。我在水下到处找她,像个疯子。几分钟之后,我上浮,我寻找她,我摆脱了我的装备,我再次下潜。我最后终于找到了她,但为时已晚。"

他停了停,开始抽泣起来。我只得凑近过去。他浑身都在哆嗦,真相终于大白,他也已经到了极点,他泪流满面,靠在我的胸前。一个孩子。好几分钟里,他一直瘫倒在地,稍后,他才能开口继续说,对我说,这是一个事故,一个事故,一次低级溺水,或者一次中级溺水,在一次失去知觉后,他不知道,当时他跟鲨鱼在一起,他根本无法看到她,她潜水潜得那么好,她肯定发生了一次昏厥,是因为寒冷,因为什么动物的一次蜇刺,海水进入了肺泡,改变了气体交换,她肯定在短短几分钟里就死了,他没有对自己作解释,她还有足够的氧气,他检查了背心,之前,之后,它的流量被切碎,挤压,滂沱淋漓。

他重又进入到眼泪之路。泪水摇撼他如同一个傀儡。"我从来就没对她使过坏。"

他把她的尸体送到船上,运回码头。卜拉欣在那里,在栈桥上抽烟,当他看到多萝蕾丝的遗体时……

"是帕兹。"我说。

……他求他别去报警,因为那样一来中心就将关门大吉,他们就将全都失业。这是一次事故,他对此没有任何责任。

"于是,你们就把她留在了海滩上……"

他点点头。

"你?"

"不。"

"卜拉欣?"

"是他做的那一切。当时我已经不行了。是他。但假如您去报警,我会说那是我干的。"

我终于看到了那一场景。连体服脱去。赤裸裸的肌肤。太阳,清晨。我的帕兹,扔给了夜风,给了野狗。我怒火中烧。我赶紧从他身边挪开,要不然,我说不定就会一把把他推下海去。

船儿到了港口。我扔下他一人留在船顶上,我下了顶棚。当卜拉欣停好船后,我就走了。我一直走向旅馆。

一次事故。只不过是一次事故。小孩子们的闹腾。

我穿过大门。对守在那里的蓝衣人打了个招呼。走过沙子与砾石的温暖小径,走向我的屋子。火把的光在温和的晚风中微微摇曳,如同一个灵魂在神的手中颤抖。几分钟之后,一个身影出现在我面前,站立,挺拔,在两支火把之间。

金。她注意到了我 MARES 牌的棉毛衫,只需添水。我的头发湿漉漉的。

"你见到马林了。"

这不是一个问题。

"他承认了?"

这，这是个问题。我摇摇头。否定地。我能怨恨一个孩子吗？"他没什么责任。"

我绕过她。她一动不动地留在路上。

告　别

一大清早。清澈，蓝色，湛蓝。Azul。

我给自己洗清一切，像她那样。

我最终喘气，像她这样。

我请拉金在他的小船上为我领航。别对我说话。一路上，有飞鱼腾空而起，在浪尖上飞跃好几百米，然后又潜入水中。它们的翅膀在清晨的曙光中发出银闪闪的光。

此后，我独自对付。气瓶在那里，固定在平衡背心上，连同章鱼爪带。我用目光寻找着最佳地点。拉金的马达将渐渐减速，一阵喃喃细语声，几乎是一只猫。我望着海岸一直延伸开去，她那么喜爱的这一海岸，这块岩石小面包，棕榈树正在消失的绿色斑点，天空的蓝盾中舞蹈不已的太阳。拉金全神贯注。我用目光寻找着最佳地点。我的心将会对我说。

我瞄准了一片小小的海滩，在我们的左侧，一座悬崖脚下。那里的水颜色更绿。孔雀石的颜色，她那么喜欢穿戴的这种颜色。我示意拉金停下来。

他抛下锚。

我挺起身。我把铅带系在腰间。我穿上了脚蹼。面罩扣在脑门上。太阳光暖洋洋的。

他帮我穿上背心。我坐在船舷上，船儿在我的重量下颠簸。

我抓住装有她骨灰的小小盒子。金属的,圆柱形,很简单。

我在互联网上找到一首精彩的诗。我为此颇费了一点时间。我想要某种不太忧伤的东西,某种不太容易的东西,不太隐喻的东西,某种简单的、美的东西,某种她所喜爱的东西,它应该是明澈的。

我没有找到西班牙语的。也没找到法语的。那是一首英语诗。

是菲利普·拉金①的诗。它叫"水"。

昨天夜里我把它背熟了。我没有哭。

我觉得,她不该返回欧洲,这一点很显然。愿她留在这里,永远永远,在她选上并爱上了的那一切中。我从那个渔民房主的手里,买下了她曾选择放置她的背包、她的画笔、她的梦想的那座小房子。我带走了衣服,但我留下了她的画布,她的颜料罐、雨布。照着原样,散乱在她的工作室中。就仿佛她依然还在那里。当人们打开房门,当阳光倾泻到房间里,一切就获得了意义,蓝色和光亮。Azul。我对那位渔民说,请他好好看守这房子,我会为此付给他酬劳的,我偶尔还会回来,带上你,赫克托耳,但他可以打开房门,让愿意进去看看的那些男人和女人进去看看。因为,一些人兴许会回想起她,另一些人会愿意认识她。这个在世界尽头的女艺术家,她遒劲有力的笔触让他们激动兴奋。我想让这座房子变成一个活生生的地点,一个博物馆,而不是一座陵墓。一座为她而建的博物馆,因为我喜欢博物馆,因为博物馆,它是活的。

我紧紧抱住小小的骨灰盒,我念诵那首诗歌。我把呼吸调节含口塞进嘴里。我将要播撒你的身体了,我的帕兹。

---

① 菲利普·拉金(Philip Larkin,1922—1985),英国诗人,小说家、爵士乐评论家。1984年曾被授予英国桂冠诗人称号,但被他谢绝。

我深深地吸入一口气。
我摇晃一下。
我潜入海中。